普通高等教育"十二五"规划教材

工业分析与分离

张书圣 万 均 牛淑妍 主编

科学出版社

北 京

内 容 简 介

　　本书根据工业分析与分离课程与工业生产密切联系的特点,紧密结合国家标准和企业标准,同时跟踪学科的前沿和发展,引入新的分析方法、分析仪器及分离手段;在内容的安排上,将工业分析与工业分离相结合,同时还增加了分析标准、现代分离技术等章节。

　　本书共 17 章,包括复杂物质分离的有关内容及各类工业分析方法,比较详细地介绍了试样的采取、制备方法;复杂样品的分离方法,气体、水质、硫酸、肥料、硅酸盐、钢铁、煤、石油产品、工业污染等的分析检验原理和方法。章末附有思考题,有利于突出基础和重点,培养读者思考问题、解决问题的能力。附录中编写了与理论教学相配套的十个综合实验,每个实验均介绍了分析原理、实验方法等内容,便于读者全面了解所学的理论知识。

　　本书可作为高等院校化学、化工类专业及相关专业本、专科学生教材,也可供其他相关专业教师、工业分析化学工作者及实验室组织管理人员参考。

图书在版编目(CIP)数据

工业分析与分离/张书圣,万均,牛淑妍主编.—北京:科学出版社,2011.6
普通高等教育"十二五"规划教材
ISBN 978-7-03-031517-5

Ⅰ.①工… Ⅱ.①张… ②…万 ③…牛 Ⅲ.①工业分析-高等学校-教材②分离法-高等学校-教材 Ⅳ.①TB4

中国版本图书馆 CIP 数据核字(2011)第 112741 号

责任编辑:陈雅娴 丁 里 王国华 / 责任校对:刘亚琦
责任印制:张克忠 / 封面设计:迷底书装

科 学 出 版 社 出版
北京东黄城根北街 16 号
邮政编码:100717
http://www.sciencep.com
铭洁彩色印装有限公司 印刷
科学出版社发行　各地新华书店经销
*
2011 年 6 月第 一 版　开本:787×1092　1/16
2011 年 6 月第一次印刷　印张:15
印数:1—3 500　　　字数:381 000

定价:32.00 元
(如有印装质量问题,我社负责调换)

前　言

工业分析与分离是分析化学在工业生产中的具体应用,内容涉及与化学化工相关的主要制造业。本书在内容安排上,将工业分析与复杂物质分离相结合,克服以往教材只有工业分析或仅有分离方法的局限,同时增加了分析标准、现代分离技术等章节,涵盖了目前主要的工业分析技术和常用分离方法。除介绍各类工业分析、分离方法的基本原理、步骤、结果处理及分析分离中应注意的问题外,还注重各类分析、分离方法在工业生产中的应用,使学生对工业分析与分离的方法原理、特点等有比较深刻的理解。

本书的章节按照人们习惯的工业分类安排,首先是复杂物质分离的有关内容,比较详细地介绍试样的采取、制备方法以及复杂样品的分离方法;然后是各类工业分析方法,包括气体、水质、硫酸、肥料、硅酸盐、钢铁、煤、石油产品、工业污染等的分析检验原理和方法。本书主要以国家标准分析方法为依据,注重理论与实际的紧密联系,使学生能够对工业分析的方法原理、特点等有比较深刻的理解,并附有参考文献以便于学生自学和深入探讨。附录中编写了与理论教学相配套的十个综合实验,章末附有思考题,有利于突出基础和重点,培养学生思考问题、解决问题的能力。

本书由青岛科技大学化学与分子工程学院工业分析与分离课程组负责编写,其中牛淑妍教授负责编写第一章至第五章,王世颖讲师负责编写第六章、第十章至第十二章,张书圣教授负责编写第七章及附录,万均副教授负责编写第八章、第九章、第十四章至第十七章,王明慧副教授负责编写第十三章,全书由张书圣教授负责统稿。

青岛科技大学化学与分子工程学院李明教授对本书的编写提出了宝贵的意见,并对本书的出版给予大力的支持,特此感谢。

由于编者的水平和能力有限,本书难免有不足和疏漏之处,敬请广大读者批评指正,不胜感谢。

编　者

2011 年 1 月

目 录

第一章 绪 论

第一节 概 述

在工业生产中,常需要对工业生产过程中的有关原料、辅助材料、中间产品、副产品、最终产品等的化学组成进行定性定量的分析,这种分析就称为工业分析。工业分析有指导和促进生产的作用。例如,生产前的配料计算,需要对原料和辅助材料进行分析;生产过程中控制生产条件,保证成品质量,需要对各种中间产品随时进行监测分析;为了评定产品质量,需要对成品进行分析;开发新产品、新工艺,需要分析研究国内外同行的产品,并研究同行的技术趋向;为了避免环境污染,还要对"三废"排放进行分析等。因此,通过工业分析才能评定原料和产品的质量,检查工艺过程是否正常,从而做到正确地组织生产,最合理地使用原料、燃料,及时发现生产缺陷,减少废品,提高产品质量。

工业分析的试样通常是复杂的物质,试样中其他组分的存在常会影响某些组分的测定,干扰严重时甚至使分析工作无法进行,这时必须根据试样的具体情况采取适当的分离方法,把干扰组分分离除去,然后才能进行测定。如果要进行试样的全分析,往往需要把各种组分适当分离,而后分别加以鉴定或测定。而对于试样中的某些痕量组分,在进行分离的同时往往也进行了必要的浓缩和富集,因此复杂样品的分离和富集是定量分析不可缺少的步骤。

第二节 工业分析的特点和方法

一、工业分析的特点

工业分析的特点是由生产和产品的性质决定的。

1. 试样的多样化

工业分析的样品有固态、液态和气态等,而且往往不纯净,因此在取样、处理样品和选择分析方法时必须考虑杂质的干扰。

2. 工业物料数量大且不均匀

工业物料有时成千上万吨,而用于分析的样品量很少,因此正确采取具有代表性的少量样品是工业分析的重要环节。

3. 分析方法要求简便快捷

工艺条件是否需要改变、投料比例是否应该调整,以及反应过程是否可以结束等,都是以反应物或反应产物的分析结果为依据的。显然,如果分析结果不能迅速地提供给生产部门,势必影响生产一线及时做出正确的决定,甚至可能引起生产废品和浪费原料等问题,故分析工作应在保证准确度的前提下,尽量提高分析速度。

二、工业分析方法的分类

1. 按照分析方法所依据的原理分类

工业分析方法可分为化学分析法、物理或物理-化学分析法。化学分析法是基于定量的化学反应测定物质的含量；物理或物理-化学分析法是利用物质的物理或物理-化学性质，借助某些特殊仪器进行分析，又称仪器分析法，如电化学分析法、光谱分析法、色谱分析法等。利用物质的物理性质，如折光分析、偏光分析及密度、沸点、黏度、表面张力的测定，在工业分析中也被普遍应用。

2. 按照分析任务分类

工业分析方法可分为定性分析、定量分析、结构分析、形态分析等分析方法。

3. 按照分析对象分类

工业分析方法可分为无机分析和有机分析。

4. 按照试剂用量分类

工业分析方法可分为常量分析、微量分析和痕量分析。

5. 按照分析要求分类

工业分析方法可分为例行分析和仲裁分析。

6. 按照分析测试程序分类

工业分析方法可分为离线分析和在线分析。

7. 按照完成分析的时间和所起的作用分类

工业分析方法可分为快速分析和标准分析。

快速分析法主要用于控制生产工艺过程中的关键部位，其测定结果是生产车间检查工艺过程是否正常或判断反应过程是否应该结束的依据。其特点是快速，而准确度则可以视生产和要求的不同而适当降低，主要用于车间控制分析。

标准分析法又分为国际标准分析法、国家标准分析法、行业标准分析法、地方标准分析法和企业标准分析法等，是进行工艺计算、财务核算及质量评定的依据。它常用来测定原料、半成品和成品的化学组成，也用于校核和仲裁分析。其特点是准确，完成分析工作的时间容许较长等。

国际标准是指由国际性组织所制定的各种标准，如最著名的国际标准化组织制定的 ISO 标准。

我国的国家标准是由国务院标准化行政主管部门国家标准局发布，代号"GB"表示强制性国家标准，代号"GB/T"表示推荐性国家标准。

总之，工业分析方法是根据生产需要和实际情况拟定的，常是许多分析方法的综合应用。大量分析检验的科研及生产实践表明，只有把化学的、物理的分析方法综合应用，才能做到深入全面地了解物质的性质和特征。同时，分析方法的自动化、计算机化要求分析工作者不仅要有扎实广泛的化学知识,而且应具备物理学、电工学、电子学的基本知识,只有这样才能在实际工作中灵活、熟练地运用各种分析手段为生产服务。

三、工业分析方法的选择和统一

各种工业分析方法的准确度各不相同,因此,同一试样采用不同的分析方法其测定结果会有出入。即使采用同一分析方法,如果试剂纯度、仪器规格和性能等分析条件不相同,所得分析结果也不尽相同。因此,选择合适的分析方法非常重要。通常,分析方法的选择要考虑以下几个因素:

(1) 有国家强制性标准方法的必须选择国家标准方法,没有国家标准方法的可以选择行业标准、地方标准或企业标准。

(2) 从分析方法的准确度和灵敏度方面考虑,应首先选择能满足分析目的要求的方法。

(3) 从分析速度方面考虑,在能满足分析结果准确度要求的基础上,优先选择分析速度比较快的方法。因为分析工作进行的速度有时也能影响工业生产的完成时间,影响效益。

(4) 从分析成本方面考虑,在能满足分析结果要求的基础上,尽量选择分析成本较低的方法。因为分析成本的降低也有助于企业提高效益。

(5) 从环境保护方面考虑,应尽量选择不使用或少使用有毒有害的试剂、不产生或少产生有毒有害物质且符合环保要求的方法。

在选择分析方法时,还应考虑分析样品的性质、共存物质的情况、实验室的实际条件等多方面因素,权衡利弊,科学合理地进行选择。

为了使同一试样中同一组分的分析无论是由何单位还是何人来进行,所得结果都一致,故有必要统一分析方法,即标准分析法。同时对分析条件和制度做出严格规定,包括取样方法、工具、试剂规格、溶液配制等。

标准分析法不是永恒不变的,随着科学的发展、技术的革新,旧方法不断地被新方法代替,新标准公布实施后,旧标准同时作废。

标准分析法都有允许误差(或公差)。公差是某分析方法所允许的平行测定间的绝对偏差。这些数据是将多次分析实践数据经数学处理而确定的。在生产实际中必须以公差作为判断分析结果是否合格的依据,两次平行测定数据的偏差不得超过方法的允许误差,否则必须重新测定。表1-1为艾士卡法测煤中全硫的允许误差。

表1-1 艾士卡法测煤中全硫的允许误差

全硫分/%	平行测定结果的允许绝对误差/%
<1	0.05
1～4	0.1
4～8	0.2
>8	0.3

如果实际测得数据分别为2.56%及2.80%,其算术平均值为2.68%,与测得值之差为0.12%,已经超过允许误差,必须重新测定。但是如果测得数据分别为2.56%及2.74%,其算术平均值为2.65%,与测得值之差为0.09%,此值小于允许误差,则测定数据有效,可以取其算术平均值作为测定结果。

四、分析结果的表示方法

1. 分析结果的表示方法

在工业分析中,分析结果的表示方法常因试样的种类和被测元素在试样中的存在状态不同而不同。

(1) 气体试样的分析结果一般用体积分数或 mg·mL^{-1}、mg·L^{-1} 等表示,同时注明温度、压力。

(2) 液体试样的分析结果一般用物质的量浓度 mol·L^{-1} 或质量浓度 g·L^{-1} 表示,痕量组分用 μg·mL^{-1}、μg·L^{-1} 等表示。

(3) 固体试样的分析结果一般用质量分数表示。

(4) 如果被测成分在试样中的存在状态不能确定,则以元素或氧化物的质量分数表示。究竟采用何种表示形式则取决于分析目的,如铁矿石以 Fe% 或 Fe$_2$O$_3$% 表示。

2. 准确度和精密度

准确度表示测定值与真值接近的程度,以误差表示。误差越小,准确度越高。

$$绝对误差 = 测得值 - 真值$$
$$相对误差 = 绝对误差/真值 \times 100\%$$

由于在实际工作中真值常未知,因此精密度就成为人们衡量测定结果的重要因素。精密度是指一组平行测定结果相互接近的程度,通常用偏差衡量。偏差越小,精密度越高。

$$绝对偏差 = 测得值 - 平均值$$
$$相对偏差 = 绝对偏差/平均值 \times 100\%$$

如果两试样中待测组分的实际含量相差太大,相对误差更能体现测量的准确度高低。例如,某两种试样中 SiO$_2$ 的真实含量分别为 36.20% 和 0.20%,测得值分别为 36.19% 和 0.19%,则绝对误差分别为 36.19%-36.20% = -0.01% 和 0.19%-0.20% = -0.01%,而相对误差分别为 -0.01/36.20×100% = -0.03%,-0.01/0.20×100% = -5%。

值得注意的是精密度低的测定结果是不可靠的,因而是不准确的。但是精密度高的测定值也可能包含有系统误差的影响,只有在消除系统误差的前提下,精密度高其准确度必然也高。

3. 有效数字的保留

为了得到准确的分析结果,不仅要进行准确的分析测量,而且还要正确地记录与计算结果。分析结果的有效数字应保留一位可疑数字。因为分析结果不仅表示待测组分含量的高低,还表明了分析的准确程度。

通常在报告结果时,为了表明精密度还要算出平均偏差附后。但在有公差规定并且测定结果在公差范围以内时,则可以只报告平均结果而省去结果的平均偏差。

第三节　化工厂中心实验室和车间化验室的组织

为了保证化工生产的正常进行,及时、准确地提供生产工艺所需的化学数据,化工厂常设相应的组织机构,如中心实验室、车间化验室等。

中心实验室一般规模较大,属厂部或质检处管辖。它是为企业各车间服务的,把质量关。

较大企业的中心实验室下设分工齐全的化学室、仪器室、制样室、试剂室、资料室、办公室等。其中化学室、仪器室是中心实验室的重要部分。中心实验室在配合企业各部门共同突破生产关键、解决产品质量及技术改造中起重要作用，还对各车间化验室的分析数据进行定期抽查，一般担负着下列任务：

（1）承担各种试样的分析、验证分析、外来委托样品分析，以及中心实验室各专业研究室或研究所研究开发实验项目的检测分析等。

（2）分析方法的拟定和推广。例如，开发新产品，配合进行分析方法的研究，组织化学分析和仪器分析结合进行方法验证，以达到快而准，保证技术攻关。

（3）进行技术管理。包括抽查验证分析、技术规程制定、制度的修订和审核、组织技术交流、人才培训等。

（4）控制生产关键。

车间化验室设在各车间中，专做该车间的材料、中间产品和成品的日常分析。

中心实验室、研究所和车间化验室的关系极为密切。通过它们的分工和配合，在化工生产中，除了及时、准确地提供所需数据、起着"眼睛"的作用外，在提高产品质量及技术改造中也起着重要的作用。

目前，我国的工业分析水平初具规模，大中型企业中分析队伍基本形成，分析方法基本满足需要，一般依据国家标准、部颁标准或企业标准分析方法，分析手段以化学分析为主。随着工业生产的发展，自动化程度的提高，近年来新引进和使用了各种较先进的仪器，如发射光谱仪、色谱仪、紫外-可见光谱仪、红外光谱仪等。但中、小企业的工业分析尚处于陈旧的、经典的化学分析水平，对产品的全分析、纯产品中痕量杂质的分析、环境监测等还难于开发。

目前，科学和技术突飞猛进，现代工业生产向着自动化的方向发展，这种趋势对工业分析不断提出更高的要求。

今后工业分析的发展方向，主要应在以下几个方面努力：

（1）进一步提高分析速度和准确度。

（2）开发适合于各种新材料的新的、灵敏的、特效的分析方法。

（3）重视和发展环境分析、痕量分析。

（4）设计制造物美价廉的自动化分析仪器，以便逐步推广应用各种仪器分析方法，以实现工业分析的快速、准确的基本特点。

（5）吸收、消化引进分析手段的应用功能和开发。

思　考　题

1. 工业分析在化工生产中的作用是什么？
2. 复杂物质的分离对分析测定的重要性是什么？
3. 工业分析有什么特点？
4. 工业分析有哪几种分类方法？
5. 什么是标准分析法？我国目前常用的标准分析法有哪几种？
6. 什么是公差？
7. 在工业分析中，分析结果的表示方法有哪些？
8. 厂矿企业中心实验室和车间化验室的作用和地位如何？各自的主要任务是什么？
9. 我国工业分析的现状如何？工业分析的今后发展方向是什么？

第二章　试样的采取、制备和分解

工业分析一般有四个基本步骤,即试样的采取与制备、样品的分解或溶解、分析测定、结果的计算与报出。试样的采取、制备和分解是工业分析中首先要遇到的问题。由于实际工作中要分析的试样是各种各样的,因此试样的采取、制备和分解方法也就各不相同,具体方法可参考相关的国家标准和部颁标准,这里就一些原则性问题做一简单介绍。

第一节　试样的采取

在进行分析前,首先要保证所取得的试样具有代表性,即试样的组成和被分析物料整体的平均组成相一致,这是采样的基本原则,否则随后的分析工作是无意义的。

下面将从采样数量、采样单元和采样方法三个方面加以讨论。

一、采样数量

为了采取具有代表性的试样,采样量应满足下列采样公式:

$$Q = K \times d^{\alpha} \tag{2-1}$$

式中,Q 为应采取试样的最低质量,kg;d 为物料中最大颗粒的直径,mm;K、α 为经验常数,随物料的均匀程度和易破碎的程度而不同,一般 K 为 $0.02 \sim 0.15$,α 为 $1.8 \sim 2.5$。

例如,某矿石样品,若试样最大粒径为 10 mm,K 为 0.5,α 为 2,则最低采样量为 $0.5 \times 10^2 = 50(\text{kg})$。

式(2-1)只考虑了试样的质量,没有考虑采样点问题,实际上对于不均匀的物料,为了取得具有代表性的试样,更重要的是考虑应选取多少个采样点。

二、采样单元

根据统计学,采样单元(采样点)的多少由下面两个因素决定:

(1) 试样中组分的含量与整批物料中组分平均含量之间所允许的误差,即对采样准确度的要求。准确度要求越高,则采样单元应越多。

(2) 物料的不均匀程度。物料越不均匀,采样单元应越多。物料的不均匀性既表现在物料中各颗粒的大小上,又表现在组分在颗粒中的分散程度上。

对于组成极不均匀的物料,要取得具有代表性的试样是比较困难的,既要考虑物料的物理状态、储存条件等,也要考虑对准确度的要求等因素,同时还要考虑以后在试样处理上花费的人力、物力。因此,在讨论采样数量时,应选用能达到预期准确度的最节约的采样单元。

1. 一步采样公式

如果整批物料由 N 个单元组成,则采样单元数 n 应为

$$n = \left(\frac{t\sigma'}{E}\right)^2 \tag{2-2}$$

式中，E 为试样中组分含量与整批物料中组分平均含量之间所允许的误差；σ' 为各试样单元间标准偏差的估计值；t 为某选定置信水平下的概率系数，可查 t 值表获得。

σ' 由下列几种方式获得：

（1）按物料生产过程的统计规律预先估计。

（2）根据以前各批类似物料在相同情况下取样时所得标准偏差进行估算。

（3）如果无法获得估计值，可以预先测定。

例如，某物料各试样单元间标准偏差估计值为 0.15%，置信度为 95%，允许误差 E 为 0.1%，测定次数为 6 次，查 t 值表，置信度为 95% 时 $t = 2.571$，则采样单元数为

$$n = \left(\frac{t\sigma'}{E}\right)^2 = \left(\frac{2.571 \times 0.15\%}{0.1\%}\right)^2 \approx 15$$

即应从 15 个采样点分别采取一份试样，混合后经过适当处理，送去分析；也可分别处理，分别分析后取其平均值。

2. 二步采样公式

某些物料的采样单元可分基本的和次级的两种，如一车化工产品共有 N 袋，采样时首先选取若干袋（基本单元），然后从这些袋中分取试样若干份（次级单元），这种采样方法就是二步采样法。一般来说，整批物料明显地分成许多单元（如桶、箱、包、捆等）都可以用二步采样法。采样单元计算公式为

$$n = \frac{N(\sigma_\omega'^2 + n'\sigma_b'^2)}{n'N\left(\dfrac{E}{t}\right)^2 + n'\sigma_b'^2} \qquad (2-3)$$

式中，n 为采取试样的基本单元数；N 为整批物料总单元数；n' 为从每份试样的基本单元中采取试样的次级单元数；σ_b' 为各基本单元间的标准偏差的估计值；σ_ω' 为各基本单元内的各次级单元间的标准偏差的估计值；E 和 t 意义同式（2-2）。

对于特定的物料，在一定的 E、t 下，n 随着 n' 值的改变而变化。考虑到采取与处理试样的费用，n' 有一个最佳值：

$$n' = \frac{\sigma_\omega'}{\sigma_b'}\sqrt{\frac{C_1}{C_2}} \qquad (2-4)$$

式中，C_1、C_2 分别为采取和处理基本单元、次级单元时的平均费用。

三、采样方法

1. 固体物料的采取

1）各种金属材料

由于在冷却、凝固过程中，杂质向内部移动，铸件越大，不均匀现象越严重，因此不能仅从物体的表面取样，应在不同部位钻孔穿过整个物体厚度或厚度的一半，或把金属材料在不同部位锯断，收集锯屑。

2）原料、矿石、煤炭等露天堆放物料

由于相对密度不同易出现分层，故应从物料的不同部位、不同深度分别取样。为了不破坏物料的储存条件而引起物料组成的变化，一般用相互垂直的线将物料分成若干区域（单元），用锹或铲以深 $0.5 \sim 0.7$ m 处各取一份作为试样。运输皮带上取样较容易，只要每隔一定时间

在紧贴皮带全宽度上取样即可。

桶、袋、箱装等形式的物料，首先应从一批包装中确定若干件，然后用适当的取样器采取。

2. 液体物料的采取

液体物料的组成一般比较均匀，采样相对比较容易，采样数量可以较少，但采样时应注意以下两点：

（1）采样容器和采样用管道必须清洁，在取样前应用被采取的物料冲洗。

（2）在取样过程中要避免物料组分发生任何变化，必要时采取一定的保护措施。

对于静态物料要在不同的部位采取，通常视储存容器的大小采用采样瓶、虹吸管或移液管采取。对于流动物料要在不同的时间采取。在管道上装上取样管或机械控制自动取样，实现在线采取样品。

3. 气体物料的采取

由于气体分子的扩散，物料组成都较均匀，因而要采取具有代表性的试样，主要考虑取样时如何防止杂质的混入。正压气体直接用储样器接入气体即可；常压或负压气体可用封闭液法或抽气泵抽气法采取。

气体组分含量低，取样时可将其通过一定的吸收液或固体吸附剂进行浓缩富集。若有机械杂质可加过滤管；若气体温度较高，需加冷却管。一般采样流程如下：输送管道→采样管→过滤管→冷却管→吸收液（气体容器）→抽气泵，上述各部分在气体样品采集时并非一定都要配备，应视具体情况而定。

总之，无论何种状态的物料在采集时都应保证：①不使待测组分损失；②不掺入干扰杂质。

第二节 试样的制备

试样的处理是试样分析中最费时、最容易产生误差的环节之一。制备分析试样需要有一定的化学和分析化学方面的知识。但无论是简单样品还是复杂样品，样品的制备都必须遵守以下五个基本原则：

（1）样品制备过程中不能损失任何被分析组分。

（2）在样品制备过程中，应将被分析组分转变成适于分析方法测定的状态。

（3）样品制备过程包括除掉基体中干扰物质的分离过程。

（4）在样品制备过程中，不能引入其他干扰物质。

（5）样品制备应采取适当的浓缩和稀释手段，使被分析组分的浓度处于分析方法的最佳范围内。

以固体无机物的制备为例。固体无机物料（如矿石、煤等）的试样制备一般包括破碎、过筛、混合、缩分等步骤。

1. 破碎

样品破碎（粗碎、中碎、细碎）可以采用手工破碎，如铁锤击碎、研钵研磨或机械破碎等方法。对于较硬的样品可以采用颚式破碎机、滚磨机等，中等硬度或较软的样品可以采用球磨机等。

在破碎过程中要防止试样组成的改变:①防止水分含量的变化;②防止破碎机表面的磨损引入杂质;③防止研磨过程中因发热而使易挥发组分逸去或由于空气氧化使组分改变;④防止坚硬组分飞溅,软组分成粉末而损失。因此粉碎的粒度只要能保证组成均匀和易分解,不必过分研细。

2. 过筛

破碎过程中要常过筛,不能通过筛孔的继续研磨不可丢掉,直至全部通过要求的筛孔。

3. 混合

经破碎、过筛后的试样应混合均匀。对于大量的试样可用堆锥法。用铲子将试样堆成一个圆锥,堆时每一铲都应倒在圆锥顶上。当全部堆好后,仍用铲将试样铲下,堆成另一个圆锥。如此反复直至混合均匀。对于较少量的试样,可将试样放在光滑的纸上,依次提起纸张的一角,使试样在纸上来回滚动,直至混合均匀,也可用机械法混合均匀。

4. 缩分

缩分是在不改变试样组成的前提下,减少试样的处理量。常用的缩分方法是四分法。将试样堆成圆锥形,将圆锥形试样堆压平成扁圆锥,然后用相互垂直的两直径将试样堆平分为四等份。弃去对角的两份,而把其余的两份收集混合。也可用格槽缩样器来缩分试样,格槽缩样器能自动地把相间的格槽中的试样收集起来,而与另一半试样分开,以达到缩分的目的。

缩分次数遵循采样公式。例如,一矿样质量为 2 kg,已全部通过 20 目筛($d=0.84$ mm),需要缩分出有代表性的样品最小质量,求至少缩分几次。已知 $K=0.2$, $\alpha=2$。根据已知 $K=0.2$, $d=0.84$ mm, $\alpha=2$,则缩分后最小量为 $Q_{缩分} \geqslant Kd^2 = 0.2 \times 0.84^2 = 0.141$(kg),缩分次数 $m=(\lg Q_{采样} - \lg Q_{缩分})/\lg 2 = (\lg 2 - \lg 0.141)/\lg 2 = 3.8$,计算结果说明只允许缩分 3 次,否则试样将失去代表性。

试样中常含有水分,其含量在制备样品的过程中随温度、湿度及试样的分散程度不同而改变,从而使试样的组成因所处环境及处理方法的不同而发生波动。要解决这个问题,可采取以下措施:①先测定水分,用干基表示其他组分含量;②先驱除水分;③使水分含量保持恒定。

第三节　试样的分解和溶解

分解试样就是将试样中的待测组分全部转变为适合于测定的状态,这是一个复杂而重要的问题,一般要求:①试样分解完全;②待测组分不损失;③不能引入含有待测组分的物质;④不能引入对待测组分有干扰的物质。根据样品的性质不同,分解的方法也不相同,正确选择分解方法是比较重要的。

一、无机试样的分解和溶解

1. 溶解法

溶解法包括水溶解、酸溶解和碱溶解。常用的酸包括:HCl、HNO_3、H_2SO_4、$HClO_4$、HF、混合酸等;处理以酸性为主的两性氧化物,如 As_2O_3 或铝合金,一般采用浓度为 $20\% \sim 30\%$ 的 $NaOH$ 溶液溶解,溶解反应在白金器皿或聚四氟乙烯容器中进行。

2. 熔融法

用酸或碱不能分解或分解不完全的试样(如含硅量高的硅酸盐、少数铁合金、天然氧化物等)常用熔融法分解。熔融法是利用酸性或碱性熔剂,在高温下与试样发生复分解反应,温度通常为 300～1000 ℃。由于温度较高且应用大量熔剂(一般样品与熔剂的质量比为 1∶10),易使待测组分损失及引入杂质,因此应尽量避免使用熔融法。

常用熔剂主要有以下几种。

1) $K_2S_2O_7$

$K_2S_2O_7$ 是酸性熔剂,能与各种难分解的金属氧化物反应。熔融作用一般在 400 ℃ 左右进行,这时 $K_2S_2O_7$ 逐渐分解释放出 SO_3。SO_3 具有强酸性,与金属氧化物反应生成硫酸盐,如分解金红石(天然的 TiO_2)的反应:

$$2K_2S_2O_7 =\!\!=\!\!= 2SO_3 + 2K_2SO_4$$
$$+\quad TiO_2 + 2SO_3 =\!\!=\!\!= Ti(SO_4)_2$$
$$\overline{\quad 2K_2S_2O_7 + TiO_2 =\!\!=\!\!= Ti(SO_4)_2 + 2K_2SO_4 \quad}$$

熔融后冷却,熔块用稀 H_2SO_4 浸出。

$K_2S_2O_7$ 熔融可在瓷坩埚或石英坩埚中进行,温度不宜过高,时间不宜过久,以免 SO_3 大量挥发,使 $K_2S_2O_7$ 的熔融作用减弱。

2) Na_2CO_3 和 K_2CO_3

Na_2CO_3 和 K_2CO_3 都是碱性熔剂,Na_2CO_3 和 K_2CO_3 的熔点分别是 850 ℃ 和 890 ℃,它们 1∶1(物质的量比)的混合物的熔点降为 700 ℃,一般用来分解硅酸盐样品和含二氧化硅的试样、含氧化铝的试样以及难溶的磷酸盐、硫酸盐等,如熔融长石($NaAlSi_3O_8$)和重晶石($BaSO_4$)的反应:

$$NaAlSi_3O_8 + 3Na_2CO_3 =\!\!=\!\!= NaAlO_2 + 3Na_2SiO_3 + 3CO_2 \uparrow$$
$$BaSO_4 + Na_2CO_3 =\!\!=\!\!= Na_2SO_4 + BaCO_3$$

熔融后可视试样的组成和分析的要求,采用酸或水浸取熔块。碳酸盐熔融一般在铂坩埚中进行,或在瓷坩埚底铺多层滤纸,把试样和熔剂的混合物包于滤纸内,放置其上进行熔融。

3) Na_2O_2

Na_2O_2 具有强碱性、强氧化性,熔融温度为 600～700 ℃,可分解难溶于酸的 Fe、Cr、Ni、Mo、W 合金、各种 Pt 合金等,熔块冷却后以水浸取。Na_2O_2 熔融可在铁坩埚中进行,也可采用镍坩埚。为防止侵蚀坩埚可在稍低温度下烧结。

4) NaOH 和 KOH

NaOH 和 KOH 是强碱性熔剂,熔点分别是 318 ℃ 和 380 ℃,可用来分解硅酸盐,及含二氧化硅、氧化铝、二氧化钛、二氧化锡、铬铁矿等试样。熔融温度控制在 400～500 ℃。熔融可在铁或银坩埚中进行。

熔融时,称取已经磨碎、混匀的试样置于坩埚中,加入熔剂,混合均匀。开始时缓慢升温,进行熔融,然后逐渐升高温度至熔融物变澄清,冷却,溶解熔块。如果有残留未分解的试样,实验应重做。

3. 烧结法

烧结法又称半熔融法。试样与固体试剂在低于熔点温度下进行反应,因温度较低,加热时间需要较长,但不易侵蚀坩埚,可在瓷坩埚中进行,如 Na_2CO_3-ZnO 烧结法用于煤或矿石中硫的测定,$CaCO_3$-NH_4Cl 烧结法用于硅酸盐中 K^+、Na^+ 的测定等。

二、有机试样的分解和溶解

1. 溶解法

为了测定有机试样中某些组分的含量,测定试样的物理性质,鉴定或测定其功能团,应选择适当的溶剂将有机试样溶解。这时一方面要根据试样的溶解度来选择溶剂,另一方面还必须考虑所选用的溶剂是否影响以后的分离测定。

在溶解有机物质时,可根据"相似相溶"原则选择溶剂。一般来说,非极性试样易溶于非极性溶剂中,极性试样易溶于极性溶剂中。分析化学中常用的有机溶剂种类极多,包括各种醇类、丙酮、丁酮、乙醚、甲乙醚、乙二醇、二氯甲烷、三氯甲烷、四氯化碳、二噁烷、氯苯、乙酸乙酯、乙酸、乙酸酐、吡啶、乙二胺、二甲基甲酰胺等。还可以应用各种混合溶剂溶解样品,如甲醇和乙酸乙酯的混合溶剂、乙二醇和醚的混合溶剂等。混合溶剂的组成又可以改变,因此混合溶剂具有广泛适用的特性。

此外,有机溶剂的选择必须与后续的分离、测定方法结合起来加以考虑。若试样中各组分是用色谱法分离后进行测定的,则所选用的溶剂应不妨碍色谱分离的进行;若用紫外分光光度法测定试样的某些组分,则所用溶剂应不吸收紫外光;若进行非水溶液中酸碱滴定,则应根据试样的相对酸碱性选用溶剂,因此有机试样溶剂的选择常要结合具体的分离和分析方法而定。

2. 干法灰化和湿法灰化

为了测定有机试样中所含的常量和微量元素,常需要把有机试样分解并使待测组分转化为可测状态。常用的方法主要有干法灰化和湿法灰化。

1) 干法灰化

加热使试样灰化分解,灰分溶解后分析测定。灰化可在坩埚中直接加热或在管式炉中进行。干法灰化也可在"氧瓶"中进行。"氧瓶"中放少许吸收液,通电使试样在"氧瓶"中点燃、分解,分解完毕后摇动"氧瓶",使燃烧产物被吸收液吸收。

2) 湿法灰化

湿法灰化又称消解法。用硫酸或硫酸-硝酸混合酸处理试样。不同试样可以采用不同配比,有时加入 K_2SO_4 以提高硫酸的沸点,加速分解。硝酸具有挥发性,加热易挥发逸去,故可以先加硫酸,待试样焦化后再加硝酸,两种酸也可以同时加入。例如,蛋白质含氮量的测定,在浓 H_2SO_4 中加入 K_2SO_4,用 HgO 作催化剂使氮转变成 $(NH_4)_2SO_4$,然后测总氮量。对于痕量元素的测定,用湿法灰化较好。

用灰化法处理样品要注意易挥发组分的损失。

三、生物样品的处理

生物样品的处理方法与测定对象有关,测定对象不同,采用的样品处理方法也不同。如果测定生物样品中的微量元素,可以采用溶剂萃取的方法,也可以采用消解法。采用萃取法时,要保证被萃取组分是以游离态存在的,否则要采取一定方式使非游离态的组分游离出来。采用消解法是将全部的生物样品消解,除掉生物样品中的有机基体,使元素以离子状态存在,然后加以测量。如果测定的是非元素状态的分子态物质,则不能采用消解方法处理样品。

1. 生物组织细胞的破碎方法

当待测组分存在于生物体细胞内及多细胞生物组织中时,需在测定前使细胞和组织破碎,将这些待测组分释放到溶液中。不同的生物体或同一生物体的不同组织,其细胞破碎的难易程度不同,使用的方法也不完全相同。例如,动物内脏、脑组织一般比较柔软,用普通的匀浆器研磨即可。肌肉及心脏组织较韧,需预先绞碎再进行匀浆。植物肉组织可用一般研磨方法,含纤维较多的组织则必须在捣碎器内破碎或加砂研磨。许多微生物均具有坚韧的细胞壁,常用自溶、冷热交替、加砂研磨、超声波和加压处理等方法进行破碎。总之,破碎细胞的目的就是破坏细胞的外壳,使细胞内待测组分有效地释放出来。细胞破碎的方法很多,按照是否存在外加作用力可分为机械法和非机械法两大类。机械法包括研磨法、压榨法、高压匀浆法和超声波破碎法,非机械法包括酶溶法、化学法和物理法等。

转速可达 $20\ 000\ \mathrm{r \cdot min^{-1}}$ 的高速组织捣碎机和匀浆器是机械破碎法的常用设备,后者的细胞破碎效率比前者高。对于细菌及植物材料,常用研钵研磨处理。研磨时,加入少量的玻璃砂效果更好。快速冷冻,然后缓慢融化,反复操作,可将大部分的动物细胞及细胞内的颗粒破碎;在细菌或病毒中提取蛋白质和核酸时可使用冷热交替法,将材料放入沸水中,在 90 ℃左右维持数分钟,立即置于冰浴中,使之迅速冷却,绝大部分细胞被破坏;微生物材料的处理也可以采用超声波处理法。应用超声波处理时应注意避免溶液中沉淀的存在,一些核酸及酶对超声波敏感,选择时应慎重。细胞破碎也可以采用加压破碎法,即加气压或水压至 $20\sim35\ \mathrm{MPa}$,可使 90% 以上的细胞被压碎。

化学及生物化学法主要是通过化学试剂或酶破坏细胞壁而使细胞破碎,常用自溶法、溶菌酶处理法、表面活性剂处理法等进行处理。将待破碎的新鲜生物样品存放在一定 pH 和适当的温度下,利用组织细胞中自身的酶系将细胞破坏,使细胞内含物释放出来的方法称为自溶法。使用自溶法时,要加入适当的防腐剂防止外界细菌的污染。用蛋清或微生物发酵方法制得的溶菌酶具有只破坏细菌细胞壁的功能。溶菌酶选择性作用强,适用于多种微生物,较常使用。使用表面活性剂处理法处理生物样品也可以使细胞壁破碎。

2. 蛋白质的提取与去除

蛋白质是由 20 种 α-氨基酸通过肽键连接而成的长链高分子化合物,相对分子质量从数千到数百万不等。虽然蛋白质的种类以千万计,但是按其功能可分成两大类:第一类为活性蛋白,包括酶、激素蛋白、运输和储存蛋白、运动蛋白、防御蛋白和病毒外壳蛋白、受体蛋白、毒蛋白及控制生长和分化的蛋白等;第二类为非活性蛋白,包括胶原蛋白、角蛋白等。蛋白质存在于生物体的细胞内,细胞破碎后,蛋白质就容易被提取出来。大部分蛋白质都可溶于水、稀盐、稀酸或稀碱溶液,少数与脂类结合的蛋白质则溶于乙醇、丙醇、丁醇等有机溶剂中。蛋白质在不同溶剂中的溶解度不同,主要取决于蛋白质分子中非极性疏水基团与极性亲水基团的比例,其次取决于这些基团的排列和偶极矩,所以,分子结构是不同蛋白质溶解度差异的内因;温度、pH、离子强度等因素是影响蛋白质溶解度的外界条件。可以根据这些内外因素的不同,将所需要的蛋白质从已破碎的细胞中提取出来。

1) 蛋白质的提取

由于大部分蛋白质都能溶于水、稀盐、稀酸或稀碱溶液中,因此蛋白质的提取一般以水溶液为主,其中盐溶液和缓冲溶液对蛋白质的稳定性好、溶解度大,是提取蛋白质最常用的溶剂。当细胞粉碎后,用盐溶液或缓冲溶液提取蛋白质时,应注意所用盐的浓度和缓冲溶液的酸度。常用等渗盐溶液,尤其以 0.15 mol·L^{-1} 氯化钠溶液和 $0.02\sim0.05$ mol·L^{-1} 磷酸盐缓冲溶液和碳酸盐缓冲溶液居多。但有些蛋白质在低盐浓度下溶解度较低,需用浓度较高的盐溶液,如脱氧核糖核蛋白需用 1 mol·L^{-1} 以上的氯化钠溶液提取;而另一些蛋白质则在低盐浓度溶液或水中溶解度较高,如某些霉菌中的脂肪酶用水提取效果更好。因此,在用水溶液提取蛋白质时,需根据所要提取的蛋白质来选择不同种类和不同浓度的盐溶液。溶液的 pH 对蛋白质的溶解度和稳定性影响很大,因此 pH 的选择对蛋白质的提取十分重要。提取蛋白质时,提取溶液的 pH 应选定在该蛋白质的稳定范围内,在该蛋白质等电点的两侧。提取碱性蛋白质时要选在偏酸的一侧,提取酸性蛋白质时要选在偏碱的一侧,以增大蛋白质的溶解度,提高提取的效率。

2) 蛋白质的去除

生物试样中含有的蛋白质可能影响组分的测定,为此,在测定前,需使蛋白质破坏或沉淀。根据分析方法的特点,可采用不同的蛋白质去除法。例如,用原子吸收光谱法测定试样中的微量元素时,要对分析的生物试样进行消化处理,使蛋白质等有机物破坏,微量元素转化为无机离子后予以测定。若用色谱法测定血液试样中某一化学成分,为了防止蛋白质污染固定相,降低柱的分离度,必须在测定前使生物试样中的蛋白质沉淀,使与蛋白质结合的物质释放出来,以便测定其总浓度。试样中除去蛋白质后,有利于萃取过程中减少乳化现象,使提取液澄清。去除蛋白质的方法很多,超速离心可除净蛋白;但一般实验室常用沉淀法,此方法操作简便易行。常见的沉淀剂有三氯乙酸 (TCA)、高氯酸、溶于硫酸的钨酸盐、乙腈、丙酮、乙醇、甲醇、硫酸铵饱和溶液等。其中 TCA 是强有力的蛋白质沉淀剂,但其中常含有杂质,致使空白值增高。TCA 能溶于乙醚中,在用 TCA 沉淀蛋白后,若用乙醚萃取被测组分,则 TCA 也进入乙醚相,当用色谱法以电子捕获检测器检测时,TCA 的存在就会对被测组分产生干扰;高氯酸也是一种常用蛋白质沉淀剂,其沉淀效率高,过量的高氯酸可加钾盐除去。

当采用蛋白质沉淀法难以使蛋白质结合的被测组分释放时,也可使用酸消化法、酶消化法或光辐射消化法等。

第四节　微波及超声波在样品处理中的应用

一、微波在样品处理中的应用

1. 微波及微波特性

微波是频率为 300 MHz~300 GHz 的电磁波,其波长为 $100\sim0.1$ cm,也就是说波长在远红外线与无线电波之间。微波波段中,波长为 $1\sim25$ cm 的波段专门用于雷达,其余部分用于电信传输。为了防止民用微波功率对无线电通信、广播、电视和雷达等造成干扰,国际上规定工业、科学研究、医学及家用等民用微波的频率为 (2450 ± 50) MHz。因此,微波消解仪器所使用的频率基本上都是 2450 MHz,家用微波炉也如此。

微波对不同材料具有不同的吸收特性。金属材料不吸收微波,只能反射微波,如铜、铁、铝等。用金属(不锈钢板)作微波炉的炉腔,来回反射作用在加热物质上。绝缘体可以透过微波,它几乎不吸收微波的能量。例如,玻璃、陶瓷、塑料(聚乙烯、聚苯乙烯)、聚四氟乙烯、石英、纸张等对微波透明,微波可以穿透它们向前传播。微波密闭消解溶样罐用的材料是聚四氟乙烯、工程塑料等。极性分子的物质会吸收微波,如水、酸等。它们的分子具有永久偶极矩(分子的正、负电荷的中心不重合)。极性分子在微波场中随着微波的频率而快速变换取向,来回转动,使分子间相互碰撞摩擦,吸收了微波的能量而使温度升高。

2. 微波消解试样的过程和原理

称取 0.2～1.0 g 试样置于消解罐中,加入约 2 mL 水和适量的酸,通常选用 HNO_3、HCl、HF、H_2O_2 等,把罐盖好,放入炉中。当微波通过试样时,极性分子随微波频率快速变换取向,2450 MHz 的微波,分子每秒钟变换方向 2.45×10^9 次,分子来回转动,与周围分子相互碰撞摩擦,分子的总能量增加,使试样温度急剧上升。同时,试液中的带电粒子(离子、水合离子等)在交变的电磁场中,受电场力的作用而来回迁移运动,也会与邻近分子撞击,使试样温度升高。这种加热方式与传统的电炉加热方式截然不同。

1) 整体加热

电炉加热时,是通过热辐射、对流与热传导传送能量,热是由外向内通过器壁传给试样,通过热传导的方式加热试样。微波加热是一种直接加热的方式,微波可以穿入试样的内部,在试样的不同深度,微波所到之处同时产生热效应,这不仅使加热更快速,而且更均匀,大大缩短了加热的时间,比传统的加热方式更快且效率高。例如,氧化物或硫化物在微波(2450 MHz、800 W)作用下,1 min 内就能被加热到摄氏几百度。又如,1.5 g 二氧化锰在650 W 微波炉中加热 1 min 可升温到 920 K,可见升温速率非常快。传统的加热方式(热辐射、传导与对流)中热能的利用率低,许多热都发散到周围环境中,而微波加热直接作用到物质内部,因而提高了能量利用率。

2) 过热现象

微波加热还会出现过热现象(比沸点温度还高)。电炉加热时,热是由外向内通过器壁传导给试样,在器壁表面上很容易形成气泡,因此不容易出现过热现象,温度需保持在沸点上,因为气化要吸收大量的热。而在微波场中,其"供热"方式完全不同,能量在体系内部直接转化。由于体系内部缺少形成"气泡"的"核心",因而,对一些低沸点的试剂,在密闭容器中,就很容易出现过热现象。可见,密闭溶样罐中的试剂能提供更高的温度,有利于试样的消化。

3) 搅拌

试剂与试样的极性分子都在 2450 MHz 电磁场中快速地随变化的电磁场变换取向,分子间互相碰撞摩擦,相当于试剂与试样的表面都在不断更新,试样表面不断接触新的试剂,促使试剂与试样的化学反应加速进行。交变的电磁场相当于高速搅拌器,每秒搅拌 2.45×10^9 次,提高了化学反应的速率,使消化速度加快。

微波加热速度快、均匀、过热、不断产生新的接触表面,有时还能降低反应活化能,改变反应动力学状况,使微波消解能力增强,能消解许多传统方法难以消解的样品。

由此可知,加热的快慢和消解的快慢,不仅与微波的功率有关,还与试样的组成、浓度以及所用试剂的种类和用量有关。要把一个试样在短的时间内消解完,应该选择合适的溶剂、合适的微波功率与时间。利用微波的穿透性和激活反应能力加热密闭容器内的试剂和样品,可使制样容器内压力增加,反应温度提高,从而大大提高了反应速率,缩短了样品制备的时间;并且可控制反应条件,使制样精度更高;减少对环境的污染,改善实验人员的工作环境。

传统方法采用多孔消化器或消煮炉制备方法,样品的消化时间通常需要数小时以上。即使选用较先进的传统消化器,内配尾气吸收装置,也很难保证消化过程中的尾气不泄漏。采用微波消解系统制样,消化时间只需数十分钟。消化过程中因消化罐完全密闭,不会产生尾气泄漏,且不需要毒催化剂及升温剂。密闭消化避免了因尾气挥发而使样品损失的情况,可称得上是样品前处理上的一次绿色革命。微波消解系统制样可用于原子吸收(AAS)、等离子体发射光谱(ICP-AES)、等离子体光谱与质谱联用(ICP-MS)、气相色谱(GC)、气-质联用(GC-MS)及其他仪器的样品制备。

3. 微波在样品消解处理中的应用

1) 微波消解技术在生物医学及药物分析中的应用

微量元素是相对宏观元素而言的,它虽然只占人体质量的 0.05%,但与人体的生理功能关系密切,微量元素的缺乏会导致多种疾病,因此微量元素的分析意义重大。微波消解以其独特的优势,在微量元素分析的前处理过程中有着广泛的应用。

生物样品的处理是微波消解应用最早的领域之一,处理样品包括动物、植物和医学样品等。微波消解克服了传统干法灰化或湿法消解处理的高温、使易挥发元素损失、费时等缺点,结合众多分析手段,可以对微量元素及痕量元素进行分析。例如,采用微波消解人发样本,测定元素包括 Al、Bi、Ca、Cd、Cr、Cu、Fe、Ge、Hg、Mg、Mn、Mo、Ni、Pb、Se、Sr、Zn 及稀土元素。采用微波样品处理系统结合 ICP 法对连翘中无机元素的含量进行了测定,该法在 30 min 内即可完成试样的消解,测定结果令人满意。微波消解技术加速了样品的分解,改进了传统的消化模式,改善了工作环境并减轻了分析人员的劳动强度。

2) 微波消解技术在食品及化妆品分析中的应用

采用微波消解植物、动物、水产品、粮油谷物等样品,利用国家标准物质验证方法的可靠性,测得微量元素的回收率为 92%~103%,RSD(相对标准偏差)为 1.2%~8%。在各类食品中有些含有对人体有害的重金属元素,如 Pb、As、Hg、Cd 等,在传统的干法或湿法消解很容易损失,而 Al 及营养元素 Ca、Zn、Fe 等在环境、试剂、器皿中含量很高,易造成污染,这样使得微波消解在食品及卫生检验领域的应用更加广泛。利用微波消解-氢化物原子吸收光谱法测定食品中的铅,取得了良好的效果。采用微波密闭溶样系统结合冷原子吸收测定微量的汞,仅用 10 min 左右即可将有机物消化完全,并可同时消化多个样品,实验重现性好,回收率达 90% 以上。

化妆品是与人们生活密切相关的轻化工产品,其配方中含有很多有机和无机成分。其中某些金属元素的存在将损害皮肤,有的元素甚至可以沿毛孔和呼吸道进入体内,对人体健康产生严重危害。化妆品中有害金属元素含量是评价化妆品质量的重要卫生指标,对化妆品中的金属元素必须严格限制,其中 As、Pb、Cd、Cr、Bi 五种微量元素危害最大。对这五种元素的分析方法有比色法、AAS 法和 ICP-AES 法,由于乳状化妆品基体复杂,这五种元素的含量又极低,一般比色法和火焰 AAS 法很难准确测定,ICP-AES 由于其灵敏度可达 ng·mL^{-1},基体干扰小,一次进样可以同时测定五个元素,是一种较好的分析方法。微波消解技术可以在较短的时间内对有机成分进行快速消解,而且由于容器密闭,金属挥发性组分不损失,是一种很好的化妆品前处理方法。将微波消解技术与 ICP-AES 相结合,可以实现化妆品中五种元素的同时测定,灵敏度高。

3) 微波消解技术在环境试样分析中的应用

在环境样品分析中,采样和样品预处理所耗时间及费用约占整个分析过程投资的 60%,

因此,改进传统消解方法的弊端,从整体上提高环境分析的速度和质量尤为重要。微波消解在环境试样分析方面的应用很广,涉及的环境试样包括土壤、固体垃圾、核废料、煤飞灰、大气颗粒物、水系沉积物、淤泥、废水、污水悬浮物和油等。微波消解环境试样可以用来测定其中的 As、Al、Ba、Be、Ca、Cd、Co、Cr、Cu、Fe、Hg、K、Li、Mn、Mg、Na、Ni、Pb、Sb、Si、Sr、Se、Ti、Tl、V、Zn、Zr 和稀土元素,总磷、总氮、无机硫及废水的 COD(化学需氧量)值等。

4) 微波消解技术在地质冶金分析中的应用

地质试样主要指岩石、矿物、土壤、水系沉积物等样品。一些微量元素共存时的存在形态和行为与它们单独存在时不尽一致,因此地质试样的分解比其他样品困难得多。采用聚四氟乙烯(Teflon,PTEF)密封容器,氢氟酸与王水分解花岗岩和海洋沉积物样品,溶样60 s,火焰和石墨炉原子吸收光谱法测定其中的 Cr、Al、Zn,回收率大于 97%。用王水、氢氟酸微波分解硅酸盐,用 ICP-AES 测定多种元素也得到较好的效果。

煤灰化学成分复杂而且含有大量的 SiO_2 和 Al_2O_3,试样处理及分析测试均比较困难。传统的熔融法和湿法消化操作中引入的沾污经常干扰分析测定过程,而且样品需要分别处理。例如,测 Si 的国家标准方法是将样品和 NaOH 混合在 700 ℃熔融,再分别用热水和 HCl 溶解;测 Al、Ca、Fe、Mg、Ti、Mn、K 的国家标准方法是将样品分别用 $HClO_4$、HF 和 HCl 加热消解;测 Pb、Cr 的国家标准方法是将样品分别用 $HClO_4$、HF 和 HNO_3 加热消解。微波消解方法可以用于煤灰试样中多元素的同时消解和测定。

钢中铝的溶解一直是钢铁分析长期存在的问题之一,传统方法是采用 $NaHSO_4$ 熔融,但会引入大量易电离元素,不适合随后的光谱测定。采用 $HNO_3/HCl/HF$ 消解的高压弹法,虽然可避免挥发损失并得到无盐基体,但需要 80 ℃加热 1 h,而采用微波加热只需要 80 s。微波消解还特别适用于低温焊接、非铁基耐热合金、硅酸盐材料等。

微波样品处理的优势促进了微波处理设备的开发研制,这对解决长期困扰 AAS、AFS、ICP、ICP-MS、LC、HPLC 等仪器分析的样品制备问题起到了革命性的推动作用。采用微波样品处理设备,样品放在双层密封罐中,在压强或温度控制下,在微波炉中自动加热,难消解的样品几十分钟即可处理完全,大大缩短了时间,减少了酸雾量,同时也减少了对人体和环境的危害。用酸少,空白低、检出限低,易挥发元素几乎没有损失,结果准确、能耗低。

二、超声波在样品处理中的应用

固体物质的溶解和消解速度也与化学反应类似,受物质的浓度控制。如果不搅拌溶液,固体的溶解只能通过扩散的方式从固体表面脱离而进入溶液。搅拌可以使扩散速度加快,从而减少溶解或消解所用的时间,搅拌常采用磁力搅拌器或手动搅拌方式,也可以采用超声波来完成。超声波萃取是利用超声波辐射压强产生强烈空化、机械振动、扰动、高的加速度、乳化、扩散、击碎和搅拌等多级效应,增大物质分子运动频率和速度,增加溶剂穿透力,从而加速目标成分进入溶剂,促进提取的进行。

1. 超声波辅助溶解和消解

超声波是频率为 20 kHz～1 MHz 的一种弹性机械振动波,本质上与电磁波不同。因为电磁波(包括无线电波、红外线、可见光或紫外光线、X 射线和 γ 射线等)能在真空中传播,而超声波必须在介质中才能传播。

超声波能产生并传递强大的能量,给予介质(如固体小颗粒)极大的加速度。这种能量作用于液体,振动处于稀疏状态时,声波在某些样品(如植物组织细胞)中比电磁波穿透更深,停留时间更长。在液体中,膨胀过程形成负压。如果超声波能量足够强,膨胀过程就会在液体中生成气泡或将液体撕裂成很小的空穴。这些空穴瞬间即闭合,闭合时产生高达 3000 MPa 的瞬间压力,称为空化作用,整个过程在 400 μs 内完成。这种空化作用可细化各种物质以及制造乳液,加速目标成分进入溶剂,极大地提高了提取率。除空化作用外,超声波的许多次级效应也都利于目标成分的转移和提取。

1894 年,Thomycroft 等首次描述了成穴现象。成穴现象的重要意义不在于气泡是怎样形成的,而在于气泡破裂时所发生的一切。在某些点位,气泡不再有效吸收超声波能量,于是产生内爆。气泡或空穴中的气体和蒸气快速绝热压缩产生极高的温度和压力。Suslick 等估计热点的温度高达 5000 ℃,压强约 100 MPa。由于气泡体积相对液体总体积来说极其微小,因此产生的热量瞬间散失,对环境条件不会产生明显影响;空穴泡破裂后的冷却速度估计约为 10^{10} ℃·s^{-1}。超声空穴提供能量和物质间独特的相互作用,产生的高温高压能导致自由基和其他组分的形成。当空穴在紧靠固体表面的液体中产生时,空穴破裂的动力学明显发生改变。在纯液体中,空穴破裂时,由于它周围条件相同,因此总保持球形;然而紧靠固体边界处,空穴的破裂是非均匀的,从而产生高速液体喷流,使膨胀气泡的势能转化成液体喷流的动能,在气泡中运动并穿透气泡壁。已观察到液体喷流朝固体表面的喷射速度为 400 km·h^{-1}。喷射流在固体表面的冲击力非常强,能对冲击区造成极大的破坏,从而产生高活性的新鲜表面。破裂气泡形变在表面上产生的冲击力比气泡谐振产生的冲击力要大数倍。

利用超声波的上述效应,从不同类型的样品中提取各种目标成分是非常有效的。施加超声波,在有机溶剂(或水)和固体基体接触面上产生高温(增大溶解度和扩散系数)、高压(提高渗透率和传输率),加之超声波分解产生的自由基的氧化能等,从而提供了萃取能。

2. 超声波辅助溶剂萃取

与常规萃取技术相比,超声波辅助萃取快速、价廉、高效。在某些情况下,甚至比超临界流体萃取和微波辅助萃取还好。与索氏萃取相比,其主要优点有:①空化作用增强了系统的极性,包括萃取剂、分析物和基体,这些都会提高萃取效率,使之达到或超过索氏萃取的效率;②超声萃取允许添加共萃取剂,以进一步增大液相的极性;③适合不耐热的目标成分的萃取,这些成分在索氏萃取的工作条件下要改变状态;④操作时间比索氏萃取短。在以下两个方面,超声萃取优于超临界流体萃取:①仪器设备简单,萃取成本低;②可提取多种化合物,超声波辅助溶剂萃取适用于任何一种溶剂体系,超临界流体萃取受温度和压力的限制,目前只能用 CO_2 作萃取剂,因此仅适用于非极性物质的萃取。超声萃取优于微波辅助萃取,体现在:①在某些情况下,比微波辅助萃取速度快;②湿法酸消解中,超声萃取比常规微波辅助萃取安全;③多数情况下,超声萃取操作步骤少,萃取过程简单,不易对萃取物造成污染。

与所有声波一样,超声波在不均匀介质中传播也会发生散射衰减。超声提取时,样品整体作为一种介质是各向异性的,即在各个方向上都不均匀,造成超声波的散射。因此,到达样品内部的超声波能量会有一定程度的衰减,影响提取效果。样品量越大,到达样品内部的超声波能量衰减越严重,提取效果越差,而且样品用量多,堆积厚度增大,试剂对样品内部的浸提作用就不充分,同样影响提取效果。

样品粒度对超声提取效率有较大影响。在较大颗粒的内部,溶剂的浸提作用会明显降低。相反,颗粒细小,浸提作用增强。此外,超声波不仅在两种介质的界面处发生反射和折射,而且在较粗糙的界面上还发生散射,引起能量的衰减。资料表明,颗粒直径与超声波的波长的比值为1%或更小时,散射作用可以忽略不计。但当比值增大时,散射也增大,造成超声波能量大幅衰减。

对于超声提取来说,提取前样品的浸泡时间、超声波强度、超声波频率及提取时间等也是影响目标成分提取率的重要因素。而且,超声提取对提取瓶放置的位置和提取瓶壁厚的要求也较高,这两个因素也直接影响提取效果。

3. 超声波辅助萃取系统

超声波辅助萃取的装置有浴槽式和探针式两种。虽然超声波浴槽应用较广,但存在两个主要缺点,即超声波能量分布不均匀(只有紧靠超声波源附近的一小部分液体发生空化作用)以及随时间变化超声波能量要衰减,这会降低实验的重现性和再现性。而超声波探针可将能量集中在样品的某一范围,因而在液体中能提供有效的空化作用,效果较好。

超声波辅助萃取目前主要是手工操作,较少用于连续系统。连续超声辅助萃取的主要优点是样品和试剂消耗量少。在连续超声辅助萃取中,萃取剂连续流过样品有两种模式。一种是敞开系统,新鲜的萃取剂连续流过样品,因此传质平衡转变为分析物进入液相的溶解平衡,这种模式的缺点是萃取物被稀释。若萃取与其他分析步骤(固相萃取)联用,可克服萃取剂稀释的影响,但目前尚无实际应用。另一种是密闭系统,一定体积的萃取剂连续循环使用。萃取载流的方向在萃取过程中保持一致,或者通过驱动系统的预设程序在一定的时间段进行变换。这样,萃取剂来回通过样品,避免了样品在萃取腔中不需要的压缩及动态系统中压力的增大。密闭系统的好处是萃取剂很少被稀释,萃取完成后,或者通过阀的转动把萃取物收集到容器中;或者把它输送到连续管路中用于在线预浓缩、衍生或检测,实现全自动化。

思 考 题

1. 样品分析的一般步骤有哪些?
2. 为什么说正确采样非常重要?
3. 采集具有代表性的试样应考虑哪些问题?
4. 固体试样的制备一般包括哪几个步骤?
5. 无机固体试样分解和溶解的方法主要有哪些?
6. 有机固体试样分解和溶解的方法主要有哪些?
7. 采用微波及超声波进行样品处理的主要优点有哪些?

第三章　沉 淀 分 离

　　沉淀分离是一种经典的分离方法,通过改变沉淀条件、选择特效沉淀剂和采用掩蔽等方法,可以得到满意的分离效果。

第一节　无机沉淀剂分离法

一、氢氧化物沉淀分离法

　　可生成氢氧化物沉淀的离子较多,根据沉淀物的溶度积,可大致计算出各种金属离子开始析出沉淀时的 pH 及沉淀完全时的 pH。

　　例如,$K_{sp,Fe(OH)_3}=3.5\times10^{-38}$,若已知溶液中$[Fe^{3+}]=0.01\ mol\cdot L^{-1}$,则开始沉淀时的pH 可计算出来。

$$[OH^-]^3[Fe^{3+}]\geqslant K_{sp}=3.5\times10^{-38}$$
$$[OH^-]\geqslant1.5\times10^{-12}$$
$$pOH\leqslant11.8,\qquad pH\geqslant2.2$$

　　当沉淀作用进行到溶液中残留$[Fe^{3+}]=10^{-6}\ mol\cdot L^{-1}$,即已沉淀的 Fe^{3+} 的浓度达99.99%时,沉淀作用可以认为已进行完全,此时$[OH^-]=10^{-10.5}\ mol\cdot L^{-1}$,$pOH=10.5$,$pH=3.5$,即沉淀 Fe^{3+} 的适宜 pH 范围为 2.2~3.5。

　　同样 $K_{sp,Al(OH)_3}=1.3\times10^{-33}$,若溶液中$[Al^{3+}]=0.01\ mol\cdot L^{-1}$,开始沉淀时的 pH 可计算为$[OH^-]\geqslant2.35\times10^{-11}$,$pOH\leqslant10.63$,$pH\geqslant3.4$;沉淀完全时$[OH^-]=1.09\times10^{-9}\ mol\cdot L^{-1}$,$pOH=9.0$,$pH=5.0$,即沉淀 Al^{3+} 的适宜 pH 范围为 3.4~5.0。

　　根据类似的计算,可以得到各种氢氧化物开始沉淀和沉淀完全时的 pH 范围。各种不同氢氧化物沉淀时的 pH 不同,有的在较低的 pH 时能沉淀完全,有的却在较高 pH 时开始沉淀,因而可通过控制 pH 达到分离的目的。

　　由于测定的形式、颗粒度大小及金属离子在溶液中受其他离子的干扰等一系列因素的影响,因此用这种方法计算出的 pH 范围只是近似值。

　　常用的氢氧化物沉淀剂主要有以下几类。

1. NaOH 溶液

　　NaOH 溶液可使两性氢氧化物溶解而与其他氢氧化物沉淀分离,分离情况列于表3-1。

表 3-1　用 NaOH 溶液进行沉淀分离的情况

定量沉淀的离子	部分沉淀的离子	留在溶液中的离子
Mg^{2+}、Cu^{2+}、Ag^+、Au^+、Cd^{2+}、Hg^{2+}、Ti^{4+}、Zr^{4+}、Hf^{4+}、Th^{4+}、Bi^{3+}、Fe^{3+}、Co^{2+}、Ni^{2+}、Mn^{4+}、稀土等	Ca^{2+}、Sr^{2+}、Ba^{2+}、$Nb(V)$、$Ta(V)$	AlO_2^-、CrO_2^-、ZnO_2^{2-}、PbO_2^{2-}、SnO_2^{2-}、GeO_3^{2-}、GaO_2^{2-}、BeO_2^-、SiO_3^{2-}、WO_4^{2-}、MoO_4^{2-}、VO_3^- 等

注意：由于 NaOH 易吸收 CO_2 而含微量的 CO_3^{2-}，因此当有 Ca^{2+}、Sr^{2+}、Ba^{2+} 存在时，可能形成部分碳酸盐沉淀析出。$Mg(OH)_2$、$Ni(OH)_2$ 沉淀时带下部分的 $Al(OH)_3$。WO_4^{2-}、AsO_4^{3-}、PO_4^{3-} 和 Ca^{2+} 共存时，由于生成难溶的 $CaWO_4$、$Ca_3(AsO_4)_2$、$Ca_3(PO_4)_2$ 沉淀，分离不完全。

CrO_2^- 易水解，当溶液加热时易生成 $Cr(OH)_3$ 沉淀，如果同时加入 H_2O_2 或 Br_2，则 CrO_2^- 被氧化为 CrO_4^{2-}。如果在碱性溶液中加入氧化剂，则 Mn^{2+} 将被氧化为 $MnO(OH)_2$ 沉淀。

2. 氨水加铵盐

氨水加铵盐组成的缓冲体系可调节溶液的 pH 为 8～10，使高价离子沉淀而与一价、二价的金属离子分离；另外，能与 NH_3 形成配离子的金属离子留在溶液中。分离情况列于表3-2。

表3-2　用氨水加铵盐进行沉淀分离的情况

定量沉淀的离子	部分沉淀的离子	留在溶液中的离子
Hg^{2+}、Be^{2+}、Fe^{3+}、Al^{3+}、Cr^{3+}、Bi^{3+}、Sb^{3+}、Sn^{4+}、Ti^{4+}、Zr^{4+}、Hf^{4+}、Th^{4+}、Ga^{3+}、In^{3+}、Tl^{3+}、Mn^{4+}、Nb(Ⅴ)、Ta(Ⅴ)、Uc(Ⅵ)、稀土等	Mn^{2+}、Fe^{2+}、Pb^{2+}	$Ag(NH_3)_2^+$、$Cu(NH_3)_4^{2+}$、$Cd(NH_3)_4^{2+}$、$Co(NH_3)_6^{3+}$、$Ni(NH_3)_4^{2+}$、$Zn(NH_3)_4^{2+}$、Ca^{2+}、Sr^{2+}、Ba^{2+}、Mg^{2+} 等

注意：当砷(Ⅴ)、磷(Ⅴ)、钒(Ⅴ)和上述生成沉淀的离子共存时，也会生成相应的砷酸盐、磷酸盐、钒酸盐沉淀。Fe^{2+}、Mn^{2+} 在碱性溶液中易被氧化为高价离子而沉淀，如果溶液中同时存在氧化剂，则被氧化而生成沉淀 $Fe(OH)_3$、$MnO(OH)_2$。U(Ⅵ)遇氨水生成 $(NH_4)_2U_2O_7$ 沉淀，如果氨水因吸收 CO_2 而含有微量 CO_3^{2-}，则将部分溶解，生成 $[UO_2(CO_3)_3]^{4-}$。铌、钽的氢氧化物沉淀易成胶体悬浊液，凝聚时将带下其他离子，尤其是 Ti^{4+}。当 Pb^{2+}、Fe^{3+}、Al^{3+} 共存时，$Fe(OH)_3$、$Al(OH)_3$ 沉淀时将共沉淀带下 Pb^{2+}，这些都将影响分离的效果。

沉淀剂加入铵盐电解质，有利于沉淀的凝聚；同时氢氧化物沉淀吸附 NH_4^+，可以减少沉淀对其他离子的吸附。

3. ZnO 悬浊液

ZnO 为难溶碱，在水溶液中存在下列平衡：

$$ZnO + H_2O \rightleftharpoons Zn(OH)_2 \rightleftharpoons Zn^{2+} + 2OH^-$$

将 ZnO 悬浊液加入酸性溶液中，ZnO 溶解，当 $[Zn^{2+}] = 0.1 \ mol \cdot L^{-1}$ 时，根据 $[Zn^{2+}][OH^-]^2 = 1.2 \times 10^{-17}$，则 $pOH = 8$，$pH = 6$。当溶液中有过量的 $Zn(OH)_2$ 存在时，$[Zn^{2+}]$ 虽然发生明显的改变，但溶液的 pH 改变极小，因此可用 ZnO 悬浊液控制 pH 在 6 左右。显然利用悬浊液控制 pH 会引入大量相应的阳离子，因此只有当这些阳离子不干扰测定时才可利用。

4. 有机碱

六亚甲基四胺、吡啶、苯胺、苯肼等有机碱与其共轭酸组成的缓冲溶液可控制溶液的 pH，使某些金属离子生成氢氧化物沉淀，达到沉淀分离的目的。例如，$(CH_2)_6N_4$-$(CH_2)_6N_4H^+$ 组成的缓冲溶液 pH=5～6，在此条件下可沉淀 Al^{3+}、Fe^{3+}、Ti(Ⅳ)、Th(Ⅳ)等，留在溶液中的离子

为 Mn^{2+}、Co^{2+}、Ni^{2+}、Cu^{2+}、Zn^{2+}、Cd^{2+} 等。

一般氢氧化物沉淀为胶体沉淀,共沉淀比较严重,所以分离效果不理想。在利用氢氧化物沉淀进行分离时,既要设法提高选择性,又要考虑共沉淀问题,有以下几种方法可以提高分离效果:

(1) 控制 pH 选择合适的沉淀剂。例如,Al^{3+}、Fe^{3+} 与 Cu^{2+}、Co^{2+}、Ni^{2+}、Cd^{2+}、Zn^{2+}、Mn^{2+} 分离,如果采用过量氨水,虽然 Cu^{2+}、Ni^{2+}、Cd^{2+}、Zn^{2+} 不沉淀,但往往有共沉淀。若用六亚甲基四胺,可控制溶液的 pH 为 $5.5\sim6.0$,溶液 pH 较低,Cu^{2+} 等不生成氢氧化物沉淀,不但可以分离,而且没有共沉淀问题。

(2) 利用均相沉淀法或在较热、浓溶液中沉淀并且用热溶液洗涤消除共沉淀。

(3) 利用小体积沉淀法减少或消除共沉淀。小体积沉淀法是指在小体积、高浓度且有大量对测定没有干扰的盐存在下进行沉淀的方法。例如,在大量 NaCl 存在下,NaOH 可以分离 Al^{3+}、Fe^{3+}。方法是先将试液蒸发近干,加入固体 NaCl,搅拌,然后加入浓 NaOH 溶液,搅拌使沉淀形成,最后用适量热水稀释后过滤。如果要使金属和过渡金属中的二价离子形成氨配离子留在溶液中,可用 NH_4Cl 和浓氨水沉淀三价离子,操作相同。大量无干扰作用的盐类存在,一方面降低离子的水合程度,这样形成的沉淀含水量少、结构紧密,另一方面可以减少沉淀对其他组分的吸附,提高分离效果。

(4) 加入掩蔽剂提高分离选择性。例如,有 EDTA 存在,加入过量 NaOH 溶液,只有 Fe^{3+}、Mg^{2+} 能析出沉淀;在 EDTA 存在下,加入过量氨水,只有 Be^{2+}、$Ti(IV)$、$Nb(IV)$、$Ta(IV)$、$Sn(IV)$、$Sb(III)$、$Sb(V)$ 能析出沉淀;加入过量六亚甲基四胺或其他有机碱,如吡啶、苯胺、苯肼等,只有 Cr^{3+}、$Sb(III)$、$Sb(V)$ 能析出沉淀。向含有 Cu^{2+}、Cd^{2+} 的溶液中通入 H_2S,都会生成硫化物沉淀;若在通 H_2S 前加入 KCN,则 Cu^{2+} 与 CN^- 形成稳定的配合物 $Cu(CN)_4^{2-}$ 而不生成硫化物沉淀,Cd^{2+} 虽然也生成配合物 $Cd(CN)_4^{2-}$,但稳定性差,仍然能够生成 CdS 沉淀。

(5) 利用氧化还原反应,改变离子存在状态。在含有 Fe^{3+} 和 Cr^{3+} 的溶液中,如果直接加入 NaOH 溶液,两种离子均产生氢氧化物沉淀,如果在 H_2O_2 存在下,则只有 Fe^{3+} 生成 $Fe(OH)_3$ 沉淀,Cr^{3+} 被氧化成 CrO_4^{2-} 而留在溶液中。

二、硫化物沉淀分离法

除碱土金属外,重金属离子可分别在不同酸度下形成硫化物沉淀。沉淀剂 H_2S 是二元弱酸,在溶液中存在下列平衡:

$$H_2S \xrightarrow[K_1]{-H^+} HS^- \xrightarrow[K_2]{-H^+} S^{2-}$$

$$K_1 = 5.7 \times 10^{-8} \qquad K_2 = 1.2 \times 10^{-15}$$

可见 $[S^{2-}]$ 与酸度有关,$[H^+]$ 增大,$[S^{2-}]$ 降低,因此可通过控制酸度来控制 $[S^{2-}]$。H_2S 是气体,使用不方便,通常用硫代乙酰胺(TAA)作沉淀剂。

酸性介质　　　$CH_3CSNH_2 + 2H_2O + H^+ \rightleftharpoons CH_3COOH + H_2S\uparrow + NH_4^+$

碱性介质　　　$CH_3CSNH_2 + 3OH^- \rightleftharpoons CH_3COO^- + S^{2-} + NH_3\uparrow + H_2O$

沉淀剂通过水解反应缓缓产生,属于均相反应。用硫化物沉淀剂进行沉淀分离的情况列于表 3-3。

表 3 - 3　用硫化物沉淀剂进行沉淀分离的情况

沉淀剂	沉淀介质	沉淀的离子
H_2S	稀 HCl 介质 ($0.2 \sim 0.5$ mol·L^{-1})	Ag^+、Pb^{2+}、Cu^{2+}、Cd^{2+}、Hg^{2+}、Bi^{3+} $As(III)$、$Sn(IV)$、Sn^{2+}、$Sb(III)$、$Sb(V)$
Na_2S	碱性介质(pH>9)	Ag^+、Pb^{2+}、Cu^{2+}、Cd^{2+}、Bi^{3+}、Fe^{3+}、Fe^{2+}、Co^{2+}、Zn^{2+}、Ni^{2+}、Mn^{2+}、Sn^{2+}
$(NH_4)_2S$	氨性介质	Ag^+、Pb^{2+}、Cu^{2+}、Cd^{2+}、Hg^{2+}、Bi^{3+}、Fe^{3+}、Fe^{2+}、Co^{2+}、Zn^{2+}、Ni^{2+}、Mn^{2+}、Sn^{2+}

三、其他沉淀分离法

其他沉淀剂有 H_2SO_4、H_3PO_4、HF 或 NH_4F、HCl 等。

1. 沉淀为硫酸盐

可使 Ca^{2+}、Sr^{2+}、Ba^{2+}、Ra^{2+}、Pb^{2+} 生成硫酸盐沉淀,从而与其他金属离子分离。其中 $CaSO_4$ 的溶解度较大,宜加入适量乙醇,降低其溶解度。$PbSO_4$ 可溶于 CH_3COONH_4,据此可使 Pb^{2+} 与其他的微溶性硫酸盐分离。

2. 沉淀为氟化物

以 HF 或 NH_4F 为沉淀剂,用于 Ca^{2+}、Sr^{2+}、Mg^{2+}、Th^{4+}、稀土元素与其他金属离子分离。

3. 沉淀为磷酸盐

利用 $Zr(IV)$、$Hf(IV)$、$Th(IV)$、Bi^{3+} 等金属离子能生成磷酸盐沉淀而与其他离子分离。在强酸性溶液中能生成沉淀的有 $Zr(IV)$ 和 $Hf(IV)$。加入 H_2O_2 可防止 $Ti(IV)$ 的沉淀。$Nb(V)$、$Ta(V)$、Th^{4+}、Sn^{2+}、Bi^{3+} 有干扰。在 HNO_3(1:75,体积比)溶液中,$BiPO_4$ 沉淀完全,可用于测定 Bi^{3+} 或 PO_4^{3-}。

4. 冰晶石法分离 Al^{3+}

在 pH $\approx$ 4.5 的溶液中,Al^{3+} 与 NaF 能生成 Na_3AlF_6 沉淀,利用这一性质可使 Al^{3+} 与 Fe^{3+}、Cr^{3+}、Ni^{2+}、$V(V)$、$Mo(VI)$ 等分离。其他常见沉淀分离示例见表 3 - 4。

表 3 - 4　其他常见无机沉淀剂及能沉淀的离子

沉淀剂	沉淀介质	沉淀的离子
稀 HCl	稀 HNO_3	Ag^+、Hg^{2+}、Tl^+、Pb^{2+}($PbCl_2$ 溶解度较大)
稀 H_2SO_4	稀 HNO_3	Pb^{2+}、Ba^{2+}、Sr^{2+}、Ca^{2+}(Ca^{2+} 浓度较大时才沉淀)
NH_4F	弱酸性介质	Th^{4+}、稀土、Ca^{2+}、Sr^{2+}
NaH_2PO_4 或 Na_2HPO_4	酸性介质 弱酸性介质 氨性介质	$Zr(IV)$、$Hf(IV)$、Bi^{3+} Fe^{3+}、Al^{3+}、Cr^{3+} Cu^{2+} 等过渡金属及碱土金属离子

第二节　有机沉淀剂分离法

无机沉淀剂存在选择性差、灵敏度不够高等缺点。有机合成试剂的发展促进了分离和分析方法的不断简化,提高了沉淀分离的选择性和分离效率。根据形成沉淀反应机理的不同,一般可将有机沉淀剂分为螯合物沉淀剂、离子缔合物沉淀剂、三元配合物沉淀剂及有机碱沉淀剂等。

一、生成螯合物的沉淀分离体系

生成螯合物的有机沉淀剂分子中一般含有两种基团,一种是酸性基团(如—OH、—COOH、—SO$_3$H、—SH 等),基团中的 H$^+$ 可被金属离子置换;另一种是碱性基团(如—NH$_2$、=NH、$\diagdown$N—、=CO、=CS 等),这些基团与金属离子以配位键结合,生成环状结构的螯合物,整个分子不带电荷,由于其具有大的疏水性基团,因此不溶于水。例如,丁二酮肟与 Ni^{2+} 反应生成鲜红色的丁二酮肟合镍沉淀。

研究发现含二肟结构$\left(\begin{array}{c}-\text{C}-\text{C}-\\ \quad\text{NO HNOH}\end{array}\right)$的试剂与 Ni^{2+} 都能生成螯合物,这种使有机试剂对金属离子起选择性作用的特殊结构称为分析功能团。对某种离子来说,可能有多种分析功能团,但具有不同结构的分析功能团的试剂表现出的灵敏度、专属性等分析特性有所不同。此外,某种分析功能团也并不是只能与某一种离子反应,而是能与性质相似的多种离子发生反应。例如,丁二酮肟与 Fe^{2+}、Co^{2+}、Cu^{2+} 分别生成深红色、棕色、紫色的可溶性螯合物等。凡符合以下通式的化合物,在适当条件下均可与 Sn(Ⅳ)反应生成难溶化合物。

$$\text{HO}_3\text{As}\text{—}\bigcirc\text{—R} \qquad \text{或} \qquad \bigcirc\begin{array}{c}\text{R}\\\text{—AsO}_3\text{H}\end{array}$$

因此,—AsO$_3$H 可认为是 Sn(Ⅳ)的分析功能团。

常见有机螯合物沉淀剂及沉淀的金属离子见表 3-5。

表 3-5　常见有机螯合物沉淀剂及沉淀的金属离子

沉淀剂	沉淀的离子
铜试剂(二乙胺基二硫代甲酸钠,简称 DDTC)	Ag$^+$、Pb^{2+}、Cu^{2+}、Cd^{2+}、Bi^{3+}、Fe^{3+}、Co^{2+}、Ni^{2+}、Zn^{2+}、Sn(Ⅳ)、Sb(Ⅲ)、Tl(Ⅲ)
铜铁试剂(N-亚硝基苯胺铵盐)	Cu^{2+}、Fe^{3+}、Ti(Ⅳ)、Nb(Ⅳ)、Ta(Ⅳ)、Ce^{4+}、Sn(Ⅳ)、Zr(Ⅳ)、V(Ⅴ)
丁二酮肟	氨性溶液中,与 Ni^{2+}、Bi^{3+}、Pt^{2+}、Pb^{2+} 形成沉淀,与 Fe^{3+}、Co^{2+}、Cu^{2+} 形成可溶性配合物
8-羟基喹啉	与大多数离子形成沉淀,但每种离子开始形成沉淀和沉淀完全的 pH 不同
苯胂酸及衍生物	与 Zr^{3+}、Hf^{4+}、Th^{4+}、Sn^{4+} 形成沉淀
苯并三唑	Ag$^+$、Co^{2+}、Cu^{2+}、Fe^{2+}、Ni^{2+}、Zn^{2+},对 Ag$^+$ 具有高效选择性
邻氨基苯甲酸	Cu^{2+}、Zn^{2+}、Cd^{2+}、Co^{2+}、Ni^{2+}、Ag$^+$、Mn^{2+}、Hg^{2+}、Pb^{2+}、Fe^{3+}

二、形成离子缔合物的沉淀分离体系

有机试剂在溶液中电离形成带电的阴离子或阳离子,与带相反电荷的离子反应生成离子缔合物,如用四苯硼化钠沉淀 K^+。

$$B(C_6H_5)_4^- + K^+ \Longrightarrow KB(C_6H_5)_4 \downarrow$$

$KB(C_6H_5)_4$ 的 $K_{sp} = 2.25 \times 10^{-8}$,烘干后可直接称量,所以 $NaB(C_6H_5)_4$ 是测定 K^+ 的较好的沉淀剂。

又如,氯化四苯砷 $(C_6H_5)_4AsCl$ 在水溶液中以 $(C_6H_5)_4As^+$ 及 Cl^- 的形式存在,能与某些含氧酸根(如 MnO_4^-)或金属配阴离子 $(HgCl_4^{2-})$ 反应生成离子缔合物沉淀,反应式如下:

$$(C_6H_5)_4AsCl \Longrightarrow (C_6H_5)_4As^+ + Cl^-$$
$$(C_6H_5)_4As^+ + MnO_4^- \Longrightarrow (C_6H_5)_4As \cdot MnO_4 \downarrow$$
$$2(C_6H_5)_4As^+ + HgCl_4^{2-} \Longrightarrow [(C_6H_5)_4As]_2 \cdot HgCl_4 \downarrow$$

有机沉淀剂能与哪种金属离子形成沉淀,取决于有机分子中的功能团,如含有—SH 的有机沉淀剂可能易与形成硫化物沉淀的金属离子形成沉淀;含有—OH 的有机沉淀剂可能易与形成 $M(OH)_n$ 沉淀的金属离子形成沉淀;含有 N 或—NH_2 的有机沉淀剂可能易与 M^{n+} 形成螯合物沉淀。

三、生成三元配合物的沉淀分离体系

金属离子与两种功能团所形成的配合物称为三元配合物。三元配合物的特点是灵敏度高、选择性好、水溶性小,而且生成的沉淀组成稳定、摩尔质量大。能形成三元配合物沉淀的有机沉淀剂较少。例如,吡啶在 SCN^- 存在下,可与 Ca^{2+}、Co^{2+}、Mn^{2+}、Zn^{2+}、Ni^{2+} 等形成三元配合物沉淀 $[M(C_6H_5N)_2(SCN)_2]$。又如,在 Cl^- 存在下,1,10-邻二氮杂菲与 Pd^{2+} 形成三元配合物沉淀。近年来,三元配合物体系的应用发展较快,不仅应用于沉淀分离,更多地应用于萃取分离以及分光光度分析等。

综上所述,与无机沉淀剂相比,有机沉淀剂有以下优点:

(1)试剂种类多,性质各不相同,根据不同的分析要求,选择不同试剂,可大大提高沉淀的选择性,应用范围广。

(2)沉淀的溶解度一般很小,有利于被测物质沉淀完全,有机沉淀剂摩尔质量大,减小称量误差。

(3)选择性好,干扰组分少,沉淀对无机杂质吸附能力小,一般沉淀不必灼烧,只需低温烘干即可,易于获得纯净的沉淀。

(4)有机沉淀物组成恒定,经烘干后就可称量,既简化了重量分析的操作步骤,缩短了分析时间,又可以得到摩尔质量大的称量形式,有利于提高分析的准确度。

沉淀分离法主要应用于试样中待测组分是常量组分的分离,如待测组分是微量或痕量组分,要使微量组分与常量干扰组分分离,有两种处理方法:一是用沉淀法除去常量组分(干扰组分或基体元素);二是用共沉淀法将微量组分富集。

第三节　均相沉淀及共沉淀分离法

一、均相沉淀分离法

在一般沉淀法中沉淀剂是由外部加入试液中的,此时尽管沉淀剂是在不断搅拌下缓慢加

入的,但沉淀剂在溶液中局部过浓现象仍难避免。为了避免局部过浓现象,在分离中经常使用均相沉淀分离法。

1. 均相沉淀法的原理

均相沉淀法是沉淀剂在加热的情况下缓慢水解产生构晶离子,使溶液的相对过饱和度维持在最低状态,从而使沉淀在整个溶液中缓慢地、均匀地析出。均相沉淀法克服了直接沉淀法存在的反应物混合不均匀、反应速率不易控制等缺点,有效地避免了局部过浓现象,所得沉淀颗粒较大、结构紧密、纯净、易于过滤。

要获得良好的沉淀,必须控制晶核的聚集速率,增加离子在晶核上的定向速率,只有这样才能获得颗粒较大、质地致密的晶形沉淀。定向速率主要由沉淀物质的本性决定,而晶核形成的多少和聚集速率的大小则取决于溶液中沉淀物质开始沉淀瞬间的过饱和度,即

$$(Q-S)/S$$

式中,Q 为加入沉淀剂瞬间生成沉淀物质的浓度;S 为沉淀的溶解度。对任何一种沉淀来说,只有当相对过饱和度超过一定数值时晶核才能开始形成,这种刚开始形成晶核的相对过饱和度称为临界过饱和度。在整个溶液中,沉淀作用从开始到结束全过程中,沉淀物质的相对过饱和度如果都均匀地保持在刚超过临界过饱和度,则形成的晶核较少,聚集速度也较小,晶核在逐渐长大的过程中,来得及定向排列而形成粗大完整的晶形沉淀。均相沉淀就是根据这个原理进行的。利用均相沉淀法,甚至可以得到具有晶形性质的无定形沉淀。如果在含有镍离子的溶液中,通过化学反应生成丁二酮肟,保持丁二酮肟的浓度均匀增加,会使形成的丁二酮肟镍的沉淀颗粒增大,其质地均匀致密。这样的沉淀不但共沉淀的杂质较少、纯度较高,且不必陈化,也较容易过滤和洗涤。图 3-1 是一般沉淀法和均相沉淀法获得的丁二酮肟镍沉淀的电子显微照片。

(a)一般沉淀法　　　　　　　　　(b)均相沉淀法

图 3-1　丁二酮肟镍沉淀的电子显微照片

既然均相沉淀的效果很好,通过哪些途径才能获得均相沉淀呢?下面对可能产生均相沉淀的沉淀途径加以介绍。

2. 均相沉淀法的沉淀途径

通常有四种产生均相沉淀的途径:改变溶液的酸度,沉淀逐渐产生;通过化学反应生成沉

淀剂,使沉淀产生;破坏或置换可溶性配合物,产生沉淀剂,使沉淀产生;逐渐驱除挥发性溶剂,使沉淀剂浓度逐渐增加而产生沉淀。

(1) 控制溶液 pH 的均相沉淀法。有些沉淀剂,其浓度受溶液酸度的控制,如乙二酸溶液中乙二酸根的浓度,当通过化学反应降低溶液的酸度时,乙二酸根的浓度会逐渐增大。例如,沉淀酸性溶液中的 Ca^{2+} 时,可在溶液中加入乙二酸和尿素,此时乙二酸根的浓度很低,不会形成乙二酸钙沉淀。当加热溶液,随着尿素逐渐水解,溶液的 pH 逐渐上升,乙二酸逐渐被中和,乙二酸根浓度逐渐增大,当达到乙二酸钙沉淀形成所要求的最低浓度时,沉淀开始形成。反应速率受温度控制,温度升高,反应速率加快;温度降低,反应速率下降;当温度降至室温时,上述反应便会停止。只要改变酸度的化学反应是均匀的,沉淀便会在均相条件下进行。

在含有 Bi^{3+}、Pb^{2+} 的混合溶液中,采用常规的沉淀方式,无法得到满意的沉淀分离效果。如果加入乙二酸和尿素,加热溶液改变酸度,使乙二酸根的含量逐渐升高,形成碱式乙二酸铋沉淀,该沉淀致密,易于过滤和洗涤,Pb^{2+} 留在溶液中而得以分离。

可以通过酯类或其他化合物水解调节溶液的 pH,产生所需的沉淀离子。控制释出的离子有 PO_4^{3-}、SO_4^{2-}、$C_2O_4^{2-}$、S^{2-}、CO_3^{2-}、Cl^- 等,以及 8-羟基喹啉、N-苯甲酰胲等有机沉淀剂。只要控制好反应速率,常能得到晶形良好的大颗粒晶体,从而减少了共沉淀现象,取得好的分离效果。

(2) 通过反应直接生成沉淀剂的均相沉淀法。在溶液中让构造简单的试剂合成为结构复杂的螯合物沉淀剂,以进行均相沉淀,即在能生成沉淀的介质条件下,直接合成有机试剂,使它边合成边沉淀。例如,借助于亚硝酸钠与 β-萘酚反应合成 α-亚硝基-β-萘酚,可均相沉淀钴、锆;借助于丁二酮与羟胺合成丁二酮肟,可均相沉淀镍和钯;用苯胺和亚硝酸钠合成 N-亚硝基苯胺,可均相沉淀铜、铁、钛、锆等。也可以通过氧化还原反应产生所需的沉淀离子。例如,用 ClO_4^- 氧化 I^- 成 IO_3^-,使钍沉淀成为碘酸钍。在有 IO_3^- 的硝酸溶液中,用过硫酸铵和溴酸钠作氧化剂,把 Ce(Ⅲ)氧化成 Ce(Ⅳ),这样所得的碘酸高铈质地密实,便于过滤和洗涤,可使铈与其他稀土元素很好地分离,灼烧成氧化物后,适合于进行铈的定量分析。

(3) 破坏或置换可溶性配合物,使目标离子游离形成沉淀的均相沉淀法。用加热的办法破坏某些配合物,或用一种能生成更稳定配合物的金属离子将目标离子从原来的配合物中置换出来,都可以进行均相沉淀。配合物分解法通常能获得良好的沉淀,但由于反应过程中破坏了配位剂,有时候沉淀分离的选择性会受到影响。测定合金钢中的钨时,用浓硝酸(必要时加些高氯酸)溶解试样后,加入 H_2O_2,钨形成过氧钨酸保留在溶液中。在 60 ℃时加热 90 min,过氧钨酸逐渐被破坏,析出钨酸沉淀。用此法沉淀钨酸,回收率比所有的经典方法都好,在钨含量较少时,情况尤为突出。在硫酸钡沉淀分离过程中,可以利用镁的 EDTA 螯合物稳定常数($10^{8.69}$)大于钡的稳定常数($10^{7.76}$)的特性,将钡从其 EDTA 的配合物中置换出来,与溶液中的硫酸根形成硫酸钡沉淀。

(4) 使溶剂逐渐挥发的均相沉淀法。逐渐除去原溶液中易挥发的溶剂,使沉淀剂浓度增大而产生均相沉淀。例如,将 8-羟基喹啉溶解在丙酮中,加到含有被沉淀的 Al^{3+} 的 CH_3COONH_4 缓冲溶液中,当溶液温度为 70～80 ℃时,丙酮逐渐挥发,8-羟基喹啉浓度逐渐增加,持续一定时间,使 Al^{3+} 形成 8-羟基喹啉铝沉淀,这种方式获得的沉淀易于洗涤、过滤和干燥。

二、共沉淀分离法

共沉淀是指在目标物沉淀反应发生的同时,由于某种原因,非目标物跟随目标物一起沉淀的现象。共沉淀在沉淀法相关的分析中被认为是影响测定准确度的干扰因素之一,因此要设法消除共沉淀作用。产生共沉淀的原因有表面吸附、混晶、固溶体、吸留和包藏等。虽然共沉淀在有些定量分析中被认为是影响分析准确度的干扰因素,但在分离富集中恰恰是利用了选择性共沉淀的特性,将浓度小至单独无法产生沉淀的离子与共存大量离子一同沉淀而得以浓缩富集。例如,测定水中的痕量铅时,由于 Pb^{2+} 浓度太低,无法直接测定,加入沉淀剂也无法使其沉淀。但如果在原样品中加入适量的 Ca^{2+} 之后,再加入沉淀剂 Na_2CO_3,生成 $CaCO_3$ 沉淀,则痕量的 Pb^{2+} 也同时沉淀。共沉淀法的实现通常是先在要沉淀富集的溶液中,加入一定量的其他化合物(称为载体),在这种物质发生沉淀的同时,溶液中的痕量组分一同沉淀下来,得以富集分离。依据所加入的组分为无机物还是有机物,将共沉淀分为无机共沉淀和有机共沉淀两类。

载体的选择要满足以下几个要求:所产生的沉淀溶解度小,沉淀速度快;沉淀便于与母液分离,洗涤;能够很方便地消除或本身对待测元素的后续测定不产生影响;根据单元素或多元素同时分离选择载体;尽量减少载体用量。现就无机共沉淀和有机共沉淀分述如下。

1. 无机共沉淀分离法

无机共沉淀大体可分为以下几类。

1)表面吸附和吸留作用

表面吸附是沉淀表面的离子电荷未达到平衡而吸引溶液中异电荷离子所引起的共沉淀现象,有一定的选择性,随着溶液温度的升高,吸附的离子将减少,如氢氧化物共沉淀剂的吸附作用。

吸留是沉淀速度过快使沉淀颗粒表面的杂质离子来不及被构晶离子取代即被随后沉淀的离子覆盖而留在沉淀内部的共沉淀现象,用陈化方法可减少吸留现象。吸附和吸留共沉淀分离的应用示例见表 3-6。

表 3-6 吸附和吸留共沉淀分离的应用实例

载 体	共沉淀的离子或化合物
$Fe(OH)_3$ 或 $Al(OH)_3$	Be^{2+}、$Ti(IV)$、$Zr(IV)$、$Sn(IV)$、Cr^{3+}、Co^{2+}、Ni^{2+}、Zn^{2+} Mn^{2+}、AsO_4^{3-}、PO_4^{3-}
CuS	Pb^{2+}、Ni^{2+}、Cd^{2+}、Ag^+、Bi^{3+}、Zn^{2+}、Hg^{2+}
PbS	Cu^{2+}、Ni^{2+}、Cd^{2+}、Ag^+、Bi^{3+}、Zn^{2+}、Hg^{2+}
MnO_2	$Sb(III)$、$Sb(V)$、$Sn(IV)$、Bi^{3+}、Fe^{3+}
Te 或 Se	$Au(III)$、$Pb(II)$、$Pt(IV)$、Ag^+、Hg^{2+}

2)生成混晶或固溶体

生成混晶是指与共沉淀离子半径及电荷相近的其他离子取代其构晶离子而生成沉淀的现象。能生成混晶的离子,它们所生成的沉淀应具有相同的晶格结构。由于晶格的限制,该方法的选择性比较好。应用示例见表 3-7。

表 3-7 生成混晶的共沉淀示例

载 体	共沉淀离子	载 体	共沉淀离子
$BaSO_4$	Ra^{2+}、Sr^{2+}、Pb^{2+}	$MgNH_4PO_4$($MgNH_4AsO_4$)	AsO_4^{3-}
$SrCO_3$	Cd^{2+}	LaF_3	$Th(IV)$

3) 形成晶核所引起的共沉淀

含量极少的元素,即使转化成难溶物质,也无法沉淀出来。但可把它作为晶核,使其他常量组分聚集在该晶核上,使晶核长大后沉淀。

溶液中极微量的金、铂、钯等贵金属的离子,要使它们沉淀析出,可以将少量亚碲酸钠加在溶液中,再加 H_2SO_3 或 $SnCl_2$ 等还原剂。在贵金属离子还原为金属微粒(晶核)的同时,亚碲酸盐还原成游离碲,就以贵金属微粒为核心,碲聚集在它的表面,使晶核长大,而后一起沉淀析出。痕量 Ag^+ 的富集也常用 $SnCl_2$ 还原 $TeCl_4$ 为游离碲,使其聚集在银微粒外面而后一起沉淀析出的办法。

4) 形成新的化合物

溶液中微量组分与载体形成一种新的难溶化合物而被载带(硫化物共沉淀多属此类),若形成化合物的两种离子具有相反的酸碱性质则易形成此类化合物。

用一难溶化合物,使存在于溶液中的微量化合物转化成更为难溶的物质,也是一种分离痕量元素的方法。例如,将含有微量 Cu^{2+} 的溶液通过预先浸有 CdS 的滤纸,Cu^{2+} 就可转化为 CuS 沉积在滤纸上,过量的 CdS 可用 $1 \ mol \cdot L^{-1}$ HCl 的热溶液溶解除去。这类方法也可用来分离镍中含有的 0.0001% 铜,也可用来分离铅中的微量 Cu^{2+}。用 ZnS 浸渍的滤纸可用来分离中性溶液中的痕量铅。

如果将某些难溶的盐加入所要提取的溶液中,将溶液急剧振荡,也可达到同样的效果。例如,在含有微量金、铂、钯、硒、碲或砷离子的酸性溶液中加入 Hg_2Cl_2,急剧振摇,可使上述各种离子还原成游离状态,沉积在 Hg_2Cl_2 微粒的表面,如用新生态的 Hg_2Cl_2 效果更好。又如,自来水中微量的 Pb^{2+} 可用 $CaCO_3$ 来富集。

无机共沉淀载体很难除去,如果载体对后续测定有干扰,还需增加载体与被测物之间的分离。因此只有当载体离子容易被掩蔽或不干扰测定时,才能使用无机共沉淀法分离富集。

2. 有机共沉淀分离法

与无机共沉淀相比,有机共沉淀剂具有较高的富集效率,与金属离子生成的难溶性化合物表面吸附少、选择性高、分离效果好,得到的沉淀较纯净,载体通过灰化即可除去,灰化后被测组分则被留在残渣中,用适当的溶剂溶解后即可测定。有机共沉淀剂的相对分子质量和体积均较大,有利于微量组分的共沉淀。由于有机共沉淀剂具有这些优越性,因而它的实际应用和发展受到了人们的注意和重视。有机共沉淀剂可分为形成缔合物或螯合物的共沉淀剂和惰性共沉淀剂两类。前者研究较多的有甲基紫、结晶紫、甲基橙、罗丹明 B、亚甲基蓝等。惰性共沉淀剂的典型代表有酚酞、β-萘酚、间硝基苯甲酸等。有机共沉淀剂分离和富集痕量组分,按其作用机理,可分为三种类型。

1) 利用胶体的凝聚作用

能生成胶体的有机物可将处于胶体溶液中的痕量组分沉淀下来。例如,H_2WO_4 在酸性溶液中常呈带负电荷的胶体,不易凝聚,当加入有机共沉淀剂辛可宁,它在溶液中形成带正电荷的大分子,能与带负电荷的钨酸胶体共同凝聚而析出,可以富集微量的钨。又如,用 HCl 沉淀硅酸盐为 H_2SiO_3,加入明胶或琼脂胶,可使其很快絮凝沉淀。常用的这类有机共沉淀剂还有丹宁酸、动物胶,可以共沉淀钨、银、钼、硅等含氧酸。

2) 利用形成离子缔合物

有机共沉淀剂可以和一种物质形成沉淀作为载体,同另一种组成相似的由痕量元素和有机沉淀剂形成的化合物生成共溶体而一起沉淀下来。碱性染料如甲基紫、亚甲蓝、结晶紫、孔雀绿等,在酸中是体积庞大的有机阳离子,可与结构相似的金属配阴离子形成离子缔合物(难溶物)沉淀析出。例如,在含有痕量 Zn^{2+} 的弱酸性溶液中,加入 NH_4SCN 和甲基紫,甲基紫在溶液中电离为带正电荷的阳离子 MVH^+,其共沉淀反应为

$$MVH^+ + SCN^- \Longrightarrow MVH^+ \cdot SCN^- \qquad (形成载体)$$

$$Zn^{2+} + 4SCN^- \Longrightarrow Zn(SCN)_4^{2-}$$

$$2MVH^+ + Zn(SCN)_4^{2-} \Longrightarrow (MVH^+)_2 \cdot Zn(SCN)_4^{2-} \downarrow \qquad (形成缔合物)$$

生成的 $(MVH^+)_2 \cdot Zn(SCN)_4^{2-}$ 便与 $MVH^+ \cdot SCN^-$ 共同沉淀。沉淀经过洗涤、灰化之后,即可将数百毫升中浓度为 $1\ \mu g \cdot L^{-1}$ 的痕量的 Zn^{2+} 富集在沉淀之中,用酸溶解之后即可进行锌的测定。其共沉淀组分和载体的有机结构式如下:

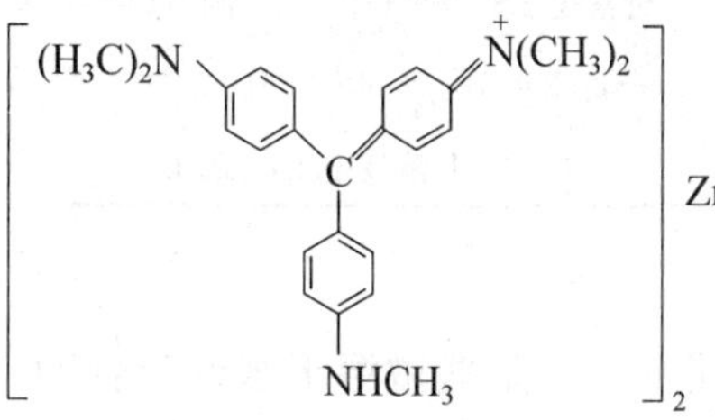

共沉淀组分 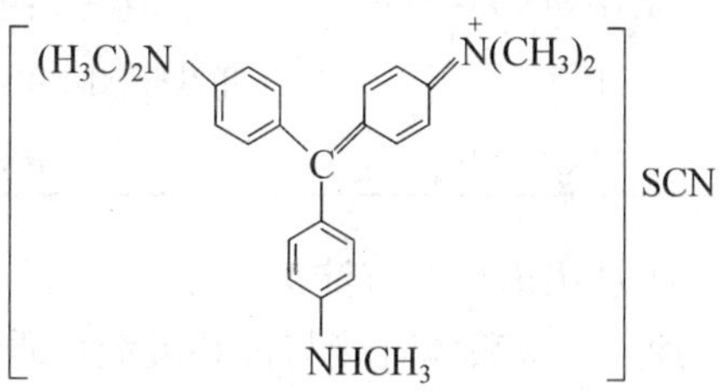　　　　　　　　　　　　　　　　　载体

在硝酸盐和硝酸的介质中,用丁基罗丹明 B 共沉淀 Pu^{4+},同样是利用生成了含 Pu 的缔合物,其共沉淀组分和载体的分子结构如下:

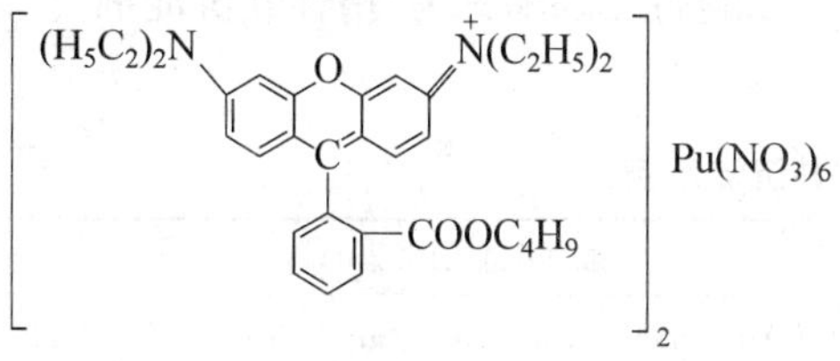

共沉淀组分 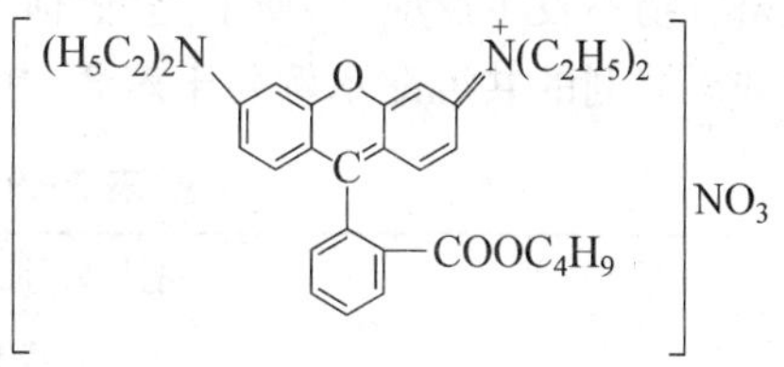　　　　　　　　　　　　　　　　　载体

这个共沉淀方法对分离富集浓度为 $1\ \mu g \cdot L^{-1}$ 的 Pu^{4+} 具有比较理想的富集效果。

利用带负电荷的有机螯合剂与金属离子形成配阴离子,然后与带正电荷的有机阳离子形成缔合物沉淀(共沉淀组分),可以被有机螯合剂与有机阳离子形成的缔合物沉淀(载体)共沉淀而得以富集,以偶氮胂 I 和二苯胍沉淀金属离子为例,其共沉淀组分和载体的分子结构如下:

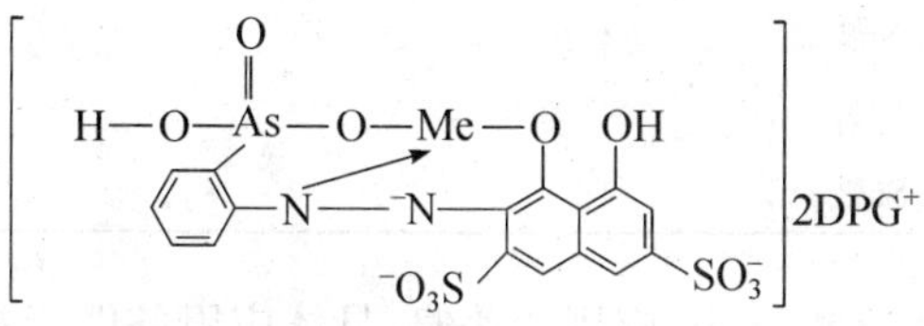

共沉淀组分 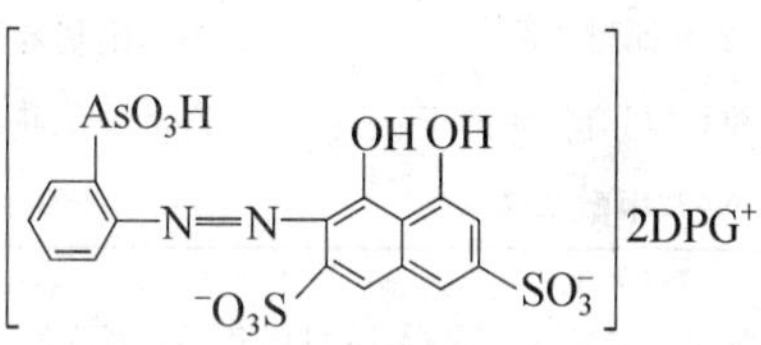　　　　　　　　　　　　　　　　　载体

其中二苯胍（DPG$^+$）的结构如下：

其他有机共沉淀剂的应用情况见表 3-8。

表 3-8　有机共沉淀剂的应用情况

共沉淀组分	载体	备注
$Zn(SCN)_4^{2-}$	甲基紫	可富集 $0.01\ \mu g \cdot mL^{-1}$ 的 Zn^{2+}
$H_3P(Mo_2O_{10})_4$	甲基紫、α-蒽醌磺酸钠	可富集 $10^{-10}\ mol \cdot L^{-1}$ 的 PO_4^{3-}
H_2WO_4	单宁、甲基紫	可富集 $5 \times 10^{-5}\ mol \cdot L^{-1}$ 的 WO_4^{2-}
$TlCl_4^-$	甲基橙、对二甲氨基偶氮苯	可富集 $10^{-7}\ mol \cdot L^{-1}$ 的 Tl^{3+}
InI_4^-	甲基紫	可富集 20 L 溶液中 $1\ \mu g$ 的 In^{3+}

3) 利用惰性共沉淀剂

加入一种载体直接与被共沉淀物质形成固溶体而沉淀下来。某些微溶于水的螯合剂（如酚酞、2,4-二硝基苯胺、间硝基苯甲酸、9-萘酚等）与极低浓度的金属离子生成的螯合物不能沉淀析出，但借助于某些有机载体能将其共沉淀下来，所以这些有机载体被称为"固体萃取剂（溶剂）"。例如，痕量的 Ni^{2+} 与丁二酮肟镍螯合物分散在溶液中，不生成沉淀，加入丁二酮肟二烷酯的乙醇溶液时，则析出丁二酮肟二烷酯，丁二酮肟镍便被共沉淀下来。这里载体与丁二酮肟及螯合物不发生反应，实质上是"固体萃取"作用，则丁二酮肟二烷酯称为"惰性共沉淀剂"。惰性共沉淀剂的共沉淀示例列于表 3-9。

表 3-9　惰性沉淀剂的共沉淀示例

反应试剂	惰性共沉淀剂	可被共沉淀剂富集的离子
双硫腙	2,4-二硝基苯胺	Cu^{2+}、Au^{3+}、Ag^+、Zn^{2+}、In^+、Sn^{2+}、Pb^{2+}、Co^{2+}、Ni^{2+}
	酚酞	Ag^+、Cd^{2+}、Ni^{2+}、Co^{2+}
二乙胺基二硫代甲酸钠	二苯胍	Cu^{2+}
8-羟基喹啉	2,4-二硝基苯胺	UO_2^{2+}
	酚酞或 β-萘胺	Ag^+、Cd^{2+}、Ni^{2+}、Co^{2+}、UO_2^{2+}
	对硝基甲苯	Ag^+、Cd^{2+}、Ni^{2+}
巯基乙酸-2-萘胺	酚酞	Ag^+、Cd^{2+}
2-糠偶酰二肟	2,4-二硝基苯胺或萘	Ni^{2+}
偶氮胂Ⅱ（与有机阴离子）	二苯胺	UO_2^{2+}
N-苯甲酰苯胲	酚酞	Sn^{2+}

共沉淀富集是分析中常用的微量元素的分离富集方法，应用较普遍，具体应用条件请参阅相关文献。

思 考 题

1. 无机沉淀分离法主要有哪些?
2. 有机沉淀分离法主要有哪些?
3. 均相沉淀的优点是什么? 哪些途径能获得均相沉淀?
4. 共沉淀的方法主要有哪些?

第四章　溶剂萃取分离法

溶剂萃取是利用组分在两相中分配系数的差异进行分离的一种手段,本章主要介绍液-液萃取。液-液萃取是使溶液与另一种不相混溶的萃取剂密切接触,以便溶液中的某种或几种溶质进入萃取剂中,从而与溶液中的其他干扰组分分离,也可用萃取的方法进行富集和分离微量和痕量组分。

第一节　萃取分离的基本参数

一、分配系数和分配比

溶质 A 分配在两种互不相溶的溶剂中:

$$A_水 \rightleftharpoons A_有$$

平衡后,A 在两种溶剂中的浓度比为一常数,即分配系数,以 K_D 表示,即

$$K_D = \frac{[A]_有}{[A]_水} \tag{4-1}$$

这个关系也称为分配定律,是溶剂萃取的基本定律。

分配系数 K_D 只有在一定温度下,溶液中溶质的浓度很低时,以及溶质在两相中的存在形式相同时才是常数。

溶液浓度较高时,分配系数 K_D 往往偏离常数值。这是由于在较浓的溶液中,达到平衡时,必须考虑两相中溶质活度的比值,即

$$P_A = \frac{a_有}{a_水} = \frac{[A]_有 \cdot \gamma_有}{[A]_水 \cdot \gamma_水} = K_D \cdot \frac{\gamma_有}{\gamma_水} \tag{4-2}$$

式中,$a_有$、$a_水$ 分别为溶质 A 在有机相、水相中的活度;$\gamma_有$、$\gamma_水$ 分别为活度系数。

随着两相中溶质 A 浓度的改变,活度系数 γ 改变,分配系数 K_D 也就改变。只有当 γ 接近 1 时,即溶液较稀时,K_D 才是常数。

当 A 在两相中发生电离、聚合等化学反应时情况就比较复杂了,这时不能简单地用分配系数来说明萃取过程的平衡问题。

例如,用 CCl_4 萃取水中的碘(I_2),当溶液中有 I^- 存在时,则水相中存在 I_2 和 I_3^- 两种形式,浓度分别为$[I_2]$和$[I_3^-]$,有机相中以 I_2 形式存在,浓度为$[I_2]_有$,水相中存在以下平衡:

$$I_2 + I^- \rightleftharpoons I_3^-$$

稳定常数

$$K_f = \frac{[I_3^-]}{[I_2][I^-]} \tag{4-3}$$

溶质 A 在两相中以各种形式存在的总浓度的比值称为分配比,用 D 表示

$$D = \frac{[A_总]_有}{[A_总]_水} \tag{4-4}$$

上例中

$$D = \frac{[I_2]_{\text{有}}}{[I_2]_{\text{水}} + [I_3^-]} = \frac{K_D}{1 + K_f[I^-]} \tag{4-5}$$

当 K_D、K_f 不变，D 随着 $[I^-]$ 的变化而改变，增大 $[I^-]$，D 值下降，因此 KI 存在下萃取 I_2 较困难。

总之，分配比是随着萃取条件的变化而变化的，因而改变萃取条件，可以增大分配比，从而使萃取分离进行完全。

二、萃取百分数和分离系数

萃取百分数又称为萃取效率，是溶质 A 被萃取到有机相中的百分数，用 E 表示：

$$E = \frac{\text{A 在有机溶剂中的含量}}{\text{A 在两相中的总含量}} \times 100\%$$

$$= \frac{[A_{\text{总}}]_{\text{有}} V_{\text{有}}}{[A_{\text{总}}]_{\text{水}} V_{\text{水}} + [A_{\text{总}}]_{\text{有}} V_{\text{有}}} \times 100\% \tag{4-6}$$

由式(4-4)和式(4-6)可得

$$E = \frac{D}{D + V_{\text{水}}/V_{\text{有}}} \times 100\% \tag{4-7}$$

若用等体积萃取 $V_{\text{水}} = V_{\text{有}}$，则

$$E = \frac{D}{D+1} \times 100\% \tag{4-8}$$

由此可见，萃取百分数由分配比决定。

提高萃取百分数的方法有：

(1) 由式(4-7)可看出，要提高 E，可选 D 大的萃取体系。例如，等体积萃取，$D = 1000$ 时，一次萃取，$E = 99.9\%$，萃取完全；$D = 100$ 时，$E = 99.5\%$，一次萃取不完全；$D = 10$ 时，$E = 90\%$，需数次萃取。

(2) 改变体积比，增大有机溶剂用量可以提高萃取百分数，但 $V_{\text{有}}$ 太大，溶质在有机相中浓度小，随后测定困难，可改用少量溶剂多次萃取的方法。

例如，萃取体系的 $D = 10$，原水相中溶质 A 的总浓度为 c_0，体积为 $V_{\text{水}}$，用体积为 $V_{\text{有}}$ 的有机溶剂萃取，达到平衡后水相及有机相中 A 的总浓度分别等于 c_1 及 c_1'，当 $V_{\text{水}} = V_{\text{有}}$ 时，在萃取一次后水溶液中 A 的总浓度 c_1 可以计算如下：

$$c_0 V_{\text{水}} = c_1 V_{\text{水}} + c_1' V_{\text{有}} = c_1 V_{\text{水}} + c_1 D V_{\text{有}}$$

$$c_1 = \frac{c_0 V_{\text{水}}}{V_{\text{水}} + D V_{\text{有}}} = \frac{c_0 V_{\text{水}}/V_{\text{有}}}{V_{\text{水}}/V_{\text{有}} + D} = \frac{c_0}{1+D} = \frac{1}{11} c_0$$

萃取两次后，水相中 A 的总浓度 c_2，可按同样的方法计算得到：

$$c_2 = c_1\left(\frac{1}{1+D}\right) = c_0\left(\frac{1}{1+D}\right)^2 = \frac{1}{121} c_0$$

第三次萃取后，水相中 A 的总浓度 c_3 为

$$c_3 = c_2\left(\frac{1}{1+D}\right) = c_0\left(\frac{1}{1+D}\right)^3 = \frac{1}{1331} c_0$$

等体积萃取三次，所用有机溶剂的体积为原水相体积的 3 倍时，萃取基本定量完成。

假如不用连续萃取的方法，而是用增加有机溶剂量的方法，使 $V_{\text{有}} = 10 V_{\text{水}}$，则在萃取一次

后水相中溶质 A 的总浓度 c_1 为

$$c_1 = \frac{c_0 V_水}{V_水 + D V_有} = \frac{c_0}{1 + 100} = \frac{1}{101} c_0$$

消耗的有机溶剂比前一种方法多得多,但效果却不及前者。因此对分配系数小的物质,为了萃取完全,应采用连续萃取数次的办法。

在实际工作中,不仅要求萃取效率高,还要求组分与其他共存组分间分离效果好。分离效果一般用分离系数(separation factor)β 表示,它是两种不同组分分配比的比值,即 $\beta = D_A / D_B$,β 越大分离效果越好。

第二节　萃取过程和萃取体系的分类

一、萃取过程

一般来说,大多数萃取过程包括三方面:①水相中与被萃取物有关的作用;②被萃取物在两相间的分配平衡作用;③有机相中与被萃取物有关的作用。

大多数有机物在水中不易电离,分子不带电荷,因而易被有机溶剂萃取;但对于大多数无机物,在水中形成水合离子,为了使萃取过程能顺利进行,通常要加入一种试剂使其与被萃取溶质形成不带电荷的难溶于水而易溶于有机溶剂的物质,这种加入的试剂称为萃取剂(extraction agent)。例如,用氯仿从水溶液中萃取 Al^{3+} 时,常用 8-羟基喹啉作萃取剂,使 Al^{3+} 与8-羟基喹啉形成疏水的螯合物溶于氯仿中被萃取。也可以使被萃取离子与带有不同电荷的离子形成不带电的离子缔合物,再用有机溶剂萃取。有时有机溶剂本身也参加到缔合物分子中,形成溶剂化物而被有机溶剂萃取,这种有机溶剂称为活性溶剂。溶剂不与被萃取物发生反应,仅起溶解作用的称为惰性溶剂。

二、萃取体系分类

根据所形成的可萃取物质的不同,可把萃取体系分成以下几类。

1. 螯合物萃取体系

8-羟基喹啉、双硫腙、铜铁试剂、丁二酮肟等与金属离子形成难溶于水的螯合物,这种萃取剂一般为有机弱酸,可用 HR 表示。

萃取方程式为

$$Me_水^{n+} + nHR_水 \rightleftharpoons MeR_{n有} + nH_水^+$$

萃取过程包括萃取剂在两相中的分配平衡;水相中萃取剂的电离平衡;萃取剂与萃取离子的配位平衡;螯合物在两相中的分配平衡。每种平衡分别适用各自的平衡常数。

1) 萃取剂在两相中分配平衡

$$K_{DR} = \frac{[HR]_有}{[HR]_水} \tag{4-9}$$

2) 萃取剂在水相解离

$$K_i \frac{[H^+][R^-]}{[HR]_水} \tag{4-10}$$

3) 被萃取离子与萃取剂的配位平衡

$$Me^{n+} + nR^- \Longrightarrow MeR_{n水}$$

$$K_f = \frac{[MeR_n]_水}{[Me^{n+}][R^-]} \tag{4-11}$$

4) 螯合物在两相中分配平衡

$$K_{DX} = \frac{[MeR_n]_有}{[MeR_n]_水} \tag{4-12}$$

整个萃取过程的分配比 D 为

$$D = \frac{有机溶剂中 Me^{n+} 的总浓度}{水溶液中 Me^{n+} 的总浓度} = \frac{[MeR_n]_有}{[Me^{n+}] + [MeR_n]_水} \tag{4-13}$$

分子分母同乘 $[R^-]^n$、同除 $[MeR_n]_水$，并把式(4-11)、式(4-12)两式代入，得

$$D = \frac{K_{DX} \times K_f \times [R^-]^n}{1 + [R^-]^n \times K_f} \tag{4-14}$$

由式(4-10)知

$$[R^-] = \frac{K_i[HR]_水}{[H^+]}$$

代入式(4-14)得

$$D = \frac{K_{DX} \times K_f \times K_i^n}{\dfrac{[H^+]^n}{[HR]_水^n} + K_i^n \times K_f} \tag{4-15}$$

由式(4-9)得

$$[HR]_水 = \frac{[HR]_有}{K_{DR}}$$

代入式(4-15)得

$$D = \frac{K_{DX} \times K_f \times K_i^n}{K_{DR}^n} \times \left(\frac{[H^+]^n}{[HR]_有^n} + \frac{K_i^n \times K_f}{K_{DR}^n} \right)^{-1} \tag{4-16}$$

所形成的内配盐在水中的溶解度很小，在水相中 $[Me^{n+}] \gg [MeR_n]_水$，相应地在式(4-16)中

$$\frac{[H^+]^n}{[HR]_有^n} \gg \frac{K_i^n \times K_f}{K_{DR}^n}$$

于是式(4-16)可以简化为

$$D = \frac{K_{DX} + K_f + K_i^n}{K_{DR}^n} \times \left(\frac{[HR]_有}{[H^+]} \right)^n \tag{4-17}$$

由式(4-17)还可以看出，对于同一种被萃取离子、同一种溶剂和萃取剂，K_{DX}、K_f 和 K_i 及 K_{DR} 都是一定值，所以 D 可简化为

$$D = K \times \left(\frac{[HR]_有}{[H^+]} \right)^n \tag{4-18}$$

由此可知 D 与 $[H^+]$ 及 $[HR]_有$ 有关，与 $[Me^{n+}]$ 无关，即常量微量都可萃取，若固定 $[HR]_有$，则

$$D = K' \times [H^+]^{-n} \tag{4-19}$$

从式(4-17)可看出，K_{DR} 越小，K_{DX}、K_f、K_i^n 越大对萃取越有利，即选用的萃取剂应满足：①较易电离(K_i 大)；②较易溶于水(K_{DR} 小)；③与被萃取离子配位稳定性好(K_f 大)；④生成螯合物易溶于有机溶剂(K_{DX} 大)的萃取剂。同时萃取剂浓度、萃取溶剂及酸度对萃取也有影响。

由于萃取剂是弱酸，因此萃取效率与水相的酸度关系很大，这是螯合萃取的特点。将

式(4-19)取对数：

$$\lg D = \lg K' + n\,\text{pH}$$

对于等体积萃取：

$$\lg D = \lg E - \lg(100 - E) = \lg K' + n\,\text{pH}$$

一般用 $E=50\%$ 的 pH 表示萃取曲线，此时 $\lg K'=-n\text{pH}$，pH 记作 pH^0，各种离子的 pH^0 不尽相同，因此可通过调节 pH 分别萃取不同的离子，达到分离的目的。

2. 离子缔合物萃取体系

带有不同电荷的离子，由于静电引力，互相缔合形成不带电荷的易溶于有机溶剂的分子。这种体系有两种情况：

(1) 被萃取的阴离子或阳离子与大体积的有机的阳离子或阴离子缔合成中性分子，而被有机溶剂萃取。

$$\text{ReO}_4^- + (\text{C}_6\text{H}_5)_4\text{AS}^+ = (\text{C}_6\text{H}_5)_4\text{AsReO}_4 \downarrow$$

　　　　　铼酸根　　　四苯基胂

这种过程一般应用于 ReO_4^-、MnO_4^-、IO_4^-、ClO_4^- 等的萃取。

(2) 有机溶剂分子参加到缔合分子中，形成易溶于有机溶剂的中性分子。例如，用乙醚从浓盐酸中萃取 FeCl_4^-：

乙醚与 H^+ 结合成锌离子(oxonium ion)，生成的锌离子进一步与 FeCl_4^- 缔合生成锌盐(oxonium salt)，溶液的酸度对离子的形成有影响，因此这类萃取在较强的盐酸溶液中进行。含氧有机溶剂形成锌盐的能力是不同的，一般有下列规律：

$$\text{RCHO} > \text{RCOR} > \text{RCOOR} > \text{RCOOH} > \text{ROH} > \text{ROR}$$

在形成离子缔合物，特别是有机溶剂分子参加到缔合物分子中的萃取体系中，加入高浓度的无机盐，可使多种金属缔合物的分配比大为增加，从而显著地提高萃取效率。例如，用乙醚或磷酸三丁酯(TBP)萃取硝酸铀酰时，如果在溶液中加入硝酸盐，则分配比就能始终保持相当大的数值，最后使萃取分离达到完全，这就是盐析作用。加入的硝酸盐为盐析剂。盐析剂的存在使分配比增大，一般认为有以下几种原因：

(i) 盐析剂的加入使溶液中阴离子浓度增大，产生同离子效应，有利于萃取。

(ii) 加入大浓度的盐析剂后，离子浓度增大，它们与水分子结合形成水合离子使水分子浓度降低，减少了水分子与被萃取金属离子的水合能力。

(iii) 电解质的加入降低了水的介电常数，水的偶极作用减弱，有利于缔合物的形成和萃取的进行。

常用的盐析剂有硝酸盐、硫氰酸盐、卤化物等，常用它们的铵盐。加入的盐析剂对随后的测定应无干扰。通常情况下，高价离子较低价离子盐析作用大；电荷相同时，离子半径越小，盐析作用越强。

3. 三元配合萃取体系

被萃取物质形成三元配合物，然后进行萃取。三元配合物和二元配合物相比，一方面往往亲水性更弱,疏水性更显著,更易溶于有机溶剂;另一方面,三元配合物的形成比二元配合物困难,因为只有当金属离子和两种配体的配位能力强弱相当时,才能形成三元配合物,因此这类萃取体系选择性更好,灵敏度高,近几年发展较快。

三元配合物萃取体系有几种不同的类型,它们的作用机理不同,现举例说明如下:

1) 形成三元配合物的萃取体系

属于这种类型的三元配合物萃取体系较为重要,举例说明如下。

(1) 金属离子首先与一种配体配位形成配阳离子,然后与第二种配阴离子缔合成三元配合物。例如,Ag^+ 和 $1,10$-邻二氮杂菲(phen)配位形成配阳离子,进一步与溴邻苯三酚红(BPR)染料的阴离子缔合成三元配合物。

$$Ag^+ + 2phen \Longrightarrow [Ag(phen)_2]^+$$

$$[Ag(phen)_2]^+ + BPR^- \Longrightarrow [Ag(phen)_2]^+ \cdot BPR^- \downarrow$$

该三元配合物在 $pH=7$ 的缓冲溶液中形成,可用硝基苯萃取。

(2) 金属离子首先与一种配体配位形成配阴离子,然后与第二种配体阳离子缔合成三元配合物。例如,Bi^{3+} 与 I^- 结合成 BiI_4^-,再与罗丹明 B 类碱性染料阳离子形成三元配合物而被有机溶剂萃取。

$$Bi^{3+} + 4I^- \Longrightarrow [BiI_4]^-$$

$$[BiI_4]^- + RhB^+ \Longrightarrow [BiI_4]^- \cdot RhB^+$$

可直接用分光光度法测定,也可萃取后测定。

(3) 有些有机碱类,如吡啶、苯胺、二苯胍等,它们分子中的氮原子都可以和溶液中的 H^+ 结合成阳离子 RH^+,这类阳离子与配阴离子缔合成三元配合物,可用有机溶剂萃取后测定。例如,Ti^{4+} 在酸性溶液中与 SCN^- 配位成黄色水溶性配阴离子 $Ti(SCN)_6^{2-}$,当加入二苯胍时,就会发生离子缔合反应生成三元配合物。

$$Ti^{4+} + 6SCN^- \Longrightarrow Ti(SCN)_6^{2-}$$

$$Ti(SCN)_6^{2-} + 2RH^+ \Longrightarrow (RH)_2[Ti(SCN)_6] \downarrow$$

2) 形成高分子铵盐的三元配合萃取体系

溶于有机相的高分子铵盐与水相中的金属配阴离子接触时,发生交换过程,使水相中的金属配阴离子与有机相的铵盐阳离子缔合生成三元配合物而进入有机相。其基本反应可表示为以下两步:

(1) 有机相的高分子胺(伯、仲、叔胺)与水相中的酸作用生成铵盐:

$$R_3N_{有} + H^+A^-_{水} \Longrightarrow R_3NH^+A^-_{有}$$

(2) 有机相中铵盐的阴离子与水溶液中的金属配阴离子交换,形成缔合三元配合物,而使配阴离子进入有机相:

$$R_3NH^+A^-_{有} + MeA^-_{n水} \Longrightarrow R_3NH^+MeA^-_{n有} + A^-_{水}$$

从反应可知,这类反应具有溶剂萃取和离子交换两种作用,因此这类铵盐也称为液体阴离子交换剂。例如,在盐酸溶液中,铁以 $FeCl_4^-$ 形式与铵盐的阴离子交换成 $R_3NH^+FeCl_4^-$,交换生成的铵盐进入有机相。

高分子胺的萃取能力因其结构和萃取条件的不同而有差异。例如,对于金属离子的氯配阴离子,季铵盐的萃取能力较强;对于金属离子和 $C_2O_4^{2-}$、CN^- 等形成的较大的配阴离子,伯铵盐的萃取能力较强;另外,铵盐支链增加,会使其萃取能力减小,这些都和空间位阻有关。萃取能力又和铵盐的相对分子质量有关,铵盐的相对分子质量增加,萃取能力就增加;相对分子质量小的铵盐易溶于水,不宜作萃取剂;但相对分子质量过大,在有机溶剂中的溶解发生困难,相对分子质量一般以 250~600 为宜。此外,萃取能力又和溶剂的介电常数有关,介电常数增加,萃取能力增加。因此改变上述各种因素,就可改变铵盐的萃取能力,从而提高萃取分离的选择性。

3) 协同萃取体系

协同萃取是指两种萃取剂同时使用时,萃取效率比单独使用一种萃取剂大为提高的现象。实际上是螯合剂与被萃取金属离子螯合生成内配盐,溶剂进一步置换了内配盐中金属离子上残留的水合分子。这种溶剂是疏水的,配位能力较螯合剂弱。

协同萃取体系实质上也是一种三元配合萃取体系,它是由被萃取物质、螯合剂及溶剂组成的三元配合物萃取体系。

例如,UO_2^{2+}-HTTA-TBPO(三丁基氧化膦)体系有以下两种结构:

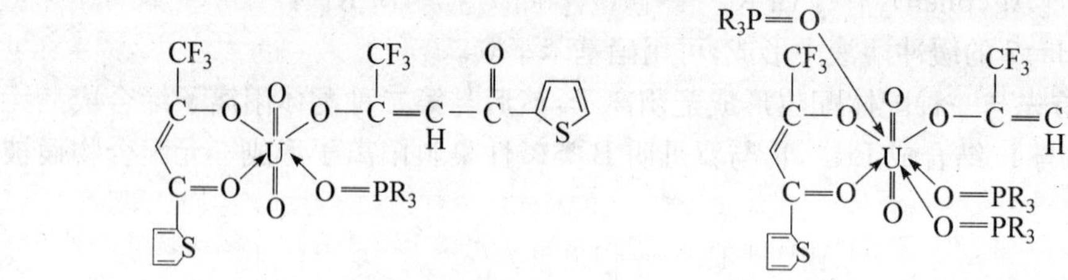

溶剂的氧原子上未共用电子对与金属离子形成配位键。配位键的强弱与连接在 P＝O 上的基团性质有关。若连接烷氧基 TBP[(RO)₃PO],由于烷氧基具有拉电子的能力,P＝O 中 O 上的电子云密度降低,因而 O 与金属离子形成的配位键较弱。如果连接 P＝O 的是烷基,则配位键就强,溶剂的萃取能力也强。溶剂的萃取能力的次序如下:

$$(RO)_3PO < R(ROP)_2O < R_2(RO)PO < R_3PO$$

4. 共萃取

共萃取是指仅某一种元素(通常为微量元素)存在时不被萃取或很少被萃取,但当另一种元素(通常为常量元素)存在而被萃取时,难萃取元素萃取效率大为增加的现象。共萃取机理比较复杂,但在许多情况下,是由于生成复杂多核配合物、异金属多核配合物、复杂离子缔合物和混配配合物等多元配合物,增加了可萃性。共萃取在痕量元素的分析化学中有实际意义。近年来研究工作逐渐增多,这里简单介绍几种。

1) 形成复杂多核配合物形式的共萃取

在 NaClO₄、NaSCN、NaCl 溶液中,安替比林(Ant)存在下,吡啶羟基偶氮化合物为萃取剂,用萃取光度法测定镓时,铝、铟、钪、镧、钇等被共萃取。这可能是由于形成了复杂多核配合物,从而被共萃取。

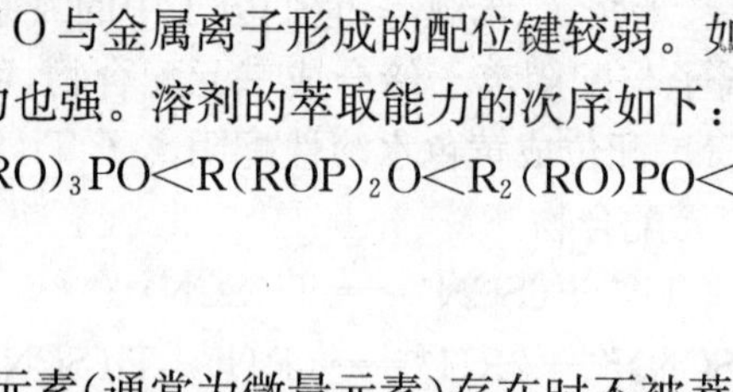

2) 形成复杂离子缔合物的共萃取

在 HNO_3 介质中以甲基异丁基酮(MIBK)为溶剂萃取铀(Ⅵ)时,微量的铯、钙、锶、镧则以 $Cs[UO_2(NO_3)_3]$、$Ca[UO_2(NO_3)_3]_2$、$Sr[UO_2(NO_3)_3]_2$ 和 $La[UO_2(NO_3)_3]_3$ 形式共萃取。在 HCl 介质中,乙酸乙酯等溶剂萃取 $H[FeCl_4]$ 时,微量锂和钙以 $Li[FeCl_4]$ 及 $Ca[FeCl_4]_2$ 形式共萃取。这对于难于萃取的碱金属和碱土金属的分离和富集有实用意义。又如,利用铟、铁、铊(Ⅲ)的 PAN 盐,与 ReO_4^- 反应,以 $MA_2^+ \cdot ReO_4^-$ 形式共萃取痕量铼等(式中 M 代表金属离子,A 代表 PAN)。

5. 熔融盐萃取

在某些萃取体系中,加入盐析剂可以提高萃取效率。根据推理,在熔融盐中无机盐浓度最高,盐析效应也应该最显著。因此有人研究了以高沸点的有机溶剂从低熔点的熔融盐介质中萃取金属元素的可能性。结果表明,Co^{2+}、Eu^{3+}、Nd^{3+}、Am^{3+}、Np(Ⅵ)、Un(Ⅵ)在 $LiNO_3$-KNO_3(熔点 120 ℃)的熔融盐中用磷酸三丁酯萃取时,分配比的数值要比用磷酸三丁酯从浓 HNO_3 中萃取时大 $10^2 \sim 10^3$ 倍。例如,Eu^{3+} 在 15.6 mol·L^{-1} HNO_3 中萃取时的 D 值为 0.032,在上述熔融盐中萃取时则为 16,增加了 500 倍。

显然,在这种萃取体系中所用的熔融盐必须是低熔点的,常用的一些低共熔混合物,如 $Ca(NO_3)_2$-NH_4NO_3(熔点 44 ℃)、$AlCl_3$-KCl-NaCl(熔点 70 ℃)、$LiNO_3$-NH_4NO_3(熔点 98 ℃)、KCNS-NaCNS(熔点 123 ℃)等。此外,也可用碱金属的硫酸氢盐、氯酸盐、过氯酸盐等。所用的萃取溶剂必须符合下列要求:①应是高沸点的,在熔融盐的较高温度下不会挥发;②应是低熔点的,当萃取体系冷却至室温时,仍能以液体状态分离;③稳定性好,不与熔融盐反应;④和稀释剂能在较大的范围内互溶。联苯(沸点 254 ℃)、对联三苯(427 ℃升华)、乙二醇(沸点 244 ℃)、三乙二醇(沸点 278 ℃)以及磷酸三丁酯、邻苯二甲酸二丁酯都可用作萃取溶剂或稀释剂。

第三节　有机物的萃取

根据"相似相溶"原则,选择适当的溶剂和萃取条件可对有机物进行萃取。一般来说,极性有机化合物包括形成氢键的有机化合物及其盐类,通常易溶于水而不溶于非极性或弱极性的有机溶剂;弱极性及非极性的有机化合物不溶水,但可溶于非极性及弱极性的有机溶剂。Hilde brand 提出:溶解度参数 δ 越接近的物质越易互溶。溶解度参数是指每毫升液体蒸发热的平方根,它是液体中分子内聚力大小的量度。当分子中不存在特殊的作用力时,这个原则适用。当溶液中存在氢键作用时,这个原则不适用。25 ℃时常见溶剂的溶解度参数见表 4 - 1。

表 4 - 1　常见溶剂的溶解度参数(25 ℃)

溶　剂	δ	溶　剂	δ
全氟丁烷	5.2	碘甲烷	11.8
正戊烷	7.1	乙酸	12.4
环己烷	8.2	甲醇	12.9
苯	9.1	甲酰胺	17.9
二硫化碳	10.0	水	21.0

极性和非极性组分的萃取分离是比较容易进行的。例如,可用水从丙醇和溴丙烷的混合物中萃取出极性的丙醇而与溴丙烷分离;可用弱极性溶剂乙醚从极性的三羟基丁烷中萃取出弱极性的酯等。

对于有机酸或有机碱,常可以通过控制酸度来达到萃取分离的目的。当两种有机酸的电离常数相差较大时,通过控制酸度萃取分离是较为方便的。例如,对羧酸($K_i \approx 10^{-5}$)和酚($K_i \approx 10^{-10}$),只要把溶液的 pH 控制在 7 左右,用有机溶剂萃取就能使它们分离。这时羧酸电离成阴离子留在水相中,而酚仍以分子状态存在而被有机溶剂萃取。当两种有机酸的电离常数较接近,K_D 值也相差不大,这时要使它们分离,pH 的选择就更为重要。

第四节　萃取方式与萃取装置

常用的萃取操作有三种:间歇萃取法、连续萃取法和逆流萃取法。选用哪种萃取操作较为合适,要根据试样中被分离组分的分配系数和可能存在的干扰组分及它们之间的分离系数来决定。

一、间歇萃取法

间歇萃取法是最简单的,也是分析化学中应用最广泛的萃取方法。其主要步骤如下:取一定体积的试样于分液漏斗中,加入萃取剂,调节到最佳分离条件(酸度、掩蔽剂等),并加入一定体积的有机溶剂,盖上顶塞剧烈摇动数分钟(注意放气),使两种液体密切接触,发生分配过程直至达到平衡;静置待两相分层后,转动分液漏斗的旋塞,使下层液体(水溶液层或有机溶剂层)流入另一容器中从而分离。如果被萃取物质的分配比足够大,则一次萃取即可达到定量分离的要求;如果分配比不够大,经第一次分离后,可在水相中再加入新鲜有机溶剂,重复萃取一两次。

萃取摇动时间取决于达到平衡的速度。一般来说,离子缔合型的萃取体系达到平衡的速度快,形成螯合物的萃取过程较慢,主要是由于形成螯合物的反应速率较慢。增加螯合剂的浓度可加速螯合反应,从而加速萃取。但一般来说,剧烈摇动半分钟至数分钟,萃取过程即可达到平衡。

间歇萃取法简单、快速。当被萃取组分的分配比 D 值足够大时,用间歇法萃取一至数次即可达到定量分离的目的。如果试样中存在干扰组分,则应同时考虑被萃取组分与干扰组分间的分离系数 β。β 值当然越大越好,否则干扰组分将混入溶剂相中,影响测定。但分配比 D 和分离系数 β 不但随着被萃取组分和干扰组分的种类而定,而且也和萃取条件密切有关。萃取条件包括所用的萃取剂和溶剂的种类、溶液的酸度、萃取剂的浓度、配位掩蔽剂和盐析剂的应用等。根据分离要求,选择适当的萃取条件,增大分配比和分离系数,可使萃取分离达到完全。

如果在采取了上述措施后,还不能使萃取分离达到完全,最后还可采用反萃取和洗涤等办法。就是将几次分离所得的有机相合并,然后用 1～2 份新配的水溶液反萃取或洗涤,水溶液中所含试剂浓度和酸度应和最佳萃取条件时的一样。这时混入有机相中的少量干扰组分就进入水相中,而被萃取组分仍留在有机相中,从而达到定量分离的目的。

在间歇法萃取中常用梨形分液漏斗,这种漏斗形状较细长,可使两相分离较为完全。但用简单的分液漏斗进行萃取,在分离两相时,只能让较重的一相先从下端流出如果萃取所用溶剂较水轻,只能在放出较重的水相后,才能从分液漏斗中放出溶剂相。如果要重复萃取多次,就很不方便。

图 4 - 1 是一种经过改进的萃取器的示意图,适用于较轻溶剂的萃取操作。A 是锥形萃取室,其底部由毛细管及旋塞 C 与玻璃管 B 相连,B 管盛被萃取溶液和萃取溶剂。萃取室右半部有一管子与三孔旋塞 D 相连,D 右边接抽真空系统,下面接橡皮球。萃取室顶部为一磨砂口,插入一细长的分液漏斗 F,其下端的毛细管一直达到萃取室的底部。萃取时先将被萃取的溶液和溶剂放置于 B 管中,转动三孔旋塞 D 使萃取室 A 与抽真空系统相通,打开旋塞 C 将溶液和溶剂吸入萃取室 A。继续缓缓吸入空气流,使之起搅拌作用。关闭旋塞 C 和 D,让溶液和溶剂在萃取室中分层。打开旋塞 C,转动旋塞 D 使萃取室 A 与橡皮球相通,借橡皮球鼓气,将萃取室中下层的水溶液压入 B 管中,当两相界面刚好达到旋塞 C 时,关闭旋塞 C。然后打开活塞 E,把溶剂层压入分液漏斗 F 中。关闭旋塞 E,就

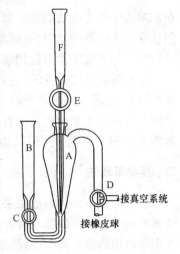

图 4 - 1　间歇法微型萃取器
A. 锥形萃取室; B. 玻璃管; C、D、E. 旋塞; F. 分液漏斗

让溶剂层保留在分液漏斗 F 中。B 管中的水溶液可在加入溶剂后再次萃取,如前所述。当最后一次萃取完毕后,取出盛有溶剂相的分液漏斗 F,放出溶剂以供进一步分析测定。这种萃取器虽为萃取小量试液而设计,但也可用来萃取较大量的试液。

分离后的溶剂相中如果悬浮着少许水滴,无法分清,可用干燥滤纸过滤,以吸去水分。过滤后,滤纸即用新鲜溶剂洗涤数次。也可在有机相中加入少许干燥剂,如无水硫酸钠,以吸去水分。

用间歇法进行萃取时,在剧烈摇动后有时会形成不易分层的、由一种液相分散在另一种液相中的乳浊液,影响萃取分离的进行。一般来说,连续相越黏稠,分散相的液滴越细小,两相间的密度相差越小,分散相液滴的凝聚越困难,乳浊液越稳定,分层就越困难。乳浊液的形成也和液相的表面张力有关。液相的表面张力大,可促使液滴凝聚,从而促使两相分层。两相互溶程度越大,表面张力就越小;表面活性剂存在也会使表面张力减小,这些都会引起乳浊液的形成,因此在选择萃取溶剂和萃取条件时,也应该考虑这些因素。黏稠的较水轻的溶剂(如磷酸三丁酯),可加入煤油或四氯化碳稀释;由乙醚形成的乳浊液可加入少量乙醇或异丙醇加以破坏;溶液中可加入中性盐以增加表面张力和密度,也可以采用混合溶剂,使溶剂与水溶液的互溶性减小、密度相差增大等。对于容易形成乳浊液的萃取体系,还应适当改变萃取操作,如不要剧烈摇动,而是轻轻地反复地转动;或者不用间歇法萃取,而用连续法萃取。连续法萃取时,通过溶液层的溶剂的液滴较大,不会形成乳浊液。

萃取完毕后,用过的溶剂要集中回收,不要轻易倒掉,以免造成浪费和引起污染。此外,有机溶剂常是易燃的、有毒的,进行萃取操作时要注意安全。例如,不能接触明火,以防发生火灾,实验室中通风要良好,以免溶剂蒸气积聚,影响操作者的身体健康等。

萃取完毕后,被萃取的溶质要进一步加以分析测定。对于分光光度分析、荧光分析、火焰光度分析、原子吸收光谱分析等,测定常可以在溶剂相中直接进行。如果不能在溶剂相中进行测定,可用适当的水溶液进行反萃取,这时水溶液应控制为另一种适当的酸度,或加入某种试剂,以破坏萃取时形成的配合物或缔合物,使被萃取的溶质进入水相中。例如,锗的分析可在 $8 \sim 9 \ mol \cdot L^{-1}$ HCl 溶液中用四氯化碳萃取 $GeCl_4$,再用水从 CCl_4 中反萃取 $Ge(OH)_4$,然后

在水溶液中用光度法测定。如果被萃取的是有机溶质,则加入的试剂应能使该种溶质的功能团转变为水溶性的,如对有机酸可使之转变为钠盐;对胺类,可使之转变为氯化物;对醛和酮,可使它们与亚硫酸盐形成加成化合物等。

如果溶剂是挥发性的,也可以在溶剂相中加入水和酸,促使配合物分解,使金属离子转入水相,然后在蒸气浴上蒸发除去溶剂。这时要小心防止溶质挥发,并注意切勿用明火加热。如果除去溶剂后水相中残留的有机物质会干扰以后的测定而必须加以破坏,则加少许硫酸,加热蒸发至冒 SO_3 白烟,冷却后,加硝酸或高氯酸,再进一步加热蒸发。

二、连续萃取法

对分配比小的体系如果采用间歇法需反复萃取许多次才能达到定量分离,此时应采用连续萃取法。连续萃取器有各种形式,但一般来说,萃取总是包括下列各步:从烧瓶中不断地蒸发出萃取用的溶剂,让它冷凝下来,连续地通过被萃取的溶液,进行萃取,萃取分离后仍流回原来的烧瓶中。在烧瓶中再把溶剂蒸发出来,再冷凝、萃取,重复如前述。已被萃取的溶质留在烧瓶中,因而逐渐浓集,被萃取溶液中溶质的浓度逐渐减小,直到萃取完毕。

如果溶剂不易蒸发,则改用从储器中不断将新鲜溶剂加入溶液的办法,也可以进行连续萃取。

在进行连续萃取过程中,萃取百分数的大小除了取决于两液相的黏度、分配比值、两相的相对体积和影响萃取平衡的因素等以外,在很大程度上还取决于两相间的接触面积和作用时间。因此,在有些萃取器中常附有搅拌设备,或在溶剂进入处增设细孔玻璃板等,使溶剂分散成细小液滴进入被萃取溶液,使之充分接触。

连续萃取器种类很多,现在简单地介绍几种常用连续萃取器。

1. 有机溶剂较水轻时常用的连续萃取器

图 4-2 是 Heberling 和 Furman 设计的 Friedrich 萃取器的示意图。这种萃取器特别适用于乙醚萃取无机物质的水溶液,已成功地应用于盐析剂存在下用乙醚从水溶液中萃取硝酸铀酰。图 4-2 中 1 为烧瓶,2 为冷凝管,3 为细长玻璃漏斗管,4 为细孔玻璃板,溶剂经此分散成细滴流出,与 5 中被萃取溶液接触而发生萃取作用,使溶剂经过 4 分散流出所需压力是利用冷凝后收集于细长玻璃漏斗管 3 中所产生的压头。

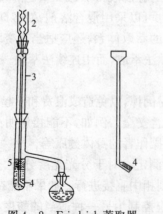

图 4-2　Friedrich 萃取器

1. 烧瓶;2. 冷凝管;3. 玻璃漏斗管;4. 细孔玻璃板;5. 萃取室

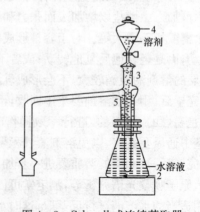

图 4-3　Schmall 式连续萃取器

1. 锥形瓶;2. 电磁搅拌子;3. 分液柱;4. 分液漏斗;5. 导出管

图4-3是Schmall式连续萃取器的示意图。当所用溶剂(如磷酸三丁酯)不易蒸馏循环时,可采用此种仪器。锥形瓶中放入电磁搅拌子,先从分液漏斗,通过分液柱,加入被萃取的水溶液于锥形瓶内,使水位低于导出管的出口。搅拌开始后,从盛有溶剂的分液漏斗中缓缓加溶剂于锥形瓶内,使两相充分接触发生萃取作用,萃取液经导出管,收集于另一锥形瓶中。这种萃取器曾成功地用来萃取分离有机酸和有机碱。

2.有机溶剂较水重时常用的连续萃取器

图4-4所示的连续萃取器适用于较水重的溶剂。此装置和图4-2所示萃取器相似,不同点在于把图4-2所示的萃取器中细长的漏斗管改为玻璃柱,装在萃取管内。较重的溶剂冷凝下来时,流经被萃取的水溶液层,沉入底部,流出玻璃柱,经溢流管进入烧瓶,玻璃瓶内的溶剂蒸发后,循环如前述。

3.用于固体试样连续萃取的装置——索氏萃取器

溶剂萃取主要是液-液萃取,在某些情况下,如某些天然产品、生化试样,有时也需进行液-固萃取。由于溶剂渗透进入固体试样内部是比较缓慢的过程,因此液-固萃取需要较长的时间,一般需用连续萃取法。常用的索氏(Soxhlet)萃取器(图4-5)就是一种用于固体试样的连续萃取器。将试样置于由纤维素、滤纸等制成的套管中,放置于萃取室中,待萃取室中的溶剂达到一定高度时,经虹吸管流入烧瓶,烧瓶中的溶剂蒸发后经支管上升至冷凝管,冷凝下来再次萃取,如前述。

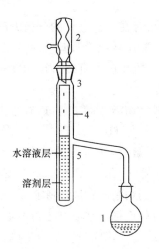

图4-4　连续萃取器
1.烧瓶；2.冷凝管；3.萃取管；4.玻璃柱；5.溢流管

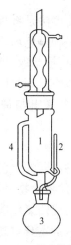

图4-5　索氏萃取器
1.萃取室；2.虹吸管；3.烧瓶；4.支管

三、逆流萃取法

在分离两种溶质时,连续萃取法是用新鲜的有机溶剂与萃取相相接触,可以提高被萃取物的萃取率,但不能提高其纯度。逆流萃取法是将经一次萃取后的有机相与新鲜的水相接触而进行再次萃取。采用逆流萃取法将使被萃取物萃取率有所降低,但其纯度提高很多。在无机物分离中,逆流萃取法适合分离一些性质极为相近的元素。在有机物分离中尤其是生物化学领域应用很好,逆流萃取法已成功地处理了一些物质,如胰岛素、核糖核酸酶及血清蛋白等。

逆流萃取分离法对分配比或分配系数较小的物质间的分离有很好的效果,但对难分离的混合物的分离往往需要多级萃取器,操作上很不方便。

第五节　溶剂萃取分离的实际应用

一、应用溶剂萃取分离干扰物质

用溶剂萃取法分离干扰物质,可以通过两种途径:一种是将干扰物质从试液中萃取除去;另一种是用有机溶剂将欲测定组分萃取出来而与干扰物质分离。

例如,欲测定钢铁中微量稀土元素的含量时,应先将主体元素铁以及钢铁中经常可能存在的其他一些元素如铬、锰、钴、镍、铜、钒、铌、钼等除去。为此,把试样溶解后,可在微酸性溶液中加入铜铁试剂作为萃取剂,再以氯仿或四氯化碳萃取,这些元素和主体元素基本上都被萃取进入溶剂相,分离除去后,留于水相的稀土元素用偶氮胂作为显色剂,用光度法测定。测定邻甲基苯甲酸中少量邻苯二甲酸时,可将试样溶于热水,冷却后用氯仿将邻甲基苯甲酸萃取除去,然后在水相中测定邻苯二甲酸。以上所述是用溶剂萃取法分离除去主体组分或干扰组分,在水相中测定欲测组分的例子。

测定矿石或烟道灰中的锗时,可在分解试样后,在较浓盐酸溶液中用四氯化碳萃取 $GeCl_4$,而与试样中的其他元素分离。溶剂相中的 $GeCl_4$ 可用水反萃取进入水相后,以苯基芴酮显色后测定。这是用有机溶剂将欲测组分萃取出来而与干扰离子分离的例子。

二、萃取光度分析法

萃取分光光度法是将萃取分离与光度分析两者结合在一起进行的分析方法。由于不少萃取剂同时也是一种显色剂,萃取剂与被萃取离子间的配位或缔合反应实质上也就是一种显色反应,所生成的可被萃取物质呈现明显的颜色,溶于有机相后可直接进行光度法测定。这样不但测定步骤简单快速,而且还可以提高测定的灵敏度。

例如,8-羟基喹啉与许多金属离子所形成的螯合物溶于氯仿后具有很深的颜色,如与 Fe^{3+}、$V(V)$、Ce^{4+}、Ru^{2+} 等形成绿色或墨绿色螯合物,与 $U(VI)$、Ti^{4+}、Tl^{3+} 等形成黄色螯合物,都可用光度法测定。双硫腙可以和 21 种金属离子螯合,所生成的螯合物溶于氯仿或四氯化碳中具有各种不同的颜色。例如,Bi^{3+} 的螯合物呈黄色,Cd^{2+}、Pb^{2+}、Co^{2+}、Cu^{2+} 等的螯合物呈紫红色,Ni^{2+} 的螯合物呈紫褐色等,据文献报道可以直接用光度法测定 17 种金属离子。由于双硫腙的氯仿或四氯化碳溶液也都呈绿色,因此用双硫腙作萃取剂进行萃取光度法测定时,要设法消除萃取剂本身对光度测定的干扰作用。二乙基二硫代甲酸钠与某些金属离子所形成螯合物的氯仿溶液也是有色的。例如,$U(VI)$ 的螯合物呈棕红色,Bi^{3+} 的螯合物呈黄色,Cu^{2+}、Fe^{2+}、Fe^{3+} 的螯合物呈棕色,Co^{2+} 的螯合物呈绿色,Ni^{2+} 的螯合物呈黄绿色等。而萃取剂本身无色,可以直接用光度法测定。

在形成离子缔合物的萃取体系中,阳离子或阴离子中只要有一种是有色的,所生成的可萃取物就是有色的,这时在萃取后可以直接用光度法测定。例如,BF_4^- 与次甲基蓝染料的阳离子缔合成的中性分子,用二氯乙烷萃取后呈蓝色,可直接进行光度法测定,这是目前测定硼的较好方法。$SbCl_6^-$ 与孔雀绿染料的阳离子作用生成绿色缔合物,可用甲苯萃取后直接用光度法测定。$TlCl_4^-$ 与甲基紫染料的阳离子作用生成紫色缔合物,可用苯或甲苯萃取后直接进行光度法测定。

　　此外,许多金属离子螯合物的有机溶剂萃取液有很强的荧光,如 Al^{3+}、Ga^{3+}、In^{3+}、Zn^{2+} 等与 8-羟基喹啉作用生成的螯合物的氯仿萃取液具有强烈的荧光,可用荧光光度法测定。又如,桑色素与 Al^{3+}、Sc^{3+}、Be^{2+}、Ga^{3+}、In^{3+} 等的螯合物的有机溶剂萃取液具有强烈的荧光,也可用荧光光度法测定。

思 考 题

1. 说明分配系数、分离比和分离系数的物理意义。
2. 举例说明溶液酸度、浓度、其他离子的存在等因素对萃取作用的影响。
3. 在溶剂萃取分离中萃取剂起什么作用?
4. 萃取体系是根据什么来区分的? 常用的萃取体系有几类? 分别举例说明。
5. 惰性溶剂和活性溶剂有什么不同? 分别举例说明。
6. 什么是盐析剂? 为什么盐析作用可以提高萃取效率?

第五章 色谱分离法

色谱分离法又称色层法、层析法,是分离效率极高的一种分离手段。它能把用一般化学方法难以分离的各种性质相似的物质彼此分开,然后加以定性和定量分析。本章主要介绍以液体作为流动相的常压柱色谱、薄层色谱和纸色谱分离。

第一节 概 述

色谱分析法起源于 1906 年,由茨维特首次提出。1913 年,人们将其应用于分离复杂的有机混合物,开始引起广泛注意并得到迅速发展。

色谱法有许多分支,但是在色谱分析过程中总是由一种流动相带着被分离的物质流经固定相,从而使试样中的各种组分分离。常用的各种色谱分类方法见表 5-1。

表 5-1 色谱分类方法

流动相	固定相	色谱分析名称	统 称
气体	固体	气固色谱	气相色谱
	液体	气液色谱	
液体	固体	液固色谱	液相色谱
	液体	液液色谱	

一、按固定相所处的状态不同分类

按固定相所处的状态不同,色谱可以分为柱色谱和平面色谱。

1. 柱色谱

将固定相装填在金属或玻璃制成的管中,做成色谱柱进行分离的称为填充柱色谱;把固定相附着在毛细管内壁,做成色谱柱的称为毛细管柱色谱。

2. 平面色谱

平面色谱包括薄层色谱和纸色谱。薄层色谱是把吸附剂粉末铺成薄层作为固定相进行色谱分离;纸色谱是利用滤纸作为固定相进行色谱分离。

二、按色谱分离的原理不同分类

按分离的原理不同,色谱可分为以下几类。

1. 吸附色谱

吸附色谱是以固定相为吸附剂,利用它对被分离组分吸附能力强弱的差异进行分离,气固色谱和液固色谱属于这一类色谱。

2. 分配色谱

分配色谱是利用各个被分离组分在固定相和流动相两相间分配系数的不同进行分离,气液色谱和液液色谱属于这一类色谱。

3. 离子交换色谱

离子交换色谱是以离子交换剂作为固定相,利用各种组分的离子交换亲和力的差异进行分离。

4. 凝胶色谱

凝胶色谱又称排阻色谱,是用凝胶作固定相,利用凝胶对组分分子大小不同所产生阻滞作用的差异进行分离。

薄层色谱和纸色谱都属于液相色谱。柱色谱可以是气相色谱,也可以是液相色谱,20 世纪 70 年代以来柱色谱又发展了高效液相色谱。气相色谱和高效液相色谱属于仪器分析范围,本书不予讨论,本章只讨论经典的柱色谱、薄层色谱和纸色谱。它们的分离原理是利用组分在流动相和固定相间的吸附作用、分配作用、离子交换和凝胶排阻作用的差异进行分离。

第二节　常压柱色谱分离法

常压柱色谱按分离原理分为吸附柱色谱和分配柱色谱,下面分别加以讨论。

一、吸附柱色谱

吸附柱色谱分离是利用多孔性的微粒状物质作为填充物,该填充物表面对不同组分物理吸附性能有差异从而使混合物得以分离。

在一定的温度下,某种组分在吸附剂表面的吸附规律可用平衡状态下该组分在两相中浓度的相对关系曲线来表示,这种关系曲线称为吸附等温线。吸附等温线有线性和非线性之分。溶质 A 在随流动相缓慢流过色谱柱的固定相时,在两相中不断吸附、脱附、再吸附、再脱附,吸附平衡可用下式表示:

$$A_m \rightleftharpoons A_s$$

吸附平衡常数 $K_D = c_s/c_m$,c_s、c_m 分别为组分在固定相、流动相中的浓度,K_D 表示溶质在固定相和流动相中的浓度比,称为分配系数。当流动相的流速保持不变时,溶质 A 在柱中以恒速前进,最后流出色谱柱。如果绘制流出液中溶质 A 的浓度 c_A 和流动相体积 V 的关系曲线,得到符合正态分布的色谱图,属线性吸附等温线,浓度 c_A 和流动相体积 V 的关系曲线也称洗脱曲线。

由于吸附剂表面具有能力强弱不同的吸附中心,溶质在其上的分配系数(K_D)是不同的。吸附能力较强的吸附中心,溶质在其上的分配系数较大。在采用色谱分离法进行洗脱时,吸附较弱的吸附中心上的溶质先被洗脱,然后强吸附中心上的溶质才被洗脱,得到的色谱图呈拖尾峰,属非线性吸附等温线。如果减少溶质的量,可使其接近线性吸附等温线,洗脱曲线就变得对称。

组分在柱上的保留特性可用保留时间和保留体积表示。保留时间是从进样开始到流出液中出现浓度最高时经过的时间;保留体积是从进样开始到流出液中出现浓度最高时流过色谱柱的流动相的体积。

1. 吸附剂及其选择

为了使试样中吸附能力稍有差异的组分得到很好的分离,必须选择适当的吸附剂(固定相)和洗脱剂(流动相)。吸附剂吸附能力的大小与其表面性质有关,若吸附剂表面的吸附中心被水分子占据,则活性降低,失去活性,称为"脱活性"。加热驱除水分称为"活化"。"活化"条件不同,吸附剂的吸附能力也不同。选择吸附剂一般要求:①粒度均匀细小;②表面积大,有一定的吸附能力;③与分离试样及洗脱剂不起化学反应且不溶于洗脱剂中。

常用的吸附剂有氧化铝、硅胶和聚酰胺等。

1) 氧化铝

氧化铝是由氢氧化铝在 300～400 ℃时脱水而得。因生产时的条件不同可分为中性氧化铝、酸性氧化铝和碱性氧化铝三种。中性氧化铝应用广泛,适用于醛、酮、醌、酯、内酯化合物及苷的分离;酸性氧化铝适用于酸性化合物(如酸性色素)、某些氨基酸以及对酸稳定的中性物质的分离;碱性氧化铝适用于生物碱、醇及其他中性和碱性物质的分离。一般能用酸性或碱性氧化铝分离的也能用中性氧化铝分离。

氧化铝的活性和含水量密切相关。活性强弱用活度级 Ⅰ～Ⅴ 级表示。活度 Ⅰ 级吸附能力最强,活度 Ⅴ 级吸附能力最弱。氧化铝在不同的温度下活化,得到不同的活度级。在 100～150 ℃活化,氧化铝活性较弱,为Ⅳ～Ⅴ;高于 150 ℃活化,氧化铝活性增至Ⅱ～Ⅲ级;300～400 ℃活化,氧化铝活性增至Ⅰ～Ⅱ;温度高于 600 ℃时,氧化铝脱水并开始烧结。不同批次生产的市售商品氧化铝,表面积和表面孔穴结构不完全一致,活性也稍有不同。一般分离极性较强的组分用吸附活性较弱的吸附剂,分离极性较弱组分用吸附活性较强的吸附剂。

2) 硅胶

硅胶是由弹性多聚硅酸脱水而得,硅胶表面化学组成主要有以下几种:

$$\underset{\text{硅氧烷}}{-\overset{|}{Si}-O-\overset{|}{Si}-} \qquad \underset{\text{游离型硅醇基}}{-\overset{|}{Si}-OH} \qquad \underset{\substack{\text{束缚型 活泼型}\\\text{硅醇基 硅醇基}}}{\overset{OH \cdots OH}{-\overset{|}{Si}-\overset{|}{Si}-}}$$

硅氧烷不具有吸附活性,活泼型硅醇基吸附性能最强,游离型硅醇基次之,束缚性硅醇基吸附活性最弱。

水与硅胶表面的羟基结合成水合硅醇,使硅胶失去吸附能力。加热到 100 ℃左右能可逆地去除水分使硅胶活化,活化条件为 105～110 ℃加热 30 min。加热至 200 ℃以上时,硅胶失去结构水,形成硅氧烷,吸附能力下降;加热到 400 ℃,硅胶发生烧结。

$$-\overset{|}{Si}-\overset{|}{Si}- \xrightarrow{\text{加热}} -\overset{|}{Si}\overset{O}{\diagup\diagdown}\overset{|}{Si}- + H_2O$$

硅胶具有微酸性,吸附能力较氧化铝弱,可用于分离酸性和中性物质,如有机酸、氨基酸、萜类、甾体(胆固醇及激素属于甾类化合物)等。

3) 聚酰胺

用作吸附剂的聚酰胺由己内酰胺聚合而成。聚己内酰胺又称锦纶,色谱用聚酰胺是白色多孔性的非晶形粉末,易溶于浓盐酸、热甲酸、乙酸、苯酚等溶剂,不溶于水、甲醇、乙醇、丙酮、乙醚、氯仿、苯等有机溶剂。它对碱较稳定,对酸的稳定性较差,加热时对酸更敏感。

聚酰胺分子中由于存在很多酰胺键,可与酚类、酸类、醌类、硝基化合物等形成氢键,因而对这些物质有吸附作用,如图 5-1 所示。

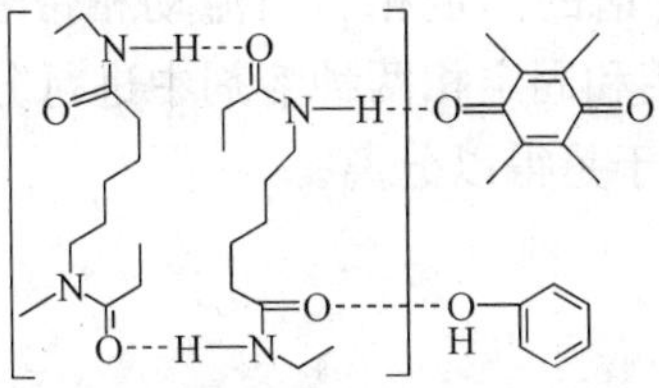

图 5-1　聚酰胺吸附作用原理

各种化合物与聚酰胺形成氢键的能力不同,因而吸附能力也不同。一般来说,形成氢键基团较多的物质,其吸附能力较强;对位、间位都能形成氢键时,吸附能力较强;而邻位形成氢键时,由于空间位阻作用,吸附能力减小;芳香核具有较多共轭双键时,吸附能力增大;能形成分子内氢键的,吸附能力减小。

2. 流动相及其选择

流动相的洗脱过程实质上是流动相分子与被分离的溶质分子竞争占据吸附剂表面活性中心的过程。强极性的流动相分子占据吸附中心的能力强,因而具有强的洗脱作用。非极性的流动相分子竞争占据吸附中心的能力弱,洗脱作用就弱。因此,必须根据试样的性质、吸附剂的活性,选择适当极性的流动相,才能使试样中吸附能力稍有差异的各组分得到很好的分离。

被分离组分的极性与其分子结构有关。常见的功能团按其极性增强次序排列如下:烷烃($-CH_3$、$-CH_2-$)<烯烃($-CH=CH-$)<醚类($-OCH_3$、$-OCH_2-$)<硝基化合物($-NO_2$)<二甲胺[$-N(CH_3)_2$]<酯类($-COOR$)<酮类($C=O$)<醛类($-CHO$)<硫醇($-SH$)<胺类($-NH_2$)<酰胺($-NHCO-CH_3$)<醇类($-OH$)<酚类($Ar-OH$)<羧酸类($-COOH$)。有机分子基本母核相同时,取代基极性增强,整个分子的极性增强;极性基团增多,整个分子的极性增强;分子中共轭双键较多,吸附能力增强;分子中取代基团的空间排列对吸附性能也有影响,如同一母核中羟基处于能形成分子内氢键位置时,其吸附力弱于不能形成内氢键的化合物。

常用的流动相按其极性增强顺序排列如下:石油醚<环己烷<二硫化碳<四氯化碳<三氯乙烯<苯<甲苯<二氯甲烷<氯仿<乙醚<乙酸乙酯<乙酸甲酯<丙酮<正丙醇<乙醇<甲醇<吡啶<酸。流动相选择的一般规律是:强极性组分选用强极性流动相,弱极性组分选用弱极性流动相。有时可把各种溶剂按不同比例配成混合流动相,因此流动相的选择比固定相的选择种类多。对于复杂的试样通常可通过流动相极性的优化达到分离的目的。

聚酰胺柱色谱的流动相通常采用水溶液、各种不同配比的乙醇水溶液、丙酮水溶液、二甲基甲酰胺水溶液以及稀氨水等。

溶解试样用的溶剂,其极性应与流动相相近,以免因与流动相的极性相差太大而影响随后的分离。

二、分配柱色谱

分配柱色谱是根据欲分离组分在两种互不混溶(或部分混溶)的溶剂中的溶解度差异来实

现分离的。

分配柱色谱的固定相是由固定液和载体(或担体)组成的。例如,含有一定水分的硅胶,由于水和硅胶表面的羟基结合使硅胶的吸附性能很弱或消失,硅胶所含有的水分可以作为固定液,硅胶作为载体,用作分配柱色谱的固定相。当流动相带着试样中的各种组分流经色谱柱时,试样中的各种组分就在流动相和固定相两种溶剂中进行分配,不同的组分有不同的分配系数,它们在柱中前进的速度不同,于是得以分离。

1. 比移值

在分配柱色谱中,如果在单位时间内,一个分子在流动相中停留的时间分数(在流动相中出现的概率)以 R 表示,则其在固定相中停留的时间分数为 $1-R$,它们分别与溶质在流动相和固定相中的量成正比,即

$$\frac{1-R}{R} = \frac{c_s V_s}{c_m V_m} = K_D \frac{V_s}{V_m} \tag{5-1}$$

整理得

$$R = \frac{1}{1 + K_D \dfrac{V_s}{V_m}} \tag{5-2}$$

式中,c_s、c_m 分别为溶质在固定相、流动相中的浓度;V_s、V_m 分别为固定相、流动相的体积。R 表示溶质分子出现在流动相中的概率,也表示了溶质分子和流动相分子在色谱柱中移动速度的相对值,常以 R_f 表示,称为比移值。从式(5-2)中可看出,在一定的色谱条件下,V_s、V_m 为定值时,R_f 值只与分配系数 K_D 有关。不同组分由于它们的分配系数不同,比移值不同,因而得以分离。K_D 越大,溶质分子停留在固定相中的概率越大,比移值越小,层析时移动的速度越慢。

2. 分配柱色谱的载体、固定相和流动相

分配柱色谱的载体只起负载固定液的作用,本身应该是惰性的。但实际上同一种试样,改变载体常会使 R_f 值改变,这可能是因为载体表面固定液液膜较薄,一部分载体裸露在外,对分析组分起到吸附作用,因此分配柱色谱常混杂着吸附作用。

分配柱色谱常用的载体有以下几种:

(1) 硅胶:在较低温度下活化,使其表面残留部分水分。

(2) 纤维素:纤维素分为天然纤维素和微晶纤维素两种。天然纤维素是由质量较好的纸浆经干燥、粉碎后制成,纤维长 $2\sim20\ \mu m$,平均聚合度为 $400\sim500$;微晶纤维素是由棉花等较纯的纤维素加酸一起加热,部分水解后形成的微小晶体纤维素,平均聚合度为 $40\sim200$。纤维素上有许多羟基,易与水形成氢键而将水吸附,这种吸附着的水分子形成分配柱色谱的固定相。

(3) 硅藻土:天然存在的非晶形硅胶,其中除了 SiO_2 外还含有 Al_2O_3、Fe_2O_3、CaO、Na_2O 和有机物及水分等。经淘洗、干燥、灼烧处理后使用。硅藻土比表面积小,可能为 $1\sim5\ m^2 \cdot g^{-1}$,用作吸附剂不如硅胶,但适合在分配柱色谱中作为载体。

分配柱色谱的固定液一般为水,也有用稀硫酸、甲醇、甲酰胺等强极性溶剂作为固定液的。

分配柱色谱的流动相一般是与水互不混溶的有机溶剂,为了防止在洗脱过程中流动相把吸附于载体上的少量水分带走,流动相应预先以水饱和并加入乙酸、氨水等弱酸、弱碱,以防止某些分离组分解离。

　　分配柱色谱常用来分离强极性的、亲水性的物质,如脂肪酸、多元醇、水溶性氨基酸等。若用其分离亲脂性有机物,可用疏水性有机物作为固定相,亲水性溶剂作为流动相,此时非极性的、脂溶性的组分比移值 R_f 小,不易洗脱;极性强的、脂溶性差的组分比移值 R_f 大,易被洗脱。这种固定相极性小于流动性极性的色谱称为反相分配色谱;反之,称为正相分配色谱。

三、柱色谱分离的基本操作

1. 装柱

　　柱色谱的色谱柱分离采用玻璃或塑料柱,其直径与长度的比为 $1:10\sim1:60$,底部塞有玻璃纤维或脱脂棉,然后将固定相装入色谱柱内。装柱可用干法装柱和湿法装柱两种方法。

　　1)干法装柱

　　将选定并经处理的固定相通过漏斗缓缓加入色谱柱,必要时轻轻敲打柱管,使之装填均匀。装填完毕后,在固定相表面铺一层滤纸,然后打开下端旋塞,并从管口缓缓加入流动相,注意不要冲起固定相。固定相润湿后柱内应无气泡。干法装柱常在柱内出现气泡,使层析时发生沟流现象。

　　2)湿法装柱

　　先在柱内加入选定的流动相,将下端旋塞稍打开,同时将固定相缓缓加入柱管内,固定相一边沉淀一边添加。加入时不易太快以免带入空气,必要时可使柱管轻轻振动,这有助于填充均匀,并可使固定相带入的气泡外溢。注意装填时固定相一直要保持在液面以下。

2. 加样

　　溶解试样用的溶剂的极性应与流动相的极性相似,以免因两种溶剂的极性不同而影响展开。色谱柱装填好以后,将试样溶液轻轻注入柱管的上端,注意勿搅起固定相层。试样溶液应适当浓些,这样就只需加入小体积试液,使试样集中在柱管顶部尽可能小的范围,以利于展开。如果试样难以溶于极性与流动相相似的溶剂中,也可将试样溶于适当溶剂中,加入少量固定相。拌匀,待溶剂蒸发后,再将吸附着试样的固定相加于柱中固定相层上,然后进行洗脱。

3. 洗脱

　　将选定的流动相小心地从柱管的顶端加入色谱柱,勿冲起固定相层,并保持一定的液面高度,控制流速为 $0.5\sim2\ mL\cdot min^{-1}$。随着洗脱的进行,有色物质可以看到分离后的色带,无色物质可采用适当的方法定位。

4. 分析测定

　　分离后的各组分可分段洗脱,分别测定,也可将吸附剂从柱中整条推出,分段切开,分别洗脱测定。

　　柱色谱可以处理较大量的试样,因而常用于提纯某些物质,或将组成复杂的试样分成性质相近的几组,再做进一步的分离,如天然产物的分离等。

第三节　薄层色谱分离法

　　薄层色谱分离法(TLC)是将固定相吸附剂铺在载板上形成均匀的薄层,试液点在层析板的一端距边缘一定距离处,然后将层析板放入层析缸中,使点有试样的一端浸入流动相(展开剂)中(流动相液面低于样品斑点)。由于薄层的毛细管作用,展开剂沿着吸附剂上升,遇到点着的试样,试样就溶解在展开剂中。随着展开剂沿薄层上升,试样中的各种组分就沿着薄层在固定相和流动相之间不断地发生溶解、吸附、再溶解、再吸附的分配过程。显然吸附力弱的易溶解,随展开剂在薄层上移动快,反之则移动慢,以使不同组分相互分开。

被分离后各组分的色斑在薄层中的位置同样可用比移值 R_f 表示:

$$R_f = \frac{原点到组分斑点中心的距离}{原点到流动相前缘的距离}$$

在固定的色谱条件下,组分的 R_f 值是常数,这是薄层色谱定性检测的基础。

一、薄层色谱常用吸附剂

薄层色谱常用的吸附剂有氧化铝、硅胶、聚酰胺、硅藻土、纤维素等。根据被分离组分的性质选择吸附剂,最常用的是氧化铝和硅胶,它们的吸附能力强,可分离的试样种类多。薄层色谱用吸附剂与柱色谱相比粒度更细。

1. 氧化铝

一般不加胶黏剂,直接用干粉铺层,这样的色谱分离板称为干板或软板。干法铺层用氧化铝的粒径一般为 150～200 目(100～75 μm);加煅石膏作胶黏剂的氧化铝称为氧化铝 G,加水调糊,铺层活化后使用,其粒径以 250～300 目(60～50 μm)较合适,这样的色谱分离板称为硬板。

吸附剂颗粒度的大小对分离效果和分离速度都有影响。颗粒太粗,展开后各组分斑点扩散,分离效果不好;若颗粒太细,展开太慢,也会引起溶质扩散,尤其是当展开距离较长时更为显著,而且太细的吸附剂用干法铺层也有困难。

氧化铝活度的测定可用偶氮苯、对甲氧基偶氮苯、苏丹黄、苏丹红、对氨基偶氮苯的四氯化碳溶液测定。测定时,将混合试样点于氧化铝薄层板上,以四氯化碳为展开剂,展开后测定各斑点的 R_f 值,根据 R_f 值可确定活度级,如表 5-2 所示。一般把氧化铝活化成 Ⅱ～Ⅲ 或 Ⅲ～Ⅳ 使用。Ⅰ 级活性太强,吸附试样中的组分不易洗脱,造成斑点拖尾,影响分离。

表 5-2　氧化铝的活度和染料 R_f 值的关系

活度级 染　料	Ⅱ	Ⅲ	Ⅳ	Ⅴ
偶氮苯	0.59	0.74	0.85	0.95
对甲氧基偶氮苯	0.16	0.49	0.69	0.89
苏丹黄	0.01	0.25	0.57	0.78
苏丹红	0.00	0.10	0.53	0.56
对氨基偶氮苯	0.0	0.03	0.08	0.19

2. 硅胶

硅胶一般加胶黏剂铺成硬板使用。常用的胶黏剂有煅石膏、聚乙烯醇、淀粉和羧甲基纤维素钠(CMC-Na)等。薄层色谱用硅胶的粒径一般为 250～300 目,比表面积为 300～600 $m^2 \cdot g^{-1}$,表面孔径为 100 Å 左右。

市售商品硅胶 H,不含胶黏剂,用时需另外加入;硅胶 G,由硅胶加煅石膏(13%~15%)混合而成;硅胶 GF_{254},硅胶中既含煅石膏又含荧光指示剂,在 254 nm 紫外光照射下呈黄绿色荧光;硅胶 $HF_{254+365}$,硅胶中不含煅石膏只含荧光指示剂,在 254 nm 和 365 nm 光照下均可产生荧光。常用的荧光指示剂是锰激活的硅酸锌($ZnSiO_4 \cdot Mn$),在 254 nm 紫外光照射下产生荧光;银激活的硫化锌、硫化镉($ZnS \cdot CdS \cdot Ag$),在 365 nm 紫外光照射下产生荧光。

含胶黏剂的硅胶薄层活化程度可按 Stahl 法进行测定。将二甲氨基偶氮苯、靛酚蓝、苏丹红三种染料的氯仿溶液点于已活化的硅胶薄层板上,用正己烷:乙酸乙酯(9:1,体积比)展开。如果三种染料能分开,而且二甲氨基偶氮苯接近溶剂前缘、靛酚蓝在其后、苏丹红接近原点,则认为活度合格。这种硅胶板的活度与 Brockmann 法标定的Ⅱ级氧化铝的活度相当。

硅胶薄层板既可用于吸附色谱分离,又可用于分配色谱分离,其主要区别在于活化的程度不同。前者活化程度高,后者活化程度低,且在薄层色谱中应用较多。

二、薄层板的制备

将吸附剂均匀地涂铺在一定尺寸的载板上制成薄层板。一般选用玻璃板作为载板。所用的玻璃板可以是普通玻璃板,但要求表面光洁平整。使用前根据需要裁成一定大小,边上用细砂皮磨光,铺板前用洗涤液洗净,如有油污或水渍,用脱脂棉沾乙醇或丙酮擦去,否则,干燥后易开裂、剥落。铺好的薄层必须厚度均匀一致,表面平滑,无气泡、小孔及裂纹。

用于初步实验的薄层板可用小玻片(如 2.5 cm×7.5 cm)为载板,制备提纯时可用较大的载板。

常用的铺层方法有干法铺层和湿法铺层。

1. 干法铺层

先用两段厚度适当的橡胶管套在玻璃棒上,两管内边距稍小于载板宽度,将吸附剂撒于载板上,将玻璃棒两端的橡胶管置于载板的边缘,两手捏住玻璃棒的两端,把棒的中间一段压在载板一端的吸附剂上,缓缓向前移动,两手用力均匀,推动不宜太快,速度均匀,中间不可停顿,铺成平滑、均匀的薄层。氧化铝常用此法铺板,这样铺成的薄板称为干板或软板,薄层厚度为橡胶管的壁厚。

铺干板用的吸附剂颗粒较粗(150~200 目),分离效率较差,展开后不能保存,喷显色剂时薄层易被吹散,目前较少使用。

2. 湿法铺层

加水或其他溶液将吸附剂调成糊状,然后铺层。湿法铺层有多种方法,常用有以下三种:

(1) 倾倒法。称取一定量吸附剂(根据载板面积及铺层厚度确定),按比例加水(或其他溶液)调成糊状,立即倾倒在载板上,大致推开,轻轻颠动载板,使其自动淌成均匀薄层,水平放置10~20 min,固结后阴干备用或活化后备用。如果用煅石膏作黏合剂,整个调糊和铺层操作应在 4 min 内完成,否则石膏开始凝固,无法铺层。

(2) 刮层法。用两块厚度一样的玻璃板作边框,中间放置要铺层的玻璃板,边框玻璃比铺层玻璃稍高(薄层厚度)。将调好的吸附剂倒在铺层玻璃板上,用边缘平直光滑的玻璃板或直尺沿一个方向均匀地将吸附剂刮平,去掉边框,晾干、活化备用。

(3) 涂铺器法。商品涂铺器多种多样,但其主要构造有一个装吸附剂糊的槽,槽的一面有能调节出口厚度的结构。例如,常用的 Stahl 涂铺器,铺层时先把玻璃板依次铺在水平的底座上,把涂铺器放在起点玻璃板上,将涂铺器中的圆筒口转向上,倒入已调好的糊状吸附剂,然后将圆筒口转向下,立即以均匀的速度把涂铺器向前推移,此时糊状吸附剂就被铺成均匀的薄层。

湿法铺层用吸附剂的粒径可较细(250~300 目),薄层厚度较薄,展开后斑点较集中,分离较好。湿法铺层法铺得的薄层比较牢固,展开后便于保存,目前使用较多。

湿法铺层时在吸附剂中常加入黏合剂(市售的吸附剂中如已混有黏合剂,就不必再加)。常用的黏合剂有煅石膏、聚乙烯醇、淀粉、羧甲基纤维素钠等。煅石膏的用量通常是吸附剂的10%~15%,煅石膏和吸附剂混匀后加水调成糊状铺层。CMC-Na 作黏合剂时,应将 CMC-Na 加水搅拌并加热使其溶解,放置后,取上层清液配成 0.5%~1% 的水溶液供调糊用。聚乙烯醇用量为吸附剂的 0.5%~0.6%,把聚乙烯醇配成 0.3%水溶液使用。表 5-3 为常用黏合剂和吸附剂的处理方法。

表 5-3　常用黏合剂和吸附剂的处理方法

薄层类型	吸附剂:用水量(质量比)	活化温度和时间
硅胶 G	1:2 或 1:3	80 ℃或 105 ℃,0.5~1 h
硅胶-CMC-Na	1:3(0.5%~1% CMC-Na 水溶液)	80 ℃,20~30 min 或阴干
硅胶 G-CMC-Na	1:3(0.2%CMC-Na 水溶液)	80 ℃,20~30 min 或阴干
氧化铝 G	1:2 或 1:2.5	110 ℃,30 min
氧化铝 G-硅胶 G(1:2)	1:2.5 或 1:3	80 ℃,30 min
硅胶-淀粉	1:2	105 ℃,30 min
硅藻土 G	1:2	110 ℃,30 min

由于分离的需要,有时还需要制备一些特制的薄层,如酸碱薄层、配位薄层等,在此不一一叙述。

三、展开剂的选择

选择适当的吸附剂和展开剂是获得良好分离效果的关键,但常用的吸附剂种类有限,而展开剂的种类却很多。可以用单一的展开剂,也可用混合展开剂,因此与柱色谱相似,薄层色谱展开剂的选择显得尤为重要。

对于吸附薄层,选择展开剂时要综合考虑被分离组分、吸附剂活性和展开剂极性三者之间的相互制约。选择的基本原则是若被分离物质是极性的,应选择活度较弱的吸附剂和极性展开剂;若被分离物质是非极性的,应选择活度较强的吸附剂和非极性展开剂;若被分离物质是中等极性的,应选择活度Ⅱ~Ⅲ的吸附剂和中等极性的展开剂。可以通过微量圆环技术及微型薄层法初步选择可能应用的展开剂,然后用于一般的薄层层析。

分配薄层中所用的展开剂也应先用固定液饱和。可把展开剂放于分液漏斗中,加入少量固定液,充分振摇,放置分层,分去固定液,留下展开剂供使用。例如,硅胶薄层层析以水为固定相时,展开剂应以水饱和。又如,用甲酰胺丙酮溶液处理过的纤维素薄层层析中,甲酰胺是固定相,展开剂应事先以甲酰胺饱和。由于化合物在两相中的分配系数以及固定相和流动相的相互溶解度都因温度不同而有所变化,因此在分配层析中要注意温度对 R_f 值的影响。用固定相处理展开剂及展开时最好都要保持温度一致。

薄层色谱展开剂的选择除了要考虑能否达到很好的分离效果,同时还要考虑展开剂的挥发性及黏度。易挥发、黏度小的展开剂展开速度快,展开后很快挥发逸去,不会影响定性检出和定量测定。另外,还要考虑展开剂的毒性、价格及是否易于得到等。

展开剂中含有的少量杂质常使其极性发生改变,影响分离。例如,乙醚中含少量水分,乙酸乙酯中含少量乙醇等。因此展开剂的纯度也应加以注意,一般可用分析纯或化学纯的溶剂,必要时可自行精制后使用。混合溶剂应以新鲜配制为宜,因在保存过程中不同溶剂挥发性能不同,会使混合溶剂的组成发生改变。

四、点样

首先选用易于挥发、极性和展开剂极性相似的溶剂溶解试样,配成 0.5%~1%试液。如果溶剂与展开剂的极性相差较大,则应在点样后待溶剂挥发后再进行展开,根据试样各组分的热稳定性可采用电吹风配合使用。用水溶液点样时,斑点易扩散,且不易挥发,因此应尽量避免采用水溶液进行薄层分离。点样可用玻璃毛细管或微量注射器把试液点成小圆点或长条。点样量应根据薄层的厚度,试样和吸附剂的性质,显色剂的灵敏度以及定量测定的方法而定。点样量过少,会使微量组分检不出;点样量过多,会使斑点重叠,分离不完全。如果试样浓度很低,可采用重复点样加大试样量,但必须注意,一定要待前一次样品斑点中溶剂挥发后再继续点样。一般来说,对于厚度为 0.25~0.35 mm 的薄层,做定性检出时,应点试液数微升,试样量应达数微克或数十微克;做定量测定时,每次点试液 50~100 μL,含试样数十至数百微克。薄层板较厚的薄层层析试液量可适当加大。如果铺层后把薄层修成楔形,如图 5-2(b)所示,展开时呈放射形,则试样量可适当多些。

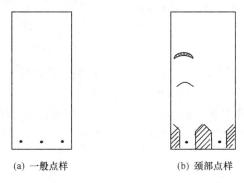

(a) 一般点样　　　　　　　(b) 颈部点样

图 5-2　点样方法

点样操作力求快速,尤其是某些吸附层析对水敏感,操作时应注意。为使点样量准确,有重现性,有些厂家制造了商品点样器,如 Nanomat 点样器和 Linomat 点样器。Nanomat 点样器适用于点点状样,利用电磁头使毛细管升降而点样,能重复点出间距恒定、比较规格化的斑点。Linomat 点样器是将样品溶液放入注射器内逐渐向下流出,用氮气吹落注射器针头上的样品溶液,同时使薄层板于针头下移动,样品点成窄条状。操作在微处理机控制下进行。

五、展开

1. 上行展开

上行展开是最常用的展开方法。对于干板,采用近水平方向展开,薄层与水平方向夹角为10°~20°;对于硬板,采用近垂直方向展开,如图 5-3 所示。层析缸可采用各种尺寸的标本缸,缸底应平正,具有磨砂口和玻璃盖。缸盖严密不漏气,防止由于展开剂中各种溶剂的挥发度不同而在展开过程中使展开剂的组成发生改变,影响分离。干板展开时常在展开缸中放一盛展开剂的培养皿或与其类似的容器,再将薄板载样一端置于展开剂中,放入时液面要与薄板底沿平行。展开剂用量要适当,液面不能高于薄板上的试样斑点,在保证展开效果的前提下,尽量节约展开剂的用量。

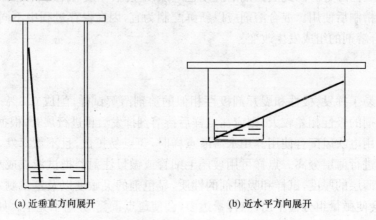

(a) 近垂直方向展开　　　　　　　　　　(b) 近水平方向展开

图 5-3　上行法展开方式

2. 下行展开

在层析缸中,于薄层板上面放一展开槽,用厚滤纸将展开剂引到薄层板上端,使展开剂从上向下移动。下行法分离效果较差,使用较少。

3. 双向展开

对组成复杂或组分间性质比较相近的试样,一次展开难以完全分离或分离效果不好,可采用二次展开、连续展开或双向展开法展开。双向展开采用正方形薄层板,将试样点在一角,先沿一个边方向展开,取出薄层板,待展开剂挥发后,薄层板旋转 90°,载有组分斑点的一端朝下,置于层析缸中进行第二次展开,两次展开所用的展开剂可以相同也可以不同。

六、薄层色谱定性分析

展开完毕,把薄层板从层析缸中取出,用铅笔或小针标出展开剂前缘的位置。有色组分显现明显的斑点,位置容易确定;无色组分展开后,其位置要根据组分的性质,选择相应的确定方法。

1. 斑点位置的确定

1) 紫外光下观察

含有共轭双键的有机物质能吸收紫外光,将分离后的薄层板置于紫外灯下,组分薄层呈现暗色斑;如果采用含荧光指示剂的硅胶铺成薄层,在紫外光照射下,整个薄层呈黄绿色荧光,斑点部分呈现暗色。有的物质在吸收紫外光后能辐射出各种不同颜色的荧光;有的物质需要在与某种显色剂作用后才能显出荧光或使荧光增强。由于紫外光停止照射后,荧光即消失,因此在观察斑点位置时,应用针沿斑点周围刺孔做出记号。

2）蒸气熏

根据样品的性质采用固体碘、浓氨水、液体溴等蒸气熏蒸显色。把这些易挥发的试剂放置在密闭的容器内，使其蒸气充满整个容器，将已展开并已挥发去溶剂的薄层板放入其中，使之显色。多数有机化合物遇碘能显黄到黄棕色色斑，显色后放置空气中，多数情况下碘能挥发逸去而褪色。

3）喷显色剂

将显色剂配成一定浓度的溶液，然后用喷雾器均匀地喷洒在薄层上。雾滴要细而均匀，防止损伤薄层表面。特别是未加胶黏剂的干板，应在展开后溶剂尚未挥发逸去时立即喷雾显色。显色剂的种类很多，有通用性和专属性显色剂。对未知化合物的检测，可以先用通用性显色剂，利用它与被测组分之间的氧化还原反应、脱水反应及酸碱反应等而显色，如浓硫酸或50%硫酸溶液、酸碱指示剂、荧光显色剂等。而专属性显色剂是指能使某一类或含有某种功能团的化合物显色。例如，0.3%茚三酮丁醇溶液（含3%乙酸）使氨基酸及脂肪族伯胺类化合物在白色背景上显粉红色到紫色斑点，Ehrlich试剂（4-二甲基氨基苯甲醛的1%乙醇溶液）用来检测胺类化合物等。

2. 斑点组分的定性

除了专属性显色剂定位外，其他定位方法只能说明斑点的位置，并不能说明斑点是何种物质。薄层色谱分离中斑点的定性常用以下方法。

1）比移值定性

在一定的条件下，同一种物质的 R_f 值应该是一个常数。但在实际工作中影响比移值的因素很多，如吸附剂的性质、组成和质量，展开剂的种类、组成和质量，层析缸的大小、形状和饱和程度，展开的方式，点样量，温度等，因此文献上的 R_f 值只能供参考。每次定性时都应同时做标准品对照实验，即使被分离组分的 R_f 值与对照品一致，也不能立即下结论，需要经过两次以上不同组成的展开剂展开后得到的 R_f 值与对照品一致，才可认定该斑点与对照品是同一物质。

2）光谱定性

利用薄层扫描仪，可以很容易得到斑点组分和对照品的紫外或可见光谱图，通过谱图比较可以准确地确定斑点的成分。这种定性方法具有良好的重现性，并可以通过计算机检索给出定性定量的信息。

3）各种联用仪器定性

将斑点转移到试管中，加入适当溶剂萃取，然后采用仪器分析方法，如紫外可见光谱法、红外光谱法、质谱法等联用技术定性。

七、薄层色谱定量分析

1. 目视比较半定量法

试液与一系列不同浓度的标准溶液并排点样于同一薄层上，展开后比较斑点的大小及颜色的深浅，借以估计某一组分的大概含量，如检验药物中杂质含量是否超标等。

2. 测量斑点面积定量

利用面积测定仪，或用透明纸将斑点描下，印在坐标纸上，数出面积相当于多少平方毫米，还可以把描绘下的斑点转印到质地均匀的纸上,剪下称量,以质量代面积。用这种方法定量要求斑点边缘清晰、明显,便于测量面积。定量测定时,需先用不同浓度的标准溶液点样展开后绘制标准曲线。该方法虽然简单,但对色谱分离操作要求较为严格,如薄层的厚度、活度等要一致,点样量与斑点的大小要一致,色谱缸的饱和度要相同,展开时展开剂的液面与原点间的距离以及展开剂上升的速度和展开剂的距离也要求相同等。

为了消除色谱分离条件可能造成的差异,可用下述简化的方法进行测定。取一定量的已知浓度的标准溶液、试液以及一定稀释度的试液,分别并排点在同一块薄层板上,展开、显色后测量斑点的面积,然后根据斑点面积与样品量之间的线性关系定量。

3. 从薄层上将组分洗脱下来定量测定

用小刀将斑点及吸附剂一起刮下置于 4～5 号砂芯漏斗中,在减压抽滤下,用适当溶剂将组分洗脱;或用吸集器将斑点及吸附剂一起吸下,然后用溶剂洗脱。洗脱溶剂应选用既能将被测组分完全洗脱,又不干扰以后测定的溶剂。

4. 用薄层色谱扫描仪扫描定量

在薄层上用薄层色谱扫描仪,以一定波长和强度的光束扫描分离后的各个斑点,进行定量测定的方法近年来发展极为迅速。测量方法可分为透射光测定、反射光测定及透射光和反射光同时测定三种,而扫描所用光线可分为可见光、紫外光及荧光三种。

由于薄层是由细小颗粒组成的半透明物体,当一束光线照射薄层上的某个斑点时,光线的一部分为斑点中的被测组分所吸收,一部分散射,一部分反射,一部分透过,情况比较复杂。但是,当斑点中被测物含量越多,颜色越深(如果是有色物质)时,光线被吸收越多,反射光和透射光的减弱也越显著,其间存在一定的定量关系。因此可以根据反射光的减弱,也可以根据透射光的减弱来进行定量测定。当然也可以同时测量反射光和透射光的强弱程度,即光线的吸收程度来进行定量测定,这时两种信号叠加在一起,可使测定的灵敏度大为提高。

八、薄层色谱的应用

薄层色谱法的优点是设备简单、操作方便,分离效率和检出灵敏度都比较高,因此在有机合成、天然产物提取、生化制品、食品分析、毒物检测及环境污染分析等方面被广泛应用。

(1) 在工业上用于产品质量控制及杂质检验。例如,四环素中差向四环素毒性较大,产品中其含量应低于一定标准,可点样于硅藻土薄层上,用丙酮∶氯仿∶乙酸乙酯(3∶1∶1,体积比)混合溶剂为展开剂展开,然后用浓氨水熏,在 254 nm 的紫外光下观察。

(2) 在化学反应进行一定时间后,取反应液作薄层层析,借此了解未发生反应的原料的量,从而判断和控制反应的终点。

(3) 柱色谱法的实验条件选择可借助于薄层层析。例如,选用何种流动相,组分按什么顺序被洗脱,每一种洗脱液中是单一组分或仍然存在尚未分离开的几个组分,都可在薄层上进行探索。薄层色谱上的所有展开剂虽不能完全照搬柱色谱,但仍有极高的参考价值。

(4) 中草药和中成药成分分析。中草药和中成药的成分极为复杂,要在大量杂质(无关成分)存在下检出微量的一种或多种有效成分,难度较大。过去只能测定某种药材中生物碱、黄酮、皂苷等的总量,自从薄层色谱法被采用以来,几乎成了分析中草药和中成药成分的首选方法。可依靠斑点比移值、斑点颜色及薄层指纹图谱来鉴别中药材的品种。

第四节 纸 色 谱

一般认为纸色谱是一种分配型色谱,滤纸被看作是惰性载体,滤纸纤维素中吸附的水分为固定相。由于吸附水有部分是以氢键缔合形式与纤维素的羟基结合在一起的,在一般条件下难以脱去,因而纸色谱分离不但可用与水不相混溶的溶剂作流动相,也可用乙醇、丙醇、丙酮等与水相混溶的溶剂作流动相。实际上纸色谱分离的原理是比较复杂的,除了分配色谱外可能还包括溶质分子和纤维素之间的吸附作用,以及溶质分子和纤维素上某些基团之间的离子交换作用,这些基团可能是在造纸过程中引入纤维素上的。

纸色谱的操作一般是取滤纸条,在接近纸条的一端点上欲分离的试液,然后把滤纸条悬挂于玻璃圆筒即层析筒内,并让纸条下端浸入展开剂(图5-4)。

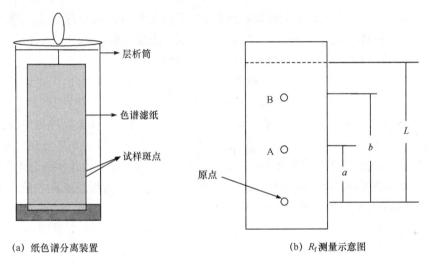

(a) 纸色谱分离装置　　　　　　　　　(b) R_f测量示意图

图5-4　纸色谱分离示意图

由于滤纸条的毛细管作用,展开剂将沿着滤纸条不断上升,当展开剂接触点在滤纸上的试样时,试样中的各种组分就不断地在固定相和展开剂之间进行分配,从而使试样中分配系数不同的各种组分得以分离。待溶剂前缘接近滤纸条上端时,取出纸条,在溶剂前缘处作标记,晾干滤纸条。如果试样中各组分是有色物质,在滤纸上就可以看到各个组分的斑点;如为无色物质,则可用适当的方法使之显色。各组分在色谱图中的位置同样可用比移值 R_f 表示。如图5-4(b)所示,对于组分 A,$R_f = \dfrac{a}{L}$;对于组分 B,$R_f = \dfrac{b}{L}$。a、b 分别为从原点到组分 A、组分 B 斑点中心的距离,L 为原点到溶剂前缘的距离。

一、纸色谱分离条件的选择

1. 层析用纸

层析用纸要组织均匀,无折痕,边缘整齐,纯净。层析用纸的纤维素要疏密适当,如过于疏松,易使斑点扩散;如过于紧密,则色谱分离速度慢。同时要结合展开剂的性质和分离对象来考虑,当用黏稠的流动相时,可选较疏松、薄型的快速滤纸;当用黏度较小的流动相(如石油醚、氯仿等)展开时,应选用较紧密、较厚的慢速滤纸。试样中各组分比移值 R_f 相差较大时可用快速滤纸;R_f 相差较小时可用慢速滤纸。滤纸纤维素的方向要与色谱分离的方向垂直。

2. 固定相和流动相

纸色谱分离中的固定液大多为纤维素中吸附的水分,因而适用于水溶性有机物(如氨基酸、糖类等)的分离,此时流动相多用以水饱和的正丁醇、正戊醇、酚类等,同时加入适量的弱酸或弱碱(如乙酸、吡啶、氨水)以调节 pH 并防止某些被分离组分的解离。分离某些极性小的物质时,为了增加其在固定液中的溶解度,也可用甲酰胺、二甲基甲酰胺、丙二醇等处理滤纸来作固定相,此时用非极性的溶剂,如氯仿、苯、环己烷、四氯化碳以及它们的混合溶剂作展开剂。分离非极性的物质(如芳香油等)往往采用石蜡油、硅油、正十一烷等作固定液,这时常用极性溶剂(如水、甲醇、乙醇等)作展开剂。

二、点样和展开

与薄层色谱相似,用适当的溶剂将试样溶解,用平口毛细管或微量注射器点样,点样量几微克到几十微克,试样点与点间相距约 2 cm,点样处距滤纸条的一端 3~4 cm,样点直径为 2~3 cm,稀溶液可反复点样,每次点样后待溶剂挥发后再点样。

纸色谱分离常用上升法,如图 5-4 所示。层析缸应密闭不漏气,缸内先用展开剂饱和。

还可以利用圆形滤纸进行色谱分离。在滤纸中心穿一小孔,在小孔周围点样,小孔中插入一条由滤纸卷成的纸灯芯。另取两个直径略小于滤纸的培养皿,在一个培养皿中放置展开剂,滤纸平放在这个培养皿上,并使滤纸芯向下浸入展开剂中,上面再罩一个培养皿以防止展开剂挥发。这种展开方式形成同心圆的弧形谱带,适用于 R_f 值相差较大的各种组分的分离。

对于组成较为复杂的试样,同样可作双向层析。用长方形或方形滤纸在一角点上试样,先展开,待溶剂挥发后,再用另一展开剂沿与原来垂直方向展开。

三、显色和应用

显色方法可参照薄层色谱法。纸色谱分离设备简单、操作方便、试样需要量少,分离后可在纸上直接进行定性鉴定,通过比较斑点的大小和颜色深浅还可以进行半定量的测定。例如,磺胺类药物磺胺噻唑和磺胺嘧啶混合物的分离和检出,可用 1‰(体积分数)的氨水作展开剂进行分离,用对二甲氨基苯甲醛(Ehrlich 试剂)乙醇溶液作为显色剂显色,对样品进行分析。氨基酸的分离和检出可采用双向纸层析法,先用酚:水(7:3,体积比)第一次展开,再用丁醇:乙酸:水(4:1:2,体积比)展开,展开后喷茚三酮的丁醇溶液使之显色,可分离分析 20 种氨基酸。

思　考　题

1. 色谱分析是如何分类的?
2. 装填常压层析柱时应该注意哪些问题?
3. 层析用硅胶有硅胶 G、硅胶 H、硅胶 GF_{254}、硅胶 HF_{366} 等不同标号,分别表示什么? 应用这些硅胶时应分别注意些什么?
4. 硅胶薄层为什么既可以进行吸附层析,又可以进行分配层析? 分别说明它们的作用机理。
5. 薄层层析和纸色谱中对于无色试样,应怎样把斑点显现出来?
6. 为什么从文献中查得的 R_f 值只能供参考? 为了鉴定试样中的各组分,应该怎么办?

第六章　离子交换分离法

　　利用离子交换树脂与试液中的离子发生交换作用而使离子分离的方法称为离子交换分离法,又称离子交换色谱分离法。其实质是各种离子与离子交换树脂的交换能力不同,被交换到树脂上的离子可选用适当的洗脱剂依次洗脱,从而实现彼此之间的分离。与溶剂萃取不同,离子交换分离是基于物质在固相与液相之间的分配系数不同进行分离的。本方法分离效率高,既能用于带相反电荷的离子间的分离,也能实现带相同电荷的离子间的分离,对于某些性质极其相近的物质,如 Nb 和 Ta、Zr 和 Hf 等的分离,以及稀土元素之间的互相分离都可用离子交换分离法完成。离子交换分离法还可以用于微量元素、痕量物质的富集和提取,蛋白质、核酸、酶等生物活性物质的纯化等。离子交换分离法可以同时分析多种离子化合物,具有灵敏度高、重复性好、选择性好、分析速度快等优点,而且该法所用设备简单,操作也不复杂,交换容量可大可小,树脂可以反复再生使用。因此它广泛用于科研、生产的许多方面,在分析测试中,离子交换分离技术是最有实用价值的前处理方法之一。

　　早在 1848 年,Thompson 等在研究土壤碱性物质的交换过程中发现了离子交换现象。具有稳定交换特性的聚苯乙烯离子交换树脂出现在 19 世纪 40 年代。19 世纪 50 年代后,离子交换色谱应用于氨基酸的分析。目前离子交换色谱分离仍是化学、生物学领域中常用的一种色谱分离方法,广泛地应用于氨基酸、蛋白质、糖类、核苷酸等各种生化物质的分离纯化。随着科学技术的进步,离子交换色谱分离也在不断完善,在 19 世纪中期人们注意到泥土和矿石具有离子交换的能力,最初研究的是泡沸石的交换作用。泡沸石是一种天然复杂的含水的硅铝酸盐。

　　1905 年,人们开始人工合成泡沸石硅铝酸钠,工业上开始使用天然的无机离子交换剂泡沸石来软化硬水。

$$Ca^{2+} + 2Na^+ Z^- \rightleftharpoons 2Na^+ + Ca^{2+} Z_2^-$$

　　随着科学的发展,人们开始深入研究有机物质的离子交换现象。1930 年 Rullgron 发现,由于结合了磺酸基团,亚硫酸钠处理过的纸浆纤维具有一定的交换能力。但这类无机离子交换剂的交换能力低,化学稳定性和机械强度差,应用受到很大限制。为了适应原子能工业发展的需要,20 世纪 50 年代以后,人们又对无机离子交换剂重新进行了研究,生产出耐高温、耐辐射、交换能力大的无机离子交换剂。现有的离子交换剂种类繁多,用途广泛,工业上常用于硬水软化、纯水制备、化工、冶炼、医药等方面的杂质分离、产品提纯及浓缩。

　　目前在离子交换分离中应用最多最广泛的是离子交换树脂,这种离子交换剂的分离效果很好,不仅可以用于带相反电荷的离子之间的分离,还可以用于带相同电荷或性质相近的离子之间的分离,同时还广泛应用于微量组分的富集和高纯物质的制备分离,在分析化学中一般用来解决某些比较复杂的分离工作。

第一节　离子交换树脂的作用、性能和分类

一、离子交换树脂的性能和作用

　　离子交换剂是具有与溶液中的离子进行选择性交换的性质并可用来进行离子交换分离的

物质,是离子交换分离法的主体。广义上说,离子交换剂是指具有离子交换能力的所有物质,既包括固体又包括液体,但通常是指固体离子交换剂。离子交换分离法采用的离子交换剂主要有无机离子交换剂和有机离子交换剂两大类。无机离子交换剂由天然物质(如黏土、泡沸石、泥煤、腐殖土等)、合成物质(如分子筛、水合金属氧化物、高价金属磷酸盐、合成沸石、杂多酸等)构成。但由于其在化学和物理性质上不够稳定、交换容量小、使用 pH 范围窄、颗粒易碎等缺点,在应用上受到限制。有机离子交换剂即离子交换树脂,人工合成的具有网状结构并带有离子交换功能团的复杂的有机高分子聚合物,分为离子交换树脂、离子交换膜、离子交换纤维、液体离子交换剂等。网状结构的骨架部分一般很稳定,不溶于酸、碱和一般溶剂。在网的各处都有许多可被交换的活性基团。因其活性基团多、交换容量大而备受关注。

离子交换树脂是一种高分子聚合物,其化学结构主要由两部分组成:一部分称为骨架;另一部分是交换基。其中骨架部分是具有网状结构的高分子聚合物,树脂骨架化学性质十分稳定,对酸、碱、有机溶剂及一般弱的氧化剂不起作用,对热稳定。骨架上结合着许多可以交换的基团,如—SO_3H、—$COOH$、季铵基、$=NOH$ 等,这些交换基对离子交换剂的交换性质起着决定性作用。

例如,聚苯乙烯酸基阳离子交换树脂是用苯乙烯和二乙烯苯所得的聚合物经硫酸磺化制得,其结构式表示如下:

二乙烯苯交联单元

这种网状结构有一定大小的空隙,允许离子自由通过,二乙烯苯的用量多,交联就多,反之亦然。二乙烯苯是交联剂,在树脂中含有二乙烯苯的质量分数称为交联度,以"X"表示,标有X-4、X-8、X-10 的树脂表示交联度分别为 4%、8%、10%。

常用树脂交联度为 8%左右(X-8)。交联度大(交联度的大小可通过测量树脂含水量与同牌号已知交联度的树脂相比较而确定),则树脂在水中溶解度小。交联度过大,则树脂中的网状结构过于紧密、间隙过小,阻碍外界离子扩散到树脂内部,降低离子交换反应的速度,体积较大的离子难以扩散到树脂内部,使树脂的交换容量降低。交联度是影响树脂的选择性的有效因素,通常交联度大的树脂,其交换过程中的选择性也比较高。

将干燥树脂浸泡于水中,由于亲水基团(如—SO_3^-)的存在,水分子能扩散渗入大树脂内部的网状结构中,使树脂因吸附水分而溶胀。溶胀程度与交联度有关,交联度越大,溶胀越小。当然,外界溶液中离子的浓度也会影响树脂的溶胀程度,当溶液较稀时,树脂的溶胀程度较大。溶胀时,树脂上磺酸基电离产生 H^+,H^+ 可与外界离子发生交换。交换过程如下:

$$R—SO_3H+Na^+ \Longrightarrow R—SO_3Na+H^+$$

交联后 Na^+ 交换在树脂上,与 Na^+ 等量的 H^+ 被洗脱,用酸处理后树脂可以再生。

树脂上活泼基团数目决定了树脂的交换容量。交换容量是指离子交换剂能提供交换离子的量,反映了离子交换剂与溶液中离子进行交换的能力的大小。活泼基团越多,交换容量越大,树脂的交换容量可通过实验测定。

　　树脂的交换容量通常以每克干燥树脂或每毫升溶胀后的树脂能交换单位离子的物质的量(单位 mmol)表示,常见离子交换树脂的交换容量为 $3\sim6$ mmol·g^{-1}。它取决于树脂网状结构内所含活性基团的数目,可以用实验的方法测得。弱酸性或弱碱性交换树脂的交换容量与 pH 有关。

　　例如,称取 1.0000 g 干树脂置于 250 mL 锥形瓶中,准确加入 0.1000 mol·L^{-1} NaOH 标准溶液 100.00 mL,塞紧后振荡,放置过夜,移取上层清液 25.00 mL,以酚酞为指示剂,用 0.1000 mol·L^{-1} HCl 标液滴定至红色消失,消耗盐酸体积 12.50 mL,计算树脂交换容量。干树脂(强酸型)与 Na^+ 交换,剩余 NaOH 用 HCl 滴定,则交换容量为

$$交换容量 = \frac{c_{NaOH}V_{NaOH} - c_{HCl}V_{HCl} \times \frac{100.00}{25.00}}{m_{树脂}}$$

$$= \frac{0.1000 \times 100.00 - 0.1000 \times 12.50 \times \frac{100.00}{25.00}}{1.0000}$$

$$= 5.00 \ (mmol·g^{-1})$$

$$交换容量 = \frac{c_{NaOH}V_{NaOH} - c_{HCl}V_{HCl}}{干树脂质量(g)}$$

二、离子交换树脂的分类

　　根据离子交换树脂所含有的活泼基团的不同,可将树脂分为阳离子交换树脂、阴离子交换树脂及特殊离子交换树脂等。

　　1. 阳离子交换树脂

　　能交换阳离子的树脂称为阳离子交换树脂,这类树脂的交换基是酸性基团。这些能交换阳离子的活泼基团在水中浸泡溶胀后电离产生的 H^+ 可被阳离子交换。

　　以磺酸型阳离子交换树脂为例,R—SO_3—H^+ 可交换的离子为 H^+,称为平衡离子,不能交换的离子称为固定离子。

　　根据所含活泼基团酸性强弱的不同,阳离子交换树脂分为:

　　(1) 强酸性阳离子交换树脂,含—SO_3H、HO—R—SO_3H 或 R—CH_2SO_3H 活性基团。

　　(2) 中等酸性阳离子交换树脂,含—PO_3H 活性基团。

　　(3) 弱酸性阳离子交换树脂,含—RCOOH 或—ROH 活性基团。

　　含—SO_3H 活性基团的阳离子交换树脂在强酸、强碱及中性环境中都可以使用;含—OH 活性基团的阳离子交换树脂在 pH>9.5 时具有交换能力;含—COOH 活性基团的阳离子交换树脂在 pH>4 时具有交换能力。

　　2. 阴离子交换树脂

　　能交换阴离子的树脂称为阴离子交换树脂,这类树脂的交换基是碱性基团,只与溶液中的阴离子进行交换。根据所含活泼基团碱性强弱的不同,阴离子交换树脂分为

　　(1) 强碱性阴离子交换树脂,含≡N^+ Cl^- 季铵盐活性基团。

(2) 弱碱性阴离子交换树脂，含—NH_2Cl、=NH 等活性基团。

强碱性阴离子交换树脂用 NaOH 溶液处理：

$$R{-}\overset{+}{N}(CH_3)_3Cl^- + OH^- \Longrightarrow R{-}\overset{+}{N}(CH_3)_3OH^- + Cl^-$$

该树脂为淡黄色球状颗粒，稳定，可交换 CO_3^{2-}、BO_2^-、$S_2O_3^{2-}$ 等。强碱性阴离子交换树脂，其交换容量不受溶液中 pH 的影响；羟型树脂和强碱一样，可完全解离。弱碱性阴离子交换树脂，其交换容量随溶液 pH 变化而改变。

3. 特殊离子交换树脂

普通离子交换树脂对一般元素分离有一定的效果，操作简便，但交换速度慢，洗脱体积较大，洗脱时间长，同时选择性不好，应用仪器自动检测时就会受到一定限制。因此针对需要，在树脂的合成过程中，可有意识地引入某些活泼基团，因这些基团对某些离子具有特殊的选择性，该树脂就称为特殊离子交换树脂，主要包括以下几种。

1) 具有高选择性的离子交换树脂

一般的离子交换树脂对于不同的离子具有不同的交换能力，本身就具有一定的选择性，但选择性不高。如果在合成树脂过程中有意识地引入某些特殊的活泼基团，可以提高其对某种或某些离子的交换能力。例如，六硝基二苯胺是鉴定 K^+ 的试剂，如果在阳离子交换树脂中引入六硝基二苯胺基团，则可制成五硝基二苯胺聚苯乙烯型树脂，这种树脂对 K^+、Rb^+、Cs^+、NH_4^+ 具有很高的选择性，可作为从海水中提取 K^+ 的离子交换剂。

2) 螯合树脂

在树脂中引入某些能与金属离子螯合的活泼基团，称为螯合树脂(chelating resin)。螯合树脂是一种对金属离子具有选择吸附能力的离子交换树脂，它以高选择性和稳定性在痕量分析方面具有独特的作用。螯合树脂用于分离时，在树脂上同时进行离子交换反应和螯合反应，从而表现出特殊的高选择性和高稳定性。由于树脂与金属离子形成了内配盐，而表现出很好的稳定性，而树脂中螯合基的结构使其具有很高的选择性。

螯合树脂在其功能团中常含有 O、N、S、P 和 As 等原子，它们与金属离子往往形成多配位配合物。例如，含氨基二乙酸基的树脂对 Cu^{2+}、Co^{2+}、Ni^{2+} 具有高选择性，这种树脂的结构如下：

螯合树脂具有以下特点：

(1) 高选择性。螯合树脂的最大特点在于它的高选择性。这主要是在树脂中引入具有一定选择性的分析功能团。由于引入树脂的网状结构中的螯合基团的旋转自由度大为降低，因此它形成螯合物的能力相对减弱，选择性可望进一步提高。在某些场合下，离子交换树脂可能进一步提高分析功能团的选择性。

(2) 稳定性。正如普通的离子交换树脂一样，螯合树脂具有较高的稳定性。

(3) 交换速度。螯合树脂与金属离子的交换过程较为缓慢，这不仅与树脂交联度/孔径有关，而且与树脂母体的特性有关。使用亲水性交换剂，或使用纤维状吸附剂，可能大幅度地提高吸附速度。

螯合树脂在使用时具有操作容易、可重复使用、无需特殊试剂等优点,在从大量共存离子中选择性地分离富集待测离子,以及在去除重金属离子等环境污染物中有广泛的应用。例如,海水中痕量元素的富集,可采用 $50\sim100$ 目的 NH_4^+ 型 Chelex-100 螯合树脂,在 $pH=7.5\sim8$ 的条件下,Cd、Co、Cr、Cu、Fe、Mn、Ni、Pb、U、Zn 等 20 多种金属离子可以被富集在离子交换分离柱上,再用 $2.5\ mol\cdot L^{-1}\ HNO_3$ 溶液洗脱。又如,环境中重金属污染物的分离和贵金属资源的回收。巯基树脂可吸附环境水体中的各种无机汞和有机汞,如 Hg^{2+}、CH_3Hg^+ 等,用浓盐酸洗脱后,用冷原子吸收法在 F-732 测汞仪分析,灵敏度达到 0.1 ppb[①]。

3) 氧化还原树脂

能使离子发生氧化还原反应的离子交换树脂称为氧化还原树脂,又称电子交换树脂。这类树脂含可逆的氧化还原基团可与溶液中离子发生电子转移反应,从而达到实现分离或富集的目的。聚乙烯氢醌树脂的氧化还原反应如下:

例如,氢醌树脂,$E^0=+0.23\ V$,离子通过树脂时按氧化还原电位的大小发生氧化或还原反应,可用此类树脂除去溶解在水中的氧,树脂可以用 $Na_2S_2O_3$ 淋洗再生。

4) 大孔径树脂

大孔径树脂又称大网树脂,通常的离子交换树脂为微网孔树脂。此类树脂内部有永久微孔,湿态和干态都比凝胶树脂有更多、更大的孔道,表面积大,离子容易迁移扩散,富集速度快。此类树脂在合成中加入了一定量的致孔剂,如汽油或苯等,借助于特殊的悬浮聚合方法制备,待聚合完毕后,再将这些惰性溶剂从聚合物中挥发掉,结果就形成了海绵状的高强度大孔径树脂,孔径平均为 $20\sim120\ nm$,比表面积小于 $0.1\ m^2\cdot g^{-1}$,其力学性能良好。大孔树脂耐氧化、耐磨、耐冷热变化,具有较高的稳定性。这种树脂在极性和非极性溶剂中的溶胀程度的差异比一般树脂小,对氧化剂的稳定性好,树脂内部又有可以让离子穿过的孔道,对大离子的交换较快,因此可以在非水溶液和混合介质中进行离子分离交换,也可用于无机、有机离子的分离,特别适用于大分子物质的分离,使用时无需预先溶胀。

5) 其他树脂

两性树脂是指同时含有阳离子和阴离子交换基团,可用大量水作淋洗剂。

萃淋树脂是指含有液态萃取剂的树脂,兼有离子交换分离法和萃取分离法的优点,是 20 世纪 70 年代发展起来的一类新型树脂,它是将液体萃取剂加入苯乙烯和二乙烯苯单体混合物中,用特殊的悬浮聚合法制成。几乎所有的萃取剂和多孔材料都可以作为制备萃淋树脂的原

---

① 1 ppb$=10^{-9}$,下同。

料,如交联聚丙烯酸酯、聚四氟乙烯、纤维素衍生物、硅胶等。萃淋树脂由于其萃取剂存在于树脂的孔隙中,树脂中固定相(萃取剂)含量较高,固定相与支持剂苯乙烯二乙烯苯聚合物结合牢固,不易脱落流失,因此这种球形颗粒树脂的负载量大,传质性能好,常用于萃取色谱分离和贵金属的制备与分离中。常见各种有机离子交换剂的主要性能指标列于表 6-1。

表 6-1　有机离子交换剂分类

分 类		功能基团	pH 范围	交换容量(干)/(mmol·g⁻¹)
凝胶型树脂	阳离子交换树脂	强酸性阳离子交换树脂　—SO₃H	1~14	4~5
		弱酸性阳离子交换树脂　—COOH 或—OH	6~14	≥9
	阴离子交换树脂	强碱性阴离子交换树脂　季铵碱—N(CH₃)⁺OH⁻	0~12	2.5~4
		弱碱性阴离子交换树脂　伯胺、仲胺或叔胺	0~9	5~9
	螯合(离子交换)树脂	—CH₂—N(CH₂COOH)₂	弱酸-弱碱	
	氧化还原(离子交换)树脂	含氧化或还原基团	—	
大孔型树脂	阳离子交换树脂	强酸性阳离子交换树脂　—SO₃H	1~14	4~5
		弱酸性阳离子交换树脂　—COOH 或—OH	6~14	~9
	阴离子交换树脂	强碱性阴离子交换树脂　季铵碱—N(CH₃)⁺OH⁻	0~12	3~4
		弱碱性阴离子交换树脂　伯胺、仲胺或叔胺	0~9	~5
	螯合(离子交换)树脂	—CH₂—N(CH₂COOH)₂	弱酸-弱碱	
纤维交换剂	阳离子交换树脂	—COOH 或—SO₃H		
	阴离子交换树脂	季铵碱—N(CH₃)⁺OH⁻ 或伯胺、仲胺或叔胺		
萃淋树脂	有机高分子大孔结构与萃取剂的共聚物型树脂	磷酸三丁酯与苯乙烯-二乙烯苯聚合物		

三、离子交换树脂的亲和力

1. 离子交换平衡

离子交换树脂吸附离子主要靠静电力。将含阳离子 A^+ 的离子交换树脂 RA^+ 浸入含阳离子 B^+ 的溶液中,交换反应为

$$RA^+ + B^+ \rightleftharpoons RB^+ + A^+$$

反应达平衡时的平衡常数为

$$K_{B/A} = \frac{[RB^+][A^+]}{[RA^+][B^+]} = \frac{K_D^B}{K_D^A}$$

同一类树脂对不同离子的 K 值不同(亲和力不同),即离子交换有一定的选择性,所以 $K_{B/A}$ 又称为树脂的选择性系数。

2. 影响亲和力的因素

树脂对离子亲和力的大小与离子的水合离子半径大小和带电荷的多少有关。实验证明,在低浓度、常温下,离子交换树脂对不同离子的亲和力顺序有下列规律:水合离子的半径越小,电荷越高,离子的极化程度越大,其亲和力也越大,不同类型的树脂其影响也不同。

(1) 强酸型阳离子交换树脂对离子的亲和力随交换离子的价态增高而增大。不同价态离子,电荷越高,亲和力越大,如 $Na^+ < Ca^{2+} < Al^{3+} < Th^{4+}$。当离子价态相同时,亲和力随着水合离子半径减小而增大。一价离子:$Li^+ < H^+ < Na^+ < NH_4^+ < K^+ < Rb^+ < Cs^+ < Ag^+ < Tl^+$。二

价离子：$UO_2^{2+}<Mg^{2+}<Zn^{2+}<Co^{2+}<Cu^{2+}<Cd^{2+}<Ni^{2+}<Ca^{2+}<Sr^{2+}<Pb^{2+}<Ba^{2+}$。稀土元素的亲和力随原子序数增大而减小：$La^{3+}>Ce^{3+}>Pr^{3+}>Nd^{3+}>Sm^{3+}>Eu^{3+}>Gd^{3+}>Tb^{3+}>Dy^{3+}>Y^{3+}>Ho^{3+}>Er^{3+}>Tm^{3+}>Yb^{3+}>Lu^{3+}>Sc^{3+}$。

（2）弱酸型阳离子交换树脂。H^+ 的亲和力比其他阳离子大，而其他阳离子的亲和力顺序与强酸型阳离子交换树脂相似。

（3）强碱型阴离子交换树脂亲和力的顺序为 $F^-<OH^-<CH_3COO^-<HCOO^-<Cl^-<NO_2^-<CN^-<Br^-<C_2O_4^{2-}<NO_3^-<HSO_4^-<I^-<CrO_4^{2-}<SO_4^{2-}<$ 柠檬酸根离子。

（4）弱碱型阴离子交换树脂亲和力的顺序为 $F^-<Cl^-<Br^-<I^-=CH_3COO^-<MoO_4^{2-}<PO_4^{3-}<AsO_4^{3-}<NO_3^-<$ 酒石酸根离子 $<CrO_4^{2-}<SO_4^{2-}<OH^-$。

四、离子交换树脂的结构

离子交换树脂是网状高分子聚合物。例如，常用的聚苯乙烯磺酸型阳离子交换树脂，就是以苯乙烯和二乙烯苯聚合后经磺化制得的聚合物。这种树脂的化学性质稳定，即使在 100 ℃时也不受强酸、强碱、氧化剂或还原剂的影响。树脂上的磺酸基是活性基团，若把树脂浸在水中时，磺酸基上的 H^+ 与溶液中的阳离子进行交换，如与 Na^+ 的交换反应：

$$RSO_3H + Na^+ \Longleftrightarrow RSO_3Na + H^+$$

阴离子交换树脂在水溶液中先发生水化作用：

$$RNH_2 + H_2O \Longleftrightarrow R\overset{+}{N}H_3\overset{-}{O}H$$

其中的可交换基团 OH^- 再与其他阴离子发生交换作用。例如，将树脂加入 HCl 溶液中，即发生以下反应：

$$R\overset{+}{N}H_3\overset{-}{O}H + Cl^- \Longleftrightarrow R\overset{+}{N}H_3\overset{-}{C}l + OH^-$$

用酸溶液处理已交换的阴离子交换树脂，或用碱溶液处理已交换的阴离子树脂，则树脂又恢复原状。

制备树脂的反应方程式及树脂的结构式如下：

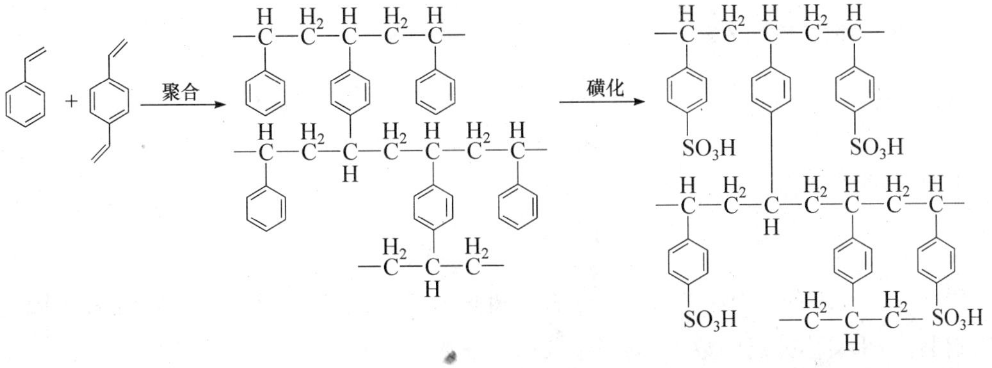

第二节 离子交换的基本理论

离子交换树脂在溶液中溶胀后，其交换基团所解离的离子可在树脂网状结构内部的水中自由移动，如果溶液中存在离子，则在树脂和溶液之间可能发生等物质的量的离子交换，并保持两相呈电中性，经过一段时间后达到平衡，整个过程是可逆过程，这是离子交换的理论基础。

一、唐南理论

唐南理论(Donnan theory)的理论基础是把离子交换树脂看作一种具有弹性的凝胶,它能吸收水分而溶胀。溶胀后的离子交换树脂的颗粒内部可以看作是一滴浓的电解质溶液。树脂颗粒和外部溶液之间的界面可以看作一种半透膜,膜的一边是树脂相,另一边为外部溶液。树脂内活泼基团上电离出来的平衡离子和外部溶液中带同种电荷的离子一样,可以通过半透膜往来扩散,树脂网状结构骨架上的固定离子不能扩散。

若将 H^+ 型阳离子交换树脂浸入盐酸溶液,则树脂上的 H^+ 可以进入外部溶液。外部溶液中的 H^+ 和 Cl^- 也可以进入内部溶液。当膜内外 H^+ 和 Cl^- 扩散通过半透膜的速度相等时,达到平衡。

根据质量作用定律:$[H^+]_内 [Cl^-]_内 = [H^+]_外 [Cl^-]_外$,由于膜两边电荷呈中性,$[H^+]_外 = [Cl^-]_外$,$[H^+]_内 = [Cl^-]_内 + [R^-]_内$。

将 $[H^+]_外$、$[H^+]_内$ 代入质量作用定律得到:$[Cl^-]_外^2 = [Cl^-]_内 ([Cl^-]_内 + [R^-]_内)$。

由于膜内有较多的固定离子 R^- 存在,因此 $[Cl^-]_外 \gg [Cl^-]_内$,$[H^+]_内 \gg [H^+]_外$。

这就是说,由于树脂相中固定离子的排斥作用,达到平衡后外部溶液中 $[Cl^-]_外$ 将大大超过树脂相中的 $[Cl^-]_内$,而树脂相中的 $[H^+]_内$ 将大大超过外部溶液中的 $[H^+]_外$,即阳离子可以进入阳离子交换树脂中进行交换,阴离子则不能,这就是唐南原则。

对于阳离子交换树脂,它的平衡离子是阳离子,因而可以和外部溶液中的阳离子进行交换,它的固定离子是带负电荷的阴离子,由于阳离子交换树脂内部存在众多带负电荷的固定离子,它们所产生的排斥力使溶液中的阴离子不能进入树脂内部进行交换,这种现象称为唐南排斥。这就是阳离子交换树脂只能交换阳离子,不能交换阴离子的原因。但是在离子交换反应进行过程中,还是有极少量的阴离子会扩散进入阳离子交换树脂内部,如少量 Cl^- 进入扩散进入阳离子树脂,这就称为唐南入侵。同样,阴离子交换树脂只能交换阴离子,不能交换阳离子。

二、离子交换平衡

1. 选择系数和平衡系数

将树脂 RA 浸入含有 B^+ 的溶液中,B^+ 与 A^+ 通过半透膜交换:

$$A_内^+ + B_外^+ \Longleftrightarrow A_外^+ + B_内^+$$

达到平衡后,平衡常数

$$E_A^B = \frac{[A^+]_外 [B^+]_内}{[A^+]_内 [B^+]_外}$$

如果 $E_A^B > 1$,表示 B^+ 比较牢固地结合在树脂上;如果 $E_A^B < 1$,则表示 A^+ 比较牢固地结合在树脂上。E_A^B 又称分离因数、分离因子或选择系数。

$$E_A^B = [B^+]_内 / [B^+]_外 / [A^+]_内 / [A^+]_外 = K_D^B / K_D^A$$

式中,K_D^B、K_D^A 分别代表 B^+、A^+ 两种离子在树脂相和水相之间的分配系数,所以选择系数就是树脂和水相中分配系数之比。

当用活度代替浓度时写成

$$K_A^B = \frac{[A^+]_外 [B^+]_内}{[A^+]_内 [B^+]_外} \times \frac{\gamma_{A外} \gamma_{B内}}{\gamma_{A内} \gamma_{B外}}$$

K_A^B 为热力学交换常数,由于树脂相中离子浓度很高,远远偏离理想状态,$\dfrac{\gamma_{B内}}{\gamma_{A内}}$ 难以测定,因此这个常数的测定有一定困难,所以引入

$$k_A^B = E_A^B \times \frac{\gamma_{A外}}{\gamma_{B外}}$$

k_A^B 称为平衡系数,它不是一个常数,随树脂交联度及 RB 的含量而改变。在稀溶液中,对于一价离子交换系统来说,$\dfrac{\gamma_{B内}}{\gamma_{A内}}$ 的值接近 1,所以一般认为平衡系数就等于选择系数。

各种不同的离子对于同一种离子交换树脂的选择系数和平衡系数的大小是不同的,也就是说各种不同离子交换的亲和力不同,离子在离子交换树脂上的交换能力称为离子交换树脂对离子的亲和力,不同的离子亲和力不同,即离子交换具有一定的选择性,这就为离子交换层析法提供了可能性。

2. 离子交换选择性

离子交换树脂对不同离子的亲和力有差别,这是因为离子在水溶液中是以水合离子形式存在,阳离子的水合程度随离子半径的减小和电荷数的增大而增加,由于树脂主要靠静电引力吸引着离子,离子的体积越大,电荷越低,静电引力越小,因此树脂对离子的亲和力的大小就取决于水合离子的大小和电荷数的多少。对于同价的离子,水合离子半径小的,其亲和力小,反之则大。螯合树脂对离子的亲和力取决于树脂上螯合基团的性质。实验证明,在常温下,在离子浓度不大的水溶液中,离子交换树脂对不同离子的亲和力有以下规律:

(1) 强酸性阳离子交换树脂对离子的亲和力随交换离子的价态增高而变大。对于不同价态的离子,电荷越高,亲和力越大,如 $Na^+ < Ca^{2+} < Al^{3+} < Th^{4+}$;对于同价离子,如各种一价离子在 Li^+-型强酸性阳离子交换树脂的亲和力顺序为 $Li^+ < H^+ < Na^+ < K^+ < Rb^+ < Cs^+$,在—COOH 弱酸性上顺序则正好相反。

碱金属在不同交联度强酸性阳离子交换树脂上亲和力有以下顺序:$Mg^{2+} < Ca^{2+} < Sr^{2+} < Ba^{2+}$;稀土元素离子在强酸性阳离子交换树脂上的交换亲和力随原子序数增加而减少:$Lu^{3+} < Yb^{3+} < Er^{3+} < Ho^{3+} < Dy^{3+} < Tb^{3+} < Gd^{3+} < Eu^{3+} < Sm^{3+} < Nd^{3+} < Pr^{3+} < Ce^{3+} < La^{3+}$。

(2) 对于弱酸性阳离子交换树脂,H^+ 的亲和力比其他阳离子大,而其他阳离子的亲和力顺序与强酸性阳离子交换树脂相似。

(3) 在强碱性阴离子交换树脂上的交换亲和力有下列顺序:$F^- < OH^- < CH_3COO^- < HCOO^- < Cl^- < NO_2^- < CN^- < Br^- < I^- < SO_4^{2-} <$ 柠檬酸根。

(4) 弱碱性阴离子交换树脂上的交换亲和力有下列顺序:$F^- < Cl^- < Br^- < I^- = CH_3COO^- < MoO_4^{2-} < PO_4^{3-} < NO_3^- <$ 酒石酸根 $< SO_4^{2-} < OH^-$。

以上所述的离子交换亲和力的规则仅为一般规律,在高温、高浓度、有配位剂存在的水溶液中,或在非水介质中,它们的亲和力顺序会发生变化。不同型号的树脂对各种离子的亲和力的顺序有时也略有不同。例如,对于螯合树脂中含有氨基二乙酸基团的树脂,二价阳离子的交换亲和力大小的顺序改变为 $Mg^{2+} < Sr^{2+} < Ba^{2+} < Ca^{2+}$。这些离子的选择系数差异很大,因此选择性良好,这种改变主要是各种离子与螯合剂形成的螯合物的稳定性有很大不同而引起的。

三、Eisenman 理论

影响离子交换选择性的因素有很多,可以从不同的角度加以解释和说明,其中,Eisenman理论是较为成熟的理论,可以很好地解释碱金属离子的交换选择性的变化规律。

在碱金属离子中,Li^+半径最小,静电引力最强,因此它吸引水分子形成水合离子的现象最为显著,所以形成的水合离子半径最大,于是水合Li^+静电引力最弱。而离子半径最大的Cs^+正相反,静电引力最弱,同时水合Cs^+的离子半径最小,于是水合Cs^+静电引力最强。

离子交换树脂上的活性基团电离后也存在静电引力,但是不同活性基团的静电场的强弱不同,—COO^-和—SO_3^-两种基团相比,前者要比后者强,即在弱酸性阳离子交换树脂中交换基团上的静电场引力强,而强酸性阳离子交换树脂中交换基团上的静电场引力弱。对于含有—SO_3H的强酸性阳离子交换树脂,它和水合Cs^+的引力最大,交换亲和力最大;同水合Li^+的引力最小,交换亲和力最小。因而碱金属离子的交换亲和力顺序为 $Li^+ < Na^+ < K^+ < Rb^+ < Cs^+$。

对于含有—COO^-的弱酸性阳离子交换树脂,由于其自身具有较强的静电引力场,将和水分子竞争阳离子,结果它从水合离子中夺取阳离子并与之结合,这时离子半径最小的Li^+结合能最大,离子交换亲和力也最大;离子半径最大的Cs^+结合能最小,离子交换亲和力也最小。此时的交换亲和力顺序为 $Cs^+ < Rb^+ < K^+ < Na^+ < Li^+$。

在强酸性阳离子交换树脂上,碱土金属离子的交换亲和力随离子半径的增大而增大,也可用同样的理论来解释。Ag^+亲和力大是由于Ag^+易极化,诱导力起主要作用,它促使Ag^+牢固地结合在交换树脂上,因此会出现Ag^+的交换能力在有些树脂上特别大的情况。

需要指出的是,离子交换亲和力的顺序规律仅适用于稀的水溶液中,随着溶液中离子浓度的增大,上述的顺序会发生很大的变化,这种现象也可用离子的水合理论来解释。在稀溶液中,离子已经充分水合,树脂对离子的吸附能力主要决定于它们的水合离子半径及电荷的多少,当溶液浓度增加时,离子的水合程度会减少,这时离子半径就会起主要作用。由于水合离子半径的大小顺序和裸离子的相反,因而最终使选择性顺序相应地改变。

四、离子交换动力学

以Na^+交换树脂上的H^+为例,可用一个简单的反应方程式来表示离子交换过程:

$$R^-H^+ + Na^+ \rightleftharpoons R^-Na^+ + H^+$$

1. 扩散步骤

由于离子交换树脂是凝胶状的颗粒,它的活泼基团分布在颗粒的网状结构中,因而一个交换过程实际上包含了五个步骤:

(1)膜扩散(或外扩散):溶液中Na^+到达树脂颗粒表面,树脂表面在$10^{-2} \sim 10^{-3}$ cm有一静止不动的薄膜。

(2)颗粒扩散(或内扩散):Na^+透过树脂表面的半透膜进入树脂颗粒内部的网状结构中。

(3)Na^+和H^+发生交换。

(4)被交换下的H^+透过半透膜,经过内扩散离开树脂相。

(5)离开树脂相后的H^+通过外扩散而进入溶液主体。

由于扩散时内外部溶液保持电中性,因此Na^+、H^+在步骤(1)、(2)和步骤(4)、(5)的过程中扩散速度相同,方向相反。因此,这五个步骤实质上可以看作由膜扩散、颗粒扩散和交换反应三个步骤组成,其中过程(3)的速度快。因此整个交换过程的速度由膜扩散及颗粒扩散所控制。

对于溶胀的树脂,外部溶液浓度稀时(小于或等于 $0.01\ mol \cdot L^{-1}$),膜扩散比颗粒扩散速度慢,因而膜扩散可以控制整个离子交换过程的速度;外部溶液浓度较浓时(大于 0.1 或等于 $0.1\ mol \cdot L^{-1}$),颗粒扩散比膜扩散慢,因而颗粒扩散可以控制整个离子交换过程的速度;当外部溶液浓度为 $0.01 \sim 0.1\ mol \cdot L^{-1}$ 时,两种扩散速度相差不大,离子交换速度由两种扩散速度控制。

2. 影响扩散速度的因素

(1) 树脂颗粒越小,膜扩散及颗粒扩散越快。树脂颗粒越小,树脂和溶液接触的总表面积越大,单位时间内扩散透过薄膜的离子就越多,膜扩散就越快;树脂颗粒越小,进入树脂相的离子只需扩散经过较短的距离就可能与活泼基团的离子发生交换反应,即颗粒扩散也越快。颗粒扩散速度与树脂颗粒半径的平方成反比。因此,在浓溶液中,颗粒扩散起决定性作用时,用较细颗粒的树脂更为重要。但树脂颗粒过细,交换柱的阻力增加,会在一定程度上影响流速。

(2) 内扩散速度与内扩散系数成正比。升高溶液温度,内扩散速度加快。一般每升高 $1\ ℃$ 内扩散速度增加 $4\% \sim 8\%$。离子在低交联度的树脂中扩散速度快,如交联度为 5% 的树脂,离子的内扩散系数约 6 倍于交联度为 17% 的树脂。适当选择低交联度的树脂可使交换过程较快。另外,交换的离子种类不同,其扩散系数也不相同。

(3) 外扩散速度与外扩散系数成正比。升高溶液温度,会使外扩散系数增大,外扩散速度也会加快。随着离子水合程度的增加,价数的增加,外扩散系数变小,外扩散速度减小。此外,搅拌可使树脂颗粒表面的静止薄层变薄,从而加快扩散速度。

第三节　离子交换分离操作方法

一、树脂的处理

市售的离子交换树脂,其粒度往往不均匀或颗粒大小不符合要求,同时也或多或少地含有杂质,因此在使用之前必须加以处理。处理方法包括晾干、研磨、过筛、浸泡、净化、溶胀等。

市售的树脂常是潮湿的,在研磨过筛前应先将其铺开,置于阴处晾干,这样,树脂性质不会发生改变。不能把树脂放在烘箱中烘干或者置于太阳下曝晒,这样做往往会使树脂部分分解,引起性能改变。晾干后的树脂在研钵中进行研磨,过筛,筛取所需的粒度。这时应注意少研磨些时间,勤过筛,以免树脂磨得太细而浪费树脂。若树脂需要量很大,可在球磨机中进行粉碎,通常用瓷球的球磨机。

如果在离子交换层析中需用很细的、粒度十分均匀的树脂,可在研磨后用浮选法浮选出一定粒度范围的树脂。

对树脂进行净化处理时,常用强酸、强碱。经过研磨过筛后的树脂,放在 $4 \sim 6\ mol \cdot L^{-1}$ 的盐酸中浸泡 $1 \sim 2$ 天,以溶解除去树脂中的杂质。若浸出的溶液呈较深的黄色,应换新鲜的盐酸再浸一段时间,然后用去离子水洗至洗涤液呈中性。这样得到的阳离子交换树脂是 H^+ 型的,阴离子交换树脂是 Cl^- 型的。如果分析中需要的是其他类型的树脂,如 Na^+ 型、NH_4^+ 型、SO_4^{2-} 型的,分别应用 $NaCl$、NH_4Cl、H_2SO_4 溶液处理,然后用去离子水洗净,浸在去离子水中备用。例如,测 Ca^{2+}、Mg^{2+},可用 Cl^- 型强碱性离子交换树脂来消除 PO_4^{3-} 的干扰。

如果遇到在交换过程上需要严格控制溶液的酸度,或者在强酸中树脂可被氧化的情况,则不应该选择 H^+ 型树脂,可选择 NH_4^+ 型或 Na^+ 型树脂。

制备去离子水可用较粗颗粒,一般采用 $50\sim100$ 目的树脂;分离用细些均匀性好的颗粒,一般采用 $80\sim100$ 目或 $100\sim120$ 目的树脂;离子交换层析应更细些,常量分析采用 $100\sim200$ 目的树脂;微量分析采用 $200\sim400$ 目的树脂。

1. 根据分离对象的要求,选择适当类型和粒度的树脂

例如,钢铁中微量铝的测定可用离子交换法消除铁的干扰。将钢铁溶解,使铁、铝分别转化为 Fe^{3+}、Al^{3+} 后,加入足量的 NaCl(或 HCl)使 Fe^{3+} 转化为配阴离子 $FeCl_4^-$,再通过阴离子交换树脂,这时,配阴离子 $FeCl_4^-$ 被交换到阴离子树脂上。在流出液中测定 Al^{3+},从而消除 Fe^{3+} 对 Al^{3+} 的干扰。

2. 净化、除杂质和转型

1) 强酸型阳离子交换树脂

用 $4\ mol \cdot L^{-1}$ HCl 溶液浸泡 $1\sim2$ 天,把酸滤掉,用蒸馏水洗净,转化为 $R—SO_3H$(产物为 H^+ 型树脂)。

2) 强碱型阴离子交换树脂

用 NaOH 溶液浸泡 $1\sim2$ 天,把碱滤掉,用蒸馏水洗净,转化为 $R—N^+(CH_3)_3OH^-$(产物为 OH^- 型树脂)。

二、仪器装置

离子交换分离柱示意图如图 6-1 所示。

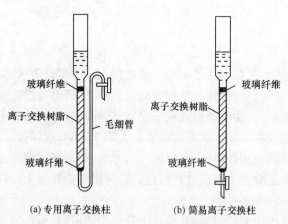

(a) 专用离子交换柱   (b) 简易离子交换柱

图 6-1 离子交换柱示意图

离子交换操作一般可分为两种类型:一种是间歇操作或称静态法;另一种是柱上操作或称动态法。

1. 间歇操作

间歇操作又称静态法,是将树脂置于盛有试液的容器中,不断搅拌或放置一定时间使之发生交换过程。这种方法的离子交换效率低,常用于离子交换现象的研究。试液中待测低含量

组分在适当的容器中不断被外加的固定相所吸附（或交换），为了能尽快地达到吸附平衡，可将溶液进行机械搅拌、振荡或超声波处理，然后用倾斜法或过滤法将固定相与溶液分离。

1）迎头法

让待分离的混合物连续地通过分离柱，开始各组分被留在柱上，待饱和后就流出分离柱。开始出现的是亲和力最小的，各得到一部分纯物质，然后各组分依亲和力逐步增加的顺序出现，最终各组分的浓度与样品中浓度相同。

填料的特性、交换容量、比表面大小、装填情况、操作条件、流速等因素均会影响柱分析容量。

迎头分析主要用于测定吸附剂的吸附特性等物化研究，也可以用于净化分离，如气体净化、去离子水制备等，在分析上可用来吸附基体成分或痕量待测组分。

2）顶替法

将混合物样品加到分离柱后，然后用亲和力大的顶替剂流过分离柱，试样中的各组分按亲和力由小到大顺序依次被顶替出分离柱。

3）洗脱法

首先将混合物样品加到分离柱上，然后用亲和力小的液体做洗脱剂。由于各组分在固定相上的亲和力大小不同，被洗脱剂带出的先后顺序也就不同，从而使组分彼此分离。洗脱法是最常用的方法。

三种间歇操作的比较参见表 6-2。

表 6-2　三种间歇操作的比较

项　目	迎头法	顶替法	洗脱法
样品液	大量、连续	适量	极少量
"流动相"	样品液	顶替剂	流动相
分离结果	纯溶剂	一个纯组分	n 个纯组分

2. 柱上操作

首先准备分离柱，先在柱中充水，下端铺上玻璃毛，在装柱和整个交换洗脱过程中，树脂层要浸在液面以下，防止溶液混入气泡形成沟流，柱中树脂层的高度是柱内径的 $10\sim20$ 倍。

柱上操作步骤如下：

(1) 离子交换。将待分离的溶液倾入交换柱，使其按适当的速度流经树脂层。

$$2R—SO_3H+Ca^{2+}\longrightarrow(RSO_3)_2Ca+2H^+$$

(2) 洗涤。将留在交换柱中没发生交换作用的离子洗下，一般用水或稀酸或与试液相同酸度的酸溶液来洗涤。

(3) 洗脱。将被交换的离子用洗脱液洗脱，可在洗脱液中测定该交换组分。

(4) 再生。将树脂恢复到交换前的形式，这个过程称为树脂再生。有时洗脱过程就是再生过程。阳离子交换树脂可用 $3\ mol\cdot L^{-1}$ HCl 溶液处理，将其转化为 H^+ 型；阴离子树脂可用 $1\ mol\cdot L^{-1}$ NaOH 溶液处理，将其转化成 OH^- 型备用。洗脱后已得到再生，用去离子水洗涤后可重新使用。

3. 常用吸附剂

1）活性炭和分子筛

活性炭是常用的吸附剂，表面积为 $100\sim1000\ m^2\cdot g^{-1}$，粒度 $<90\ \mu m$ 的应占 97% 以上。

活性炭是一种非极性吸附剂,较易吸附极性较小的分子。

工业生产中常用活性炭对精制有机物进行脱色。在分析上,活性炭可用来吸附气体、有机物,也可以在多元素富集中作为载体应用,高纯金属微量杂质的分离分析也能用到活性炭。活性炭的吸附速度一般较快,通常只要把活性炭与试液共振荡 3～5 min,然后用滤纸过滤,即可定量吸附待测成分。

活性炭的预处理可分别用 47% HF 溶液、12 mol·L^{-1} HCl 溶液洗涤以除去杂质,定量分离时应做空白实验。

分子筛是一种晶态的金属硅铝酸盐矿物。它具有高度选择性吸附性能,是由于其结构形成许多与外部相通的均一微孔。凡是比分子筛孔径小的分子可通入孔道中,而较大者则留在孔外,借此筛分各种分子大小不同的混合物。

分子筛主要用于气态物的分离和有机溶剂痕量水的除去。实验室一般采用 4A～5A 分子筛。

2) 巯基棉纤维和泡沫塑料

巯基棉可以定量吸附水溶液中多种微量重金属离子和某些非金属离子,具有富集倍数大、吸附效率高、吸附速度快、选择性强、解脱性能好、制备简单、操作简便和易于推广等优点。

$$nRSH + Me^{n+} === [RS^-]_n Me + nH^+$$

巯基棉纤维是将巯基(—SH)连接在棉花的大分子链上而制成。它的吸附性能取决于棉花纤维比表面上巯基的数量。

巯基纤维素的制备方法:20 mL 硫代乙醇加上 14 mL 乙酸,混合均匀,滴加 2 滴浓硫酸,混匀并冷至室温,再加上脱脂棉浸湿,并于室温(25 ℃)下放置 24 h,分别用自来水、蒸馏水洗至中性,挤干水,放入 37～38 ℃烘箱中晾干,密闭、避光和低温下保存。

巯基棉纤维对各种金属元素的结合能力有明显的差异,其强弱顺序基本上符合软硬酸碱原则,巯基纤维素的吸附性能如下:

Pt(Ⅱ)—Pd(Ⅱ)>Au(Ⅲ)—Se(Ⅱ)>Te(Ⅱ)>As(Ⅲ)>Hg(Ⅱ)—Ag(Ⅰ)>Sb(Ⅲ)>
　　Bi(Ⅲ)>Sn(Ⅱ)>CH₃Hg>In(Ⅲ)—Pb(Ⅱ)>Cd(Ⅱ)>Zn(Ⅱ)

巯基棉对碱金属、碱土金属无亲和性;而对亲硫元素吸附性能好。各种亲硫的金属成分可与较高浓度的 K$^+$、Na$^+$、Mg^{2+}、Ca^{2+}、Sr^{2+}、Fe^{3+}、Mn^{2+}、Cr^{3+}分离。例如,水、粮食和土壤中钨的测定可采用微分脉冲极谱催化波法,此时 Mo 有干扰。控制 pH=2～7,试液流过巯基棉,钨被定量吸附,用 6 mol·L^{-1} HNO₃ 溶液洗脱后测定。又如,化学发光法测定水、血液和矿石中的 Co(Ⅱ),Hg(Ⅱ)、Bi(Ⅱ)、Pb(Ⅱ)、Cu(Ⅱ)对 Co(Ⅱ)的化学发光测定有干扰。在 pH=4 条件下,让试液流过巯基棉,干扰离子被吸附,流出液可直接测定。

聚氨酯泡沫塑料广泛用于各种介质中痕量无机及有机化合物的富集分离,即它们可在稀溶液中选择吸附多种有机和无机化合物,如油、苯、三氯甲烷、苯酚以及 I₂、Hg(Ⅱ)、Au(Ⅲ)、Fe(Ⅲ)、Sb(Ⅴ)、Tl(Ⅲ)、Re(Ⅲ)、Mo(Ⅵ)、U(Ⅵ)等。

聚氨基甲酸乙酯泡沫塑料由于含有聚醚氧结构,适宜接受 1、2 价配阴离子,它的吸附类似于阴离子交换树脂的行为,有较好的选择性。当以阳离子形式存在时,几乎不被泡塑吸附,只有以[MeX₄]$^-$型配离子存在时,泡塑吸附才有可能。

聚氨酯类泡沫可用于富集痕量有机污染物,如空气中的多环芳烃(PAHs)或水中的 PAHs、有机杀虫剂和苯酚等。

3) 大孔吸附树脂

大孔吸附树脂是一种不含交换基团的、具有大孔结构的高分子吸附剂。这是一种新型的介于离子交换树脂和活性炭之间的优良吸附剂。通常大孔性树脂是聚苯乙烯和二乙烯苯的共聚物,它们具有多孔性的巨大网状结构。

大孔吸附树脂具有吸附容量大、选择性好、易于解吸、机械强度高、再生处理简便、吸附速度快等优点,特别适用于从水溶液中分离低极性或非极性化合物。例如,XAD-2 对 PAHs、烷基苯、农药和除莠剂的富集;GDX-101 对污水中吡啶碱、硝基物、苯胺类等微量有机化合物吸附效果很好,再用 CS_2 萃取洗脱进行 GC-FID 分析可满足排放污水监测要求。又如,氨基糖甙样品脱盐,将碱性水溶液的氨基糖甙,通过大孔吸附树脂,氨基糖甙能形成集中的吸附带,而盐溶液则快速通过树脂柱,去盐后可用 10%～20%(体积分数)的含水醇或丙酮洗脱吸附物。

4) 纳米分离富集材料

纳米材料是近年来受到广泛重视的新兴材料,纳米粒子的粒径为 1～100 nm,属于原子簇与宏观物体交界的过渡状态,它既非典型的微观体系,又非典型的宏观体系,具有一系列新异的物理化学特性,具备一些优于传统材料的特殊性能。其中一点是随着粒径的减少,表面原子数迅速增大,表面积、表面能和表面结合能都迅速增大,表面原子周围缺少相邻的原子,具有不饱和性,易与其他原子相结合而稳定下来,因而具有很大的化学活性。

纳米材料对许多过渡金属离子具有很强的吸附能力,且具有较高的选择性,是痕量元素分析较为理想的分离富集材料。例如,二氧化钛为两性化合物在中性或弱碱性条件下带负电,它可以选择性地吸附 Cr^{3+},而 $Cr(VI)$ 以酸根离子存在不被吸附。在 pH＝6.5 条件下,纳米二氧化钛对溶液中的 Cr^{3+} 选择性地吸附,通过 ICP-AES 测定,对水样中的 Cr 进行形态分析。

5) 壳聚糖

甲壳素是一种线形氨基多糖,广泛存在于节足动物类(蜘蛛类、甲壳类)的翅膀或外壳中。甲壳素的化学名为 β-(1,4)-2-乙酰氨基-2-脱氧-D-葡聚糖,也称为聚(N-乙酰基-D-葡糖胺)。由于—O⋯H—O—型及—O⋯H—N—型氢键的作用,甲壳素分子间存在有序结构。壳聚糖(chitosan,CS)是由甲壳素经脱乙酰化反应转化变成的相对分子质量为 120 000～590 000 的生物大分子。壳聚糖的化学名为聚(1,4)-2-氨基-2-脱氧-β-D-葡聚糖。其分子链中因脱乙酰基不完全通常含有 2-乙酰氨基葡萄糖和 2-氨基葡萄糖两种结构单元。

由于甲壳素、壳聚糖及其衍生物具有吸附、离子交换和潜在分子手性等特性,它们在分析测试中具有一定的应用,包括复杂样品的分离富集、新型分离材料、膜分离以及手性拆分等。一般认为,壳聚糖能通过分子中的氨基、羟基与金属离子 Hg^{2+}、Ni^{2+}、Pb^{2+}、Cd^{2+}、Cr^{3+}、Mg^{2+}、Zn^{2+}、Cu^{2+}、Fe^{3+} 形成稳定的螯合物。由于甲壳素、壳聚糖对重金属有良好的吸附性质,它们也广泛地应用于环境保护中的废水处理。此外,甲壳素、壳聚糖也可以用于有机物的吸附分离。例如,壳聚糖对酸性染料的吸附作用主要是其分子链中的游离氨基与酸性染料分子中磺酸根负离子键合作用的结果。

甲壳素　　　　　　　　壳聚糖

6) 磁微球在生化分离中的应用

磁微球是以金属或金属氧化物为核,外面包被带有活性基团物质的一种新型生物分离材料。微球通过其活性基团与化学、生化和生物物质连接后,利用其顺磁性外加一定磁场,实现与介质的分离。磁微球一般以 Fe_3O_4 为磁核,表面活性基团有—OH、—COOH、—NH$_2$、—CONH$_2$ 等。

第四节　柱上离子交换分离法

离子交换分离一般是在交换柱中进行的,因此就有必要进一步讨论离子在柱中交换和洗脱过程的情况,以及影响交换和洗脱的各种因素,以便选择合适的操作条件,达到分离的目的。

试液加入交换柱后,试液就不断地流经交换层,交换层的树脂从上而下一层层地依次被交换。在交换作用进行到一定程度时,在交换层上面的一段树脂已全部被交换,下面一段树脂完全还没有被交换,中间一段部分未交换,部分已交换。当溶液流经这样的交换层时,在上面的一段中,交换作用不在发生,溶液浓度保持原来的浓度;当溶液流到中间一段时,由于该处存在未交换的树脂,交换作用开始发生,溶液中阳离子(或阴离子)的浓度渐渐降低。这一段部分被交换部分未交换的树脂层称为交界层。

交换作用不断进行,交界层逐渐向下移动。若欲交换的溶液继续加入,交换作用还在进行,但不完全。在流出液中出现未被交换的阳离子(或阴离子),因此当交界层底部到达交换层底部的这一点称为始漏点或流穿点。随着试液不断地流经柱子,交换了的树脂层越来越厚,继续加试液于交换柱中,则流出液中开始出现未被交换的离子。此时交换过程达到“始漏点”,被交换到柱上的离子的量(mmol)称为该交换柱在此条件下的“始漏量”,即开始有待交换离子流出时交换到柱上离子的量。简单来说就是到达始漏点为止交换柱的交换容量,单位为 mmol·g^{-1}。

总交换量是指柱中树脂的全部交换容量。由于到达始漏点时仍有部分树脂未被交换,因此始漏点总是小于总交换量。

影响始漏量的因素主要有:①离子的种类,容易交换的离子,交界层薄,始漏量比较大,反之则相反;②树脂颗粒,树脂颗粒细,则交换速度快,交界层较薄,始漏量大,反之则相反;③溶液的流速,流速慢,始漏量可稍微变大;④交换柱柱径小,交界层厚但交界层中树脂量少,始漏量大;⑤温度高,则交换速度快,始漏量大;⑥溶液酸度越高,则始漏量越小。

在选择工作条件时,总希望用较少量的交换树脂起较大的分离作用,即希望始漏量大些。由上述讨论可知,对于某种阳离子来说,要使始漏量增大,树脂的颗粒度应该小些。但如果树脂颗粒太小,溶液流动时阻力增大,流速减慢,交换太费时间;溶液酸度太低,不少阳离子将水解而产生沉淀;温度高,需要把交换柱整个加热,装置麻烦,而且温度高会促进阳离子的水解作用,以及使某些类型树脂破坏;交换柱细长,则阻力增加,流速变慢,有时甚至要加压才能使溶液通过。因此,这些因素需要根据具体任务加以适当选择。常用离子交换分离法的工作条件是:树脂的粒度为 80~100 目或 100~120 目,柱高 20~40 cm,柱内径 0.8~1.5 cm,流速为 2~5 mL·min^{-1}。

一、洗脱过程

将交换到树脂上的离子用洗脱剂(或淋洗剂)置换下来的过程是交换的逆过程,当洗脱液不断地倾入交换柱时,已交换在柱子上的阳离子或阴离子就不断地被洗脱下来。洗脱作用也是由上而下依次进行的。以流出液中该离子浓度为纵坐标,洗脱液体积为横坐标作图,可得到洗脱曲线。

二、影响洗脱率的因素

(1) 树脂颗粒的大小:树脂颗粒越粗,洗脱率越低,要达到相同洗脱率,洗脱剂量需增加。

(2) 洗脱剂浓度:洗脱剂浓度小,洗脱率低,洗脱剂浓度太大树脂易脱水收缩,树脂内离子不易洗脱。

(3) 洗脱剂流速:洗脱剂流速大,洗脱率低。

第五节　离子交换分离实例

离子交换分离在分析化学上的应用很广泛,概括地说,主要用于去离子水的制备、痕量组分的富集、元素之间的分离及价态元素的分离等方面。

一、水的净化、去离子水的制备

自然界中的水约占地表的 3/4,在人体内约占体重的 70%,天然水中所含的成分比较复杂,杂质可分为悬浮物、胶体和溶解物三类。《生活饮用水卫生标准》(GB 5749—2006)对水质的标准和卫生要求做出了明确规定,工农业生产、科学研究和日常生活用水对水质也各有一定的要求。化学实验中常用的水是蒸馏水和去离子水,将饮用水加热到沸腾使之气化后再冷却变为液态的水称为蒸馏水;去离子水是用离子交换或电渗析制备的一种较为纯净的水。当水流经树脂时,水中可溶性无机盐和一些有机物可被树脂交换吸附,水中有机物质不能通过离子交换法分离。这种净化水的方法在工业上和科学研究中普遍使用。与蒸馏法相比,这种方法设备简单,节约燃料和冷却水,而且水质化学纯度高,缺点是不能全部除去水中的有机杂质。在分析实验中经常要用到大量的纯水,用离子交换法制备去离子水,纯度可以达到国家标准和分析工作的要求。

由于交换反应是可逆的,因此通过离子交换树脂后的水中存在微量未被交换的离子。如果将阳离子交换树脂和阴离子交换树脂混合装在一根交换柱,制成混合柱,它相当于阳离子、阴离子交换柱多次串联,水流过混合柱时,由于两种交换作用同时进行,离子交换生成的 H^+ 和 OH^- 结合生成了水,消除了逆反应,可以使离子交换进行到底。但是混合柱的缺点是再生困难,需将混合的树脂分开后分别再生,操作复杂。为解决这一问题,可使自来水依次通过一根阳离子柱和一根阴离子柱,将阳离子和阴离子交换柱串联起来用,先除去水中大部分盐,再通过一根混合柱,除去残留的少量盐类物质,即可制得纯度很高的去离子水。

$$Me^+ + R{-}SO_3H \longrightarrow R{-}SO_3Me + H^+$$

$$H^+ + OH^- + X^- + R{-}N(CH_3)_3^+ \longrightarrow R{-}N(CH_3)_3X + H_2O$$

使用后可以用酸、碱分别处理树脂,使其再生。

二、痕量组分的富集

试样中痕量组分的测定往往是一项很困难的分析工作,利用离子交换树脂能方便地富集痕量离子组分,离子交换分离技术能将痕量元素从多至几百升的溶液中选择性吸附到交换柱上,被吸附的元素可以用很少量的洗脱液洗脱。这样得到的富集因子可以达到 $10^3 \sim 10^5$ 数量级,对检测十分方便。例如,天然水、乙醇中的痕量离子可以用几百毫升至几升试液富集。

测定天然水中 K^+、Na^+、Ca^{2+}、Mg^{2+}、SO_4^{2-}、Cl^- 等组分时,可取数升水让它通过阳离子交换柱,再流过阴离子交换柱,然后用数十毫升至 100 mL 的稀盐酸溶液把交换在柱上的阳离子洗脱。另用数十毫升至 100 mL 稀氨液慢慢洗脱各种阴离子。经过这样的交换、洗脱处理,这些组分的浓度就增加数十倍至 100 倍。

对于矿石中痕量铂、钯的测定,可以首先将矿石溶解,然后加入浓度较大的盐酸将 $Pt(\mathrm{IV})$ 或 $Pd(\mathrm{II})$ 分别转化为 $PtCl_6^{2-}$ 或 $PdCl_4^{2-}$。将试液通过装有 Cl^- 强碱性阴离子交换树脂微型交换柱,使 $PtCl_6^{2-}$ 或 $PdCl_4^{2-}$ 被交换到树脂上。取出树脂将其高温灰化,然后用王水浸取残渣,用蒸馏水定容,最后用分光光度法测定 $Pt(\mathrm{IV})$、$Pd(\mathrm{II})$ 的含量。

利用同样的原理,可以检测蔗糖中金属离子的含量、饮用水中碘的含量。在制奶工业中,对牛奶中的锶进行检测,提高牛奶的品质。另外,工业废液中微量贵金属也可以利用离子交换树脂进行回收。

三、试样中总盐量的测定

对于天然水、海水、废水、血清、糖、麦粉等试样,人们常需要测定其中含有的盐类的总量,这种总盐量的测定可以利用离子交换法来进行。

让试液通过 H^+ 型阳离子交换树脂进行交换,然后用去离子水洗涤,则溶液中各种盐以 H_2SO_4、HNO_3、HCl 等存在于流出液中,用标准碱中和滴定。

如果试样中存在极弱的弱酸盐,如酚钠等,用标准碱液滴定流出液以测定其含量的方法不能获得准确的结果。如果试样中含有碳酸盐、碳酸氢盐、氰化物等挥发性酸,则交换后生成的酸将从流出液中挥发逸去,或在柱中已经挥发形成气泡,影响交换分离。在这类情况下,可在交换前用标准酸滴定其碱度,加以校正,驱除生成的酸,而后进行交换。如果试样中存在一些较难溶解的有机酸的可溶盐,如苯甲酸钠等,交换后形成的苯甲酸就较难用水洗下,影响测定,这时可用乙醇的水溶液,或用乙醇进行洗脱。

如果试样中可能存在配离子,则要考虑在交换过程中配离子是否会分解而发生交换。某些较不稳定的配离子将会解离,从而发生交换;因此对于含配离子的试样必须明确是否能交换后才能用离子交换分离法测定总盐量。

如果试样中含有多元酸盐,由于它们可能以各种不同的形式存在,如 NaH_2PO_4、Na_2HPO_4、Na_3PO_4,交换后产生的 H^+ 量不相同,计算分析结果时必须注意。

由于上述原因,这种测定总盐量的方法虽然已经得到广泛应用,但如果应用不当,可能会产生各种误差。

四、干扰组分的分离

在此仅讨论被测组分与干扰组分具有不同电荷时的分离。

欲测定试样中某种阴离子,共存的阳离子有干扰,可通过 H^+ 型强酸性阳离子交换树脂,交换除掉阳离子。交换柱以水或稀酸洗涤,合并流出液和洗液,进行测定。为了防止阳离子沉淀析出,交换的试液通常应保持酸性。为除去干扰的阳离子,也可使被测定的阳离子配位成阴离子,而后通过阴离子交换树脂分离除去。

比色法测定钢铁中的 Al^{3+} 或铸铁中 Mg^{2+},大量 Fe^{3+} 会干扰测定。可将试样溶解于 9 mol·L^{-1} HCl 溶液中,使 Fe^{3+} 以 $FeCl_4^-$ 形式存在,然后以阴离子交换树脂消除 Fe^{3+} 的干扰,测定流出液中 Al^{3+} 或 Mg^{2+}。

用光度法测定矿石中铀时,Fe^{3+}、Ti^{4+}、$V(V)$ 等有干扰,必须分离除去。为此,可将矿石溶于浓 H_2SO_4 中,稀释后在 $0.1\ mol\cdot L^{-1}\ H_2SO_4$ 中,试样中的铀变成 $UO_2(SO_4)_3^{4-}$,其他干扰离子仍是阳离子。让试液通过 SO_4^{2-} 型阴离子交换树脂,$UO_2(SO_4)_3^{4-}$ 留于柱上,以稀 H_2SO_4 溶液洗涤,各种干扰阳离子即除去。交换在柱上的 $UO_2(SO_4)_3^{4-}$ 可用 $1\ mol\cdot L^{-1}$ HCl 溶液洗脱,然后在流出液中用光度法测定铀。

用硫酸钡重量法测定硫酸根离子时,当有 Fe^{3+}、Ca^{2+} 等阳离子存在时,常产生严重的共沉淀现象而影响测定。为了避免这类误差,应在硫酸钡沉淀前先用阳离子交换树脂消除 Fe^{3+}、Ca^{2+} 等阳离子的干扰,然后以氯化钡溶液为沉淀剂,用重量法测定流出液中的 SO_4^{2-}。

硼镁矿中的主要成分是硼酸镁,也含有硅酸盐和铁。为了测定硼镁矿中的硼,可以将试样碱熔分解后,溶于稀盐酸中。然后让试液通过 H^+ 型强酸性阳离子交换树脂,交换除去矿石中的阳离子,而硼以 H_3BO_3 的形式进入流出液中,然后用酸碱滴定法测定流出液中硼酸的含量。

用离子色谱法测定废水中的 As(Ⅲ)和 As(Ⅴ)时,由于样品中的碱金属离子会严重干扰亚砷酸根的电流响应,因此可以采用 H^+ 型阳离子交换树脂柱过滤,滤液可直接分析。

另外,还可以用离子交换树脂-靛酚法测定尿液中的氨。对于测氨用的靛酚法,由于阴离子干扰物种太多,难以用于实际样品。可以将试液先经过阴离子交换树脂分离,大大减少干扰程度后,再用靛酚法进行测定。

五、相似性质离子的分离

离子交换吸附应用于稀土元素的分离和提纯已经有几十年的历史。稀土元素的化学性质相似,它们对阳离子树脂的亲和力由 La 到 Lu 逐渐减小,但差别微小。它们在中低浓度的 HCl、HBr、HNO_3、H_2SO_4、$HClO_4$ 中不形成稳定的配合物,因此均可被阳离子树脂吸附,采用不同条件下的离子交换的方法,将这些元素分离。例如,Zr 和 Hf 的分离,这两种元素性质十分相似,它们易聚合或水解。Zr 和 Hf 在硫酸溶液中用阳离子树脂分离效果不好,当加入适量的高氯酸时,可以提高 Zr 和 Hf 的分离效果,而用 $0.65\ mol\cdot L^{-1}\ H_2SO_4$ 溶液与 $0.1\ mol\cdot L^{-1}\ H_2O_2$ 溶液流经阴离子交换柱时,$0.65\ mol\cdot L^{-1}\ H_2SO_4$ 溶液与 $0.1\ mol\cdot L^{-1}\ H_2O_2$ 溶液洗提 Hf,$1.0\ mol\cdot L^{-1}\ H_2SO_4$ 溶液与 $0.1\ mol\cdot L^{-1}\ H_2O_2$ 溶液洗提 Zr,则可以将 Zr 和 Hf 完全分离。

对于 Li^+、Na^+、K^+ 的分离,也可采用同种方法。首先将含有 Li^+、Na^+、K^+ 的混合溶液通过强酸型阳离子交换树脂柱,三种离子都被树脂吸附。然后用 $0.1\ mol\cdot L^{-1}$ HCl 溶液淋洗,三种离子都被洗脱。根据树脂对这三种离子亲和力的不同,淋洗曲线如图 6-2 所示。将洗脱下来的 Li^+、Na^+、K^+ 分别用容器收集后进行测定。

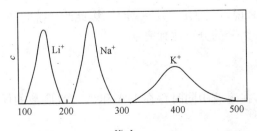

图 6-2 Li^+、Na^+、K^+ 淋洗曲线

六、在化学工业上的应用

工业盐酸的纯化、抗生素的纯化、测定砷的含量等均可采用离子交换分离法。

另外,从非极性或弱极性有机产品除去极性有机杂质,如从汽油、煤油、苯、甲苯中除去吡啶、酚、羧酸等杂质;药品食品工业中的脱盐,以及除去有毒的金属离子,如砷、铅、汞、硫等;电镀和胶片洗印废水处理、回收贵金属等也可用离子交换分离法。

第六节　离子交换层析法

一、原理

试液倾入交换柱后,柱上端的一小部分树脂被试液中的组分所交换,然后用洗脱液洗脱,这时已交换的组分洗脱下来,遇到下端的树脂又可以发生交换,又被不断流过的洗脱液所洗脱,于是就在洗脱过程中沿着交换柱不断地发生洗脱—交换—洗脱的过程,在这个过程中交换亲和力略有差异的各种带相同电荷的离子就分开了,这就是离子交换层析法。

二、分离条件的选择

为了讨论离子交换层析条件的选择,先作几个假设。

(1) 交换柱可以认为是由许多块理想的理论塔板组成,在每块理论塔板中分离组分在树脂和溶液间交换,洗脱过程达到平衡。由于离子的交换和洗脱过程进行较为缓慢,因此只有当树脂粒度极细(一般为 $100\sim200$ 目或 $200\sim400$ 目)、交联度较小(一般为 $4\%\sim8\%$)、流速较慢(一般为 $0.5\ \mathrm{cm\cdot min^{-1}}$)时,这个假设才是合理的。

(2) 假定在每一块理论塔板中,无论在树脂中还是在树脂颗粒间空隙溶液中,溶质的浓度都是均匀的。

(3) 当试液倾入交换柱后,仅极小一部分树脂被交换,即交换的试样量较少。一般来说,交换柱中树脂的量应为试样量(均以单位毫摩尔量计)的 100 倍左右。

1. 洗脱液的浓度

根据上述三个假设,可推导出组分洗脱曲线最高峰时洗脱液的体积 U^* 与洗脱液浓度的关系:

$$U^* = \frac{WQE}{[\mathrm{I}^{\pm}]^n} \tag{6-1}$$

式中,W 为代表整个交换柱中树脂质量,g;Q 为树脂交换容量;$\mathrm{mmol\cdot g^{-1}}$;$E$ 为选择系数;$[\mathrm{I}^{\pm}]$ 为洗脱液浓度,$\mathrm{mol\cdot L^{-1}}$。

对一定的交换体系来说,W、Q、E 都是一定值,因此改变洗脱液的浓度 $[\mathrm{I}^{\pm}]$,就可改变 U^* 即峰值体积,从而使各种组分的分离达到完全。

2. 洗脱液的 pH

对于一元弱酸 HA,在溶液中同时存在 HA 和 $\mathrm{A^-}$,洗脱液的体积 U^* 与洗脱液浓度的关系为

$$U^* = \frac{WQE}{[\mathrm{I}^-]} \times \frac{K_i}{K_i + [\mathrm{H}^+]} + V \tag{6-2}$$

式中，K_i 为酸解离常数；V 为交换柱中空隙溶液的体积。

当 $[H^+] \ll 0.001\ K_i$ 时，由于 V 较 U^* 小得多，通常忽略不计，峰值体积由洗脱液浓度决定。

$$U^* = \frac{WQE}{[I^-]}$$

当 $[H^+]$ 较高，$[H^+] > 0.01\ K_i$ 时，U^* 由 $[H^+]$ 的大小决定，此时可通过改变酸度使弱酸分离效果更好。

3. 洗脱液中配位剂的影响

对于性质非常相似的稀土元素，在洗脱液中加入适当的配位剂，利用元素配合物稳定常数的差异，扩大各元素间分配系数的差别而使之分离，如稀土元素的分离。

如果低价离子的洗脱曲线峰值体积较小，高价离子的洗脱曲线峰值体积较大，如在 K^+ 和 Mg^{2+} 的分离中，用 1.00 mol·L^{-1} HCl 溶液为洗脱液时，K^+ 先洗脱，Mg^{2+} 后洗脱，但二者相差不多，分离不好。如果把洗脱液的浓度降低，改为用 0.700 mol·L^{-1} HCl 溶液，则二者的峰值体积都增加，而 Mg^{2+} 的增加更为显著，二者可以获得良好的分离。可见，对于不同价数离子的分离，改变洗脱液浓度，效果是显著的。

对于组成较复杂的试样，用同一种浓度的洗脱液进行洗脱时，往往不能达到较好的分离效果，可以考虑应用梯度洗脱，使洗脱液的浓度逐渐地、连续地改变，也可以使洗脱液的浓度分阶段地加以改变，这样既可以改进分离效果，又可以节省洗脱时间。

三、应用示例

1. 无机离子的分离

HCl 溶液是一种最常用的洗脱剂，也是一种最普通的配位剂。随着 HCl 溶液浓度的增加，配阴离子的浓度也随着增加，于是交换增多，分配系数增大。当金属离子几乎全部配位时，分配系数达到一个极大值。以后，随着 HCl 溶液浓度进一步增加，Cl^- 的洗脱作用增加，分配系数下降。各种不同的金属离子与 Cl^- 所形成的配阴离子的稳定性不同，同时各种配阴离子与树脂的亲和力也不同，因此，可以选择不同浓度下的盐酸溶液作为洗脱液，以达到分离不同金属的目的。

例如，欲分离 Ni^{2+}、Mn^{2+}、Co^{2+}、Cu^{2+}、Fe^{3+}、Zn^{2+}，可在盐酸溶液中使它们形成配阴离子，交换在强碱性阴离子交换树脂上，然后用不同浓度 HCl 溶液洗脱。由于 Ni^{2+} 不形成配离子，不发生交换作用，因此用 12 mol·L^{-1} HCl 溶液洗脱时，很快就进入流出液中；然后 Mn^{2+} 可以用 6 mol·L^{-1} HCl 溶液洗脱；用 4 mol·L^{-1} HCl 溶液洗脱，Co^{2+} 不形成配离子；用 2.5 mol·L^{-1} HCl溶液洗脱，Cu^{2+} 不形成配离子；用 0.5 mol·L^{-1} HCl 溶液洗脱，Fe^{3+} 不形成配离子；Zn^{2+} 则需要用 0.005 mol·L^{-1} HCl 溶液洗脱。

又如，欲分离 Y(Ⅲ)、Th(Ⅳ)、U(Ⅵ) 和 Mo(Ⅵ)，可以在 H_2SO_4 溶液中进行。这时这些元素的离子与 SO_4^{2-} 形成配阴离子，在强碱性阴离子交换树脂上，用浓度梯度淋洗，可完全分开。Y(Ⅲ) 可直接通过交换柱，用 0.35 mol·L^{-1} H_2SO_4 溶液洗脱 Th(Ⅳ)，1.0 mol·L^{-1} H_2SO_4 溶液洗脱 U(Ⅵ)，用 2 mol·L^{-1} NH_4NO_3 溶液和 0.5 mol·L^{-1} NH_4OH 溶液洗脱 Mo(Ⅵ)。

2. 有机物质的分离（包括农药残留和抗生素）

在药物分析和生物化学分析中，应用更多的是有机物质的离子交换层析分离。凡是在水溶液中能解离的有机化合物，如羧酸、酚、胺类等，可用离子交换法分离。

羧基、酚基在 pH 较大时以—COO⁻、—O⁻ 形式存在，可被交换在阴离子交换树脂；含氮有机化合物在 pH 较小时氮原子的孤对电子与 H^+ 结合而被阳离子交换树脂所交换。应该指出的是，在交换相对分子质量较大的有机离子时，一般要采用较小交联度（1%～4%）的树脂，这种树脂的网状结构较稀疏，容易吸附大的离子，所以适合于有机碱、有机酸的分离。

许多有机化合物都可以用离子交换色谱法分离，特别是氨基酸的分离、药物分析。交联度8%的磺酸基苯乙烯树脂，$\Phi \leqslant 50 \ \mu m$。用柠檬酸钠洗脱，首先洗出的是有两个羧基的"酸性"氨基酸，然后是含有氨基和一个羧基的"中性"氨基酸，最后是"碱性"的氨基酸。

氨基酸的分离是有机物质的离子交换层析分离的典型实例之一。基于各种氨基酸对树脂活性基团亲和力的差异，可选用适当的洗脱剂，把交换上去的氨基酸从树脂上依次洗脱下来，达到分离的目的。这种方法又称离子交换色谱分离法。Moore 和 Stein 使用 Dowex-50 交换树脂，将 pH 递增的柠檬酸盐缓冲溶液（pH＝3.4～11.0）用作洗脱剂，洗脱交换到树脂上的氨基酸。在一个色谱图上，每一种成分都可得到一个清晰的洗脱曲线（图 6-3）。实验回收率为（100±3）%。

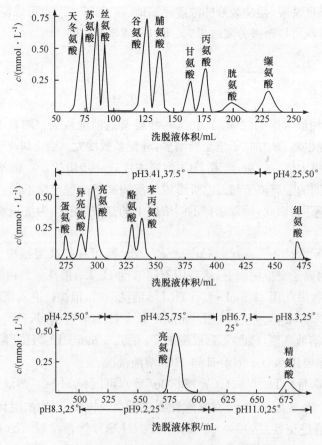

图 6-3　氨基酸的离子交换色谱图

思 考 题

1. 离子交换树脂怎样分类？试对各类离子交换树脂分别举例说明。
2. 唐南理论怎样解释离子交换过程？什么是"唐南入侵"？
3. 离子交换过程分几步进行？决定离子交换过程速度的是哪几步？影响交换速度的因素有哪些？
4. 怎样选择树脂？如果要在盐酸溶液中分离 Fe^{3+} 和 Al^{3+}，应选择什么树脂？分离后 Fe^{3+} 和 Al^{3+} 分别出现在哪里？
5. 为什么制备去离子水时，总是先让自来水通过 H^+ 型阳离子、OH^- 型阴离子交换柱，最后再通过混合柱？
6. 如果要测定天然水、海水、废水等试样的总盐量，用什么方法最方便？如果试样中含有可溶性磷酸盐，水样微呈碱性，计算总盐量时应该怎样考虑？
7. 某一试液中含有硫酸盐和磷酸盐。吸取试液 10.00 mL，通过 H^+ 型阳离子交换树脂交换后，流出液以甲基橙为指示剂用标准碱滴定至终点，消耗 0.1000 mol·L^{-1} 标准碱液 21.18 mL；如果改用酚酞为指示剂，用去标准碱液 27.18 mL，如果让试液通过 Cl^- 型阴离子交换柱，流出液以 0.1100 mol·L^{-1} $AgNO_3$ 溶液滴定，消耗 24.71 mL。试液中硫酸盐和磷酸盐的含量分别是多少？试液中是磷酸盐是什么形式存在的（PO_4^{3-}、HPO_4^{2-}、$H_2PO_4^-$）？
8. 含有纯混合物的试样 0.2567 g，溶解后使之流过 H^+ 型阳离子交换柱，流出液用 0.1023 mol·L^{-1} 氢氧化钠标准溶液滴定至终点，需要 34.56 mL，试计算混合物中 KBr 和 NaCl 的质量分数。

第七章　现代分离技术

世界万物都是由有序自发地走向无序,所有的纯物质都有逐渐变为混合物的趋势。而分离工程就是将混合物分离成两种或两种以上纯物质的一门工程技术。近年来,分离工程发展迅速,新的分离方法不断出现,很多传统的分离方法在新的领域也找到了用武之地。美国、日本以及许多工业化程度较高的国家相继成立了以"分离科学"和"分离技术"命名的公司,积极鼓励这方面的研究,美国化学会每年都对在分离科学研究中作出贡献的科学家进行奖励。20世纪80年代初开始,国外一些著名大学纷纷开设了"现代分离科学"课程,国际上每年多次召开以分离科学为主要内容的学术会议,在研究分离过程和技术进展方面出现了前所未有的踊跃局面,如亲和色谱技术、双水相萃取分离技术、固相萃取及固相微萃取技术、超临界流体萃取技术、毛细管电泳技术、微团分离技术等。这些新颖分离技术的出现大大丰富了分离科学研究的内容,并解决了现代分离科学中的许多难题。

第一节　超临界流体萃取技术

超临界流体(SCF)是指压力和温度均高于其临界值的流体,该流体表现出若干特殊的性质。气体、液体与SCF的部分物性参数如表7-1所示。超临界流体萃取(SFE)是一种新型的提取分离技术,它利用超临界流体在临界点附近某区域(超临界区)内与待分离混合物中的溶质具有异常相平衡行为和传递性能,且超临界流体对溶质的溶解能力随压力和温度等的改变在相当宽的范围内变动,可以从多种液态或固态混合物中萃取出待分离的组分。

表7-1　气体、液体和超临界流体的密度、黏度和扩散系数的比较

性　质	气体 (101.32 kPa,15~30 ℃)	SCF (p_c, T_c)	液体 (15~30 ℃)
密度/(g·mL^{-1})	$(0.6\sim2)\times10^{-3}$	$0.2\sim0.5$	$0.6\sim1.6$
黏度/(g·cm^{-1}·s^{-1})	$(1\sim3)\times10^{-4}$	$(1\sim3)\times10^{-4}$	$(0.2\sim3)\times10^{-2}$
扩散系数/(cm^2·s^{-1})	$0.1\sim0.4$	0.7×10^{-3}	$(0.2\sim3)\times10^{-5}$

一、超临界流体萃取技术的原理

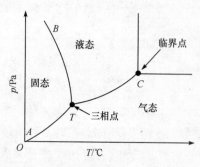

图7-1　纯物质的典型压力-温度相图

物质存在气相、液相、固相三种相态,图7-1是纯物质的典型压力-温度相图。图中线 AT 表示气-固相平衡的升华曲线,线 BT 表示液-固相平衡的熔融曲线,线 CT 表示气-液相平衡的饱和液体的蒸气压曲线,点 T 是气-液-固共存的三相点。将纯物质沿气-液相饱和线升温,当到达 C 点时,气-液相的分界面消失,体系性质变得均一,这个液-气两相呈平衡状态的 C 点称为临界点,与该点对应的是临界温度(T_c)和临界压力(p_c)。

临界点是每种物质的特性,表7-2列出了几种物质的临界参数。高于临界温度和临界压力而接近临界点的状态称为超临界状态,处于超临界状态的物质,密度接近液体,具有良好的溶剂性能。

表 7-2 SFE 常用物质的临界参数

流体名称	临界温度/℃	临界压力/MPa	临界密度/(g·L⁻¹)
氢	240	1.26	0.03
丁烷	152	3.8	0.23
甲苯	318.6	4.11	0.29
丙酮	235	4.7	0.28
环己烷	280.3	4.07	0.27
氧化二氮	36.5	7.25	0.45
丙烷	96.8	4.24	0.22
水	374.2	22.06	0.33
甲醇	240.2	7.99	0.27
二氧化碳	31.23	7.29	0.43

SFE 分离过程是利用超临界流体的溶解能力与其密度的关系,即利用压力和温度对超临界流体溶解能力的影响而进行的。目前在 SFE 技术中使用最普遍的溶剂是 CO_2。CO_2 的临界温度为 31.23 ℃,临界压力为 7.29 MPa,临界条件容易达到。在超临界状态下,CO_2 流体兼有气、液两相的双重特点,既具有与液体相近的密度,又具有与气体相当的高扩散系数和低黏度,扩散系数为液体的 10~100 倍。因此,对物料有较好的渗透性和较强的溶解能力,而且其密度对温度和压力变化十分敏感,温度与溶解能力在一定的压力范围内成比例。所以,可以通过控制温度和压力改变物质的溶解度。

二、超临界流体萃取技术的特点

超临界流体萃取技术具有以下特点:

(1)广泛的适应性。由于超临界状态溶解度特异增高的现象是普遍存在的,因而理论上超临界流体萃取技术可作为一种通用、高效的分离技术而应用。

(2)萃取效率高,过程易于调节。超临界流体兼具气体和液体特性,因而超临界流体既有液体的溶解能力,又有气体良好的流动性和传递性能。并且在临界点附近,压力和温度的少许变化有可能显著改变流体溶解能力,控制分离过程。

(3)分离工艺简单。超临界流体萃取技术仅由萃取器和分离器两部分组成,不需要溶剂回收设备,与传统分离工艺流程相比,不但流程简化,而且节约能耗。

(4)分离过程有可能在接近室温下完成,特别适用于热敏性天然物的萃取分离。

(5)必须在高压下操作,设备及工艺技术要求高,投资比较大。

三、超临界流体萃取技术的应用

超临界流体萃取技术作为一种新兴的分离技术,它的应用广泛涉及诸多领域,并且已有多项技术实现了一定规模的工业化生产。通过各界学者的不懈努力,以超临界流体萃取为主要应用标志的超临界技术已经取得了初步的成果,超临界技术正在向着更深、更广的方向发展。

1. 在食品工业中的应用

食品行业是超临界流体萃取技术最先被应用的领域,同时也是发展最为迅速的领域。目前已广泛应用于啤酒花有效成分的萃取、天然香料的提取、天然色素的提取以及食品脱臭等方面。超临界流体萃取最为成功的工业化应用是从可可豆中提取油脂、脱除咖啡因和啤酒花中有效成分的萃取等。脱除咖啡因的传统方法为溶剂萃取法,这种方法存在产品纯度低、工艺复杂烦琐、提取率低、有残留溶剂等缺点。而超临界流体萃取技术对咖啡因的选择性高,溶解性好,同时还具有萃取过程无毒、不燃、廉价等特点。早期采用啤酒花直接酿酒,存在于啤酒花中的葎草酮只能利用约 25%,用二氯甲烷或甲酸等有机溶剂萃取可使其利用率提高到 60%～80%,但萃取物还需进一步进行精制。如果采用超临界 CO_2 萃取技术,葎草酮的萃取率可达到 95% 以上,并能得到安全、高品质、富含啤酒花风味物质的浸提液,因而成为最早实现工业化生产的超临界萃取技术之一。采用超临界 CO_2 萃取时,首先把啤酒花磨成粉末状,然后装入萃取器,密封后通入超临界 CO_2 进行萃取。达到萃取要求后,降压,萃出物随 CO_2 一起被送至分离釜,得到黄绿色产品。

海洋藻类作为人类重要的生物资源,是海洋生态系统中有机物和能量的初级生产者。与鱼油相比,海藻脂肪具有无鱼腥味、脂肪酸组成较简单及价格偏低等优点,因此,海藻作为多不饱和脂肪酸的新来源而日益受到国内外学者的广泛关注。黄俊辉等以海带为原料,采用超临界 CO_2 萃取技术提取海藻中多不饱和脂肪酸,在最佳萃取条件下可使海带总脂肪酸中多不饱和脂肪酸含量达到 67.2%。红曲自古以来就是药食两用佳品,具有性温、味甘、无毒的特点,广泛应用于酿酒、制醋、豆腐乳、天然红色素等的生产中,近年来,由于越来越多的人工合成食用红色素被禁用,因此,通过红曲霉发酵生产红色素,并将其应用于食品加工生产一直是国内外学者研究的焦点。与传统法相比,采用超临界 CO_2 萃取技术从红曲米中提取红曲色素效率较高。

2. 在医药保健品方面的应用

随着化学合成药物在临床应用中出现的毒副作用等问题,天然药物的提取分离技术日益受到国内的广泛关注。超临界 CO_2 萃取技术由于具有诸多优于传统分离技术的特点,在植物有效成分提取分离中的应用前景广阔。蛇床子具有燥湿、发风、杀虫的功效,蛇床子的生物活性物质是以蛇床子素和欧前胡素为代表的香豆素类化合物。研究表明,蛇床子提取物中总香豆素的含量越高,其疗效也越好,因此蛇床子提取物中总香豆素的含量可作为蛇床子提取工艺的评判指标。弥宏等对超临界流体萃取分离蛇床子中香豆素类成分进行研究,采用 CO_2 超临界萃取方法得到的总香豆素有效成分含量在 50% 以上。野菊花是一种常用中药,其资源十分丰富,具有清热解毒、平肝明目、降低血压的功效,采用超临界流体萃取技术对野菊花有效成分进行提取分离,能将野菊花中所含的各种组分有效提取出来,超临界 CO_2 萃取物的收率为 3.4%,鉴定出 60 种化学成分,而常规水蒸气蒸馏法提取物收率为 0.32%,鉴定出 46 种化学成分,前者的收率高出 10 倍以上,有效成分提取完全。紫杉醇是一种短叶红豆杉树皮中的具有抗癌活性的二萜类化合物,采用含夹带剂的超临界 CO_2 萃取法对紫杉醇进行萃取,比传统工艺方法萃取效果提高 1.29 倍。丹参是一味常用中草药,其脂溶性有效成分之一为丹参酮,用超临界 CO_2 萃取法提取,可以减少丹参酮的降解,提取率比传统的醇提工艺大大提高,达 90% 以上。

3. 在天然香精香料提取中的应用

植物中的挥发性芳香成分由精油和某些具有特殊香味的成分构成。精油和香味成分从植物组织中提取常采用溶剂浸提法,这种传统的提取方法容易使植物中部分不稳定的香气成分受热变质,而且溶剂残留以及低沸点头香成分的损失还将影响产品的香气。因此,室温操作条件下的超临界流体萃取技术就成了传统提取方法的理想替代,特别适合香料对产品自然、纯净和无污染的要求。超临界萃取技术生产天然香料的主要原料有鲜花、水果皮等,主要产品为精油,还可提取其他风味物质,如大蒜中的大蒜素、大蒜辣素,生姜中的姜辣素,胡椒中的胡椒碱及辣椒中的辣椒素等。Temelli 等用超临界流体萃取技术提取柑橘香精油,在 70 ℃、8.3 MPa下得到柑橘风味浓厚的橘香精油。高彦祥等用超临界法萃取茴香油,在提取压力30 MPa、温度 40 ℃的条件下,通过两个串联分级分离器,获得含脂和含油两种产品。张杨等以新鲜柚子花为原料,研究了超临界 CO_2 萃取柚子花挥发成分的工艺条件,系统地探讨了萃取时间、温度、压力、流量对收率的影响。通过大量的实验研究,香料萃取时低压产品主要是精油,高压产品主要为油树脂。此外,在水果蔬菜香气成分的萃取和浓缩方面,由于超临界流体 CO_2 的极性较小,对果汁中的酯、酮等有机物的溶解能力较强,因此适用于果汁和蔬菜汁香味的萃取和浓缩,并且所得产品富含含氧成分,香气风味俱佳。

4. 在环境保护中的应用

超临界流体萃取技术在环境保护方面也有所应用。Foy 等采用超临界流体技术从固相中分离有机和无机的汞化合物。研究表明,超临界流体萃取技术在分离汞化合物方面是可行的,但必须严格控制萃取进行的各种参数的变化,而且研究结果发现,在萃取过程中,加入水或螯合剂对无机汞化合物的萃取是无效的,而改变操作时的参数对有机汞化合物的萃取影响较小,因此,根据两种不同汞化合物萃取的不同特点可以将其分离。在适宜条件下,分离顺序为甲基、苯基和无机汞的化合物。一些地球稀有元素已经被广泛地应用于功能材料中。例如,对废弃荧光灯的研究发现,生产时使用的汞和玻璃碎片可以回收,但是含有稀有元素的发光剂常被作为垃圾处理。Shimizu 等采用超临界流体萃取技术,直接从废弃的荧光灯管中分离出铕和钇两种稀有元素。在环境监测方面,由于环境样品中污染物的量较少,而超临界流体萃取技术比一般提取方法具有更高的萃取效率,因此,在确定环境污染程度时,可以利用超临界流体萃取技术从植物及动物体内组织成分中提取有毒物质,或萃取土壤及大气中的污染物进行分析监测。李淑芬等对超临界流体萃取技术作为样品制备技术在痕量药检分析中的应用进行了比较深入的研究,分析了生物基质对萃取目标检测物的影响,并研究了如何提高萃取率。超临界流体萃取技术作为绿色化学技术具有萃取率高、使用溶剂少、分离步骤少、对环境无害等明显优于传统方法的特点。

四、我国超临界流体萃取技术的发展

我国超临界流体萃取研究始于 20 世纪 80 年代初,研究工作得到国家各级科学技术部门的大力支持,基础数据、工艺流程和实验设备等方面逐步发展。历经 20 多年的努力,我国超临界流体萃取技术研究和应用已取得显著成绩,全国形成了一支来自科研机构、高等院校和企业界组成的高素质科技队伍。研究领域涉及轻工、食品、医药和化工等各个方面,并形成一批具有我国自主知识产权的专利技术。1996 年 10 月,我国召开了"第一届全国超临界流体技术学术及应用研讨会"。全国每两年召开一次超临界流体学术讨论会,交流研究工作和应用成果并研究今后的发展趋势,对推动该技术进一步发展和走向产业化具有重要意义。作为新一代化工分离技术,超临界流体萃取已列入"八五"国家科技攻关计划。通过10多年的努力,我国在SFE技术的应用方面已取得了令人瞩目的成绩。据不完全统计,目前全国已建成10余套工业规模萃取装置,中小型设备达百余套。内蒙古科迪高技术产业有限公司1996年建成了当时国内最大的SFE-CO$_2$萃取工业化装置,并对沙棘油、薏苡仁油、红花油、肉桂油、厚朴酚、青蒿素、丹参酮等有效成分进行了提取、分离,均取得了较好的效果。广州医药工业研究所运用SFE技术对中药复方制剂进行深入研究后发现,运用SFE-CO$_2$技术按处方比例混合中药粉碎后提取的有效成分与单味中药提取效果无明显差异,而复方提取时有效部位(浸膏)收率均高于单味提取。SFE技术的应用将给中药复方提取方法带来革命性的改进,并使中药复方的量化研究向前迈进一大步。据介绍,应用SFE技术对中药复方提取,其提取物具有杂质少、外观色泽好、有效成分高度浓缩、批间重现性好等特点,是改进中药复方生产工艺的有效途径。目前,SFE技术已被美国环境保护署确定为替代溶剂萃取的标准方法。因此,运用SFE-CO$_2$技术术是与国际接轨的重要新技术。

第二节　固相萃取技术

一、固相萃取的原理

固相萃取(SPE)是一个包括液相和固相的物理萃取过程,是基于液相色谱理论的一种分离、纯化方法,由液固萃取和液相柱色谱技术结合发展而来。其吸附剂为固相,通过固相萃取剂对液相中被分析物的吸附作用进行萃取,当样品溶液通过萃取剂时,被分析物就吸附到萃取剂上,然后采用适宜的选择性溶剂将其洗脱下来,即可得到富集和纯化的目标化合物。

SPE技术自20世纪70年代后期问世以来,以其高效、可靠及耗用溶剂量少等优点,在环境、药物分析等许多领域得到了快速的发展。传统的液液萃取(LLE)具有易产生乳化、杂质较多、回收率低、需要的样品量大等缺点。与传统的液液萃取相比,SPE具有富集倍数高、提取速度快、操作简便、溶剂使用量少等优点,是目前样品处理技术中简便、高效、灵活的一种手段。SPE是柱色谱分离过程,其在分离机理、固定相和溶剂的选择等方面与HPLC有许多相似之处。SPE的基本原理是分析物在两相之间的分配,即在固相和液相之间的分配。其保留或洗脱的机理取决于分析物与吸附剂表面的活性基团,以及被分析物与液相之间的分子间作用力。其有两种洗脱模式:一种是被分析物与固定相之间的亲和力比杂质与固定相的亲和力更强,因而被保留,通过淋洗去除杂质,然后用一种对被分析物亲和力更强的溶剂洗脱被分析物,一般食品中色素杂质的去除多用此机理;另一种是杂质较被分析物与固相之间亲和力更强,则被分析物直接被洗脱下来。

二、固相萃取技术的分类

根据所采用的固相萃取剂的种类不同,可将固相萃取法分为三类:正相、反相和离子交换固相萃取技术。在体内药物分析中,常用的是反相和离子交换固相萃取技术。现在,许多新型固相萃取剂能综合应用多种机理,从而提高了各种固相萃取方法的应用范围。

1. 反相固相萃取技术

硅胶填料表面的亲水性硅羟基通过硅烷化反应,键合非极性烷基、芳香基或聚合物等材料作为反相固定相,被测化合物的碳-氢键与固定相表面功能团产生非极性的范德华力或色散力,使得极性溶剂中的非极性及弱极性物质被保留在固定相上,达到净化、富集样品的目的。对于强极性化合物,可以通过加入离子对试剂的方法,使之成为稳定的离子对,再用反相固相萃取技术萃取,弱极性化合物则可以通过调节溶液 pH、改变溶剂组成的方法使之处于分子状态,减小其极性使之得以在反相固定相中保留。反相萃取中的洗脱剂常用甲醇、异丙醇、乙酸乙酯、正己烷等有机溶剂。

2. 正相固相萃取技术

正相固相萃技术常用氧化铝、硅胶、聚酰胺、硅藻土、活性炭等强极性吸附剂作为正相固定相,利用被测物的极性功能团与固定相表面的极性功能团通过氢键、π-π 键、偶极-偶极和偶极-诱导偶极间的相互作用力。保留溶于非极性介质中的极性物质,常用非极性溶剂作为洗脱剂。

3. 离子交换固相萃取技术

离子交换固相萃取技术常用离子交换树脂作为固定相,适用于在溶液中带有电荷的化合物,根据被测物的带电荷基团与固定相带电荷基团相互静电吸引实现吸附分离。离子型化合物在柱中的保留和洗脱与其 pH、离子强度和反离子强度等因素有关。对于酸性分析物在离子交换柱中保留时,样品溶液 pH 应比其 pK_a 大 2 个单位,并应有较低的离子强度,处于离子状态的分析物靠静电力吸引到固定相填料中;洗脱时,洗脱液 pH 应小于 pK_a 两个单位或加入高离子强度的溶液,分析物才能被洗脱。碱性分析物则相反。

三、固相萃取技术的应用

固相萃取技术作为一种比液液萃取技术更简单、更快速、更准确的分离技术,能选择性地去除干扰杂质,获得高灵敏度。近年来固相萃取技术得到很快的发展并且广泛地应用于许多领域,如环境分析、药物分析、临床分析和食品饮料分析等。

在对体内药物进行分析时,由于体液成分十分复杂,干扰物质较多,而待测药物浓度一般都很低。如何方便、快捷地对样品进行预处理,将少量的药物从大量复杂的生物基质中分离出来,以便准确定性、定量分析,是体内药物分析面临的首要问题。HPLC 是目前生物样品药物分析中应用广泛、发展迅速的一种分析方法,但由于生物样品组分复杂,特别是含有大量蛋白质等大分子杂质,易引起柱头堵塞,柱压升高;另外,试样中药物浓度较低,需进一步富集才能检出,因此都需要对试样进行适当的前处理。SPE 作为从生物样品中提取净化微量药物或其代谢产物的方法已被广泛地用于生物样品的检测中,其中与 HPLC 技术联用用于样品的分析引人注目。

很多分析工作者研究比较了液液萃取和固相萃取的萃取效率。Okazaki 等研究奥弗拉辛及其二甲基和 N-氧基代谢物时,比较了 SPE 和 LLE 的提取回收率,用 LLE 法提取时,上述三种物质的回收率分别为 39.5%、54.7%、小于 5%,而采用 C_8-SPE 柱,则所有分析物的回收率均达 98%。Wientjes 等采用 LLE 提取血浆中 2′,3′-二去氧次黄嘌呤核苷时回收率仅为 33%,而采用 C_{18}-SPE 柱则获得了 90% 以上的回收率。SPE 技术萃取的高效性为分析方法的灵敏度提供了可靠的保证,实现了生物样品中药物分析的高灵敏度和低检测限。吴雪梅等采用 supelcleam 小柱提取血浆中的甲氨蝶呤,以 HPLC 法测定了血浆中痕量的甲氨喋呤和 7-羟基甲氨喋呤,其中甲氨喋呤的最低检出限为 0.05 ng·mL^{-1}。Lacroix 等建立了 SPE-HPLC 荧光检测法,测定了人血浆中的神经肌阻滞剂米库氯铵对映异构体及其代谢物,其检测灵敏度可达 3.9 ng·mL^{-1}。

固相萃取技术作为从生物样品中提取、净化、富集微量药物或其代谢产物的方法已越来越多地应用于生物样品的检测中,并显示出其适应性和优越性。由于柱切换技术的应用,能成功地实现样品的制备、色谱分析、报告产生的程序化和自动化。随着自动化仪器和新型填料的研究,SPE 将得到更广泛的应用,如促进药物的生物利用度、药物动力学研究、体内分布和代谢以及临床药物浓度的监测、疾病诊断、毒物分析等领域的生物样品分析研究等。另外,固相萃取技术作为试样前处理的一种革命,可以与多种分析技术联用。随着偶合技术的发展,将来SPE 可能与更多的分析仪器配合使用,使这项技术应用于更多领域的分析检测。

四、固相微萃取技术

1. 固相微萃取技术的出现和发展

固相微萃取技术(SPME)是 20 世纪 90 年代兴起的一种样品前处理与富集技术,它最先由加拿大 Waterloo 大学的 Pawliszyn 教授研究小组于 1989 年首次进行开发研究,属于非溶剂型选择性萃取法。SPME 已由美国 Supelco 公司在 1993 年实现商品化。

SPME 是基于萃取涂层与样品之间的吸附-解吸平衡而建立起来的集进样、萃取、浓缩功能于一体的新颖样品制备技术,具有操作简单、方便、样品需用量小、特别适合于现场分析等特点。SPME 发展至现在已有多种形式出现,包括纤维针式固相微萃取(fiber SPME)、管内固相微萃取(in-tube SPME)、微膜萃取和固相微萃取搅拌棒技术(SBSE)等。

fiber SPME 是最早发展的一种固相微萃取技术,其装置形状类似色谱进样器,由手柄和萃取头构成,其基本功能表现为提取浓缩和色谱进样。相对于 fiber SPME 来说,in-tube SPME 具有更大的萃取表面积和更薄的萃取相膜,脱附比较容易。SBSE 技术于 1999 年提出,由于该技术萃取相的体积一般为 $55\sim250$ μL,比 fiber SPME($0.5\sim1$ μL)和 in-tube SPME($2\sim20$ μL)萃取相体积大得多,相应提高了富集倍数,适合于样品中痕量组分的分析,但所需解吸附时间较长。

2. 固相微萃取技术的应用和发展

1) 在环境分析中的应用

SPME 最早的应用即为环境分析领域,随着 SPME 技术和现代科学仪器的迅速发展,SPME 与各种分析技术的联用技术在环境分析领域的应用更为广泛。对环境中酚酞酯类、有机磷农药、废水中酚类、废水中的环境雌激素、水样中的氯化苄以及土壤中的化学战争试剂等污染物进行了成功测定。另外,还有文献报道采用 SPME 研究水样、沉积物和土壤中的四乙基铅,淤泥中的丁基锡、有机汞、芳香酸、脂肪酸等。

2) 在食品分析中的应用

在食品检测方面,SPME 已成功用于检测牛奶和茶叶咖啡豆中的挥发性有机物、白菜中的有机磷农药、食品中的农药残留、食品中的黄曲霉素、鱼组织中的甲基汞、红酒中的氯酚以及液体食物样品中的双酚 A 和双酚缩水甘油醚,这些研究使食品的安全检测工作得到进一步的完善。

3) 在医药分析方面的应用

在医学领域方面,固相微萃取已成功用于生物代谢产物、体液中的微量有机成分分析。在临床和生物样品分析中都有成功的应用。Jurado 等用 SPME 与 GC-MS 联用技术,采用三氟乙酰酐(TFA)衍生化的方法同时检测尿中的苯异丙胺、甲基苯异丙胺、亚甲基二氧甲基苯丙胺(MDMA)和亚甲基二氧基苯丙胺(MDA)。Koster 等采用 SPME-GC 和 SPME-HPLC 方法分析了尿样中的利多卡因。Kumazawa 等运用聚二甲基硅氧烷(PDMS)纤维分析了人血液中的十种麻醉剂。

我国也有应用固相微萃取的例子,只是在环境和食品分析中的应用较多,而在药物分析中的报道较少。申书昌等报道采用顶空固相微萃取-气相色谱法测定阿奇霉素中丙酮残留量,方法回收率为 98.7%～104%。

3. 展望

随着人们所面对的分析体系越来越复杂,人们采用的分析手段越来越高级,对环境保护的意识越来越强,作为真正的无溶剂萃取技术,随着性能更好的萃取头涂层材料的出现,以及技术、仪器装置等的不断完善,固相微萃取技术必将拥有更为广阔的应用前景。

第三节　亲 和 色 谱

一、亲和色谱的原理

亲和色谱是一种基于生物活性物质与其他分子间可逆的特异性相互作用的色谱分离技术。它的基本原理可以表示为:首先将具有特异性识别能力的分子配基固定在适当的不溶性载体上,得到亲和吸附剂,然后在有利于吸附的条件下,通入含有目标蛋白的料液,目标蛋白和配体之间通过亲和作用而被吸附在吸附剂上,而杂蛋白不和吸附剂结合,最后通过调节 pH、离子强度、温度,或者加入具有竞争性的配体等方式,将纯化后的目标蛋白洗脱下来。

二、亲和色谱的发展

利用亲和色谱法纯化蛋白质的报道最早见于 1910 年,Starkenstein 用不溶性淀粉作为亲和配体和载体来分离和纯化 α-淀粉酶,但是由于亲和吸附载体制备比较困难,阻碍了亲和技术的发展;1951 年 Campbell 等成功地将抗原作为亲和配体键合到纤维素载体上,对抗体进行了分离和纯化;1953 年 Urmanl 等将间苯二酚共价固定在纤维素载体上,对酪氨酸酶进行分离和纯化;1967 年 Axen 报道了将含有伯氨基的分子连接到溴化氰活化的多糖载体上得到亲和吸附剂后,亲和纯化技术才从实验室研究走向蛋白质分离的实际应用。

在亲和色谱的发展历史中,取得了三个明显的进展:①使用重金属离子作为金属配体,Porath 以 Zn^{2+}、Cu^{2+} 等过渡金属的亚氨基二乙酸螯合物为配体,分离血清蛋白获得成功后,许多研究者又将重金属离子(如 Al^{3+}、Ca^{2+}、Fe^{3+} 等)作为亲和配体,固定在载体上形成螯合物或配合物,用于蛋白质和多肽的纯化;②应用单克隆抗体作为配体,Secher 首次将单克隆抗体成功应用于人白细胞干扰素的大规模纯化;③利用细胞表面受体的生物识别性将受体作为配体,Bailon 使用白介素-2 作为配体,进一步纯化得到均一的具有生物活性的白介素-2。

三、亲和作用力及影响因素

亲和色谱用于蛋白质的分离和纯化是基于生物分子对于其互补结合体的生物识别能力。

对于这种亲和作用力,目前学者普遍认可的是"锁钥学说",即蛋白质的立体结构中含有某些参与亲和结合的部位,这些结合部位呈凹陷或凸起的结构,能与该蛋白质发生亲和作用的分子恰好可以进入此结构中,也就是具有亲和作用的分子之间具有"钥匙"和"锁孔"的关系。这是产生亲和结合作用的必要条件。此外,发生亲和作用还需要以下作用力中的一种或几种的辅助才能实现,这些作用力包括:①静电作用;②氢键;③疏水性相互作用;④配位键;⑤弱共价键等。

与上述作用力相对应,凡是对这些作用力有影响的因素都有可能对亲和作用体系的结合产生影响。概括起来主要有:①离子强度,主要影响静电作用和疏水性相互作用;②pH,通过改变配体和蛋白质上带电基团的离子化程度对亲和结合产生影响;③抑制氢键形成的物质,如脲和盐酸胍,主要削弱亲和结合作用力中的氢键;④温度,温度的改变使分子和原子运动的剧烈程度发生改变,对亲和作用产生影响。此外,在亲和体系中加入螯合剂也将影响亲和作用力。

四、常用载体

亲和色谱的固定相由载体、亲和配体以及连接两者的间隔臂组成。亲和色谱的理想载体应该具备以下条件:①载体的结构应是松散的多孔网络结构,以便大分子能够均匀地不受阻碍地进出;②载体的颗粒应是均匀的球形,刚性较强,这样可以使扩散速率低的物质,如蛋白质也能较快达到扩散平衡,而且一定的机械强度可以保证载体在操作压力下不变形,使蛋白质的分离不受影响;③载体的物理化学性质必须稳定,不会因共价偶联配体以及吸附洗脱时的条件变化而发生变化,同时不受制备和处理过程中 pH 和温度变化的影响;④载体的化学性质必须是惰性的,载体骨架与蛋白质或其他重要生化物质的反应必须很弱,以降低非特异性的吸附作用;⑤可进行功能化衍生是载体最重要的特性之一。在不损害载体结构的条件下,载体表面的功能基可与各种配体共价键合。

目前广泛采用的载体材料包括琼脂糖、葡聚糖、聚丙烯酰胺、甲基丙烯酸、纤维素等。这些载体材料包含相当数量的羟基、氨基、醛基等活性基团,很容易对其进行化学改性,从而达到与亲和配体结合的目的。表 7-3 列举了部分亲和色谱天然大分子载体及其特性。

表 7-3　部分亲和色谱天然大分子载体及其特性

载体成分	特　性
琼脂糖	双螺旋性、高度亲水性、可改性、易污染
葡聚糖	溶胀性好、糖苷键易损坏、开孔率低
纤维素	价廉、开孔率低、强度较高、易降解
淀粉	需交联改性、使用较少

五、亲和配体

作为亲和色谱固定相重要组成部分的亲和配体必须满足一些基本条件:首先,亲和配体与被分离物质之间应存在可逆的、高度专一性的相互作用;其次,配体与载体表面或间隔臂末端的活性基团能够通过共价键键合。按照亲和配体与目标产物的关系可将其分为两大类:一类为生物特异性配体,主要包括抗体、酶抑制剂、激素、蛋白质以及外源凝集素等;另一类为通用型配体,主要包括氨基酸、活性染料以及过渡金属离子等。表 7-4 列出了常用亲和作用体系。

表 7-4　常用亲和作用体系

配　体	目标产物
金属离子	蛋白质、酶
三嗪类染料	血清白蛋白、脱氢酶、激酶
酶	酶底物类似物
抗体	抗原、病毒、细胞
A 蛋白	抗体
核酸	互补碱基段、组蛋白
荷尔蒙、维生素	受体、载体蛋白
细胞	细胞表面特种蛋白、凝集素
肝素	脂蛋白、脂肪酶、凝血蛋白等
凝集素	多糖、糖蛋白

六、间隔臂

在亲和色谱中,在配体与载体之间插入间隔分子是很必要的,不仅使反应易于进行,而且可以提高配体的空间利用度,增加对分离蛋白质的选择性。间隔臂的长度对被分离物质在色谱柱上的结合量有较大的影响。间隔臂分子可以分为以下三类。

1. 疏水性间隔臂

一般是指通式为 $NH_2(CH_2)_n$—R 的 ω-氨烷基化合物,式中的 R 为氨基或羧基。现在广泛使用的是 6-氨己基间隔分子,一般不使用含 12 个以上 C 原子的长碳臂,因为太长的间隔臂易于自身回折,还易引起蛋白质在疏水界面上的非特异性变性。

2. 亲水性间隔臂

亲水色谱的要求促进了亲水性间隔臂的发展。将 1,3-二氨基-2-丙酮与溴化氰活化的琼脂糖偶联,再加入 1,3-二氨基-2-丙酮,可制备典型的亲水性间隔分子。

3. 大分子间隔臂

多肽和蛋白质是有用的亲水性间隔分子,聚 L-赖氨酸可与溴化氰活化的琼脂糖偶联,牛血清白蛋白也能与溴化氰活化的琼脂糖偶联。

七、流动相和洗脱方式

亲和色谱使用的流动相主要是磷酸盐、硼酸盐、乙酸盐、柠檬酸盐、三羟甲基氨基甲烷-盐酸缓冲溶液(Tris-HCl)等构成的具有不同 pH 的缓冲溶液体系。在亲和色谱中,生物分子与各种亲和配体生成可逆配合物,稳定常数较小。在大多数情况下,可使用非特异性洗脱法,实现不同组分的分离。对形成锁匙结构后,亲和作用特别强的情况,必须采用特效性洗脱法或特殊洗脱方式进行洗脱。采用非特异性洗脱法时,主要通过以下几种方法来消除非特异性吸附,同时不损害生物分子的生物活性和固定相的稳定性:①改变流动相的 pH;②改变流动相的离子强度;③改变流动相的极性,如向具有一定 pH 的流动相中加入极少量的有机改性剂(如甲醇、乙腈、对二氧六环、四氢呋喃、乙二醇等),改变亲和作用的环境,随着疏水作用的增强,破坏样品分子与配体之间的亲和作用,呈现出极有效的洗脱效应;④加入离子序列试剂(蛋白质的变性剂),如将硫氢化钾、脲、盐酸胍等离子序列试剂加入流动相中,使蛋白质等生物分子的结构发生变化,从而破坏原已存在的亲和作用。

采用特异性洗脱方法时,在流动相中加入另一种游离的配体,这个配体可以取代固定相上的配位基,与被分离的生物分子相结合而从柱子中洗脱出来。洗脱后可利用改变 pH 或加入变性剂的方法,重新获得生物分子的纯品。

当生物分子与配体之间存在特别强的特异性亲和作用时,需要使用特殊洗脱方法。在某些情况下使用硼酸盐缓冲溶液作流动相会产生特殊有效的洗脱效果。另外一种特殊洗脱方法是通过选择性地断裂固定相基体与配体之间的化学键,完整地将配体-蛋白质配合物释放出来。然后用适当的方法,如改变 pH、加入疏水性有机溶剂改性剂等,将洗脱下来的配合物中的蛋白质解离出来,并重新将固定相再生。这种方法特别适用于与配体亲和能力强,又需要纯化的生物大分子样品。它们若用强酸、强碱或离子序列试剂洗脱,会引起生物大分子的不可逆变性。

八、分类

1. 固定化金属离子亲和色谱

以金属离子作为配体的亲和色谱称为固定化金属离子亲和色谱(IMAC)。它是基于蛋白质表面所含有的供电基团(主要是组氨酸残基上的咪唑基或半胱氨酸残基上的巯基)与过渡金属离子在一定条件下通过多位点螯合而形成螯合物,由于不同蛋白质侧链上所含氨基酸的种类和数量不同,因此与金属离子之间的亲和力不同,当用洗脱剂进行洗脱时,就可以实现不同蛋白质之间的分离。

相对于其他亲和色谱模式,IMAC 的特点可以归纳如下:①蛋白质表面要有特定的氨基酸残基;②简单的离子吸附和其他复杂因素可通过提高缓冲盐的离子强度消除或改进;③金属离子与待分离物质的结合受 pH 的影响,降低 pH 可引起吸附物质的洗脱;④可用 EDTA 等强螯合剂将金属离子从固定相上解离,因而若无载体自身非特异性吸附可定量回收目的物质;⑤作为配体的金属离子价格便宜,同一种固定相可以与不同的金属离子螯合,因此可以选取适当的金属离子来优化已知蛋白质的分离条件;⑥除金属结合酶外,所有蛋白质均可不变性回收。

IMAC 的固定相由固体载体、间隔臂、螯合剂及金属离子等构成。表 7-3 所列亲和色谱常用载体材料在 IMAC 中也是常用的。传统的固定化金属离子色谱柱大多以琼脂糖或葡聚糖等软质材料作为载体,这种凝胶机械强度小,仅适用于常压或低压亲和色谱法。

1) 琼脂糖

琼脂糖是一种线形多糖,其分子骨架由氢键相互作用连成整体,珠状琼脂糖凝胶十分亲水,物理和化学性质比较稳定,对蛋白质几乎没有非特异性吸附,是 IMAC 中使用最广泛的载体。1975 年 Porath 首先使用琼脂糖作为 IMAC 载体,开辟了 IMAC 发展的时代。Porath 研究了螯合 Fe^{3+}、Ni^{2+} 的不同载体对血清蛋白和不同氨基酸的吸附,并从理论和实践上阐述了金属离子螯合吸附剂与蛋白质作用的原理。

2) 壳聚糖

壳聚糖是由甲壳素部分脱乙酰化反应后得到的一种直链大分子生物多糖,是迄今为止发现的唯一天然碱性多糖。壳聚糖作为 IMAC 载体有以下几个特点:壳聚糖分子上有大量的游离氨基,可直接与配体偶联;利用壳聚糖上的氨基,可制备性能稳定的亲和吸附剂,特别是在配体偶联中不使用溴化氰,制备过程安全、省时,为替代价格昂贵的琼脂糖载体提供了可能。

3）硅胶

由于琼脂糖类载体的机械强度较小，又研究开发了硅胶载体。硅胶的最大优点是机械强度高，但是硅胶上的硅醇基团具有一定的非特异性吸附，pH>8.0 时硅胶会溶解，通过硅醇基的硅烷化或在硅胶表面涂上亲水层，可大大克服上述缺点。

选择螯合剂时，要综合考虑螯合剂的配位原子和金属离子的配位数，螯合剂分子中至少应该具备两个配位原子。螯合剂分子中的配位原子数越多，形成的螯合物也越稳定；金属离子的配位数直接影响其与螯合剂和生物配体的结合，金属离子的配位数既要保证能与螯合剂形成稳定的螯合物，又要保证有剩余的配位点留给生物配体。常用的螯合剂有亚氨基二乙酸（IDA）、三羧甲基乙二胺（TED）、羧甲基天门冬氨酸（CM-ASP）、四乙烯戊胺（TEPA）、羧甲基-α,β-二氨基丁二酸（CM-DASA），它们的结构式如图 7-2 所示。

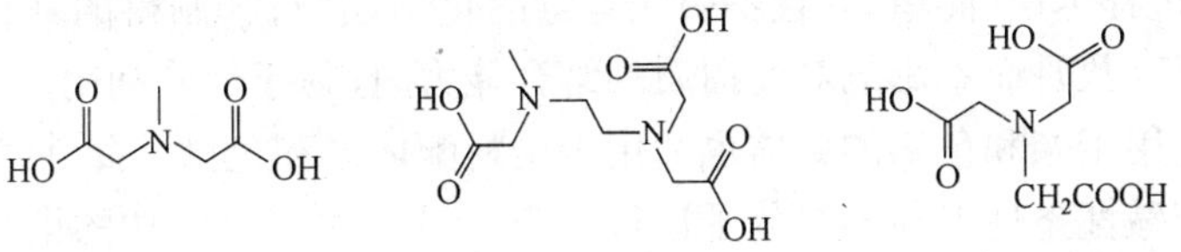

IDA　TED　CM-ASP

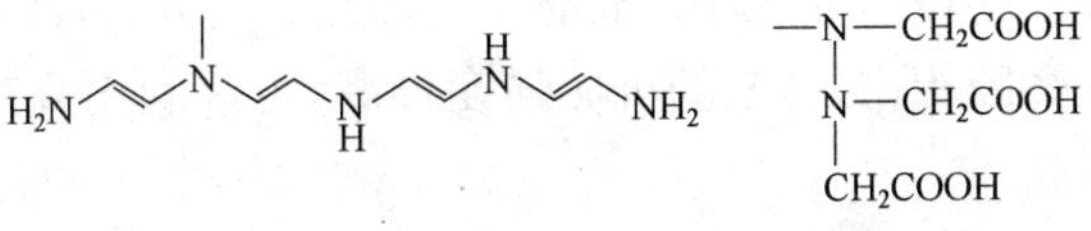

TEPA　CM-DASA

图 7-2　IMAC 常见螯合剂的结构

常用的配位金属离子有 Cu^{2+}、Zn^{2+}、Ni^{2+}、Co^{2+} 等，其配位数见表 7-5。

表 7-5　IMAC 常用的配位金属离子及其配位数

中间酸	配位数	软　酸	配位数	硬　酸	配位数
Cu^{2+}	6,4	Ag^{+}	2	Ca^{2+}	6,>6
Ni^{2+}	6,4	Cd^{2+}	4,6	Mg^{2+}	6
Fe^{2+}	6	Pt^{2+}	4,6	Mn^{2+}	6
Zn^{2+}	4,6	Hg^{2+}	4	Cr^{3+}	6
Co^{3+}	6,4				

2. 染料配体亲和色谱

染料配体亲和色谱所用配体是染料，配体通过模拟底物、辅助因子或结合因子与蛋白质以及酶的活性位点作用。染料配体具有价格低廉、易于合成、能通过共价键牢固地结合到亲和载体上、与蛋白质的结合容量高、化学性质稳定、不易被微生物降解等特点，在蛋白质的大规模分离纯化和高丰度蛋白质去除及低含量蛋白的浓缩方面均有广泛应用。相比之下，天然生物配体因制备与提纯过程比较困难，而且容易发生生物降解，价格昂贵，使其应用受到限制，而染料配体成为应用最广泛最具前景的一类亲和配体。

染料配体具有比较特殊的化学结构，从而决定了其在与蛋白质结合时的复杂性。染料与蛋白质的作用机理非常复杂,通常有两种解释,染料分子模仿天然生物配体(如 NADH、NADPH、NAD⁺、NADP⁺等)的形状、芳香性及电荷分配等,在这些作用位置上与蛋白质形成特异性吸附;染料分子与蛋白质之间存在静电作用、疏水作用、氢键及电荷转移作用等非特异性吸附。

蛋白质分子被吸附部分是蛋白质三维结构上立体分布的离子、极性基团或疏水性基团,染料分子在这些作用点上与蛋白质分子具有非共价相互作用,从而形成专一高效的吸附性。研究表明,其机理可能是离散点的静电作用、疏水作用、氢键作用及电荷转移作用的共同作用。其中染料分子中蒽醌及相邻的苯磺酸盐是很重要的吸附酶的基团,它起到类似辅酶中 AMP 的作用。

与其他亲和体系相比,染料配体亲和色谱具有以下显著优点:①活性染料非常廉价易得;②配体的固定化过程迅速、简单,并且不引入有毒的化学物质;③制得的染料亲和吸附剂具有很好的稳定性,保存数月而不影响对蛋白质的结合能力,且易于回收利用。

一般来说,应用于亲和色谱的载体也适用于染料配体亲和色谱。此外,载体还必须含有活性功能团,以便在碱性条件下与染料分子进行反应。目前大部分成功的染料亲和吸附剂都是将染料固定在琼脂糖凝胶上得到的,琼脂糖含量为 4% 或 6% 的凝胶应用最为广泛。琼脂糖凝胶内部为开放的网状结构,使得大多数蛋白质分子能够进入其内部,从而可以取得较高的吸附容量。目前,琼脂糖系列凝胶已经出现了许多商品化的产品。另外,硅胶在染料配体亲和色谱中也有广泛应用,与琼脂糖凝胶相比,硅胶的机械强度较高,可以利用高效液相技术来分离脱氢酶、异构酶和其他蛋白质。

染料配体大都是纺织和印染上所用的一些活性染料,一般由一个载色体(如偶氮分子或蒽醌分子)连接一个活性基团(如单氯或双氯三嗪环等)组成。它们可以通过活性基团直接与载体相连,也可以连接上其他基团(如苯磺酸根等)后再与载体相连。

活性染料通常分为三嗪型活性染料、卤代嘧啶型活性染料、乙烯砜类活性染料、双活性基型活性染料等。其中三嗪型染料使用最多,它是由 1,3,5-三氯三嗪环与载色体(图 7-3)蒽醌分子偶联而成的,三嗪环上的氯原子非常活泼,极易与载色体发生偶联,得到双氯三嗪染料。双氯三嗪染料进一步与亲核试剂(如苯胺或磺胺酸盐等)反应得到单氯三嗪染料,不同的三嗪染料分子结构如图 7-3 所示。

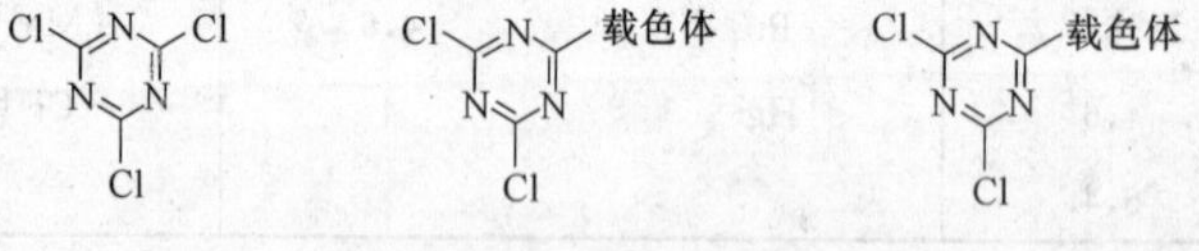

图 7-3　不同的三嗪染料

三嗪染料广泛用于蛋白质的分离纯化,使用最早、技术最成熟的是蒽醌一氯三嗪活性染料——辛巴蓝,其结构如图 7-4 所示。

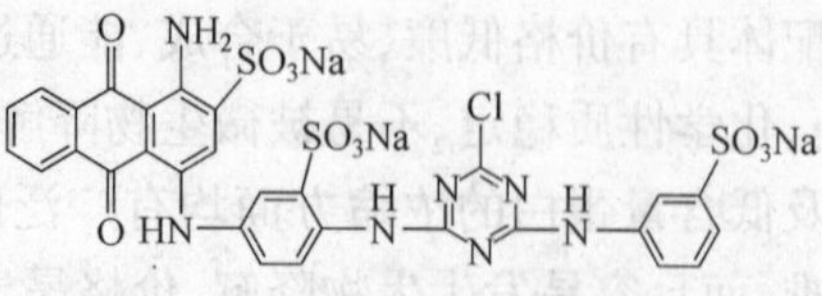

图 7-4　辛巴蓝 F3GA 的结构

辛巴蓝 F3GA 的分子结构由四部分组成：A 环为磺酸化的蒽醌，是发色基团；B 环为磺酸化的对二氨基苯桥，起到联结 A 环和 C 环的作用；D 环为辅助基团；C 环为氯化三嗪环，环上的氯具有较强的活性，在碱性条件下可以作为离去基团，通常利用这一性质将其固定在多糖载体上，制得亲和吸附固定相，用于蛋白质的分离。

三嗪染料的特殊结构决定了其与蛋白质的作用机理非常复杂。一方面染料分子中的蒽醌发色基具有多个芳香环结构，使其具有与蛋白质疏水部位进行结合的可能；另一方面芳香环被磺酸基取代，故其具有很强的亲水性，并且在适当的条件下，可以作为离子交换剂与蛋白质发生静电相互作用，可以与多种蛋白结合。因此，其与蛋白质的作用是亲和作用、静电作用、疏水作用以及氢键等共同作用的结果。

3. 高效亲和色谱

1978 年，Ohlson 等提出了高效亲和色谱（HPAC）的概念，将高效液相色谱与亲和色谱两种色谱模式有机地结合起来，大大提高了亲和色谱的分离效率。目前，大部分的高效亲和色谱柱是以硅胶或有机聚合物作为基质材料，通过连接各种亲和配体对生物大分子进行分离纯化。

余晓等制备了以组氨酸为配基的亲和色谱分离纯化 IgG，研究了不同链长的寡聚组氨酸与 IgG 的亲和相互作用。吴晓军等用磺胺甲基异噁唑作为配基，大孔硅胶为基质，制备高效亲和色谱，用来分离纯化胰凝乳蛋白酶和胰蛋白酶，20 多种蛋白质和酶在该柱上无特异性吸附。

随着生命科学、生物技术的发展，高效亲和色谱将发挥越来越大的作用。预计 HPAC 今后的发展主要在以下几个方面：首先进一步研究生物大分子的保留机理，只有充分理解生物大分子和配体的相互作用，才能有针对性地选择适宜的亲和性配基；其次与其他技术相结合获得更加高效、快捷的分离手段，如将亲和分离与毛细管电泳相结合的亲和毛细管电泳、将亲和色谱和其他色谱联用构成的多维高效液相色谱、将计算机模拟技术用于研究配基与蛋白质的相互作用，设计可以与目标蛋白质能专一性地相互作用的配基等。

高效亲和色谱具有分离速度快、分析检测简单、分离效果好和回收率高的特点，因此，采用高效亲和色谱进行生物大分子的分离纯化具有很好的应用前景。

思 考 题

1. 简述超临界流体萃取技术的应用。
2. 简述固相萃取技术的原理及分类。
3. 简述固相微萃取技术的应用与发展。
4. 理想的亲和色谱载体应该具备哪些条件？
5. 查阅有关文献，试设计一个蛋白质的分离实验。
6. 简述染料配体亲和色谱的特点及应用。

第八章 气体分析

第一节 概　述

工业生产中常使用气体作为原料或燃料,化工生产的化学反应常有副产物废气,燃料燃烧后也会产生废气(如烟道气等),另外工厂厂房空气中常混有一定量生产气体,因此气体分析已成为工业分析中的重要组成部分之一,对许多工业部门和广大人民的生活都有重要意义。例如,制造气体燃料必须知道其所含可燃物的组成,由此才可以判断该气体燃料的发热量高低;对其燃烧后所产生的烟道气进行分析可以知道该燃料燃烧的情况;在化工生产过程中,通过对原料气体的分析,可以严格掌握原料的成分,进行正确的配比。

气体分析的项目随测定对象的不同而不同。例如,烟道气的分析要测定 CO_2、CO;对一般工业原料气,往往只测定其主要成分,如对硫酸厂黄铁矿焙烧炉所产生的气体只分析 SO_2、对石灰焙烧窑所产生的气体只分析 CO_2、在乙炔发生工段则只分析乙炔的纯度等。但有时也需要对气体进行全分析。例如,煤气全分析要求测定 O_2、CO、N_2、C_nH_m(烯烃)、H_2、CO_2、CH_4等。在生产过程中,气体分析的项目随生产控制的要求而定。

常见的工业气体可分为化工原料气、气体燃料、烟道气与工业废气和厂房空气四类。

一、化工原料气

化工原料气是无机合成、有机合成的重要原料,主要有以下几类。

1. 天然气

天然气是煤或石油组成物质的分解产物,存在于含煤或石油的地层中,主要成分是甲烷,含量在 95% 以上。

2. 炼油气

炼油气是原油进行热处理的产物,含甲烷及其他低相对分子质量的碳氢化合物。

3. 焦炉煤气

焦炉煤气是煤在 800 ℃ 以上炼焦的气态产物,主要成分是氢气和甲烷。

4. 水煤气

水煤气是水蒸气和炽热的煤作用的产物,主要成分是一氧化碳和氢气,如果是水蒸气及空气同时和炽热的煤作用,则生成半水煤气,其主要成分为一氧化碳、二氧化碳、氢气、氮气等。

5. 硫铁矿焙烧炉气

硫铁矿焙烧炉气含二氧化硫 6%～9%,用于制造硫酸。

6. 石灰焙烧窑气

石灰焙烧窑气含二氧化碳 32%～40%,用于制碱和制糖工业。

二、气体燃料

天然气、炼油气、焦炉气、煤气、水煤气及半水煤气等,除了可以作为化工生产原料气体外,也可以作为气体燃料。

三、烟道气与工厂废气

燃烧炉烟道气的主要组成为 N_2、O_2、CO_2、CO、水蒸气及少量其他气体。因生产目的不同,各企业排放的工厂废气成分差别较大,如硫酸、硝酸厂排放的废气中含有少量的 SO_2 和 NO_2,制碱厂排出的废气中含有少量 CO_2 等。

四、厂房空气

化工生产工业过程目前还没有完全做到连续化、管道化、密闭化,因此总会有部分有害物质逸散到空气中造成污染。化工生产的跑、冒、滴、漏或生产过程中的突然故障也会使有害物质逸散出来,超过一定浓度时,就会危害工人的身体健康,影响生产的正常进行,有时还会引起燃烧和爆炸事故。

目前,在生产实际中,对于气体物料,大都是根据其物理或物理化学性质,广泛应用各种仪器分析法进行分析鉴定,但是根据气体的化学性质,利用化学方法进行分析鉴定,在一定条件下依然十分重要。同时,在实际工作中除了需要常规的测定方法外,还需要当场能够得到结果的快速测定法。关于仪器分析法在"仪器分析"课程中详细介绍,这里重点介绍化学分析法及快速测定法。

第二节 气体的化学分析法

气体的化学分析法是根据气体的某一化学特性进行测定的,主要有吸收法和燃烧法。在实际生产中,往往是两种方法结合使用。

一、吸收法

1. 气体容量法(或气体体积法)

利用气体的化学特性,使一定体积的混合气体通过特定的吸收剂,则混合气体中的被测组分与吸收剂发生化学反应而被定量吸收,其他组分不发生反应(或不干扰)。如果吸收前后的温度及压力一致,则可根据吸收前、后的体积差,计算待测组分的含量。

常见的气体吸收剂有以下几类。

1) KOH 溶液

KOH 溶液可以吸收 CO_2、NO_2、SO_2、H_2S 等酸性气体,一般使用 33% KOH 溶液。吸收 CO_2 时只能使用 KOH 溶液而不使用 NaOH 溶液,这是因为浓的 NaOH 溶液易起泡沫,且生成的 Na_2CO_3 溶液易堵塞管路。

2）焦性没食子酸的碱溶液

焦性没食子酸(1,2,3-三羟基苯)的碱溶液是 O_2 的吸收剂。焦性没食子酸与 KOH 作用生成焦性没食子酸钾，焦性没食子酸钾能与 O_2 发生反应，反应温度不低于 15 ℃，酸性气体和氧化性气体应预先除去。

3）亚铜盐的氨性溶液

亚铜盐的氨性溶液是 CO 的吸收剂。吸收后的剩余气体中常混有氨气，影响气体的体积，故在测量剩余气体体积之前，应将气体通过硫酸溶液以除去氨气。亚铜盐溶液也能吸收氧气、乙炔、乙烯及酸性气体。

4）饱和溴水

饱和溴水是不饱和烃的吸收剂，能和烯烃以及炔烃发生加成反应，苯不与溴反应，但能缓慢溶解于溴水中，所以苯也可以一起被吸收。

5）碘溶液

碘溶液能吸收强还原性气体，如 SO_2 和 H_2S 等。

6）硫酸-高碘酸钾溶液

硫酸-高碘酸钾溶液是 NO_2 的吸收剂。

由于混合气体中，每一种成分并没有一种专门的吸收剂，因此，在吸收过程中，必须根据实际情况合理安排吸收顺序，这样才能消除气体组分间的相互干扰，得到准确结果。

例如，合成氨半水煤气和变换气中 CO_2、CO、O_2 三种气体对触媒毒害很大，在合成氨工业中要严格控制。在测定时，首先选择能与待测成分反应的吸收剂，然后确定吸收顺序，吸收后测定。

(1) KOH 溶液吸收 CO_2：

$$2KOH + CO_2 \longrightarrow K_2CO_3 + H_2O$$

(2) 用焦性没食子酸的碱溶液吸收 O_2：

$$C_6H_3(OH)_3 + 3KOH \longrightarrow C_6H_3(OK)_3 + 3H_2O$$

$$2C_6H_3(OK)_3 + 1/2O_2 \longrightarrow (OK)_3C_6H_2-C_6H_2(OK)_3 + H_2O$$

(3) 用 Cu_2Cl_2 的氨性溶液吸收 CO：

$$Cu_2Cl_2 + 2CO \longrightarrow Cu_2Cl_2 \cdot 2CO$$

$$Cu_2Cl_2 \cdot 2CO + 4NH_3 + 2H_2O \longrightarrow H_4NOOC-Cu-Cu-COONH_4 + 2NH_4Cl$$

由于三种吸收液都是碱性的，因此应先用 KOH 溶液吸收 CO_2 酸性气体；又由于 Cu_2Cl_2 也可以吸收 O_2，因此吸收 CO 前应先除氧。所以，先用焦性没食子酸的碱溶液吸收氧气后再以 Cu_2Cl_2 的氨性溶液吸收 CO，吸收顺序为 CO_2、O_2、CO。由于 Cu_2Cl_2 中有氨气，因此吸收原气体后应用硫酸除去氨气后测定。如果体系中含有不饱和烃，则不饱和烃的吸收应在 CO_2 之后、O_2 之前进行。

2. 气体吸收滴定法

使混合气体通过特定的吸收剂溶液，则待测组分和吸收剂发生反应，然后在一定条件下，通过标准溶液滴定的方法测定待测组分的含量。

例如，天然气中有害杂质硫化氢含量的测定，就是将一定量的天然气样品通过乙酸镉溶液，则 H_2S 与 Cd^{2+} 反应生成黄色 CdS 沉淀。溶液酸化后，加入一定量过量的碘标准溶液，硫离子被氧化为硫，过量的碘用硫代硫酸钠标准溶液滴定，由 I_2 的消耗量计算硫化氢的含量。

$$H_2S+Cd(CH_3COO)_2 \longrightarrow 2CH_3COOH+CdS\downarrow$$
$$CdS+I_2+2HCl \longrightarrow 2HI+CdCl_2+S\downarrow$$
$$I_2+2Na_2S_2O_3 \longrightarrow 2NaI+Na_2S_4O_6$$

3. 吸收重量法

吸收重量法是气体吸收法和重量分析法的综合利用,可以测定气体物质或可以转化为气体物质的元素含量。例如,测定有机物中 C、H 元素含量,可以使有机物燃烧,生成 H_2O 和 CO_2,通过碱石棉吸收 CO_2,再通过过氯酸镁吸收 H_2O,根据质量的增加,计算有机物中 C、H 元素的含量。

二、燃烧法

1. 燃烧法的基本原理

对于性质比较稳定,与一般化学试剂较难发生化学反应但可以燃烧的气体,则可根据燃烧前后气体体积的变化和定量反应关系求出其含量。

根据可燃性气体燃烧后,其体积的变化,如气体体积的缩减 $V_缩$、消耗氧气的体积 V_{O_2}、生成 CO_2 的体积 V_{CO_2} 与可燃性气体的体积 $V_{可燃}$ 之间的比例关系,由测定的 $V_缩$、V_{O_2} 或 V_{CO_2} 计算 $V_{可燃}$,从而求得可燃性气体的含量。$V_{可燃}$ 与 $V_缩$、V_{O_2} 或 V_{CO_2} 之间存在一定的比例关系,既是计算的依据,也是燃烧法的主要理论依据。

燃烧法是利用可燃气体的性质进行测定的方法,特别适用于无适当吸收剂的化学性质比较稳定的可燃气体。

以氢气燃烧为例找出各比例关系:

$$2H_2(可燃气体)+O_2 \longrightarrow 2H_2O(l)$$

$$\frac{V_{H_2}}{V_缩}=\frac{2}{3}$$

所以

$$V_缩=\frac{3}{2}V_{H_2}$$

$$\frac{V_{H_2}}{V_{O_2}}=\frac{2}{1}, \qquad V_{O_2}=\frac{1}{2}V_{H_2}$$

常见可燃气体的燃烧反应及有关体积变化关系见表 8-1。

表 8-1　常见可燃气体的燃烧反应及体积变化

可燃气体	燃烧反应	可燃气体体积	消耗 O_2 的体积	缩减体积	生成 CO_2 的体积
H_2	$2H_2+O_2 \longrightarrow 2H_2O$	V_{H_2}	$1/2V_{H_2}$	$3/2V_{H_2}$	0
CO	$2CO+O_2 \longrightarrow 2CO_2$	V_{CO}	$1/2V_{CO}$	$1/2V_{CO}$	V_{CO}
CH_4	$CH_4+2O_2 \longrightarrow CO_2+2H_2O$	V_{CH_4}	$2V_{CH_4}$	$2V_{CH_4}$	V_{CH_4}
C_2H_6	$2C_2H_6+7O_2 \longrightarrow 4CO_2+6H_2O$	$V_{C_2H_6}$	$7/2V_{C_2H_6}$	$5/2V_{C_2H_6}$	$2V_{C_2H_6}$
C_2H_4	$C_2H_4+3O_2 \longrightarrow 2CO_2+2H_2O$	$V_{C_2H_4}$	$3V_{C_2H_4}$	$2V_{C_2H_4}$	$2V_{C_2H_4}$

例如,有一混合气样 20.00 mL,通 O_2 燃烧,体积减小 21.00 mL,生成 CO_2 18.00 mL,已知混合气样只含 CO、CH_4、N_2,求几种气体的体积分数。

由

$$V_{\text{缩}}=2V_{CH_4}+1/2V_{CO}=21.00, \qquad V_{CO_2}=V_{CH_4}+V_{CO}=18.00$$

得

$$V_{CH_4}=8.00 \text{ mL}, \qquad V_{CO}=10.00 \text{ mL}$$

则

$$V_{N_2}=2.00 \text{ mL}$$

$$\varphi_{CH_4}=40\%, \qquad \varphi_{CO}=50\%, \qquad \varphi_{N_2}=10\%$$

2. 燃烧方法

燃烧法共分为三类:爆燃法(爆炸燃烧法)、缓燃法(缓慢燃烧法)、氧化铜燃烧法。

1) 爆燃法

爆燃法是可燃性气体与空气或氧气混合,其比例能使可燃性气体完全燃烧且在爆炸极限内的方法。其特点是快速。

2) 缓燃法

缓燃法是可燃性气体与空气或氧气混合,且浓度控制在爆炸极限以下,使之经过炽热的铂丝而引起缓慢燃烧。其特点是需时较长。适合于可燃性组分浓度较低的混合气体或空气中可燃物的测定。

3) 氧化铜燃烧法

氧化铜燃烧法是利用氧化铜在高温下的氧化活性,使可燃性气体缓慢燃烧。燃烧所需氧气由氧化铜还原得到。CuO 使用后,可在 400 ℃时通入空气,使之氧化即可重复使用。其优点是不需通入氧气,可减少一次体积测量,从而减少误差,并且测量后的计算也因不加入氧气而简化。

三、奥氏气体分析仪

气体的化学分析法所使用的仪器通常是奥氏气体分析仪,如图 8-1 所示。

奥氏气体分析仪的主要部件包括以下几部分。

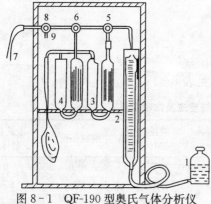

图 8-1 QF-190 型奥氏气体分析仪结构示意图

1. 调节液瓶;2. 量气瓶;3、4. 吸收球管;5、6. 三通活塞;7. 取样口;8. 旋塞;9. 放气口

1. 梳形管

带有几个活塞的梳形连通管,其右端与量气瓶连接,左端与欲测气样相连。磨口活塞各连接一个吸收瓶,它控制气样进出吸收瓶。活塞起调节进排气或关闭作用。梳形管在仪器中起连通枢纽的作用。

2. 吸收球管

吸收球管分甲乙两部分,两者底部由一个 U 形玻璃管连通,甲管内装有许多小玻璃管,以增大吸收剂与气样的接触面积,甲管顶端与梳形管上的磨口活塞相连,乙管为缓冲管。

吸收球管内装有吸收剂,作为吸收测定气样用。

3. 量气瓶

量气瓶为一个有刻度的圆管(一般为 100 mL),底口通过胶管与调节瓶相连,用来测量气样体积。刻度管固定在一圆形套筒内,套筒上下应密封并装满水,以保证量气瓶的温度稳定。

4. 调节液瓶(水准瓶)

调节液瓶是一个下口玻璃瓶,开口处用胶管与量气瓶底部相连,瓶内装蒸馏水。它的提高与降低会造成瓶中水位的变动而形成不同的水压,使气样被吸入、排出或被压进吸气管,从而使气样与吸收剂反应。

5. 三通活塞

它是一个带有丁字形通孔的磨口三通活塞,转动活塞改变丁字形通孔的位置呈"⊥"状、"⊦"状、"∧"状,起取气或关闭的作用。

第三节　气体分析技术的发展

一、人工采样法

传统的分析方法如化学分析法、气相色谱法较多采用人工采样法。人工采样法的特点是抽取某一时间、地点的样气,在实验室进行分析,它的缺点是操作者的操作技能对分析的精度有很大影响;只能单一成分地逐个进行检测分析,不具备多重输入和信号处理功能;分析费时费力,响应速度慢,效率低,难以实时反映工况信息。

二、连续采样法

连续采样法主要有红外线式、紫外线式和热导式三种采样测量方法。连续采样法的特点是采用不同采样测量方法的气体分析系统都由采样预处理系统和分析仪表两部分组成,采样探头将被测气体从烟道或管道中引出并进行预处理后,连续送入仪器的气体室,分析仪器通过不同的方法完成气体浓度的测量。上述三种测量方法的系统集成方式、适应性和性价比有很大的区别。

应用最广泛的红外线式气体分析仪基于非色散红外吸收光谱(NDIR)的原理,其测量方法是基于气体对红外线进行选择性吸收的原理,当被测气体通过测量管道时吸收红外光源发出的特定频率的光(与被测气体成分有关)使光强衰减,测出光强的衰减程度即确定了被测气体的浓度。

紫外线式气体分析仪是基于被测气体对紫外光选择性的辐射吸收原理,可以测量 SO_2、NO_x、HCl、NH_3 等气体,但在同等性能、功能的情况下仪器价格较高。

热导式气体分析仪的工作原理是利用各种气体不同的热导系数,即具有不同的热传导速率来进行测量的。当被测气体以恒定的流速流入分析仪器时,热导池内的铂热电阻丝的阻值会因被测气体的浓度变化而变化,运用惠斯顿电桥将阻值信号转换成电信号,通过电路处理将信号放大、温度补偿、线性化,使其成为测量值。热导式气体分析仪的应用范围很广,如 H_2、Cl_2、NH_3、CO_2、Ar、He、SO_2、O_2 等;它的测量范围也很宽,在 $0\sim100\%$ 均可测量。热导式气体分析仪是一种结构简单、性能稳定、价廉、技术上较为成熟的仪器。但是热导式气体分析仪对气体的压力波动、流量波动十分敏感,介质中水汽、颗粒等杂质对测量影响较大,所以必须安装复杂的采样预处理系统。

三、现场在线测量法

现场在线测量法中以半导体激光吸收光谱技术(diode laser absorption spectroscopy, DLAS)最为先进和最具有代表性。该技术是利用激光能量被气体分子"选频"吸收形成吸收光谱的原理来测量气体浓度。具体来说,半导体激光器发射出的特定波长的激光束穿过被测气体时,被测气体对激光束进行吸收导致激光强度产生衰减,激光强度的衰减与被测气体含量成正比,因此,通过测量激光强度衰减信号就可以分析被测气体的浓度。

20 世纪 90 年代后,半导体激光器和光纤元件发展迅速,性能大大提高,价格大幅下降,室温工作、长寿命($>$100 000 h)、单模特性和较宽波长范围的半导体激光器被大量地生产出来并投入市场,一些高灵敏度的光谱技术(如调频光谱分析、光腔衰荡光谱技术等)也逐渐成熟,DLAS 技术开始被较多地应用于科学和工程研究,发达国家的一些仪器公司也开始将 DLAS 技术应用于气体监测。DLAS 技术由于较传统光谱检测技术具有显著的技术优势而得到了迅速推广。

Focused Photonics, Inc. (FPI)是 DLAS 技术的主要开发厂商之一,FPI 自主开发了拥有完全知识产权的全系列的激光气体分析产品,并广泛应用于钢铁、冶金、石化、环保、生化、航天等领域。

DLAS 技术的特点主要表现为以下几点:

(1)对恶劣环境适应能力强,无需采样预处理系统,实现现场在线连续测量。同时能克服背景气体、水分和粉尘的吸收干扰,测量精度大大提高。

激光在线气体分析仪采用 DLAS 技术独有的"单线光谱"原理,使用非接触式激光测量方法,测量仪器与被测量气体环境隔离,其分析测量不受测量环境中背景气体、粉尘以及环境温度和压力的影响,能极好地适应高温、高粉尘、高水分、高腐蚀性、高流速等恶劣测量环境,避免了传统气体分析系统必需的复杂的采样预处理系统,从而实现了现场在线连续测量。同时可修正温度和压力等气体参数变化对气体浓度测量的影响,而且系统直接对现场气体进行测量,气体信息不失真,相对于传统的气体测量技术大大提高了测量的精度。

(2)响应速度快,能实现工业过程实时在线管理。

DLAS 技术进行气体分析不需采样预处理系统,节省了样气预处理的时间和样气在管道内的传输时间。系统可以达到毫秒级的响应速度,几乎是实时地反映过程气体浓度及其他参数变化状况,完全可以满足工业过程实时在线管理的需要。

(3)可同时检测多种气体参数,能测量分析多种气体,应用面广,仪器发展潜力大。

采用 DLAS 技术可同时在线测量气体的浓度、温度和流速等参数,并可实现多种气体(如 CO、CO_2、O_2、HF、HCl、CH_4、NH_3、H_2O、H_2S、HCN、C_2H_2、C_2H_4 等)的自动检测,可广泛应用于钢铁、冶金、石化、环保、生化、航天等领域。较以往采用多种检测技术并进行系统集成而言,采用 DLAS 技术可大大简化仪器的结构,进而实现气体分析仪器的微型化、网络化(远距离数据无线传输)、智能化和自动化。

(4)光纤传输特性使系统的应用更加灵活,性价比更高。

DLAS 技术采用的激光光源与常规光纤有良好的兼容性,所以可以将半导体激光器放置在中央处理单元内,把光纤输出的激光信号通过树形光纤分路耦合器同时耦合到多根光纤,不同的光纤把激光传递到几个不同的测量位置,对这几个不同位置的气体同时进行测量,从而实现分布式的在线气体监测分析。采用光纤后测量系统的抗电磁干扰能力、适应恶劣环境和防爆环境的能力更强;整套测量系统的成本大大降低;与传统的气体分析系统相比,配置更加灵活,性价比也更高。

思 考 题

1. 气体分析法的特点是什么?

2. 气体体积法、气体吸收滴定法、吸收重量法及燃烧法的原理分别是什么? 试举例说明。

3. CO_2、O_2、C_nH_m、CO 常用什么吸收剂? 如果气体试样中含有这四种成分,吸收的顺序如何? 为什么?

4. H_2、CH_4、CO 燃烧后其体积变化和生成 CO_2 的体积与可燃性气体体积有什么关系?

5. 含有 CO_2、O_2 及 CO 的混合气体 75.00 mL,依次用 KOH 溶液、碱性没食子酸的碱性溶液、氯化亚铜的氨性溶液吸收后,气体体积依次减少至 70.00 mL、63.00 mL、60.00 mL,求各成分在混合气体中的体积分数。

6. 氢气在过量氧气中燃烧,气体体积由 90.00 mL 缩减至 75.50 mL,求氢气的体积。

7. 24.00 mL CH_4 在过量的氧气中燃烧,体积的缩减是多少? 生成的 CO_2 是多少? 如另有一含 CH_4 的气体在氧气中燃烧后体积缩减 8.00 mL,求 CH_4 的原始体积。

8. 含有 CO_2、CH_4、CO、H_2、O_2、N_2 等成分的混合气体试样 90.00 mL,用吸收法吸收 CO_2、O_2、CO 后体积依次减少至 82.00 mL、76.00 mL、64.00 mL。为了测定其中 CH_4、H_2 的含量,取 18.00 mL 吸收剩余气体,加入过量的空气,进行燃烧,体积缩减 9.00 mL,生成 CO_2 3.00 mL,求气体中各成分的体积分数。

9. 煤气的分析结果如下:取试样 100.00 mL,用 KOH 溶液吸收后体积为 98.60 mL;用饱和溴水吸收后体积为 94.20 mL;用焦性没食子酸的碱溶液吸收后体积为 93.70 mL;用 Cu_2Cl_2 的氨性溶液吸收后体积为 85.20 mL;自剩余气体中取出 10.30 mL,加入空气 87.70 mL,燃烧后测得体积为 80.18 mL,用 KOH 吸收后的体积为 74.90 mL,求煤气中各成分的体积分数。

10. 有一混合气体 100.00 mL,通入 KOH 吸收后,读数为 75.00 mL,再通入焦性没食子酸的碱溶液吸收,读数为 55.00 mL,通入氧气燃烧后,体积缩减了 3.00 mL,求 CO_2、O_2、CO、H_2、N_2 的含量。

第九章 水 质 分 析

第一节 概 述

水是生物生长和生活所必需的资源,人类生活离不开水。在工业生产中,也需要大量的水,主要用作溶剂、洗涤用水、冷却用水、辅助材料等。因为水是多种物质的良好溶剂,所以天然水中含有多种杂质。

自然界的水称为天然水,天然水有雨水、地面水(湖泊、江、河水)、地下水(泉水、井水)等。在正常情况下,雨水中主要含有氧、氮、二氧化碳、尘埃及微生物等。地面水(海水除外)含有氧、氮、二氧化碳、少量可溶性无机盐、悬浮物、腐殖质及微生物等。地下水则除含少量氧、氮、二氧化碳外,还含较多的可溶性无机盐。人类日常生活中使用的水称为生活用水,要求不能影响人类的身体健康,因此应检验分析一些有害元素的含量。例如,F^- 的含量正常情况下应为 $0.5\sim1.0$ mg $\cdot$ L^{-1},如果 $F^->1.5$ mg $\cdot$ L^{-1},易得黄斑病。表 9-1 为生活饮用水卫生标准。工业生产用的水称为工业用水,要求不影响产品质量,不损害设备、容器及管道,使用时也要经过分析检验,不合格的水要先经处理后才能使用。如蒸汽锅炉和汽水两用锅炉的给水一般应采用锅外化学水处理,其水质标准应符合表 9-2 所示标准。污水(废水)分为生活污水和工业污水,污水污染环境,必须符合一定的标准才允许排放。

表 9-1 生活饮用水卫生标准(GB 5749—2006)

项 目	标 准	项 目	标 准
色度	不得超过 15 度	汞	0.001 mg $\cdot$ L^{-1}
浑浊度	不得超过 3 度	铬(六价)	0.05 mg $\cdot$ L^{-1}
嗅和味	不得有异嗅、异味	铅	0.05 mg $\cdot$ L^{-1}
肉眼可见物	不得含有	砷	0.05 mg $\cdot$ L^{-1}
pH	6.5~8.5	细菌总数	100 个 $\cdot$ mL^{-1}
总硬度(碳酸钙)	450 mg $\cdot$ L^{-1}	大肠杆菌群	3 个 $\cdot$ L^{-1}
铁	0.3 mg $\cdot$ L^{-1}	总 α 放射性	0.1 Bq $\cdot$ L^{-1}
挥发酚	0.002 mg $\cdot$ L^{-1}	总 β 放射性	1 Bq $\cdot$ L^{-1}

表 9-2 低压锅炉水标准

项 目		给 水			锅 水		
额定蒸汽压力/MPa		$\leqslant1.0$	>1.0 $\leqslant1.6$	>1.6 $\leqslant2.5$	$\leqslant1.0$	>1.0 $\leqslant1.6$	>1.6 $\leqslant2.5$
悬浮物/(mg $\cdot$ L^{-1})		$\leqslant5$	$\leqslant5$	$\leqslant5$			
总硬度/(mmol $\cdot$ L^{-1})		$\leqslant0.03$	$\leqslant0.03$	$\leqslant0.03$			
总碱度/(mmol $\cdot$ L^{-1})	无过热器 有过热器				6~26	6~24 $\leqslant14$	6~16 $\leqslant12$
pH(25 ℃)		$\geqslant7$	$\geqslant7$	$\geqslant7$	10~12	10~12	10~12
溶解氧/(mg $\cdot$ L^{-1})		$\leqslant0.1$	$\leqslant0.1$	$\leqslant0.05$			
溶解固形物/(mg $\cdot$ L^{-1})	无过热器 有过热器				<4000	<3500 <3000	<3000 <2500
SO_3^{2-}/(mg $\cdot$ L^{-1})					10~30	10~30	
PO_4^{3-}/(mg $\cdot$ L^{-1})					10~30	10~30	
相对碱度						<0.2	<0.2
含油量/(mg $\cdot$ L^{-1})		$\leqslant2$	$\leqslant2$	$\leqslant2$			
含铁量/(mg $\cdot$ L^{-1})		$\leqslant0.3$	$\leqslant0.3$	$\leqslant0.3$			

第二节 水 的 分 析

水的分析主要是水中杂质含量的测定。

水质的全分析指标较多,一般根据要求选做其中的一部分项目,通常对于工业用水,必须测定的项目有悬浮物、pH、碱度、硬度、含盐量及溶解氧含量等。关于污水的分析见第十六章,本章不做介绍。

一、悬浮物的测定

悬浮物是指水样经过滤后,截留在滤片上并于 103～105 ℃烘至恒量的固体物质。一般采用重量法测定。

悬浮物质可用滤纸、玻璃纤维滤片或砂芯坩埚过滤。由于滤纸易被强腐蚀性物质腐蚀,砂芯坩埚滤板不易清洗,现在一般采用孔径为 0.45 μm 的玻璃纤维滤片过滤,以便与国内外通用规定一致。

将玻璃纤维滤片平铺于布氏漏斗的底部,开动减压泵抽吸,并用 20 mL 蒸馏水洗涤滤片 3 次。继续抽滤以除去水分。停止抽吸后,取出滤片放入称量瓶,移入烘箱,在 103～105 ℃下烘干,在干燥器中冷却后称量,重复烘干称量,直至恒量。恒量后的滤片再平铺入布氏漏斗上,用少许蒸馏水润湿后减压抽气使滤片紧密地贴在漏斗底部。迅速量取充分混合均匀的水样 200 mL,抽气过滤,水样全部滤过后,用少量蒸馏水洗涤滤器 3 次,使悬浮物全部洗至滤片上,继续抽滤以除去剩余水分,停止抽滤,仔细取出截有悬浮物的滤片置入恒量称量过的称量瓶,移入烘箱,开盖于 103～105 ℃烘干,在干燥器中冷却后称量,重复烘干称量,直至恒量。

按式(9-1)计算水样中悬浮物的浓度:

$$c = \frac{(A-B)\times 10^6}{V} \tag{9-1}$$

式中,c 为水样中悬浮物的浓度,mg·L^{-1};A 为(悬浮物+滤片+称量瓶)质量,g;B 为(滤片+称量瓶)质量,g;V 为水样体积,mL。

重量法测定悬浮物过程冗长复杂,只作为定期检测,在水质分析中,常用浊度测定来近似表示悬浮物和胶体含量,一般以不溶性硅化物作为标准溶液,采用比浊法测定水的浊度。单位为 1 度=1 mg(SiO$_2$)·L^{-1}。

二、pH 的测定

pH 为水中氢离子活度的负对数,在稀溶液中,氢离子的活度与氢离子的物质的量浓度近似相等。

天然水的 pH 一般为 7.2～8.0,由于某些特殊原因,可能增高至 9～10 或降低至 5～6。工业废水的 pH 因其含酸碱量不同而差异较大。饮用水的 pH 不得低于 6.5 或高于 8.5。

测量 pH 常用的方法有 pH 电位计法和比色法。pH 电位计法较为精确,干扰少。比色法简便易行,但该法是一种近似的测定方法,且受水体颜色、浊度、胶体物质以及各种氧化剂和还原剂的干扰。

pH 的测定最好能在现场进行。若条件不允许,应将水样完全装满,塞紧采样瓶,尽快送到实验室测定。

1. pH 电位计法

以玻璃电极为指示电极,饱和甘汞电极为参比电极组成电池,在 25 ℃时,每相差 1 个 pH 单位,产生 59.1 mV 电位差,在仪器上直接以 pH 读数。温度差异在仪器上有补偿装置加以校正。pH 计在使用前以 pH 标准缓冲溶液校准仪器。表 9 - 3 为常用 pH 标准缓冲溶液的 pH 及标准溶液的配制方法。

表 9 - 3　pH 标准缓冲溶液的配制

标准缓冲溶液	pH(25 ℃)	1000 mL 溶液所含药品质量[①]
酒石酸氢钾(25 ℃饱和)	3.557	6.4 g $KHC_4H_4O_6$[②]
0.05 mol·L^{-1}柠檬酸二氢钾	3.776	11.41 g $KH_2C_6H_5O_7$
0.05 mol·L^{-1}邻苯二甲酸氢钾	4.008	10.12 g $KHC_5H_4O_4$
0.025 mol·L^{-1}磷酸二氢钾及 0.025 mol·L^{-1}磷酸氢二钠	6.865	3.388 g KH_2PO_4 + 3.533 g Na_2HPO_4[③]
0.008 695 mol·L^{-1}磷酸二氢钾及 0.030 43 mol·L^{-1}磷酸氢二钠	7.413	1.179 g KH_2PO_4 + 4.302 g Na_2HPO_4[③]
0.01 mol·L^{-1}十水硼酸钠(硼砂)	9.180	3.80 g $Na_2B_4O_7$·$10H_2O$
0.025 mol·L^{-1}碳酸氢钠及 0.025 mol·L^{-1}碳酸钠	10.012	2.082 g $NaHCO_3$ + 2.340 g Na_2CO_3
0.05 mol·L^{-1}二水四乙二酸钾(二乙二酸三氢钾二水合物)	1.679	12.61 g $KH_3(C_2O_4)_2$·$2H_2O$
氢氧化钙(25 ℃饱和)	2.454	1.5 g $Ca(OH)_2$[②]

① 用新煮过并冷却的蒸馏水(不含 CO_2)配制。
② 大约溶解度。
③ 110~130 ℃烘干 2 h。

2. 比色法

向 pH 标准缓冲溶液中加入指示剂,以其所显示的颜色作为标准,被测水样加上相同的指示剂与其进行比较,即可测得水样的 pH。若水样带有颜色、浑浊时,比色法误差较大。水样中含有氧化剂、还原剂时有可能使指示剂失去作用。在这种情况下,该法不能应用。表 9 - 4 为常用指示剂的变色范围及指示剂溶液的配制方法。

表 9 - 4　指示剂的变色范围及指示剂溶液的配制方法

指示剂名称	pH 变色范围	颜色变化	配制方法(溶液质量体积浓度,%)
麝香草酚蓝	1.2~2.8	红色~黄色	0.1%的 50%乙醇水溶液
甲基黄	2.9~4.0	红色~黄色	0.1%的 90%乙醇水溶液
溴酚蓝	3.0~4.6	黄色~蓝紫色	0.1%的 20%乙醇水溶液或其钠盐水溶液
甲基橙	3.1~4.4	红色~橙色	0.1%的水溶液
溴甲酚绿	4.0~5.6	黄色~蓝色	0.1%的 20%乙醇水溶液或其钠盐水溶液
甲基红	4.4~6.2	红色~黄色	0.1%的 60%乙醇水溶液或其钠盐水溶液
氯酚红	4.6~6.4	黄色~红色	0.1%的 20%乙醇水溶液
溴甲酚紫	5.2~6.8	黄色~紫红色	0.1%的 20%乙醇水溶液
溴百里酚蓝	6.2~7.6	黄色~蓝色	0.1%的 20%乙醇水溶液或其钠盐水溶液
酚红	6.8~8.0	黄色~红色	0.1%的 20%乙醇水溶液或其钠盐水溶液
百里酚蓝	8.0~9.6	黄色~蓝色	0.1%的 20%乙醇水溶液
酚酞	9.0~10.0	无色~红色	0.1%的 90%乙醇水溶液
百里酚酞	9.3~10.5	无色~蓝色	0.1%的 90%乙醇水溶液
硝胺	10.8~13.0	无色~橙色	0.1%的 70%乙醇水溶液

三、硬度

硬度表示水中高价金属离子(Ca^{2+}、Mg^{2+}、Mn^{2+}、Fe^{2+} 等,但不包括 K^+、Na^+)的含量。天然水中主要是 Ca^{2+}、Mg^{2+},其他离子较少。一般把含 Ca^{2+}、Mg^{2+} 较多的水称为硬水,较少的则称为软水。表 9-5 给出了硬度与水质的分类。

表 9-5　硬度与水质的分类

总硬度	水　质	总硬度	水　质
0~4 度	极软水	16~30 度	硬水
4~8 度	软水	30 度以上	极硬水
8~16 度	中等硬水		

1. 硬度的表示方法

水的硬度有多种表示方法,随各国习惯有所不同,我国目前采用两种表示方法:一种是以 CaO 的物质的量浓度表示硬度,用 CaO 摩尔质量的二分之一为其单元摩尔质量,每升水样中含 CaO(为代表)的单元毫摩尔数表示水的硬度,单位以 $mmol\left(\frac{1}{2}CaO\right)\cdot L^{-1}$ 表示。

另一种硬度单位称为德国度(°G),每升水样中含有 10 mg CaO 为 1 °G,德国度和其他单位的换算关系为

$$1\ °G = 10\ mg(CaO)\cdot L^{-1} = \frac{1}{2.8}\ mmol\left(\frac{1}{2}CaO\right)\cdot L^{-1}$$

2. 硬度的分类

1) 总硬度

总硬度是指水中 Ca^{2+}、Mg^{2+} 的总量,用 $H_总$ 表示,其单位以 $mmol\left(\frac{1}{2}CaO\right)\cdot L^{-1}$ 表示。其中 Ca^{2+} 的含量称为钙硬度 $H_钙$,Mg^{2+} 的含量称为镁硬度 $H_镁$。

2) 碳酸盐硬度

碳酸盐硬度是指水中 $Ca(HCO_3)_2$、$Mg(HCO_3)_2$、微溶的 $MgCO_3$ 和 $CaCO_3$ 的总含量,用 $H_碳$ 表示。$Ca(HCO_3)_2$、$Mg(HCO_3)_2$ 因为受热分解生成沉淀离开水体,所以称为暂时硬度。

3) 非碳酸盐硬度

非碳酸盐硬度是指水中 Ca^{2+}、Mg^{2+} 的硫酸盐或氯化物含量,以 $H_非$ 表示,又称永久硬度。受热不分解,一直留在水中,浓度较高时形成水垢。

4) 负硬度

负硬度是指水中 $NaHCO_3$ 和 Na_2CO_3 的含量,以 $H_负$ 表示。

上述各硬度之间的关系为

$$H_总 = H_钙 + H_镁, \qquad H_总 = H_碳 + H_非$$

3. 硬度的测定方法

硬度的测定常用 EDTA 配位滴定法。

将水样预先加热煮沸,取清液进行测定,所得结果为水的永久硬度,直接取水样测定所得

结果为总硬度。总硬度与永久硬度的差为暂时硬度。

钙离子的测定是在 pH＝12～13 时，用 EDTA 标准溶液滴定，以钙指示剂指示终点。滴定时 EDTA 与溶液中的游离钙离子反应，形成配合物，溶液颜色由紫红色变为亮蓝色时即为终点。总硬度的测定是在 pH＝10 的 NH_3-NH_4Cl 缓冲溶液中，以铬黑 T 为指示剂，用 EDTA 标准溶液滴定，测得水样的 Ca^{2+}、Mg^{2+} 的总量（总硬度）。钙、镁总量减去钙的含量即为镁的含量。

测定时应注意：①水中的干扰离子可以通过掩蔽的方法消除，如加入三乙醇胺可掩蔽 Fe^{3+}、Al^{3+} 等；②通常将水中的钙、镁换算成 CaO 的量来表示，单位为 $mmol\left(\frac{1}{2}CaO\right) \cdot L^{-1}$ 或 °G。

四、碱度

碱度表示水中含有能接受 H^+ 的物质的总量。天然水中碱性物质主要是 HCO_3^-；锅炉水中主要是 OH^-、CO_3^{2-}、PO_4^{3-}、HPO_4^{2-}（为除 Ca、Mg、Si 加入其钠盐）。碱度的常用单位为 $mmol \cdot L^{-1}$。碱度分为以下几种：

(1) 酚酞碱度 P。用 HCl 滴定，酚酞为指示剂时所计算出来的碱度。

(2) 甲基橙碱度 A。用 HCl 滴定，甲基橙为指示剂时所计算出来的碱度，又称总碱度。测定甲基橙碱度时，常采用溴甲酚绿-甲基红为指示剂。

(3) 酚酞后碱度 M。用 HCl 滴定，用酚酞和甲基橙两种指示剂分别表示两个终点，酚酞变色时计算出来的碱度称为酚酞碱度，继续滴定到甲基橙变色时计算出来的碱度称为酚酞后碱度，两者之和为甲基橙碱度。此时 $A＝P+M$。这样的滴定方法称为双指示剂法。

(4) 相对碱度。对锅炉水还制定了一个相对碱度的指标：

$$相对碱度 = \frac{游离\,NaOH\,质量浓度(mg \cdot L^{-1})}{溶解固形物质质量浓度(mg \cdot L^{-1})}$$

测定时取 100.00 mL 透明水样，置于 250 mL 锥形瓶中，加入 2～3 滴酚酞指示剂，用 0.1000 mol · L^{-1} HCl 标准溶液滴定至粉红色刚褪去，记下盐酸的体积(V_1)。在刚滴定过的溶液中加入 10 滴溴甲酚绿-甲基红指示剂，继续用上述 HCl 标准溶液滴定至由绿色变为暗红色，记下盐酸的体积(V_2)。按式(9-2)及式(9-3)计算酚酞碱度 P 及甲基橙碱度 A。

$$P/(mmol \cdot L^{-1}) = \frac{c_1V_1 \times 10^3}{V} \tag{9-2}$$

$$A/(mmol \cdot L^{-1}) = \frac{c_1(V_1 + V_2) \times 10^3}{V} \tag{9-3}$$

式中，c_1 为 HCl 标准溶液的浓度，mol · L^{-1}；V_1 为以酚酞为指示剂消耗盐酸标准溶液的体积，mL；V_2 为以溴甲酚绿-甲基红为指示剂消耗盐酸标准溶液的体积，mL；V 为水样体积，mL。

注意事项：

水的酸度、碱度和 pH 都是水的酸碱性质指标，三者既有区别又有联系。pH 表示水中 H^+ 浓度的大小；酸度和碱度分别表示水中酸性物质和碱性物质的含量。一般来说，pH 越高，碱度就越高；pH 越低，酸度就越高。

五、含盐量

含盐量(S)是指水中溶解盐的总量，是衡量水质好坏的一项重要指标。

含盐量是通过水质全分析后,将所有阴、阳离子的质量相加而得出的结果,单位为 $mg \cdot L^{-1}$。这种方法较为费时,通常用溶解固形物表示含盐量。测定时,取一定体积的过滤水样,水浴蒸干后经 $105 \sim 110 \ ℃$ 烘干至恒量,称量后即为溶解固形物含量,以 $mg \cdot L^{-1}$ 表示。

值得注意的是,溶解固形物含量不等于含盐量,只是在数值上的一种近似表示,不能混淆。而且当水中含有碳酸氢盐时会因其分解质量减小,或在蒸发中形成结晶水使质量增加,所以只是近似表示。

六、溶解氧

溶解氧(DO)是指溶解于水中的分子状态的氧。一般来说,水体中的溶解氧常温常压下为 $8 \sim 10 \ mg \cdot L^{-1}$,当低于 $4 \ mg \cdot L^{-1}$ 时会造成水生生物窒息。研究表明,在一定温度下,低碳钢的腐蚀速率随溶解氧含量的增加而增加,如果水中溶解氧过高,会造成金属腐蚀。因此,在某些工业用水,特别是动力工业的给水中,对溶解氧的要求极为严格。例如,锅炉用水要求溶解氧的含量不得超过 $0.05 \ mg \cdot L^{-1}$(有过热器的水管式锅炉)或 $0.1 \ mg \cdot L^{-1}$(无过热器的水管式锅炉)。因此,溶解氧在工业分析中也是一个很重要的指标。

溶解氧的测定方法有碘量法、比色法和电化学传感器法。

碘量法测定溶解氧的原理是二价锰在碱性溶液中生成白色的氢氧化亚锰沉淀:
$$MnSO_4 + 2NaOH =\!=\!= Mn(OH)_2 \downarrow + Na_2SO_4$$
水中的溶解氧能立即将生成的 $Mn(OH)_2$ 氧化成棕色的 $MnO(OH)_2$:
$$2Mn(OH)_2 + O_2 =\!=\!= 2MnO(OH)_2$$
酸化后,$MnO(OH)_2$ 沉淀溶解并氧化 I^-(预先加入 KI)释放出一定量的 I_2:
$$MnO(OH)_2 + 2KI + 2H_2SO_4 =\!=\!= MnSO_4 + I_2 + K_2SO_4 + 3H_2O$$
然后用 $Na_2S_2O_3$ 标准溶液滴定释放出的 I_2,由 I_2 的量即可计算出水中溶解氧的量。

第三节　水质指标间的关系

水质指标之间存在一定的平衡制约关系,研究这些关系对于水质分析是十分必要的。

一、硬度与碱度的关系

硬度是表示水中 Ca^{2+}、Mg^{2+} 等的含量,碱度是表示水中 CO_3^{2-}、HCO_3^- 等的含量,阴、阳离子在水中虽然单独存在,但当水中 Ca^{2+}、Mg^{2+}、CO_3^{2-}、HCO_3^- 等含量较高时,阴、阳离子有相互结合的趋势,阳离子 Ca^{2+}、Mg^{2+}、Na^+ 与阴离子 HCO_3^-、SO_4^{2-}、Cl^- 等首先结合为溶解度较小的化合物,如 Ca^{2+} 首先与 HCO_3^- 结合,过量的 HCO_3^- 再与 Mg^{2+} 结合,生成 $Ca(HCO_3)_2$、$Mg(HCO_3)_2$,这类化合物为碳酸盐硬度 $H_碳$。若 Ca^{2+}、Mg^{2+} 过量则与 SO_4^{2-} 结合,生成 $CaSO_4$、$MgSO_4$,若还有富余则又与 Cl^- 结合为 $CaCl_2$、$MgCl_2$,这些化合物均为非碳酸盐硬度 $H_非$,若 HCO_3^- 过量,则与 Na^+ 结合形成 $H_负$。

天然水中,首先是硬度成分与碱度成分结合成碳酸盐硬度,其次才能结合为非碳酸盐硬度。总硬度用 H 表示,总碱度用 A 表示,硬度与碱度之间的关系如表 9-6 所示。

表 9-6　硬度与碱度的关系

H 与 A 比较	$H_碳$	$H_非$	$H_负$
$H>A$	A	$H-A$	0
$H=A$	H	0	0
$H<A$	H	0	$A-H$

二、pH 与碱度的关系

假定无 PO_4^{3-}、HPO_4^{2-} 等碱性离子存在,则碱度为

$$A=[OH^-]+[HCO_3^-]+[1/2CO_3^{2-}]=[OH^-]+[HCO_3^-]+2[CO_3^{2-}]$$

设碳酸根各种型体浓度为 c,即

$$c=[HCO_3^-]+[CO_3^{2-}]=A-[OH^-]-[CO_3^{2-}]$$

根据 pH 及分布分数

$$\delta_{HCO_3^-}=\frac{K_{a_1}[H^+]}{[H^+]^2+K_{a_1}[H^+]+K_{a_1}K_{a_2}}$$

$$\delta_{CO_3^{2-}}=\frac{K_{a_1}K_{a_2}}{[H^+]^2+K_{a_1}[H^+]+K_{a_1}K_{a_2}}$$

由此可以计算出各碱性离子的浓度:

$$[OH^-]=10^{-(14-pH)}$$

$$\left[\frac{1}{2}CO_3^{2-}\right]=2c\times\delta_{CO_3^{2-}}$$

$$[HCO_3^-]=c\times\delta_{HCO_3^-}$$

思　考　题

1. 水质分析的特点是什么?
2. 溶解氧的测定原理是什么?
3. 取 100.00 mL 水样,以铬黑 T 为指示剂,三乙醇胺掩蔽铁、铝等离子的干扰,在 pH=10 的缓冲溶液中用 EDTA 滴定钙、镁离子。已知 $c_{EDTA}=0.010\ 00\ mol\cdot L^{-1}$,消耗 3.00 mL,计算水的硬度。(1)以德国度表示;(2)以 $mmol\left(\frac{1}{2}CaO\right)\cdot L^{-1}$ 表示。
4. 测定水的硬度时应注意什么问题?
5. 试述水的硬度与碱度之间的关系。

第十章 硫酸生产过程分析

硫酸工业是主要基本的化学工业之一。硫酸产品是许多工业生产的重要原料或辅助材料,在国民经济建设中占有重要地位。

硫酸的生产是以含硫物质(如黄铁矿)为原料,经过焙烧,分解成二氧化硫。净化后,再用不同方法处理(如接触法、硝化法等),将二氧化硫氧化成三氧化硫。最后,用浓硫酸吸收而制得不同浓度的成品硫酸。目前,硫酸的生产主要是采用钒触媒接触法。

在接触法生产硫酸的过程中,原料矿石及焙烧后的炉渣中含硫量是调节焙烧炉工作条件、提高烧出率、核算矿石消耗定额的主要控制指标。焙烧生成气体中的主要成分是二氧化硫,经过钒触媒接触转化生成三氧化硫,转化率的高低表明转化器的运转是否良好。因此,在生成过程中必须经常测定转化前后气体中二氧化硫及三氧化硫含量计算转化率,以此作为控制转化器工作的依据。吸收塔尾气中,通常仍含有少量三氧化硫和二氧化硫,而尾气中这些气体含量的高低又表明吸收塔吸收效率的高低,是调节吸收条件的依据,是成品硫酸生产的关键指标。此外,吸收塔尾气经过氨法回收后,如果放空废气中含有超过环境标准规定限度的二氧化硫、三氧化硫等气体,或排放的废水中含有超过规定量的酸,不仅会造成生产上的损失,还会污染大气及水质,破坏环境卫生,危害人体健康及其他生物生长,腐蚀建筑物或其他设施。至于酸泥中硒含量的高低,则是回收生产半导体原料的重要依据。

硫酸生产简易工艺过程如下:

通常在接触法生产硫酸的流程中,有七个主要化学控制点,它们分别是:①焙烧炉入炉矿石中的硫以及水分含量;②炉渣中硫的含量;③焙烧炉出口气(或净化系统入口气)中的二氧化硫、三氧化硫含量;④净化系统出口气(或接触系统入口气)中的水分、二氧化硫、三氧化硫含量;⑤接触系统出口气(或吸收塔入口气)中的二氧化硫、三氧化硫含量;⑥吸收塔出口气中的氧、二氧化硫、三氧化硫含量;⑦成品硫酸的质量。

其他(如循环水、循环酸、尾气回收母液、酸泥及废水等)的分析检验属于化工企业共同的分析工作,本章不予讨论。

第一节 矿石或炉渣中硫的测定

矿石或炉渣中的硫,对硫酸生产有实际意义的、可以燃烧生成二氧化硫的硫化物中的硫,即"有效硫";另外一部分硫以硫酸盐状态存在,在焙烧条件下,不能生成二氧化硫。有效硫和硫酸盐中硫之和称为"总硫"。在硫酸生产分析检验中,主要是测定硫铁矿及残留于炉渣中的有效硫。由于在焙烧过程中可能有一部分有效硫转变为硫酸盐,致使有效硫烧出率的计算结果出现偏差,因此必要时也要求测定总硫。

一、有效硫的测定

矿石或炉渣中硫含量的测定通常采用气体吸收容量滴定法。试样在850~900 ℃空气流中燃烧,FeS$_2$被氧化分解,单质硫和硫化物中的硫转变为二氧化硫气体逸出,用过氧化氢溶液吸收二氧化硫并将其氧化成硫酸。以甲基红-亚甲基蓝为混合指示剂,用氢氧化钠标准溶液滴定即可计算有效硫含量。仪器装置如图10-1所示。反应式为

$$4FeS_2 + 11O_2 \longrightarrow 2Fe_2O_3 + 8SO_2$$
$$SO_2 + H_2O_2 \longrightarrow H_2SO_4$$
$$2NaOH + H_2SO_4 \longrightarrow Na_2SO_4 + 2H_2O$$

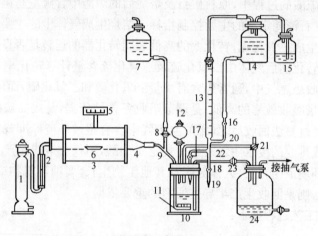

图10-1 有效硫含量测定装置示意图

1. 装有粒状氢氧化钠和无水氯化钙的气体干燥塔;2. 转子流速计;3. 管式电炉;4. 锥形瓷管;5. 高温计及热电偶;6. 瓷舟;7. 去离子水储瓶;8、21、22、23. 二通旋塞;9. 冲洗支管;10. 吸收瓶;11. 气体洗涤器;12. 分液漏斗;13. 碱式滴定管;14. 氢氧化钠标准滴定溶液储瓶;15. 装有烧碱石棉气体净化瓶;16、17、18. 玻璃珠滴液开关;19. 碱液排放管;20. 抽气管;24. 废液储瓶(兼作缓冲瓶)

有效硫的质量分数按式(10-1)计算:

$$w_S = \frac{\frac{1}{2}cV \times M_S}{1000 \times m} \tag{10-1}$$

式中,c 为氢氧化钠标准滴定溶液的浓度,mol·L^{-1};V 为氢氧化钠标准滴定溶液消耗体积,mL;M_S 为硫的摩尔质量,32.07 g·mol^{-1};m 为试料的质量,g。

也可以用淀粉溶液吸收,用碘标准溶液滴定。或用过量的碘标准溶液吸收,然后用硫代硫酸钠标准溶液滴定剩余的碘,由碘的消耗量计算有效硫的含量。

$$SO_2 + I_2 + 2H_2O \longrightarrow H_2SO_4 + 2HI$$

产品质量检验分析可以采用炉温升至850 ℃时进样,并在此温度下,保持10~15 min进行测定。试样准备时用玛瑙研钵磨细并全部通过100目筛,再于100~105 ℃下烘干1 h后使用。在实际生产中,如果没有上述测定有效硫的仪器设备或对分析测定数据的准确度要求不高,也可以采用简便的"坩埚燃烧法"测定硫铁矿或炉渣中的有效硫含量。方法的实质是,使一

定量的硫铁矿或炉渣经过高温灼烧,其中的硫生成二氧化硫逸出,铁则生成三氧化二铁。

$$4FeS_2+11O_2 \xrightarrow{\quad\quad} 2Fe_2O_3+8SO_2$$

但是,硫铁矿或炉渣中可能含有其他由于灼烧而逸失的组分或生成非 M_2O_3 型氧化物的其他金属,故坩埚燃烧法的准确度较低,主要用于粗略的生产控制分析。

二、总硫的测定

在生产中,需要了解有效硫烧出率及有效硫转化为 SO_4^{2-} 的情况时,可以将试样用 $3Na_2CO_3 : 2ZnO$ 烧结,将 S 全部转化为 SO_4^{2-},则可以测定硫铁矿或炉渣中的总硫含量。

测定总硫通常采用硫酸钡重量法。分解试样的方法有烧结法和逆王水溶解法。

样品的颗粒越细,其溶解效果越好。因此,可以将样品研磨至通过 180 目筛。

1. 硫酸钡沉淀重量法

1) 方法原理

试样中 FeS_2 与烧结剂($3Na_2CO_3 : 2ZnO$)混合,经烧结后生成硫酸盐,与原来的硫酸盐一起用水浸取后进入溶液。在碱性条件下,用中速滤纸滤除大部分氢氧化物和碳酸盐。然后在酸性溶液中用氯化钡溶液沉淀硫酸盐,经过灼烧后,以硫酸钡的形式称量。

2) 分析步骤

称取 $0.1\sim0.2$ g 硫铁矿试样或 $0.5\sim1.0$ g 矿渣试样,精确至 0.0001 g,置于瓷坩埚中,加入 $3\sim6$ g 烧结剂,仔细混匀,表面再覆盖一薄层烧结剂。置于低温马弗炉中,逐渐升温至 $700\sim750$ ℃灼烧 1.5 h。取出,冷却后放入 300 mL 烧杯中,用热水浸取熔块,洗净坩埚,液体总体积约 150 mL。煮沸 5 min,用中速滤纸过滤。

用 Na_2CO_3 溶液洗沉淀 $3\sim4$ 次(每次约 10 mL),再用热水洗 $7\sim8$ 次,直至无 SO_4^{2-},此时滤液的总体积为 $270\sim300$ mL。加入甲基橙指示剂 3 滴,用盐酸溶液(1:1,体积比)调到溶液变成橙色后过量 $5\sim6$ mL,煮沸 5 min 至出现大气泡。趁热滴加 $BaCl_2$ 溶液(开始时速度为 $2\sim3$ 滴·s^{-1},以后逐渐加快)$10\sim15$ mL,盖上表面皿,保温陈化 4 h 或静置过夜。

用慢速滤纸倾泻法过滤,热水洗涤至无 Cl^-。用 850 ℃下恒量后的瓷坩埚进行灰化,并于 850 ℃的马弗炉中灼烧至恒量(两次质量差小于 0.0005 g)。将称量结果代入式(10-2),计算试样中总硫的质量分数:

$$w_S = \frac{m_1 \times 0.1374}{m} \tag{10-2}$$

式中,m_1 为灼烧后 $BaSO_4$ 的质量,g;m 为试料的质量,g;0.1374 为硫酸钡对硫的换算因数。

2. 逆王水溶解法

1) 方法原理

试样经逆王水(3 体积硝酸和 1 体积盐酸)溶解,其中硫化物中的硫被氧化生成硫酸,同时硫酸盐被溶解,其反应方程式为

$$FeS_2+5HNO_3+3HCl \xrightarrow{\quad\quad} 2H_2SO_4+FeCl_3+5NO\uparrow+2H_2O$$

为防止单质硫的析出,溶解时应加入一定量的氧化剂氯酸钾,使单质硫也转化为硫酸:

$$S+KClO_3+H_2O \xrightarrow{\quad\quad} H_2SO_4+KCl$$

用氨水沉淀铁盐后,加入氯化钡使 SO_4^{2-} 生成硫酸钡沉淀,由硫酸钡质量即可计算总硫

含量。试样溶解时,温度过高,逆王水混合酸本身分解反应快,对试样的溶解和氧化作用会相应地降低。所以,应在不高于室温的条件下,使溶解及氧化反应缓慢进行。但是,如果在短时间激烈的反应停止后,反应变得过于缓慢,可以略微加热以促使反应完全。若过分加热,即使有氯酸钾存在,也会有单质硫析出(单质硫的相对密度小,常形成淡黄色薄膜,漂浮于溶液表面,稀释后也不消失)。一旦有单质硫析出,很难被氧化为 SO_4^{2-},测定必须重做。

硝酸钡、氯酸钡的溶解度较小,能与硫酸钡形成共沉淀沾污硫酸钡沉淀而干扰测定,产生误差。因此,试样溶液必须反复用盐酸酸化和蒸干以除尽 NO_3^-,还应该严格控制氯酸钾的加入量,不能过多。

2) 分析步骤

称取 $0.1\sim0.2$ g 硫铁矿试样或 $0.5\sim1.0$ g 炉渣试样(精确至 0.0001 g)于烧杯中,用水润湿,加入氯酸钾 0.5 g,盖上表面皿,从烧杯嘴边加入新配的王水 $15\sim20$ mL(炉渣加 $40\sim50$ mL),摇匀,静置,反应缓慢时,移于砂浴上加热。反应加剧时应及时离开热源。反复蒸发至近干,如有黑色残渣,再加少量逆王水,继续溶解,直至残渣变为白色。稍冷,加入 10 mL 盐酸,蒸发至干,再加入 5 mL 盐酸,重新蒸干。加入 10 mL 盐酸(1:1,体积比),溶解可溶性盐类,用热水冲洗表面皿,调至实验溶液的体积至 200 mL,并加热至近沸,在搅拌下滴加氨水至有氨味,再过量 5 mL,在温热处放置 10 min。以快速滤纸过滤,用热水洗涤沉淀直至检验无 Cl^- 为止。加热浓缩溶液的体积约 200 mL,加入 $2\sim3$ 滴甲基红指示剂,滴加盐酸(1:1,体积比)至溶液呈橙红色,再过量 3 mL。煮沸,在搅拌下滴加 10 mL 热的氯化钡溶液,继续煮沸数分钟,盖上表面皿,然后移至温热处静置 4 h 或过夜(此时溶液的体积应保持在 200 mL)。用慢速滤纸过滤,用 $50\sim60$ ℃的热水洗涤沉淀直至检验无 Cl^-。

将沉淀及滤纸一并移入已在 850 ℃下灼烧恒量的瓷坩埚中,灰化后在 850 ℃的马弗炉内灼烧 30 min。取出坩埚置于干燥器中冷却至室温,称量,反复灼烧,直至恒量。试样中总硫质量分数按式(10-2)计算。

第二节　净化气或转换气中 SO_2 的测定

在硫酸生产过程中,焙烧炉出口气、尾气、厂房空气等气体中都含有一定量的二氧化硫、三氧化硫,而且往往是同时存在的。因此,测定气体中二氧化硫和三氧化硫的含量是硫酸生产控制工作中使用最广、最具普遍意义的分析检验技术。

不同的生产环节,两种气体的含量有较大差异,尽管所有的测定方法的理论依据完全相同,但是在实际中,应视不同目的、不同对象,选择不同的测定装置、过程、试剂浓度和取样量。

二氧化硫浓度的测定通常采用"碘-淀粉溶液吸收法"。气体中的二氧化硫通过定量的含有淀粉指示剂的碘标准滴定溶液时被氧化成硫酸,反应式为

$$SO_2 + I_2 + 2H_2O =\!=\!= H_2SO_4 + 2HI$$

碘液作用完毕时,淀粉指示剂的蓝色刚刚消失,即将其余气体收集于量气管中,根据碘标准滴定溶液的用量和余气的体积可以计算出被测气体中二氧化硫的含量。气样中二氧化硫的体积分数 φ_{SO_2} 按式(10-3)计算:

$$\varphi_{SO_2} = \frac{V_{SO_2}}{V_{标} + V_{SO_2}}$$

即

$$\varphi_{SO_2} = \frac{cV_0 \times 21.89}{\dfrac{V(p-p_w)}{273+t} \times \dfrac{273}{101.3} + cV_0 \times 21.89} \tag{10-3}$$

式中,c 为碘标准滴定溶液的浓度,$mol \cdot L^{-1}$;V_0 为碘标准滴定溶液的体积,mL;21.89 为标准状态下,二氧化硫的单位标准体积,$L \cdot mol^{-1}$;V 为测量到的剩余气体体积(湿气),$V = V_2 - V_1$,mL;p 和 t 分别为当时的大气压(kPa)和温度(℃);p_w 为温度 t 下的氯化钠饱和溶液的饱和蒸气压,kPa。

第三节　转化气或尾气中 SO_3 的测定

测定气体中三氧化硫的含量通常采用"气体吸收酸碱滴定法"。炉气通过润湿的脱脂棉球,三氧化硫和二氧化硫分别生成硫酸和亚硫酸酸雾而被捕集,用水溶解被捕集的酸雾,用碘标准溶液滴定亚硫酸后,再用氢氧化钠标准溶液滴定总酸量。由总酸量减去亚硫酸的量,得到硫酸的含量。

$$SO_3 + H_2O \xrightarrow{\hspace{1cm}} H_2SO_4$$
$$SO_2 + H_2O \xrightarrow{\hspace{1cm}} H_2SO_3$$
$$H_2SO_3 + I_2 + H_2O \xrightarrow{\hspace{1cm}} H_2SO_4 + 2HI$$
$$2NaOH + H_2SO_4 \xrightarrow{\hspace{1cm}} Na_2SO_4 + 2H_2O$$
$$NaOH + HI \xrightarrow{\hspace{1cm}} NaI + H_2O$$

根据滴定时消耗标准滴定溶液的体积及通过的气体量,计算出三氧化硫的含量。三氧化硫测定装置如图 10-2 所示。

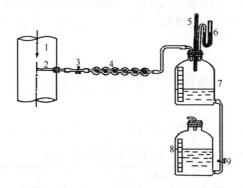

图 10-2　三氧化硫测定装置示意图
1. 气体管道;2. 采样管;3、9. 旋塞;4. 六连球;5. 温度计;6. 压力计;7、8. 量气瓶

硫酸生产产生的气体中几乎都是二氧化硫和三氧化硫共存。其中,以接触系统出气口中三氧化硫含量最高,二氧化硫含量也最高。至于吸收塔出气口、回收塔尾气、放空废气中,二者的含量都较低或很低。因此,所有的气体中三氧化硫含量,都可以用该法进行测定。只是必须视不同对象适当改变装置,选用不同浓度的标准溶液,并控制取样量。

测定时,首先称取 3 g 中性脱脂棉,均匀装入六连球管中,加入 2 mL 中性水,使均匀润湿。将仪器如图 10-2 连接好,试漏。

将侧面开孔的采样管伸入气体管道的 $\dfrac{1}{3}$ 处,用排水取气瓶抽气,控制气体流速为 0.5~

$0.6\ L\cdot min^{-1}$。排水抽取气样 5 L。将量气瓶下口旋塞关闭,停止抽气。取出采样管,并记录采样时间、温度、压力与采样体积。

用棉花或滤纸擦净采样管及六连球外壁。将六连球管内的棉花移入 400 mL 烧杯中,用中性水洗涤采样管及六连球管,洗涤液约 250 mL,加入 2 mL 淀粉指示剂溶液。用碘标准滴定溶液 $\left[c\left(\dfrac{1}{2}I_2\right)=0.01\ mol\cdot L^{-1}\right]$ 滴定至淡蓝色,再用硫代硫酸钠标准滴定溶液 $[c(Na_2S_2O_3)=0.01\ mol\cdot L^{-1}]$ 滴定至蓝色恰好褪去,加入 2～3 滴甲基红-亚甲基蓝混合指示剂,以氢氧化钠标准滴定溶液 $[c(NaOH)=0.1\ mol\cdot L^{-1}]$ 滴定至灰绿色即为终点。同时做空白实验。

气样中二氧化硫的体积按式(10-4)计算:

$$V_{SO_2} = (V_1 - V_1') \times c_1 \times \frac{21.89}{2 \times 1000} \tag{10-4}$$

气样中三氧化硫的体积按式(10-5)计算:

$$V_{SO_3} = \left[(V_2 - V_2') \times c_2 - 2 \times (V_1 - V_1') \times c_1\right] \times \frac{22.4}{2 \times 1000} \tag{10-5}$$

气样中三氧化硫的体积分数按式(10-6)计算:

$$\varphi_{SO_3} = \frac{V_{SO_3}}{V \times \dfrac{(p - p_w) \times 273}{101.3 \times (273 + t)} + V_{SO_3} + V_{SO_2}} \tag{10-6}$$

式中,c_1 为碘标准滴定溶液的浓度,$mol\cdot L^{-1}$;V_1 为碘标准滴定溶液体积,mL;V_1' 为空白实验的碘标准滴定溶液的体积,mL;c_2 为氢氧化钠标准滴定溶液的浓度,$mol\cdot L^{-1}$;V_2 为氢氧化钠标准滴定溶液体积,mL;V_2' 为空白实验的氢氧化钠标准滴定溶液的体积,mL;V 为余气体积,L;p 为余气压力,kPa;p_w 为测定时气体中的饱和水蒸气分压,kPa;t 为余气温度,℃;22.4 为标准状态下,三氧化硫的单位标准体积,$L\cdot mol^{-1}$;21.89 为标准状态下,二氧化硫的单位标准体积,$L\cdot mol^{-1}$。

第四节　成品硫酸的分析

国家标准 GB 534—65 规定,工业硫酸应符合下列技术条件(表 10-1)。

表 10-1　工业硫酸的技术标准(单位:%)

指标名称	浓硫酸			发烟硫酸		
	优等品	一等品	合格品	优等品	一等品	合格品
硫酸（H_2SO_4）的质量分数/%,≥	92.5 或 98.0	92.5 或 98.0	92.5 或 98.0	—	—	—
游离三氧化硫（SO_3）的质量分数/%,≥	—	—	—	20.0 或 25.0	20.0 或 25.0	20.0 或 25.0
铁（Fe）的质量分数/%,≤	0.005	0.010	—	0.005	0.010	0.030
砷（As）的质量分数/%,≤	0.0001	0.005	—	0.0001	0.0001	—
透明度/mm,≥	80	50	—	—	—	—

注:指标中的"—"表示该类产品中的技术要求没有此项目。

工业硫酸技术标准按硫酸的含量不同,可以分为 93 酸(%,质量分数)、98 酸(%,质量分数)、发烟硫酸(%,质量分数)。不同行业的硫酸对某些指标的要求不尽相同,如纺织或人造纤维用浓硫酸,铁的质量分数≤0.015%;供皮革或人造纤维工业用,氮氧化物的质量分数≤0.0001%;供食品或药用的硫酸,砷的质量分数≤0.0001%。

一、硫酸含量的测定

测定硫酸的含量采用酸碱滴定法,即以甲基红-亚甲基蓝为指示剂,用氢氧化钠标准滴定溶液滴定至淡灰绿色终点,即可算出硫酸含量。

硫酸的质量分数按式(10-7)计算:

$$w_{H_2SO_4} = \frac{\frac{1}{2}cV \times M_{H_2SO_4}}{m} \qquad (10-7)$$

式中,c 为氢氧化钠标准滴定溶液的浓度,$mol \cdot L^{-1}$;V 为氢氧化钠标准滴定溶液的体积,L;m 为试料的质量,g;$M_{H_2SO_4}$ 为硫酸的摩尔质量,98.07 $g \cdot mol^{-1}$。

二、发烟硫酸中游离 SO₃ 含量的测定

发烟硫酸中游离 SO_3 含量的测定采用安瓿球称样、酸碱滴定法。

用 2 mL 安瓿瓶取样约 0.5 mL,封管并准确称量(精确至 0.0002 g),然后将装有样品的安瓿球置于有约 100 mL 水的 500 mL 具塞锥形瓶中,塞紧瓶盖,激烈振荡摇碎安瓿球,使发烟硫酸溶于水后,以甲基红-亚甲基蓝为指示剂,用氢氧化钠标准滴定溶液滴定,可以计算出硫酸总含量。三氧化硫溶解于水的反应和氢氧化钠的滴定反应如下:

$$SO_3 + H_2O = H_2SO_4$$
$$2NaOH + H_2SO_4 = Na_2SO_4 + 2H_2O$$

按式(10-8)计算硫酸质量分数:

$$w_{H_2SO_4总} = \frac{0.5cV \times 98.07}{1000m} \qquad (10-8)$$

式中,c 为氢氧化钠标准滴定溶液的浓度,$mol \cdot L^{-1}$;V 为氢氧化钠标准滴定溶液的体积,mL;m 为试料的质量,g。

发烟硫酸中,游离三氧化硫的质量分数为 w_{SO_3},则由 SO_3 生成的硫酸为 $\frac{98.07}{80.07} \times w_{SO_3}$,在氢氧化钠滴定后得到下列质量平衡关系式:

$$w_{H_2SO_4总} = (1 - w_{SO_3}) + \frac{98.07}{80.07} \times w_{SO_3} = 1 + 0.2248 \times w_{SO_3}$$

$$w_{SO_3} = \frac{w_{H_2SO_4总} - 1}{0.2248} \qquad (10-9)$$

硫酸测定的允许绝对误差:稀硫酸≤0.15%;浓硫酸≤0.20%;发烟硫酸≤0.30%。

三、硫酸中氮氧化物的测定

硫酸中的氮氧化物主要以 HNO_2 形式存在。一般在硝化法(或塔式法)硫酸中含量较高,接触法硫酸中含量则很低。通常采用灵敏度高的格里斯法进行测定。方法的实质是在含乙酸约 0.1%的乙酸溶液中,亚硝酸和对氨基苯磺酸发生重氮化反应生成重氮盐,然后和 1-萘胺偶

合,生成红色偶氮染料,红色染料的最大吸收波长是 550 nm,红色的深度和亚硝酸含量成正比。偶氮染料所呈颜色的色调和溶液的酸度有关,该方法的缺点是显色慢、稳定性差。因此,测定必须在完全相同的条件下同时进行。对于氮氧化物含量较高的硝化法制得的酸,可以先将样品稀释 10 倍,再进行测定。

有关反应如下:

$$HO_3S \!-\!\!\langle\bigcirc\rangle\!-\! NH_2 + HNO_2 + CH_3COOH \longrightarrow HO_3S \!-\!\!\langle\bigcirc\rangle\!-\! \overset{+}{N}\!\!=\!\!N\ CH_3COO^- + 2H_2O$$

$$HO_3S \!-\!\!\langle\bigcirc\rangle\!-\! \overset{+}{N}\!\!=\!\!N\ CH_3COO^- + 2H_2O + \underset{\text{（萘胺 NH}_2\text{）}}{\bigcirc\!\!\bigcirc} \longrightarrow HO_3S \!-\!\!\langle\bigcirc\rangle\!-\! N\!\!=\!\!N \!-\!\! \underset{\text{玫瑰红}}{\overset{NH_2}{\bigcirc\!\!\bigcirc}} + HAc$$

四、灼烧残渣的测定

工业硫酸中常含有少量金属盐,经蒸发灼烧后不能挥发或分解离去,成为残渣保留下来。常用的测定方法是重量法。

首先准确称取样品约 20 g(精确至 0.01 g)置于已经在 600~700 ℃灼烧恒量的瓷坩埚中,在砂浴上于通风处缓慢蒸发至干,然后于 600~700 ℃高温电炉中灼烧至恒量。按式(10-10)计算灼烧残渣含量(保留残渣备用)。

$$w_{残渣} = \frac{m}{m_1} \tag{10-10}$$

式中,m 为灼烧后残渣质量,g;m_1 为样品质量,g。

五、铁的测定

工业硫酸中铁的测定采用硫氰酸盐比色滴定法。

在上述残渣中加入 5 mL HCl,于通风处、水浴上微微加热使残渣溶解,冷却后定容至 100 mL,取 5.00 mL 上述溶液于 50 mL 比色管中,加水 20 mL、盐酸 1.00 mL、15‰ NH₄SCN 5.00 mL,稀释至刻度,摇匀。

取另一支 50 mL 比色管,加水 20 mL、盐酸 1.00 mL、15‰ NH₄SCN 5.00 mL,用水稀释至接近刻度,用微量滴定管缓缓滴入 0.01 mg·mL⁻¹ 铁标液,边滴边摇动,当两支比色管内溶液颜色相同时停止滴定。按式(10-11)计算铁的含量,以质量分数表示。

$$w_{Fe} = \frac{0.01V}{1000m \times \dfrac{5}{100}} \tag{10-11}$$

式中,V 为滴定消耗铁标准溶液的体积,mL;m 为测定灼烧后残渣样品的质量,g。

对于稀硫酸,可以直接精确称取样品 1 g 于比色管中,加水 25 mL、过硫酸铵约 0.05 g,然后按上述方法加入试剂,比色滴定。

工业硫酸中铁的测定还可以采用邻二氮菲分光光度法。

试样蒸干后,残渣溶解于盐酸中,用盐酸羟胺还原溶液中的铁,在 pH=2~9 条件下,二价铁离子与邻二氮菲反应生成橙色配位化合物,测其吸光度。根据标准曲线查出对应的铁质量。铁的质量分数按式(10-12)计算:

$$w_{Fe} = \frac{m}{m_1} \tag{10-12}$$

式中，m 为试样中的铁的质量，g；m_1 为试料的质量，g。

六、砷的测定

硫酸产品中的砷是由原料矿石引入的。虽然在净化过程中大部分已除去，成品硫酸中砷的含量已经很低，但由于砷有剧毒，因此用于食品或制药工业的硫酸中含砷量不得高于 0.0001%。

微量砷的测定一般采用"砷斑比色法"，又称古蔡氏或古氏法。方法的实质是：在酸性环境中，用还原剂二氯化锡还原五价砷为三价砷，再由锌和酸作用产生的新生态氢还原三价砷为负三价砷生成 AsH_3，砷化氢遇溴化汞生成黄色砷溴化汞或棕色砷化汞。颜色的深度与砷含量成正比。有关反应方程式如下：

$$As_2O_5 + 2SnCl_2 + 4HCl \Longrightarrow As_2O_3 + 2SnCl_4 + 2H_2O$$

$$As_2O_3 + 6Zn + 6H_2SO_4 \Longrightarrow 2AsH_3\uparrow + 6ZnSO_4 + 3H_2O$$

$$AsH_3 + 3HgBr_2 \Longrightarrow As(HgBr)_3 + 3HBr$$

$$2As(HgBr)_3 + AsH_3 \Longrightarrow 3AsH(HgBr)_2$$

$$As(HgBr)_3 + AsH_3 \Longrightarrow As_2Hg_3 + 3HBr$$

若存在 H_2S，会使溴化汞生成黑色 HgS 而干扰测定，可用乙酸铅滤阻器阻留除去。

$$Pb(CH_3COO)_2 + H_2S \Longrightarrow PbS + 2CH_3COOH$$

七、浊度测定

工业硫酸的浊度用比浊法测定。

准确称取通过 120 目筛但不能通过 200 目筛的于 105 ℃干燥 2 h 的医用白陶土 4.8 g（精确至 0.0001 g）于 1000 mL 容量瓶中，加水定容，充分振荡，混合均匀。得到的浑浊液有效使用期一个月。

移取混合均匀的样品 150 mL 于 250 mL 无色细口具塞玻璃试剂瓶中，盖紧瓶盖。

移取混合均匀的浊度标准溶液 10.00 mL 于另一同样玻璃试剂瓶中，加 1%的无色明胶溶液 10 mL，稀释至 150 mL，盖紧瓶盖。

将两瓶同时激烈振荡混合均匀，由侧面观察进行目视比浊。样品不得比标准溶液更浑浊。

八、色度测定

工业硫酸的色度用比色法测定。

准确称取乙酸铅[$Pb(CH_3COO)_2 \cdot 3H_2O$]0.183 g 于 1000 mL 容量瓶中，加水定容，充分振荡，混合均匀。测定时，移取混合均匀的样品 150 mL 于 250 mL 无色细口具塞玻璃试剂瓶中，盖紧瓶盖。

移取 1%无色明胶溶液 10 mL 于另一同样玻璃试剂瓶中，加 2%硫化钠 10 mL、氨水 1 mL、铅标准溶液 10.00 mL，稀释至 150 mL，盖紧瓶盖。此标准比色溶液有效期为 1 h。

将两瓶同时激烈振荡，混合均匀，由侧面观察进行目视比色。样品的色度不得比标准溶液颜色更深。

对于浑浊样品,应向色度标准溶液中,加 10.00 mL 浊度标准溶液后,再稀释至 150 mL,比较色度。

思 考 题

1. 简述测定硫铁矿中有效硫含量、总硫含量的方法原理,写出相应的反应方程式。

2. 简述测定生产气中二氧化硫含量、三氧化硫含量的方法原理,写出相应的反应方程式。

3. 测定工业硫酸产品中的二氧化硫时,如何消除试样中氮的干扰?为什么要求在冷却条件下溶解试样?

4. 某含 SO_2 的水溶液以 $KMnO_4$ 滴定至终点时消耗 20.00 mL,滴定反应中所产生的酸需用 0.1000 mol·L^{-1} NaOH 溶液 20.00 mL 才能完全中和;若取 20.00 mL 上述 $KMnO_4$ 溶液,在 H_2SO_4 介质中以 0.2000 mol·L^{-1} Fe^{2+} 溶液滴定至终点时,消耗 Fe^{2+} 溶液体积为多少?[提示:反应为 $2MnO_4^- + 5H_2SO_3 \Longrightarrow 2Mn^{2+} + 4H^+ + 5SO_4^{2-} + 3H_2O$,所以 $MnO_4^- \sim 2H^+ \sim 2OH^-$,又 $n_{Fe^{2+}} = 5n_{MnO_4^-}$]

5. 含 S 有机试样 0.471 g,在氧气中燃烧,使 S 氧化为 SO_2,用预先中和过的 H_2O_2 将 SO_2 吸收,全部转化为 H_2SO_4,以 0.108 mol·L^{-1} KOH 标准溶液滴定至化学计量点,消耗 28.2 mL,求试样中 S 的含量。($A_{r,S} = 32.07$)

6. 某试样中含有约 5% 的硫,将 S 氧化为 SO_4^{2-},然后沉淀为 $BaSO_4$,若要求在一台灵敏度为 0.1 mg 的天平上称量 $BaSO_4$ 的质量时,可疑值不超过 0.1%,则必须至少称取试样多少克?($M_{r,BaSO_4} = 233.4, A_{r,S} = 32.07$)

7. 含有 SO_3 的发烟硫酸试样 1.400 g,溶于水,用 0.8050 mol·L^{-1} NaOH 溶液滴定消耗 36.10 mL。求试样中 SO_3 和 H_2SO_4 的质量分数。(假设试样中不含其他杂质,$M_{r,SO_3} = 80, M_{r,H_2SO_4} = 98$)

第十一章 肥料分析

第一节 概　述

　　肥料是促进植物生长,提高农作物产量的重要物质之一。植物生长几乎需要所有的化学元素,最主要的是氮、磷、钾三种元素。

　　肥料包括自然肥料和化学肥料。人畜尿粪、油饼、腐草、骨粉、草木灰等是自然肥料,经化学处理、化学反应合成制造,能供给农作物营养、提高土壤肥力的化学物质,如铵盐、硝酸盐、尿素、磷酸盐、钾盐等则为化学肥料。化学肥料按营养元素的不同,可分为氮肥、磷肥、钾肥、复合肥料、微量元素肥料;按化学性质的不同,可以分为酸性肥料、中性肥料和碱性肥料。

　　肥料分析包括主成分及其含量分析、辅成分分析、有害成分及限制成分分析、外观及物理性质分析(如颜色、粒度等)。通常有效成分含量的表示方法,氮肥以氮元素的质量分数表示,磷肥以五氧化二磷的质量分数表示,钾肥以氧化钾的质量分数表示,微量元素以该元素的质量分数表示。

第二节　氮肥分析

一、概述

　　含有作物所必需的营养元素氮的化肥称为氮肥,通常是指含氮单质肥料。元素氮对作物生长起着非常重要的作用,它是植物体内氨基酸的组成部分,是构成蛋白质的成分,也是植物进行光合作用时起决定作用的叶绿素的组成部分。施用氮肥不仅能提高农产品的产量,还能提高农产品的质量。

　　在氮肥中,氮的存在形态常见的有以下几种。

　　1. 氨态氮(NH_4^+ 或 NH_3)

　　氨态氮包括硫酸铵、碳酸氢铵、氯化铵等铵盐或氨水。硫酸铵又称肥田粉、硫胺,是酸性肥料,含氮量约为21%,性能好,不结块;碳酸氢铵,含氮量约为17%,白色晶体,很不稳定,易溶于水(pH=8.2~8.4),温度大于30 ℃分解,有臭味;氯化铵又称盐胺,含氮量约为25%,白色结晶,不易吸潮不易结块,遇碱迅速分解放出氨气。

　　氨态氮肥的特性如下:

　　(1)易溶于水。氨态氮肥都易溶于水,并能产生铵离子及相应的阴离子,作物能直接吸收利用。由于这是速效性营养成分,因此用作追肥施肥见效快。

　　(2)能被土壤胶粒吸附。氨态氮肥与土壤胶粒上已有的阳离子进行交换,可吸附在土壤胶粒上,形成交换态养分。铵离子被吸附后,移动性小,不易流失,可逐步供给作物吸收利用,所以相对来说它比硝态氮肥的肥效长。因此,氨态氮肥既可作追肥也可作基肥来施用。

　　(3)碱性条件下易分解。氨态氮肥遇碱性物质会分解,分解后释放出氨气而挥发损失。

因此,氨态氮肥在储存、运输和施用过程中都应注意防止氨的挥发损失。

(4) 在土壤中会转化。在通气良好的土壤中,氨态氮在土壤微生物的作用下可进行硝化作用,转化成硝态氮素。形成硝态氮素以后,可增强氮素在土壤中的移动性,有利于作物根系吸收。

2. 硝酸态氮(NO_3^-)和硝铵态氮(NH_4NO_3)

硝酸态氮和硝铵态氮存在于硝酸钠、硝酸钙、硝酸钾等硝酸盐中和硝酸铵、硝酸铵钙、硝硫酸铵钙、硝硫酸铵等化肥中。硝酸铵又称硝胺,含氮量约为 34%,白色结晶或颗粒,易吸潮结块成糊状,不太稳定,运输中存在爆炸性。硝酸铵钙($NH_4NO_3+CaCO_3+MgCO_3$),含氮量为 20%~26%,呈灰色或灰绿色、黑色,不吸潮很稳定,不易结块,遇碱分解放出氨气。

硝态氮肥大多是旱地氮源,同化为氨后可在地下部分也可在地上部分起作用,在土壤中容易流失,在氧化性条件下存在。但是容易吸收硝酸根,为保持电荷平衡,需释放出氢氧根离子,使土壤的 pH 升高。氨态氮肥与硝态氮肥的相同点为都是植物的氮源,都是合成氨基酸的原料。

3. 酰胺态氮(—$CONH_2$)

酰胺态氮存在于尿素[$CO(NH_2)_2$]中,是有机化学肥料,含氮量约为 46%,白色或微红色结晶或颗粒,易溶于水,水溶液呈中性。

4. 氰氨态氮(=CN_2)

氰氨态氮存在于氰氨基钙中,如石灰氮是主成分为 $CaCN_2$ 的复合肥,其中氧化钙含量为 20%~28%,其余为 $CaCN_2$,有电石味,含少量碳,故为黑色,不溶于水但遇水分解,适用于水田中。反应方程式如下:

$$2CaCN_2+2H_2O \longrightarrow Ca(HCN_2)_2+Ca(OH)_2$$
$$Ca(HCN_2)_2+CO_2+H_2O \longrightarrow 2H_2CN_2+CaCO_3$$
$$H_2CN_2+H_2O \longrightarrow CO(NH_2)_2$$
$$CO(NH_2)_2+H_2O \longrightarrow 2NH_3\uparrow+CO_2\uparrow$$

二、测定方法

氮在化合物中通常以氨态、硝酸态、有机态(酰胺态氮)三种形式存在,由于三种状态的化学性质不同,因此分析方法也不同。

1. 氨态氮

1) 蒸馏法

在试样中加入氢氧化钠以蒸馏出氨。氨用已知浓度的酸吸收,剩余的酸用已知浓度的碱标准溶液滴定,以计算氮的含量。也可用硼酸溶液吸收蒸出的氨,然后用酸标准溶液滴定、计算。有关反应方程式如下:

$$(NH_4)_2SO_4+2NaOH \longrightarrow 2NH_3\uparrow+2H_2O+Na_2SO_4$$
$$2NH_3+H_2SO_4 \longrightarrow (NH_4)_2SO_4$$
$$H_2SO_4+2NaOH \longrightarrow Na_2SO_4+2H_2O$$

或

$$H_3BO_3 + NH_3 \Longrightarrow NH_4H_2BO_3$$

$$NH_4H_2BO_3 + HCl \Longrightarrow NH_4Cl + H_3BO_3$$

2）甲醛法

在铵盐溶液中加入甲醛发生缩合反应生成六亚甲基四胺，游离出原来与 NH_4^+ 结合的 H^+，再用碱标液滴定。

$$6HCHO + 4NH_4^+ \Longrightarrow (CH_2)_6N_4 + 4H^+ + 6H_2O$$

$$H^+ + OH^- \Longrightarrow H_2O$$

蒸馏法测定操作程序多，分析时间长，准确度高，仅适合于小批量分析，不适合于中间控制分析等分析频率高的检测工作。甲醛法测定准确度差，但由于该法测定快速、简便，在工业生产上广泛使用。

3）酸标准溶液直接滴定法

氨水、碳酸氢铵用酸标准溶液直接滴定法分析（表 11-1）。

表 11-1 已颁布的氨态氮测定标准

标准编号	标准名称	发布部门	实施日期	备注
CJ/T 3018.6—1993	生活垃圾渗沥水 氨态氮的测定 蒸馏和滴定法		1993.9.1	现行
GB/T 12143.2—1989	果蔬汁饮料中氨基态氮的测定方法 甲醛值法	国家技术监督局	1990.10.1	作废
GB 3595—1983	肥料中氨态氮含量的测定 蒸馏后滴定法	国家标准局	1984.2.1	现行
GB/T 3595—2000	肥料中氨态氮含量的测定 蒸馏后滴定法	国家质量监督检验检疫	2001.3.1	现行
GB 3599—1983	碳酸氢铵和氨水中氨态氮含量的测定 酸量法		1984.2.1	作废
GB/T 3600—2000	肥料中氨态氮含量的测定 甲醛法	国家质量监督检验检疫	2001.3.1	现行
GB 7851—1987	森林土壤铵态氮的测定		1988.1.1	作废
GB 8538.40—1987	饮用天然矿泉水中氨氮的测定方法		1988.8.1	作废
LY/T 1231—1999	森林土壤铵态氮的测定		1999.11.1	现行
SB/T 10318—1999	氨态氮测定法		1999.4.15	现行

2. 硝酸态氮

肥料中硝酸态氮含量的测定。目前，进口化肥采用《进出口化肥检验方法 氮含量的测定》（SN/T 0736.5—1999）中的定氮合金（德瓦达合金）还原法，该法操作简单，但所需还原时间较长（1 h）；国产化肥广泛采用我国国家标准 GB/T 8572—2001 中的铬-盐酸还原法，该法需进行消煮处理，操作较烦琐，不易掌握；锌-硫酸亚铁还原法操作简便、快速、易掌握，不需特殊还原条件，但目前国内应用较少。

1）还原铁法

还原铁粉在 H_2SO_4 作用下产生的 H 将 NO_3^- 还原成 NH_4^+，再用蒸馏法测定。

$$Fe + H_2SO_4 \Longrightarrow FeSO_4 + 2H$$

$$2HNO_3 + 16H + H_2SO_4 \Longrightarrow (NH_4)_2SO_4 + 6H_2O$$

注意事项：①铁粉的用量要足，但不要太多，否则影响蒸出效率；②如样品中含有 NH_4^+，则测得的为氮的总量；③NO_2^- 在 H_2SO_4 中易损失，可先用 $KMnO_4$ 氧化。

2）苯酚硫酸法（比色法）

制备试样溶液时，用硫酸铜除去有机物，用硫酸银除去氯离子，使过量的 Cu^{2+} 及 Ag^+ 以氢氧化物或碳酸盐形式沉淀过滤。所得滤液经蒸发干燥之后，使其与苯酚-硫酸作用，再在氨碱性溶液中使之呈现黄色,并测其吸光度。显色溶液稳定性好,最大吸收波长 λ_{max} 在 410 nm 附近。有关的反应如下:

1,2,4-苯酚二磺酸　　　　6-硝基-1,2,4-苯酚二磺酸　　　　6-硝基-1,2,4-苯酚二磺酸铵

3. 氰氨态氮

氰氨态氮在土壤中遇水分解成尿素,故常作水田氮肥,通常用 $AgNO_3$ 法测定。试样中的氨基氰(H_2CN_2)用乙酸完全溶解并游离出来,含氨基氰的滤液在氨性介质中加入一定量过量的 $AgNO_3$ 使之与 H_2CN_2 反应,过量的 $AgNO_3$ 以 Fe^{3+} 为指示剂,KSCN 标准溶液返滴定。相关反应方程式如下:

$$CaCN_2 + 2CH_3COOH = H_2CN_2 + Ca(CH_3COO)_2$$
$$H_2CN_2 + 2NH_4OH + 2AgNO_3 = Ag_2CN_2 \downarrow + 2NH_4NO_3 + 2H_2O$$
$$AgNO_3 + KSCN = KNO_3 + AgSCN \downarrow$$
$$nSCN^- + Fe^{3+} = [Fe(SCN)_n]^{3-n} \qquad (n=1\sim6)$$

4. 酰胺态氮

酰胺态氮的代表为尿素,即碳酸酰二胺,是中性氮肥。氮原子以酰胺($-CONH_2$)状态存在,只有经过土壤中微生物加工分解,转化为氨态或硝态氮后,才能被吸收产生肥效。为了测定酰胺态氮,通常采用凯达尔法,即有机态氮先用浓硫酸消化成氨态氮,再用甲醛法或蒸馏法分析。农业用尿素通常要求检验水分、缩二脲、氮含量及粒度四项指标。

1) 氮含量的测定

首先尿素与 H_2SO_4 共热,然后对所得的($NH_4)_2SO_4$ 用蒸馏法或甲醛法测定。消化反应如下:

$$CO(NH_2)_2 + H_2SO_4 + H_2O = (NH_4)_2SO_4 + CO_2 \uparrow$$

为使消化反应完全和较迅速完成并防止消化过程中氮的损失,最主要的条件是选择适当的催化剂和注意加热温度。

(1) 催化剂。常用的催化剂有 Se、HgO、$CuSO_4$ 及 H_2O_2 等。其中以 Se 效果最好,HgO 次之,但两者价格都比 $CuSO_4$ 贵,又易中毒,因此目前普遍使用 $CuSO_4$ 为催化剂。$CuSO_4$ 的催化作用如下:

$$2CuSO_4 \longrightarrow CuSO_4 + SO_2 + 2(O)$$
$$CuSO_4 + 2H_2SO_4 = CuSO_4 + 2H_2O + SO_2$$

此作用周而复始地循环进行,过程中析出的新生态的氧使有机物迅速分解。使用 $CuSO_4$ 的优点除有催化作用外,还可以在消化完毕时使溶液具有清澈的蓝绿色,用以指示终点。

(2) 加热温度。开始反应时为避免碳化物反应激烈,应在较低温度下进行,以后逐渐升高温度,保持微沸至消化完毕。若温度过高,则会因碳化太快,部分氮未消化成氨态而直接成为分子 N_2 逸出;若温度大于 500 ℃,则($NH_4)_2SO_4$ 易分解损失。

此方法适用于消化后其中氮可变为氨的有机化合物。在有些有机化合物中,其氮原子与

氮原子或氧原子相连(如偶氮化合物、肼、硝基化合物及亚硝基化合物等),则不能使用此方法,因为在消化时其中的氮不能转变成 NH_3,而转化为游离氮或氮的氧化物逸出。

2) 缩二脲的测定

缩二脲是在尿素生产过程中加热浓缩尿素溶液时产生的,两个尿素分子脱去一个氨分子生成一分子缩二脲。

$$2H_2NCONH_2 \longrightarrow H_2NCONHCONH_2 + NH_3\uparrow$$

缩二脲抑制幼小作物的正常发育,特别是对柑橘的生长不利,因此缩二脲是尿素肥料中的有害物质。缩二脲在酒石酸钾钠存在下的碱性溶液中和铜盐作用,生成紫红色配合物,该配合物最大吸收波长 λ_{max} 约为 550 nm,可用光度法测定。

$$2H_2NCONHCONH_2 + CuSO_4 \longrightarrow [(H_2NCONHCONH_2)_2Cu]SO_4$$

酒石酸钾钠是多羟基配位剂,和铜盐生成溶解于水的酒石酸铜配合物,可以保护铜盐在碱性溶液中不致被沉淀为氢氧化铜。但酒石酸铜配合物远不如缩二脲铜配合物稳定,不会妨碍缩二脲铜的配位反应。

3) 水分的测定

理论上说,尿素比较稳定,只有在熔点(133 ℃)以上,温度达到 150~160 ℃时,才开始分解。但是,采用一般的加热法测定水分含量时,也可能会造成部分分解。所以,国家标准规定,尿素中的水分采用"碘-二氧化硫法"即"费休滴定法"测定[①]。方法的实质是碘、二氧化硫的吡啶溶液在甲醇及水存在时,发生氧化还原反应:

$$H_2O + I_2 + SO_2 + 3C_5H_5N + CH_3OH \longrightarrow 2C_5H_5N \cdot HI + C_5H_5NH \cdot SO_4 \cdot CH_3$$

如果没有水存在,碘和二氧化硫的氧化还原反应不能发生。但是,当水参加时,则反应能定量进行。因此,可以根据碘-二氧化硫标准溶液的消耗量计算水分。滴定的终点最好用"死停终点电位法"指示,也可以根据终点颜色的变化指示终点,但不够准确。

通常用纯水(或用带结晶水的化合物)测定滴定度,该方法可用于测定反应生成水、结晶水等。因测定的是微量水分,其他试剂都要严格脱水。脱水的方法是在 1 L 甲醇(或吡啶)中加入 550 ℃焙烧 2 h 并已冷却的 5A 分子筛 100 g,密闭过夜,取上层清液备用。

第三节　磷　肥　分　析

一、概述

磷肥包括自然磷肥和化学磷肥。磷矿石及农家肥料中的骨粉、骨灰等都是自然磷肥。草木灰、人畜鸟粪中也含有一定量的磷。但是,因其同时含有氮、钾等的化合物,故称其为复合农家肥。化学磷肥主要以自然矿石为原料,经化学加工处理的含磷的肥料。化学加工生产磷肥一般有两种途径:一种是用无机酸加工处理磷矿石制造磷肥,如磷酸钙(又名普钙)、重过磷酸钙(又名重钙)等,称为"酸性磷肥";另一种是将磷矿石和其他配料(如白云石、滑石等)或不加配料,经高温煅烧分解制造磷肥,如钙镁磷肥,称为"热法磷肥"。碱性炼钢炉渣也被认为是热法磷肥,又名钢渣磷肥。

---

① 卡尔·费休试剂的配制方法:将无水甲醇 500 mL、无水吡啶 269 mL 置于 1 L 无色干燥试剂瓶中,加入 I_2 84.7 g,密闭,摇匀溶液,用天平(精密 1 g)称量,置于冰水溶液中通 SO_2 至增重 64 g,加入无水甲醇 167 mL,密闭,混匀,静置 24 h 后标定。

本书主要讨论化学磷肥的分析检验。

过磷酸钙或重过磷酸钙中含有易溶于水的磷化合物,施用后易被植物吸收利用,称为"速效磷肥"。钙镁磷肥或钢渣磷肥中的磷化合物则难溶于水,但是能溶于有机弱酸,使用后,必须经过较长时间,被土壤中酸缓慢溶解后才能被植物吸收利用,称为"迟效磷肥"。磷块岩粉(俗称磷矿粉)中的一部分磷化合物也微溶于有机弱酸,所以也常作为迟效磷肥施用,但是磷灰石中的磷化合物则难溶于有机弱酸,不能直接作为磷肥施用。

磷肥的组成较为复杂,往往一种磷肥中同时含有几种不同性质的含磷化合物。磷肥的主要成分是磷酸的钙盐,有的还有游离的磷酸,虽然它们的性质不同,但是大致可以分为三类。

1. 水溶性磷化合物

水溶性磷化合物是指可以溶解于水的含磷化合物,如磷酸、磷酸二氢钙(又称为磷酸一钙)等。过磷酸钙、重过磷酸钙属酸法磷肥,常含部分游离 H_2SO_4、H_3PO_4,主要含有水溶性磷化合物,故又称为水溶性磷肥。过磷酸钙主要成分为 $Ca(H_2PO_4)_2 \cdot H_2O$ 和 $CaC_2O_4 \cdot 2H_2O$,P_2O_5 含量约为 18%;重过磷酸钙主要成分为 $Ca(H_2PO_4)_2 \cdot H_2O$,P_2O_5 含量为 42%～44%。

2. 柠檬酸溶性含磷化合物

能被植物根部分泌出的酸性物质溶解后吸收利用的含磷化合物称为柠檬酸溶性磷化合物。分析检验中是指被柠檬酸铵溶液或 2%柠檬酸溶液溶解的含磷化合物,如结晶磷酸氢钙又名磷酸二钙($Ca_2HPO_4 \cdot H_2O$)、磷酸四钙($Ca_4P_2O_9$ 或 $4CaO \cdot P_2O_5$)。钙镁磷肥、钢渣磷肥中主要含这类化合物,故称为柠檬酸溶性磷肥。过磷酸钙、重过磷酸钙中含有少量的结晶磷酸二钙。

3. 难溶性磷化合物

难溶性磷化合物是指难溶于水也难溶于有机弱酸的磷化合物,如磷酸三钙[$Ca_3(PO_4)_2$]、磷酸铁、磷酸铝等。化学磷肥中也常含有未转化的难溶性磷化合物。

水溶性磷化合物和柠檬酸溶性磷化合物中的磷均可被植物吸收,称为"有效磷"。磷肥中所有含磷化合物中含磷量的总和称为"全磷"。在分析检验中因为对象或目的的不同,常分别测定有效磷及全磷的含量,结果均用 P_2O_5 表示。不同磷肥前处理方法不尽相同,但无论是测定全磷还是有效磷,其测定方法是相同的,如国家标准 GB/T 10209.2—2001 磷酸一铵、磷酸二铵中有效磷含量的测定。

二、测定方法

磷肥中磷的测定方法通常有磷钼酸喹啉重量法、磷钼酸喹啉容量法、磷钼酸铵容量法、磷钼酸铵重量法等。其中,因为磷钼酸喹啉沉淀的组成稳定,溶解度小,颗粒粗大,很少夹带杂质,容易过滤洗涤,而且相对分子质量大,误差小,准确度高,分析过程也较简便、快速,所以以磷钼酸喹啉重量法为我国规定的标准仲裁分析方法,其他分析方法则用于不同要求的日常生产分析检验。由于磷钼酸喹啉法使用喹啉、丙酮等较贵重试剂,成本较高,因此主要用于有决定作用的关键性分析,而在日常生产控制分析中,最好使用成本较低、准确度也满足工业要求的磷钼酸铵容量法。

1. 磷钼酸喹啉重量法

该法的理论依据是磷酸在酸性溶液中和钼酸根离子生成磷钼杂多酸。

$$H_3PO_4 + 12MoO_4^{2-} + 24H^+ \Longrightarrow H_3(PO_4 \cdot 12MoO_3) \cdot H_2O\downarrow + 11H_2O$$

磷钼杂多酸是一种分子较庞大的典型杂多酸,能够和分子较大的有机碱喹啉生成溶解度较小的难溶盐。

$$H_3(PO_4 \cdot 12MoO_3) \cdot H_2O + 3C_9H_7N + 24H^+ \Longrightarrow$$

$$(C_9H_7N)_3 \cdot H_3(PO_4 \cdot 12MoO_3) \cdot H_2O\downarrow + 11H_2O$$

沉淀用 G4 砂芯玻璃漏斗过滤,180 ℃干燥 45 min 称量。试样在 100~107 ℃失去游离水,107~155 ℃失去部分结晶水,155~370 ℃结晶水全失,375~500 ℃分解失去有机部分。该法使用的沉淀剂是喹钼柠酮试剂,是喹啉、钼酸铵、柠檬酸、丙酮的混合物。由于柠檬酸与钼酸生成解离度较小的配合物,解离出的钼酸根仅能满足磷钼酸喹啉的沉淀条件,而达不到硅钼酸喹啉的溶度积,从而排除了硅的干扰。又因为在柠檬酸溶液中,磷钼酸铵的溶解度比磷钼酸喹啉的大,所以柠檬酸可进一步排除 NH_4^+ 的干扰。此外,柠檬酸还可以阻止钼酸盐水解,避免了因为钼酸盐水解析出三氧化钼,导致结果偏高。

如果溶液中同时存在 NH_4^+,可能生成部分和磷钼酸喹啉性质相近的磷钼酸铵沉淀。因为磷钼酸铵摩尔质量小,与碱反应时,需碱量较少,无论是重量法还是容量法,测定结果都偏低。因此可以加入丙酮消除 NH_4^+ 对测定结果的影响。同时,沉淀时有丙酮存在,还可以改善沉淀的物理性能,使生成的沉淀颗粒粗大、疏松,有利于沉淀的过滤、洗涤。

在用水洗涤沉淀时,可能出现洗涤液浑浊的现象,这是酸度降低、钼酸盐水解析出三氧化钼所致,不必考虑。

磷钼杂多酸只有在酸性环境中才稳定,在碱性溶液中重新分解为原来的简单的酸根离子。酸度、温度、配位酸酐的浓度不同,严重影响杂多酸组成,沉淀条件必须严格控制。实验表明,沉淀磷钼酸喹啉的最佳条件是:HNO_3 浓度为 0.6 mol·L^{-1};丙酮 10%;柠檬酸 2%;钼酸钠 2.3%;喹啉 0.17%。理论上,每 10 mL 沉淀剂可以沉淀 8 mg P_2O_5,实际上,进行磷钼酸喹啉沉淀时,如果溶液中含 P_2O_5 20~30 mg,溶液的总体积为 150 mL,则沉淀剂过量 50%,即通常加入 50~60 mL 沉淀剂,便符合最佳条件。

喹钼柠酮沉淀剂的制备:5 mL 喹啉溶解于 35 mL 硝酸和 100 mL 水的混合液中。60 g 柠檬酸、70 g 钼酸钠溶解于 85 mL 硝酸和 300 mL 水的混合液中,静置 24 h,如果溶液浑浊,过滤。然后,加丙酮 280 mL,稀释至 1 L,储于聚乙烯瓶中,备用。

制备喹钼柠酮试剂,如果用于不含 NH_4^+ 的溶液,则沉淀剂中可以不加丙酮而将喹啉的用量由 5 mL 增加至 8.5 mL,这种试剂俗称"高喹试剂"。

2. 磷钼酸喹啉容量法

将产生的磷钼酸喹啉沉淀加入一定量的过量 NaOH 标准溶液溶解,然后以百里香酚蓝-酚酞作指示剂,用酸标准溶液返滴过量的 NaOH。根据加入的碱的量及消耗酸的标准溶液量计算 P_2O_5 的含量。溶解反应方程式如下:

$$(C_9H_7N)_3H_3(PO_4 \cdot 12MoO_3) \cdot H_2O + 26OH^- \Longrightarrow HPO_4^{2-} + 12MoO_4^{2-} + 3C_9H_7N + 15H_2O$$

3. 磷钼酸铵容量法

在磷钼酸喹啉法出现之前,磷钼酸铵容量法是最通用的测定磷的重要方法之一。由于喹啉价格较昂贵,而且有毒,不适用于日常生产控制分析,而磷钼酸铵容量法成本低,污染小,尽管测定的准确度较低,但只要严格遵守和控制实验条件,仍能满足工业分析的要求,可用于日常生产控制分析。主要反应方程式如下:

$$PO_4^{3-}+3NH_4^++12MoO_4^{2-}+24H^+ =\!=\!= (NH_4)_3PO_4 \cdot 12MoO_3 \cdot 2H_2O\downarrow+10H_2O$$

$$2(NH_4)_3PO_4 \cdot 12MoO_3 \cdot 2H_2O+46OH^- =\!=\!= 2HPO_4^{2-}+24MoO_4^{2-}+6NH_4^++26H_2O$$

第四节　钾肥分析

自然矿物,如光卤石($KCl \cdot MgCl_2 \cdot 6H_2O$)、钾石盐($KCl \cdot NaCl$)、钾镁矾石($K_2SO_4 \cdot 2MgSO_4$)等作为自然钾肥,可以直接施用,也可以加工为较纯净的氯化钾或硫酸钾。明矾石、钾长石是制造钾肥的主要原料。此外,许多农家肥(如草木灰、豆饼、绿肥等)中都有一定量的钾盐,水泥窑灰也是含钾较高的肥料。钾肥的含钾量以 K_2O 表示。

农业用氯化钾一般含 K_2O 约 60%,硫酸钾含 K_2O 约 50%。对于草木灰,则视不同草木,含 K_2O 量有较大差异,一般为 2%～10%。其中农家肥中 K_2O 一般不超过 2%。

测定钾的方法在历史上有氯铂酸钾法、过氯酸钾法、钴亚硝酸钾法等重量分析方法。其中有的由于钾盐溶解度较大,必须使用有机溶剂;有的因干扰元素较多,必须经过烦琐的分离手续;还有的方法应用的试剂昂贵或反应条件很强较难掌握。如果物料组成复杂或含量较低,则测定结果不佳。近年来先后提出的酒石酸苯胺(或吡啶)容量分析法也不适用于组成复杂的物料。火焰光度法的准确度较高,过程较简单快速,主要用于微量钾的测定,对于含钾量高的物料则不适用。

有机试剂四苯硼酸钠的合成为改进钾的测定方法提供了有利条件。国家标准 GB/T 10510—2007 中氧化钾的测定,即是采用四苯硼酸钾容量法。

对于较简单的无机钾肥,如氯化钾、硫酸钾、硝酸钾等,可以用水溶解,调整酸度后沉淀。难溶于水的钾盐最好是使用氢氟酸-过氯酸溶解。如果物料中同时含有铵盐,则应先将溶液转化为强碱性,并煮沸除去氨,然后,调整为酸性,沉淀四苯硼酸钾。四苯硼酸钾难溶于水及非有机溶剂中,但能溶于丙酮等极性有机溶剂中。四苯硼酸银也微溶于丙酮,但实验表明,在 30%～50% 的丙酮水溶液中,四苯硼酸钾仍能溶解,而四苯硼酸银却溶解不明显。四苯硼酸根在酸性环境中不稳定。因此,可以加入适量碳酸氢钠,调整溶液的 pH 为 8 左右。为了提高滴定终点的溶解度,常加入少量助凝剂氢氧化铝。

在生产中,也可以采用在碱性溶液中,以 EDTA 及甲醛掩蔽其他金属离子及铵离子,用一定量过量的四苯硼酸钠标准溶液沉淀钾离子,过滤分离后,在滤液中以钛黄为指示剂,用季铵盐标准溶液滴定剩余的四苯硼酸钠的容量法。反应方程式如下:

$$KCl+Na(C_6H_5)_4B =\!=\!= K(C_6H_5)_4B\downarrow+NaCl$$

$$Na(C_6H_5)_4B+C_6H_5CH_2(CH_3)_2RNCl =\!=\!= C_6H_5CH_2(CH_3)_2RN(C_6H_5)_4B\downarrow+NaCl$$

　　　　氯化烷基苄基二甲铵　　　　　　　　　　四苯硼酸季铵盐

思 考 题

1. 填空题。

(1) 卡尔·费休试剂是由＿＿＿、＿＿＿、＿＿＿和＿＿＿组成的。

（2）喹钼柠酮试剂是由_____、_____、_____和_____组成的。

（3）磷肥中有效磷的测定方法有_____、_____和_____，其中_____是仲裁法。

（4）磷肥中所有含磷化合物中的含磷量称为_____，水溶性磷化合物和柠檬酸溶性磷化合物中的磷称为_____。

2. 称取过磷酸钙试样 2.200 g，用磷钼酸喹啉重量法测定其有效磷含量。若分别从两个 250 mL 的容量瓶中用移液管吸取有效磷提取液 a 和 b 各 100 mL，得到的沉淀于 180 ℃干燥后质量 0.3824 g，求该肥中的有效磷的含量。

3. 分析一批氨水试样时，吸取 2.00 mL 试样注入已盛有 25.00 mL 0.5000 mol·L^{-1} 硫酸标准溶液的锥形瓶中，加入指示剂后，用同浓度的氢氧化钠标准溶液滴定，至终点时耗去 10.86 mL。已知该氨水的密度为 0.932 g·mL^{-1}，试求该氨水中的氮含量和氨含量。

4. 测定一批钙镁磷肥的有效磷含量时，以 100 mL 20 g·L^{-1} 柠檬酸溶液处理 1.6372 g 试样后，移取其滤液 10 mL 进行沉淀反应，最后得到 0.8030 g 无水磷钼酸喹啉。求该产品的有效磷含量。

5. 称取氯化钾化肥试样 24.132 g，溶解于水，过滤后制成 500 mL 溶液。移取 25 mL，再稀释至 500 mL。吸取其中 15 mL 与过量的四苯硼酸钠溶液反应，得到 0.1451 g 无水四苯硼酸钾。求该批产品中氯化钾的含量。

第十二章　硅酸盐分析

硅酸盐分析主要是研究硅酸盐生产中的原料、材料、成品、半成品的组成的分析方法及其原理。硅酸盐分析的主要任务有：对原料进行分析检验，为工艺控制提供数据；对生产过程中的配料及半成品进行控制分析；对产品进行全分析及其他特定项目的检验等。硅酸盐分析对控制生产过程、提高产品质量、降低成本、改进工艺、开发新产品起着重要的作用。

第一节　概　　述

硅酸盐是由二氧化硅和金属氧化物所形成的盐类，是硅酸（$x\mathrm{SiO_2} \cdot y\mathrm{H_2O}$）中的氢被 Al、Fe、Ca、Mg、K、Na 及其他金属取代形成的盐。由于不同金属取代可以形成不同的硅酸盐，并且硅酸分子 $x\mathrm{SiO_2} \cdot y\mathrm{H_2O}$ 中 x、y 的比例不同，而形成偏硅酸、正硅酸及多硅酸，因此，不同硅酸分子中的氢被金属取代后，就形成元素种类不同、含量也有很大差异的多种硅酸盐。

硅酸盐在自然界中分布极广、种类繁多，硅酸盐约占地壳组成的 3/4，是构成地壳岩石（硅酸盐约占地壳质量的 85%）、土壤和许多矿物的主要成分。同时，硅酸盐是水泥、玻璃、陶瓷等许多工业生产的原料。天然的硅酸盐矿物有石英、云母、滑石、长石、白云石、石棉等 800 多种，它们的主要成分是 $\mathrm{SiO_2}$、$\mathrm{Fe_2O_3}$、$\mathrm{Al_2O_3}$、CaO、MgO、TiO 等。水泥、玻璃、陶瓷则为人造硅酸盐。

一、分类

在地质学上，按二氧化硅含量的不同，自然硅酸盐可以大致分为四类：酸性岩，含二氧化硅 65% 以上；中性岩，含二氧化硅 52%～65%；基性岩，含二氧化硅 45%～52%；超基性岩，含二氧化硅低于 45%。人造硅酸盐，如常见的硅酸盐水泥，含二氧化硅 20%～24%；耐火材料，含二氧化硅 50%～60%；常见的中性玻璃，一般含二氧化硅 72.5%。

不同硅酸盐岩石中金属含量也不尽相同。极酸性岩和酸性岩含氧化铝 10%～16%，钾、钠氧化物的含量为 7%～8%，钛含量不高，碱土金属含量较低，铬、镍、锰通常不存在。中性岩含有较多的铝和碱金属，碱土金属含量也高。基性岩和超基性岩钙和镁含量较高，并含有镍、铬和亚铁，而铝和碱金属的含量较低。钒常存在于基性岩和超基性岩中，锶和钡则常存在于中性岩和酸性岩中，锂常出现在钠含量较高的岩石中。

硅酸盐需用复杂的分子式表示。通常将硅酸酐分子（$\mathrm{SiO_2}$）和构成硅酸盐的所有氧化物的分子式分开写。例如，正长石 $\mathrm{K_2Al_2Si_6O_{16}}$ 写成 $\mathrm{K_2O \cdot Al_2O_3 \cdot 6SiO_2}$，高岭土 $\mathrm{H_4Al_2Si_2O_9}$ 写成 $\mathrm{Al_2O_3 \cdot 2SiO_2 \cdot 2H_2O}$。关于硅酸盐的组成，可以分为主要元素和次要元素。其中，主要元素包括 O、Si、Fe、Al、Ca、Mg、Na、K；次要元素包括 Mn、Ti、B、Zr、Li、H、F 等。它们主要是形成稀有气体型离子的元素和部分过渡型离子的元素。

硅酸盐分析通常要测的成分分为主要成分和次要成分。其中，主要成分包括 $\mathrm{SiO_2}$、$\mathrm{Al_2O_3}$、$\mathrm{Fe_2O_3}$、FeO、MnO、$\mathrm{TiO_2}$、CaO、MgO、$\mathrm{Na_2O}$、$\mathrm{K_2O}$、$\mathrm{P_2O_5}$、$\mathrm{H_2O^+}$（化合水、结晶水与结构水）、$\mathrm{H_2O^-}$（吸附水、外来水）。次要成分包括 $\mathrm{Cr_2O_3}$、$\mathrm{V_2O_5}$、$\mathrm{ZrO_2}$、$\mathrm{(Ce, Y)O_3}$、SrO、BaO、CuO、

NiO、CoO、Li_2O、B_2O_3。某些稀有元素,如铷、铯、铌、钽等,以及贵金属和稀土元素,在有些情况下也要测定。Fe、Al、Ca、Mg、Si 为常规分析项目。简单来说,硅酸盐分析就是检验原料、生料、熟料中含氧化物成分是否符合要求。

硅酸盐岩石平均化学组成见表 12-1。水泥中对各原料、半成品、成品中各种氧化物的要求见表 12-2。硅酸盐全分析结果质量分数应接近 100%。

表 12-1 硅酸盐岩石平均化学组成

成 分	含量/%	成 分	含量/%
SiO_2	59.14	Al_2O_3	15.34
Fe_2O_3	3.08	FeO	3.80
MgO	3.49	CaO	5.08
Na_2O	3.84	K_2O	3.13
H_2O^+	1.15	TiO_2	1.05
MnO	0.124	P_2O_5	0.299
CO_2	0.101	其他	0.376

表 12-2 水泥中对各原料、半成品、成品中各种氧化物的要求

类 型	SiO_2	Fe_2O_3	Al_2O_3	CaO	MgO	烧失量	R_2O	SO_3
石灰石	0.2~10	0.1~2.0	0.2~2.5	45~53	0.1~2.5	36~43		
黏土	65	5	15	5	3		4	
铁矿石		20~70						
	0.05~1.0	0.1~1.5		32~40	0.05~2.0			22.0~45.5 天然
石膏	5.0~50.0	0.2~6.0	2.0~14.0	15~36	5.0~6.0		0~3.0	10.0~38.0 黏土质
生料	12~15	1.5~3	2~4	41~45	1~2.5	34~37		
熟料	19~24	3~6	4~7	60~66	<4.5			
水泥	20~24	2~4	2~7	64~68	0%~4%			0.2%

注:R 为 K、Na。

二、硅酸盐的分解

1. 试样分解的目的

试样分解的目的是将待测的固体试样全部转变成适合于分析测定的溶液。

2. 试样的分解要求

硅酸盐分析过程中遇到的样品绝大多数为固体试样。根据固体试样的特点,分解要求也略有不同,但均需满足下列条件:①试样分解完全,并且简单快速;②分解无损失;③无干扰引入。

3. 试样分解的原理

若 SiO_2 与碱性的金属氧化物(Ca、Mg、K、Na)的比值小,则易被酸溶解,常见的试样有大理石、石灰石、水泥熟料、碱性矿渣等。

若 SiO_2 与碱性的金属氧化物(Ca、Mg、K、Na)的比值大,则易被碱分解,常见的试样有生料、黏土、铁矿石等。

4. 试样分解的方法

试样分解的方法可以分为三种:溶解法、熔融法和烧结法。溶解法常用的溶剂有水、酸和其他一些溶剂;熔融法常用的熔剂有 $K_2S_2O_7$、K_2CO_3、KOH、Na_2O_2、$Na_2B_4O_7$、$LiBO_2$ 等;烧结法常用的烧结剂有 MgO 和 Na_2CO_3。

三、常用的试样分解方法

1. 溶解法

氢氟酸是分解硅酸盐试样最好的溶剂,大多数硅酸盐均可被氢氟酸分解。由于氟离子的存在对某些测定有干扰,试样分解后需将氟除去。为避免生成金属硫酸盐沉淀,常用 HF-H_2SO_4 或 HF-$HClO_4$ 混合酸代替。借助 H_2SO_4、$HClO_4$ 的高沸点,将过量的氟除去。同时也可使钛、锆、铌、钽等转化为硫酸盐或高氯酸盐,防止其生成氟化物部分挥发损失。

使用氢氟酸进行试样分解时,应该特别注意以下几个方面:

(1) 应使用铂器皿或塑料器皿,不能用玻璃器皿。

(2) 由于 HF 易挥发,伴有强烈的刺激性气味,因此实验应该在通风橱中进行。小心安全,不要溅在皮肤上,带乳胶手套。

(3) 分解温度不要太高,在电热板、砂浴、可调电炉上进行,不时摇动直至试样分解完全。

(4) 残渣为除 Si 外的其他盐类,可以以水提取并加酸溶解,或用熔融法处理成试样溶液。

2. 熔融法

熔融法是指将试样与熔剂混合在高温下加以熔融,使欲测组分变为可溶于水或酸的化合物(K 盐、Na 盐、硫酸盐、氯化物)的方法。

Na_2O_2 是强碱性和强氧化性熔剂,适用于铁的氧化物、钛矿石、铬矿的分解,尤其适用于 Cr、S、P、V、W、Mo 等的测定。Na_2O_2 作熔剂可使硅酸盐分解,一般在 550 ℃下烧结 10~15 min,同时做空白实验。若要测定 Na、K,可用 $LiBO_2$ 于 900~1000 ℃熔融 15 min。因过氧化钠常有少量钙等杂质,在进行全分析时,要定量加入过氧化钠,并做空白实验。碳酸钠、苛性碱、过氧化钠、含锂硼酸盐也常用于硅酸盐的熔融分解。

熔融分解可以使用的坩埚(灼烧、熔融、烧结试样)有:瓷、石英坩埚,铁、镍、银、铂、金坩埚。熔融分解的优点是温度高于湿法,分解能力强;缺点是需大量熔剂(6~12 倍样重),带入熔剂本身离子及其他杂质,对坩埚材料腐蚀,并沾污试液。

3. 烧结法

烧结法(半熔法)是指熔融物呈烧结状态的一种熔融方法。

将试样与熔剂混合,在低于熔点(熔剂和样品这一混合物的熔点)温度下,让两者发生反应,至熔结(半熔物收缩成整块)而不是全熔。

以 Na_2CO_3 为熔剂,铂坩埚烧结法熔样。熔剂用量为 0.6~1 倍试剂量,950 ℃下熔融 3~5 min。

与熔融法相比,烧结法的熔剂少,干扰少,操作速度快,熔样时间短,易提取(尤其重量法测 SiO_2,省去了蒸发溶液时间),由于时间短易提取,故减轻了烧结剂对铂坩埚的浸蚀作用。烧结法主要用于较易熔的样品,如水泥、石灰石、水泥生料、白云石等,对难熔样分解不完全,如黏土。

第二节 硅酸盐的系统分析

硅酸盐试样的系统分析已有 100 多年的历史。从 20 世纪 40 年代以来,由于试样分解方法的改进和新的测试方法与测试仪器的应用,至今已有多种分析系统,习惯上可以粗略地分为经典分析系统和快速分析系统两大类。

一、经典分析系统

经典分析系统是基于将元素先进行分组分离再测定,是建立在沉淀分离和重量法的基础上的,可以说是定性分析化学中元素分组法的定量发展。这种系统分析过程需对干扰物质做完善的分离,耗时较长,且需精湛、熟练的操作技术,不能适应生产发展的需要。但由于分析结果比较准确,适用范围广,在目前标准试样的制定、外检试样分析及仲裁分析中仍有应用。

在经典分析系统中,一份样品只能测定二氧化硅、三氧化二铁、氧化铝、氧化钛、氧化钙、氧化镁六项,而氧化钾、氧化钠、氧化锰、五氧化二磷须另取试样测定。除二氧化硅的分析过程仍保持不变外,其余项目综合应用配位滴定法、分光光度法和原子吸收光度法进行测定,因而不是一个完善的全分析系统。目前,经典分析系统已几乎完全被快速分析系统代替。

二、快速分析系统

快速系统分析的特点是在一份试液中,不经分离或很少分离(有时用掩蔽剂),即可用分光光度法、配位滴定法、原子吸收分光光度法等方法分别测定各种成分。根据分解试样的方法不同,可将快速系统分析分为碱熔、酸溶和锂硼酸盐熔融分解三类。酸溶法不引入杂质,SiO_2 单独测定,其他成分另称样。

1. 碱熔快速分析系统

碱熔快速分析系统是以 Na_2CO_3、Na_2O_2、NaOH(或 KOH)等碱性熔剂与试样混合,在高温下熔融分解,熔融物以热水提取后再用盐酸或硝酸酸化,过滤后,滤液即可直接分别进行铝、锰、铁、钙、镁、磷、钛的测定,而钾和钠必须另外取样用火焰光度法测定。

2. 酸溶快速分析系统

酸溶快速分析系统是将试样在铂坩埚或聚四氟乙烯烧杯中用 HF 或 $HF-HClO_4$、$HF-H_2SO_4$ 分解,除去 HF,制成硫酸或盐酸-硼酸溶液。分离后,分别测定铁、铝、钙、镁、钛、磷、锰、钾、钠。与碱熔快速分析类似,硅可用无火焰原子吸收光度法、硅钼蓝光度法、氟硅酸钾滴定法测定;铝可用 EDTA 滴定法、无火焰原子吸收光度法、分光光度法测定;铁、钙、镁常用 EDTA 滴定法、原子吸收分光光度法测定;锰多采用分光光度法、原子吸收光度法测定;钛和磷多用光度法测定;钠和钾多用火焰光度法、原子吸收光度法测定。

3. 锂硼酸盐熔融分解快速分析系统

锂硼酸盐熔融分解快速分析系统是在热解石墨坩埚或用石墨粉作内衬的瓷坩埚中的偏硼酸锂、碳酸锂-硼酸苷或四硼酸锂于 850~900 ℃熔融分解试样,熔块经盐酸提取后以骨胶凝聚重量法测定硅。分离后以 EDTA 滴定法测定铝,二安替比林甲烷光度法和磷钼蓝光度法分别测定钛和磷,原子吸收光度法测定硅、钛、磷,以及原子吸收光度法测定铁、锰、钙、镁、钠;也有用硝酸-酒石酸提取熔块后,用 N_2O-乙炔火焰原子吸收光度法测定硅、铝、钛,用空气-乙炔火焰原子吸收光度法测定铁、钙、镁、钾、钠。

三、酸溶、碱熔——氯化铵系统

酸溶、碱熔——氯化铵系统即在用酸加热分解样品的同时,加入 NH_4Cl 促进脱水使硅酸凝聚变成凝胶析出,以重量法测定二氧化硅,滤液及洗涤液收集在 250 mL 容量瓶中,供EDTA配位滴定法测定铁、铝、钙、镁、钛等。该方法适用于不溶物 0.2% 的水泥熟料,不含酸性混合材料的普通硅酸盐水泥、矿渣水泥等。

对于不能用酸分解或酸分解不完全的样品,如水泥生料、黏土、石灰石、粉煤灰、火山灰及不溶物 0.2% 的熟料、掺酸性矿渣的水泥等,均可先用 Na_2CO_3 烧结或熔融、NaOH 熔融,再加酸分解熔块。将溶液蒸发成糊状后,加 NH_4Cl 脱水,按上述系统方法进行。

四、碱熔——氟硅酸钾系统

碱熔——氟硅酸钾系统即样品以 NaOH 熔融,熔物用浓盐酸分解,制成澄清透明的实验溶液,以氟硅酸钾容量法测定二氧化硅,EDTA 法带硅测定铁、铝、钙、镁。该系统分析方法快速、简便,适用于所有的水泥、水泥生料、熟料、原料的分析。

硅酸盐中碱金属硅酸盐 Na_2SiO_3、K_2SiO_3 可溶于水,少量硅酸盐能溶于酸,多数硅酸盐既不溶于水,又不溶于酸,则必须通过熔融方法,将不溶性的物质转变为可溶性的 Na_2SiO_3、K_2SiO_3。

第三节　水分及灼烧减量测定

一、水分的测定

水分包括吸附水和化合水两种状态。

吸附于岩石表面或空隙中的水称为吸附水。吸附水是外来水分,与矿石的性质、样品的细度以及大气湿度有关。由于吸附水并非矿物内的固定组成部分,因此在计算总量时,该水分不参与计算总量。对于易吸湿的试样,则应在同一时间称出各份分析试样,测定吸附水并加以扣除。

化合水包括结晶水和结构水。结晶水以水分子状态结合于矿石的晶格中,但是稳定性较差,当加热至 300 ℃即分解逸出。结构水则以化合状态的氢或氢氧基存在于矿石的晶格中,并且结合得十分牢固,必须在 300~1000 ℃的高温下才能分解逸出。除少数岩石(如云母、滑石)含化合水外,一般硅酸盐矿石很少含有化合水,因此工业生产中一般不测。人造硅酸盐都是高温煅烧制品,一般只含吸附水。化合水的测定方法有重量法、气相色谱法、库仑法等。

在硅酸盐分析中,测定吸收水分是为了计算干燥基样品中其他组分的含量。方法是在105~110 ℃下干燥至恒量的高 25 mm、直径 40 mm 的称量瓶,180~200 目样烘 2 h,称量。干燥法测定吸附水,结果不列入分析报告中。

用已经在 105~110 ℃干燥至恒量的高 25 mm、直径 40 mm 的称量瓶,精确称取通过180~200 目网筛的样品约 1 g(精确至 0.0002 g),于 105~110 ℃烘箱中干燥 2 h,直至恒量。

按式(12-1)计算吸附水分含量：

$$w_{H_2O} = \frac{m_1}{m} \tag{12-1}$$

式中，m_1 为样品干燥后减轻的质量，g；m 为样品的质量，g。

二、灼烧减量的测定

灼烧减量又称烧失量，包括化合水、二氧化碳、有机物及少量的硫、氟、氯等在高温下可挥发的物质。在灼烧过程中，除可挥发组分挥发，质量减轻外，矿石中某些组分可能发生氧化或还原反应，则质量可能增大也可能减轻，所以灼烧后质量的变化应该视为相当于各种化学反应质量增加或减少的代数和。如果考虑到氟、氯、硫、二氧化碳及亚铁等含量不高，灼烧减量可视为含水量。灼烧减量一般是在 1000 ℃下灼烧 40 min 测定。

用已经在 1000 ℃灼烧至恒量的瓷坩埚，准确称取样品约 1 g（精确至 0.0002 g）。于高温电炉中，自 100 ℃以下缓缓升高温度至 1000 ℃后，灼烧 40 min，至恒量，按式(12-2)计算灼烧减量。

$$灼烧减量 = \frac{m_1}{m} \tag{12-2}$$

式中，m_1 为样品灼烧后减轻的质量，g；m 为样品的质量，g。

第四节　二氧化硅的测定

硅酸盐中二氧化硅的测定方法较多，通常采用重量法和氟硅酸钾容量法。对于硅含量低的试样，可以采用硅钼蓝光度法和原子吸收光度法进行测定。

一、氯化铵重量法

试样用无水碳酸钠烧结，使不溶的硅酸盐转化成为可溶的硅酸钠，用盐酸分解熔融块。此时，硅酸中的一部分变成白色的水凝胶析出，其余部分以水溶胶状态留在溶液中。

在含硅酸的浓盐酸液中加入足量 NH_4Cl，水浴（砂浴）加热 10～15 min，NH_4Cl 的水解夺取硅酸中的水分，加速了硅酸的脱水，使硅酸迅速脱水析出。而且 SiO_2 沉淀吸附的 NH_4Cl 在灼烧时挥发，NH_4Cl 存在降低了硅酸对其他组分的吸附，易得到纯净的沉淀。硅酸分子是胶体沉淀，具有水化作用，胶粒吸引溶剂分子，使胶粒周围包上一层溶剂分子，致使各胶粒相碰时不能凝聚。硅酸溶胶在加入电解质后并不立即聚沉，还必须通过干涸，才能进行测定。

测定过程中应注意的事项有以下几点：

(1) 脱水温度及时间。对样品进行加热处理，有利于胶体的凝聚，但是超过 120 ℃会形成难溶的碱式盐 $Mg(OH)Cl$ 和 $Fe(OH)Cl$，导致其溶解度降低，从而使测定的 SiO_2 含量偏高，而 Fe、Mg 的含量偏低。脱水时间太长，则脱得太干，会导致增加吸附量，不易洗净，使测定结果偏高；而脱水时间太短，脱水不完全，会导致可溶物不能完全转化为不溶性硅酸，容易透过滤纸损失，可使结果偏低并且过滤慢。因此，应在沸水浴上加热 10～15 min，温度控制在 100～110 ℃，加热近于黏糊状（现国家标准要求蒸干）。

(2) 过滤与洗涤。为洗去硅酸吸附的杂质，防止 Fe^{3+}、Al^{3+} 水解，防止硅酸漏失，应该首先用温热的稀盐酸(3：97，体积比)将沉淀中夹杂的可溶性盐类溶解，用中性滤纸过滤，再以热稀盐酸(3∶97,体积比)洗涤沉淀 3～4 次,最后以热水充分洗涤沉淀,直到无氯离子为止。特别要注意的是,在洗涤时,酸的用量太多可使硅酸漏失,应控制酸量在一次 8～10 mL,洗涤次数不能过多,共洗 10～12 次。另外,洗涤速度要快,防止因温度降低而使硅酸形成胶冻,以致过滤更加困难。

(3) 灼烧、冷却、称量至恒量。灼烧可除去硅酸中残余水。实验证明,在 950～1000 ℃充分灼烧(约 1.5 h),并且在干燥器中冷却至室温,灼烧温度对测定结果并无显著影响。

$$H_2SiO_3 \cdot xH_2O \xrightarrow{-xH_2O} H_2SiO_3 \xrightarrow{110\ ℃} SiO_2 \cdot \frac{1}{2}H_2O \xrightarrow{950\sim1000\ ℃} SiO_2$$

$$w_{SiO_2} = \frac{m_{坩埚+沉淀} - m_{坩埚}}{m} \tag{12-3}$$

(4) 漏失的二氧化硅的回收。实验证明,当采用盐酸-氯化铵法一次脱水蒸干、过滤测定二氧化硅时,会有少量硅酸漏失到滤液中,其总量约为 0.10%。为得到比较准确的结果,在基准法中规定对二氧化硅滤液进行比色测定,以回收漏失的二氧化硅。

当然,在水泥厂的日常分析中,既不用氢氟酸处理,又不用比色法从滤液中回收漏失的二氧化硅,分析结果也能满足生产需要,这是因为,一方面二氧化硅吸附杂质使测定结果偏高,另一方面二氧化硅漏失使测定结果偏低,两者能部分抵消。

二、氟硅酸钾容量法

根据分离和滴定方法的不同,可以分为硅钼酸喹啉法、氟硅酸钾法和氟硅酸钡法等。氟硅酸钾容量法确切地应称为氟硅酸钾沉淀分离-酸碱滴定法,该方法应用广泛,在国家标准 GB/T 176—1996 中被列为代用法。

1. 基本原理

试样经苛性碱(KOH 或 NaOH)熔剂熔融后,加入硝酸使硅生成游离硅酸。在有过量的氟离子和钾离子存在的强酸性溶液中,使硅形成氟硅酸钾沉淀。沉淀经过过滤、洗涤及中和残余酸后,加沸水使氟硅酸钾沉淀水解,然后以酚酞为指示剂,用氢氧化钠标准溶液滴定生成的氢氟酸,终点颜色为粉红色,实验流程如下:

$$样品 \xrightarrow[熔融]{KOH\ 或\ NaOH} \begin{matrix}熔融物\\ Na_2SiO_3\end{matrix} \xrightarrow{滴加\ HCl} H_2SiO_3 \xrightarrow[\text{过量}K^+、F^-]{\text{强}H^+(3\ mol\cdot L^{-1}浓\ HNO_3)} K_2SiF_6 \downarrow$$

$$\xrightarrow[中和残余酸]{过滤洗涤} 纯\ K_2SiF_6 \xrightarrow[定量释出]{热水水解} HF \xrightarrow[酚酞]{NaOH\ 滴定} NaF$$

2. 条件及注意事项

K_2SiF_6 法测 SiO_2 的关键有两步:

(1) 国家标准对于沉淀有具体规定,还应掌握酸度、温度、体积等。控制 KCl、KF 的加入量,利用同离子效应尽可能使所有 H_2SiO_3 全部转化为 K_2SiF_6 沉淀。但如果加入的 KF 量过高,会和样品中的铝生成六氟合铝酸钾,造成测定结果中硅的含量偏高,而铝的量偏低。所以应严格控制 KF 的加入量。为消除铝的影响,在能满足氟硅酸钾沉淀完全的前提下,需适当控制氟化钾的加入量。

（2）沉淀的洗涤和中和残余酸。当采用洗涤法彻底去除硝酸时，会使氟硅酸钾严重水解，因而只能洗涤 2～3 次，残余的酸则用中和法消除。中和残余酸的操作十分关键，要快速、准确，以防止 K_2SiF_6 提前水解损失。中和时，要将滤纸展开、捣烂，用塑料棒反复挤压滤纸，使其吸附的酸能进入溶液而被碱中和，最后还要用滤纸擦洗烧杯内壁，中和至溶液呈红色。中和完成后放置如有褪色，则不能再作为残余酸继续中和。

文献报道，可以采用微波消解技术处理硅酸盐样品，采用氟硅酸钾法测定其中的 SiO_2 含量。微波消解溶剂为 HNO_3 和 HF 混合酸，消解时间约 5 min，远低于传统高温碱熔法的分解时间，改善了操作条件。此外，微波消解所得溶出体系为液相，避免了浸取过程，也相应缩短了样品处理时间。可用于硅酸盐样品 SiO_2 含量的快速测定。

K_2SiF_6 法具有操作简便快捷、准确、应用广泛的优点，在工业生产中得到广泛应用。

第五节 铁、铝、钙、镁的测定

一、铁的测定

铁的测定方法有多种，如 $K_2Cr_2O_7$ 法、$KMnO_4$ 法、EDTA 配位滴定法、磺基水杨酸钠(SS)或邻二氮菲分光光度法、原子吸收分光光度法等。但水泥及其原料系统分析中应用最多的是 EDTA 配位滴定法及磺基水杨酸钠分光光度法。EDTA 配位滴定法在国家标准 GB/T 176—1996 中被列为基准法，而原子吸收分光光度法在国家标准 GB/T 176—1996 中被列为代用法。

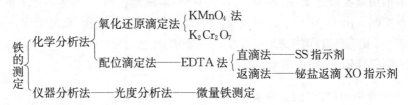

常用 EDTA 配位滴定法，以磺基水杨酸钠为指示剂，用 EDTA 直接滴定铁的含量，该方法比较简单，但在测定过程中需要注意下列问题：

（1）溶样时首先加几滴 HNO_3，保证滴定前的亚铁全部氧化成高铁，否则结果偏低。

（2）滴定时严格控制酸度和温度。控制温度计读数低于 60 ℃，否则反应不完全。

（3）终点颜色。FeY^- 为黄色，HIn^- 为无色，所以终点为黄色，Fe^{3+} 少时为无色，但 Fe^{3+} 太高，黄色太深，使终点判断困难，所以 Fe_2O_3 一般以 25 mg 为宜。

（4）指示剂用量较大。一般加入 10 滴 10% 的 SS，由于指示剂 SS 对 Fe^{3+} 是低灵敏的指示剂，易提前到达终点，因此指示剂用量较大。并且配合物 Fe^{3+}-SS 不稳定，易分解，为此多加 SS 提高其稳定性。SS 为单色指示剂，所以多加时对测定结果影响不大，过量太多的指示剂虽对 Fe_2O_3 无影响，但 Al^{3+} 与 SS 有一定配位效应，因此指示剂的用量对 Al_2O_3 有一定影响，所以也不可加得太多，10 滴 10% 的指示剂即可。

（5）终点时应缓慢滴定。由于 Fe^{3+} 与 EDTA 反应慢，Fe-SS 与 EDTA 的置换慢，有僵化现象，为此可加入有机溶剂。在加热活化和近终点时，采用慢滴、剧烈摇动等措施。

（6）滴定时的体积以 100 mL 左右为宜。体积太大，造成浓度太小，终点不明显；体积太小，则干扰严重，而且温度下降太快，不利于滴定。

二、铝的测定

铝的测定方法有很多，有重量法、滴定法、可见分光光度法、原子吸收分光光度法、等离子体发射光谱法等。重量法的步骤烦琐,在硅酸盐中铝的含量通常较高,因此在水泥及其原料系统分析中,Al_2O_3 的测定通常采用 EDTA 滴定法,而且一般是在滴定 Fe^{3+} 之后的溶液中连续滴定铝。该方法仅限于水泥熟料中 Al_2O_3 的测定,并已列入水泥化学分析方法国家标准。直接滴定法为基准法,适用于 MnO 含量低于 0.5% 的试样;返滴定法为代用法,适用于 MnO 含量高于 0.5% 的试样。一些干扰较多的陶瓷及耐火材料试样需采用置换滴定法。试样中铝的含量很低时,可以采用铬天青 S 比色法进行测定。

1. EDTA 直接滴定法

滴定铁后的试液中,调 pH=3 左右,加热煮沸,使 TiO^{2+} 水解为 $TiO(OH)_2$ 沉淀,然后以 PAN 和等物质的量的 Cu-EDTA 作指示剂,用 EDTA 标准溶液直接滴定 Al^{3+},终点呈亮黄色。

$$Al^{3+}+CuY^{2-}=\!=\!=\!AlY^-+Cu^{2+}$$
$$Cu^{2+}+PAN=\!=\!=\!Cu^{2+}\text{-}PAN(红色)$$
$$Cu^{2+}\text{-}PAN+H_2Y^{2-}=\!=\!=\!CuY^{2-}+PAN(黄色)+2H^+$$

测定时应注意以下问题:

(1) 最佳 pH 范围为 2.5～3.5。pH<2.5,Al^{3+} 与 EDTA 配位不完全;pH>3.5,Al^{3+} 水解倾向增大,导致测定结果偏低。

(2) 指示剂用量要求适量,指示剂量多则会导致溶液颜色深,不利于人眼对颜色的判断。

(3) 终点控制。由于 Al^{3+} 与 EDTA 反应较慢,因此经反复煮沸,反复滴定,一般 3 次即可出现稳定的黄色,其准确度即能满足工业生产的要求。

(4) 该法测得纯铝量,操作简单、快速。

2. 以 PAN 为指示剂,以铜盐标液返滴定法

在滴定铁后的溶液中,加入对铝、钛过量的 EDTA 标准溶液,加热至 70～80 ℃,调节溶液的 pH 为 3.8～4.0,并煮沸 1～2 min,以 PAN 为指示剂,用铜盐标准滴定溶液反滴过量的 EDTA,终点时溶液由黄色变为亮紫色,扣除钛的含量后即为三氧化二铝的含量。

$$Al^{3+}+H_2Y^{2-}=\!=\!=\!AlY^-+2H^+$$
$$TiO^{2+}+H_2Y^{2-}=\!=\!=\!TiOY^{2-}+2H^+$$
$$Cu^{2+}+H_2Y^{2-}=\!=\!=\!CuY^{2-}(蓝色)+2H^+$$
$$Cu^{2+}+PAN(黄色)=\!=\!=\!Cu^{2+}\text{-}PAN(红色)$$

注意事项:

(1) 终点颜色与过剩的 EDTA 的量和所加 PAN 指示剂量有关,一般来说,终点应为紫红色。若 EDTA 过剩太多或 PAN 量少,终点会出现蓝紫色甚至为蓝色;若 EDTA 过剩太少或 PAN 量多,终点呈红色;只有 EDTA 过剩适中时,终点才为紫红色。当 PAN 量一定时,颜色主要取决于 EDTA 过剩量,一般 EDTA 过剩(反应剩余)10～15 mL,0.2% PAN 5～6 滴时,终点颜色为紫红色。

(2) 加入过量 EDTA,加热至 70 ℃,再调 pH 至 3.8～4.0。Al^{3+} 与 EDTA 反应慢,过量 EDTA 及加热均可以提高反应速率。EDTA 过量后并不直接调 pH 至 3.8～4.0 的目的是让大部分 Al^{3+}、TiO^{2+} 与 EDTA 配位。

(3) PAN 的使用。PAN 与 Cu-PAN 都不易溶于水,为增大 PAN 及 Cu-PAN 的溶解度,

实验时通常将溶液配制成 PAN 的乙醇溶液,滴定时一般将温度控制在 80～90 ℃。

（4）滴定的体积保持在 200 mL 以上,以降低 Ca、Mn 对测定的干扰。

（5）该法测得的是 Al、Ti 合量。要求高时,用光度法测出 Ti 量,扣除 Ti 的量后可以得到准确铝的量。

（6）该法适用于 $w_{Mn}<0.5\%$ 的试样,超过该含量,则可考虑应用直接滴定法进行测定。

三、钙的测定

钙的测定广泛使用配位滴定法,即在 pH＝8～13,定量生成 CaY 配合物,因为 Mg^{2+} 有干扰,所以可以调节 pH>12,此时 Mg^{2+} 转化成 $Mg(OH)_2$ 沉淀,不干扰滴定。EDTA 配位滴定法在国家标准 GB/T 176—1996 中列为基准法。

测定时 Fe^{3+}、Al^{3+}、Mn^{2+}、TiO^{2+} 干扰滴定,可加入三乙醇胺（TEA）进行掩蔽。溶液体积以 250 mL 左右为宜,以减少 $Mg(OH)_2$ 沉淀对 Ca^{2+} 的吸附。常用的 Mg^{2+} 的掩蔽剂是 KOH。用 KOH 调 pH,为了减少吸附,可采取滴加摇晃,而不是一次加入（Mg^{2+} 含量高时更应注意）,这是由于碱金属都与钙黄绿素产生微弱荧光,但其中 Na^+ 强,K^+ 弱,因此用此指示剂时,尽量避免用大量的钠盐。调好 pH 后迅速滴定,防止 Ca^{2+} 生成 $CaCO_3$。

四、镁的测定

熟料中的氧化镁是一种有害成分,它与硅、铁、铝的化学亲和力小,在煅烧过程中,一般不参与化学反应,大部分以游离状态的方镁石存在。这种结晶致密的方镁石水化速度极慢,若干年后,在水泥石中还会继续水化,生成 $Mg(OH)_2$ 晶体,导致体积增大约为原体积的 2 倍。若氧化镁含量过高,将使水泥定性不良。国家标准规定,硅酸盐水泥和普通硅酸盐水泥中氧化镁的含量不得超过 5.0%。若水泥经过压蒸安定性实验合格,则氧化镁含量允许放宽至 6.0%。

氧化镁的测定方法主要有三种,即焦磷酸镁重量法、原子吸收光谱法和配位滴定法。国家标准 GB/T 176—1996 中,原子吸收光谱法被列为基准法,配位滴定法被列为代用法。

1. 基本原理

在 pH＝10 的氨性缓冲溶液中,在分离或用三乙醇胺掩蔽 Fe^{3+}、Al^{3+}、TiO^{2+} 后,以酸性铬蓝 K-萘酚绿 B（K-B）为指示剂,用 EDTA 标准滴定溶液直接滴定 Ca^{2+}、Mg^{2+},终点由酒红色变为纯蓝色,其结果为钙、镁合量。从合量中减去钙量即得镁量。

2. 镁的测定条件

测定时,共存金属离子 Fe^{3+}、Al^{3+}、TiO^{2+} 干扰测定,用酒石酸钾钠与三乙醇胺联合掩蔽 Fe^{3+}、Al^{3+}、TiO^{2+},比单用三乙醇胺或酒石酸钾钠的效果好。但使用时应注意先在酸性溶液中加入酒石酸钾钠,然后再加三乙醇胺,最后加入 pH＝10 的氨性缓冲溶液。

对一般的水泥生熟料及原料试样,加 1～2 mL 酒石酸钾钠溶液（100 g·L^{-1}）及 5 mL 三乙醇胺（1∶2,体积比）已足够;但对铝含量高的硅酸盐试样,应加 2～3 mL 酒石酸钾钠溶液（100 g·L^{-1}）及 10 mL 三乙醇胺（1∶2,体积比）。

应该指出,在 pH>12 时滴定钙,应避免加入酒石酸钾钠,否则会因 Mg^{2+} 不能完全形成 $Mg(OH)_2$ 沉淀,而导致钙结果偏高。

如果试样中有 Mn^{2+} 存在,加入三乙醇胺并将溶液 pH 调整到 10 后,Mn^{2+} 迅速被空气氧化成 Mn^{3+},并形成绿色的 Mn^{3+}-TEA 配合物,随着溶液中锰量的增加,测定结果的正误差随之增大。

通常在配位滴定钙镁含量时,MnO 在 0.5 mg 以下,影响较小,可忽略锰的影响;若 MnO 含量在 0.5 mg 以上,可在溶液中加入盐酸羟胺使 Mn^{3+}-TEA 配合物中的 Mn^{3+} 还原为 Mn^{2+},用 EDTA 滴定出钙、镁、锰合量,差减获得镁量。

在 pH=10 的溶液中,硅酸的干扰不显著,但当硅或钙浓度较大时,仍然需要加入 KF 溶液消除硅酸的影响,不过 KF 用量可以适当减少。

另外,在 K-B 指示剂中,酸性铬蓝 K 与萘酚绿 B 的配比对终点影响很大。当 K∶B 的质量比为 1∶2.5 时,终点由酒红色变为纯蓝色,清晰敏锐。但也应根据指示剂的生产厂家、批号、存放时间及分析者的习惯等进行调整。

思 考 题

1. 填空题。
(1) 用氯化铵重量法测定硅酸盐中二氧化硅时,加入氯化铵的作用是_____。
(2) 可溶性二氧化硅的测定方法常采用_____。
(3) 氟硅酸钾测定硅酸盐中的二氧化硅时,若采用氢氧化钾为熔剂,应在_____坩埚中熔融;若采用碳酸钾作熔剂,应在_____坩埚中熔融;若以氢氧化钠作熔剂,应在_____坩埚中熔融。
(4) 用 EDTA 滴定法测定硅酸盐中的三氧化二铁时,使用的指示剂是_____。
(5) 硅酸盐水泥及熟料可采用_____法分解试样,也可采用_____法溶解试样。
(6) 用 EDTA 法测定水泥熟料中的 Al_2O_3 时,使用的滴定剂和指示剂分别是_____和_____。
2. 称取某岩石样品 1.000 g,以氟硅酸钾容量法测定硅的含量,滴定时消耗 0.1000 $mol \cdot L^{-1}$ NaOH 标准溶液 19.00 mL,求该试样中 SiO_2 的质量分数。
3. 称取含铁、铝的试样 0.2015 g,溶解后调节溶液 pH=2.0,以磺基水杨酸作指示剂,用 0.020 08 $mol \cdot L^{-1}$ EDTA 标准溶液滴定至红色消失并呈亮黄色,消耗 15.20 mL。然后加入 EDTA 标准溶液 25.00 mL,加热煮沸,调 pH=4.3,以 PAN 作指示剂,趁热用 0.2112 $mol \cdot L^{-1}$ 硫酸铜标准溶液返滴,消耗 8.16 mL。试求试样中 Fe_2O_3 和 Al_2O_3 的质量分数。
4. 采用配位返滴法分析水泥中的铁、铝、钙和镁的含量,称取 0.5000 g 试样,碱熔后分离除去 SiO_2,滤液收集并定容于 250 mL 的容量瓶中,待测。
(1) 移取 25.00 mL 待测溶液,加入磺基水杨酸作指示剂,快速调整溶液 pH=2.0,用 $T_{CaO/EDTA}$=0.5600 $mg \cdot mL^{-1}$ 的 EDTA 标准溶液滴定溶液由紫红色变为亮黄色,消耗 3.30 mL。
(2) 在滴定完铁的溶液中加入 15.00 mL EDTA 标准溶液,加热至 70~80 ℃,加热 pH=4.3 的缓冲溶液,加热煮沸 1~2 min,稍冷后以 PAN 为指示剂,用 0.010 00 $mol \cdot L^{-1}$ 硫酸铜标准溶液滴定过量的 EDTA 至溶液变为亮紫色,消耗 9.80 mL。
(3) 移取 10.00 mL 待测溶液,掩蔽铁、铝、钛,然后用 KOH 溶液调节 pH>13,加入几滴钙黄绿素-甲基百里酚蓝-酚酞(CMP)混合指示剂,用 EDTA 标准溶液滴至黄绿色荧光消失并呈红色,消耗 22.94 mL。
(4) 移取 10.00 mL 待测溶液,掩蔽铁、铝、钛,加入 pH=10.0 的氨性缓冲溶液,以 K-B 为指示剂,用 EDTA 标准溶液滴定至纯蓝色,消耗 23.54 mL。
若用二安替比林甲烷分光光度法测定试样中的 TiO_2 的含量为 0.29%,试计算水泥熟料中 Fe_2O_3、Al_2O_3、CaO 和 MgO 的质量分数。
5. 查阅有关资料,对硅酸盐样品中二氧化硅的测定方法进行综述并简述其基本原理。

6. 容量法测定水泥及其原料中三氧化二铁、三氧化二铝、一氧化锰的方法有哪几种?

7. 欲测定水泥熟料、生料、铁矿石、石灰石、黏土、石膏、矿渣等样品中的 SiO_2、Fe_2O_3、Al_2O_3、CaO、MgO、K_2O、Na_2O,请根据所学知识,画出其系统分析流程简图。

8. 硅砂、砂岩是生产玻璃的主要原料,其主要成分是 SiO_2,杂质为 Fe_2O_3、Al_2O_3、CaO、MgO、K_2O、Na_2O。请设计其系统分析方法(可用流程简图表示)。

9. 什么是"烧失量"? 其数值大小与什么因素有关? 如何才能得到较为准确的结果?

10. 试述氟硅酸钾测定硅的主要条件。

11. 用 PAN 为指示剂铜盐返滴定法测定铝含量时,在滴定 Fe^{3+} 后的溶液中,加入过量的 EDTA 标准滴定溶液后,先加热至 $70 \sim 80$ ℃,再调整溶液的 pH,试说明选择这种调整 pH 方法的理由。

12. 称取基准 $CaCO_3$ 0.1005 g,溶解后转入 100 mL 容量瓶中定容。吸取 25.00 mL,于 pH>12 时,以钙指示剂指示终点,用 EDTA 标准滴定溶液滴定用去 20.90 mL。试计算:

(1) EDTA 标准滴定溶液的浓度。

(2) EDTA 溶液对 Fe_2O_3、Al_2O_3、CaO、MgO 的滴定度。

13. 称取石灰石试样 0.2503 g,用盐酸分解,将溶液转入 100 mL 的容量瓶中定容。移取 25.00 mL 试液,调整溶液 pH=12,以 K-B 指示剂,用 0.025 00 mol・L^{-1} EDTA 标准滴定溶液滴定,消耗 24.00 mL,计算试样中的含钙量,结果分别以 CaO 和 $CaCO_3$ 形式表示。

第十三章　钢 铁 分 析

第一节　概　　述

铁矿石与焦炭及其他辅助材料混合高温冶炼得到铁、钢、合金钢等,其性能受所含元素种类、含量高低的影响很大,碳是决定钢铁性能的主要元素之一(表 13-1),其他元素的含量也影响钢铁性能(表 13-2)。

表 13-1　钢铁种类与碳含量关系	
种类	C 含量/%
生铁	1.7~6.67
钢	0.2~1.7
纯铁(熟铁)	<0.2

表 13-2　钢铁与硅锰含量的关系		
种类	Si 含量/%	Mn 含量/%
灰口生铁	>2	<2
白口生铁	<0.5	>4

S 是由原料引入的,以 FeS 的形式夹杂于钢铁晶粒之间,使其具有"热脆性",是有害杂质,含量不得超过 0.05%。

P 也是由原料引入的,以 Fe_3P 形式存在,硬度大,难加工,使钢铁具有"冷脆性",是有害杂质,但有时为了提高钢铁流动性,适量提高磷含量,防止轧钢时黏合。

碳、硅、锰、硫、磷五元素的含量直接影响钢铁的性能,是冶金、机械工业化验室日常生产控制指标。对于合金钢中其他金属离子的测定视要求进行,Cr、Mo、V、Ti 等由于含量低大多采用光度法测定。

钢铁化学分析取样的一般规定:

(1) 分析试样必须纯净,在加工过程(钻取、破碎、研磨)中应避免引入其他杂质,金属试样必须无油、无锈。所有试样应注意妥善保存,分析后余下的试样应按规定日期加以保存。

(2) 试样必须有一定的粒度,以提高分析速度和保证分析结果的代表性。一般生铁试样应通过 80 目筛,矿石、炉渣及其他原料试样应通过 120 目筛,铁合金过 200 目筛,普通碳素钢及合金样应制成尽可能细小的碎屑。

第二节　钢铁试样的分解

钢铁试样易溶于酸,所以主要采用酸分解法。常用盐酸、硫酸、硝酸等分解钢样,可用单一酸,也可用混合酸。不同酸混合使用时,能产生新的溶解能力。浓硝酸能使钢样钝化,所以不能单独用来溶解钢样。针对某些试样,常还需辅助使用高氯酸、过氧化氢、氢氟酸或硝酸等。一般均用稀酸,而不用浓酸,防止反应过于激烈。对于某些难溶钢铁试样,则可用碱熔分解法。

对于生铁和碳素钢,常用体积比为 1:1~1:5 的稀硝酸分解试样,也有用体积比为 1:1 的稀盐酸分解的。

合金钢和铁合金比较复杂,针对不同对象,需用不同的分解方法。硅钢、镍钢、硅铁、锰铁、钒铁、钼铁、钨铁等合金可以在聚四氟乙烯塑料器皿中,先用浓硝酸分解,待剧烈反应停止后,再加氢氟酸继续分解;或者用过氧化钠,或过氧化钠和碳酸钠组成的混合熔剂,于高温炉中熔融分解,然后以酸提取。

铬铁、高铬钢、耐热钢、不锈钢等,为防止生成致密氧化膜而钝化,不宜用浓硝酸分解,而应用浓盐酸加过氧化氢分解。

钢铁中大多数合金元素的碳化物较难溶于酸,为使其完全分解,需采取适当的措施:

(1) 在加热的情况下,将钢铁试样用盐酸或硫酸处理,直至金属部分完全溶解,然后小心地加入硝酸使碳化物破坏。

(2) 钢铁试样内如含有稳定的碳化物时,在用硝酸氧化前,先蒸发至开始析出硫酸盐,然后再加入硝酸。

(3) 钢铁试样中若含有极稳定的碳化物,用上述方法不能溶解时,可先将钢样用热盐酸或热硝酸处理,然后用高氯酸加热,在高氯酸蒸发的温度下(大量冒白烟,约200 ℃),全部碳化物即可分解。

于高温炉中用燃烧法将钢铁中碳和硫转变为二氧化碳和二氧化硫气体,是钢铁中碳和硫测定的常用分解法。

第三节 碳的测定

碳在钢铁中以游离态和化合态两种形态存在。钢中的碳大部分生成碳化物,如FeC等,称为化合碳。铁中碳主要以固溶体的形态存在,如无定形碳、结晶型碳或石墨碳等,统称为游离碳。化合碳和游离碳之和称为总碳量。

碳是钢铁中的重要元素,它对钢铁的性能起决定性的作用。当碳含量高时,钢铁的硬度与强度增加,压延性及冲击韧性降低;碳含量低时,硬度较低,压延性及冲击韧性增强,熔点较高。在不锈钢中,碳可降低钢的抗腐蚀性能。生铁的强度和硬度随化合碳增加而提高。石墨碳在生铁中有两重性:一方面它使生铁变脆,减少抗拉力;另一方面它可使生铁易于加工切削。此外,石墨相对密度小,容积大,在铸造上可减少生铁的收缩性,因而在铸造生铁中含有较多的游离碳。

一、碳的测定方法简介

钢铁通常测定碳的总含量,但生铁类试样除测定总碳外,还需要分别测定游离碳和化合碳的含量。化合碳的含量是由总碳量减去游离碳的量而求得的。游离碳不与热稀硝酸起反应,而化合碳能溶于热稀硝酸,根据这一性质可分离出不溶于酸的游离碳,测定得到游离碳含量。

总碳量的测定方法很多,但通常都是试样置于高温氧气流中燃烧,使之转化为二氧化碳,再用适当方法测定转化出来的二氧化碳,换算出总碳的含量。例如,以氢氧化钾溶液吸收二氧化碳,以测得的二氧化碳的体积来确定碳的气体容量法;以碱石棉吸收二氧化碳,测定碱石棉质量增加值的吸收重量法;将二氧化碳溶入有机溶剂(非水介质中),使二氧化碳的酸性大为提高,从而可以用强碱滴定测定二氧化碳的非水滴定法;在盛有氢氧化钠的电导池中导入二氧化碳后,电导率即发生变化,据此变化测得碳含量的电导法等。

气体容量法定碳是一种经典的分析方法。为使其实现快速化,对经典的定碳仪进行了许多改进,但量气管等主要部件仍然保留,如HC-500定碳仪等。此外,目前国内外已研制出了不少新的仪器,特别是计算机和红外技术的联合应用,使仪器的功能、准确度、灵敏度及自动化程度大为改善,如 CS-244(或 344)红外碳硫测定仪、TP-3E 型全自动计算机碳硫分析仪器、GXH-905 型金属中碳分析仪等,用于测定碳含量较低的试样,简便、快速、准确度高。

现行国家标准分析方法有《钢铁及合金化学分析方法　管式炉内燃烧后重量法测定碳含量》(GB/T 223.71—1997)、《钢铁及合金　碳含量的测定　管式炉内燃烧后气体容量法》(GB/T 223.69—2008)、《钢铁及合金化学分析方法　非化合碳含量的测定》(GB/T 223.74—1997)。

目前应用较普遍的测定二氧化碳的方法仍是燃烧-气体容量法、非水滴定法,近年来红外定碳仪的使用也日益增加。

二、燃烧-气体容量法

该方法主要参考 GB/T 223.69—2008,适用于测定含碳量在通常情况下[0.10%~2.00%(质量分数)]的钢、铁、碳素钢、合金钢、高温合金和精密合金。

1. 方法原理

钢铁试样与助熔剂在 1200~1350 ℃的高温管式炉内通氧气燃烧,钢铁中的碳和硫被完全氧化成二氧化碳和二氧化硫。燃烧后的混合气体经除硫管(内装二氧化锰)脱除二氧化硫后,冷凝,收集于量气管中,测量生成的二氧化碳和氧气的体积。然后用 KOH 溶液吸收二氧化碳,再用量气管测量剩余气体的体积。吸收前后气体体积之差即为二氧化碳的体积,由此计算碳的含量。

该方法以测量生成气体的体积来确定碳含量,因此工作前要检查整套装置是否有良好的密封性,并做空白实验。实验结果计算时要注意进行温度、压力校正。

2. 试剂

(1)氧气。纯度不低于 99.5%(质量分数)。

(2)氢氧化钾溶液(40%)。盛入吸收瓶内,用于吸收燃烧后的 CO_2。

(3)硫酸($\rho=1.84$ g·mL^{-1})。主要用于干燥、净化燃烧前的 O_2。

(4)硫酸封闭溶液(0.1%)。1000 mL 水中加 1 mL 硫酸($\rho=1.84$ g·mL^{-1}),滴加数滴 0.1%的甲基橙指示剂,使溶液呈稳定浅红色(便于观察及读数),用作量气管、水准瓶中的封闭溶液。若有碱进入,应更换溶液。

(5)高锰酸钾-氢氧化钾溶液。称取 30 g 氢氧化钾溶于 70 mL 高锰酸钾饱和溶液中,用于洗除燃烧前氧气中的杂质。

(6)无水氯化钙固体。

(7)碱石灰。

(8)助熔剂。锡粒、铜、氧化铜、五氧化二钒、纯铁粉。各助熔剂中碳的含量一般都不应超过 0.0050%(质量分数)。使用前应做空白实验,并从试样的测定值中扣去空白值。

(9)活性 MnO_2。硫酸锰 20 g 溶解于 500 mL 水中,加入浓氨水 10 mL,摇匀,加 90 mL 过硫酸铵溶液(25%),边加边搅拌,煮沸 10 min,再加 1~2 滴氨水,静置至澄清(如果不澄清则再加过硫酸铵适量)。抽滤,先用氨水洗涤,再热水洗 2~3 次,然后用 5%的硫酸洗涤多次,最后用热水洗至无硫酸根离子。于 110 ℃烘箱中烘干 3~4 h,筛取 20~40 目,在干燥器中备用。

3. 仪器装置

气体容量法定碳装置如图 13 - 1 所示。

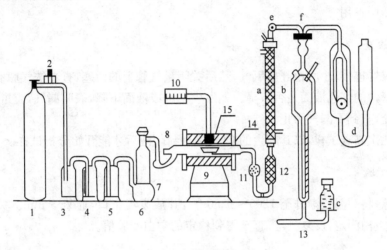

图 13 - 1　气体容量法定碳装置

1. 氧气瓶;2. 减压阀;3. 缓冲瓶;4、5. 洗气瓶;6. 干燥塔;7. 供氧活塞;8. 玻璃磨口塞;9. 管式炉;10. 温度自动控制器;11. 球形干燥管;12. 除硫管;13. 定碳仪(包括:蛇形冷凝管 a、量气管 b、水准瓶 c、吸收瓶 d、小活塞 e、三通活塞 f);14. 瓷管;15. 瓷舟

1) 纯氧部分

(1) 氧气瓶。内盛氧气。

(2) 减压阀。带流量计和缓冲阀。

(3) 缓冲瓶。

(4) 洗气瓶。一瓶盛浓硫酸,除去水分;另一瓶盛氢氧化钾-高锰酸钾溶液,除去氧气中的有机物及残余二氧化碳。盛液体积约为全瓶的 1/3。

(5) 干燥塔。上面盛装碱石灰,下面盛装无水氯化钙,中间以玻璃棉隔开,并在底部及顶端铺玻璃棉。

2) 燃烧部分

(1) 管式炉。最高温度不低于 1350 ℃。

(2) 温度控制器。包括调压变压器、电流表、热电偶、温度表。

3) 容积定碳部分

(1) 球形干燥管。内盛固体无水氯化钙,两端塞干燥脱脂棉。

(2) 除硫管。直径为 10~15 mm,内盛粒状活性二氧化锰,两端塞以干燥脱脂棉。

(3) 定碳仪。主要零件有蛇形冷凝管、量气管、水准瓶、吸收瓶等。蛇形冷凝管 a 内通冷却水,用以冷却混合气体;量气管 b 用来测量气体体积;水准瓶 c 内盛酸性氯化钠溶液;吸收器 d 内盛 40% 氢氧化钾溶液;小活塞 e 可以通过 f 使 a 和 b 接通,也可分别使 a 或 b 通大气;三通活塞 f 可以使 a 与 b 接通,也可使 b 与 d 接通。

4) 其他仪器

(1) 水银气压计。

（2）推拉钩子。用低碳镍铬丝或耐热合金丝制成,供推拉燃烧舟(瓷舟)用。

（3）瓷舟。瓷舟长 88 mm 或 97 mm,使用前应在 1200 ℃的管式炉中通氧气灼烧 2～4 min,也可于 1000 ℃的高温炉中灼烧 1 h 以上,冷却后储于盛有碱石灰及无水氯化钙的未涂油脂的干燥器中备用。

4. 仪器检查

将全部仪器连接,小心地开启氧气,然后关闭量气管上的活塞,查看洗气瓶有无气泡发生,并注意量气管内的红色液面是否下降。如发生气泡或液面下降,表明漏气,应重新检查仪器各接头及活塞处,直到不漏气为止。

先燃烧几次高碳试样,以其产生的 CO_2 饱和封闭液后才能开始分析试样。

5. 空白实验

接通电源,将炉温逐渐升至 1200～1250 ℃,开放废气出口,通氧 5 min。关闭出口,连通量气管,进行空白测定,反复测定,直至得到稳定的空白实验值。

6. 分析步骤

称取 1.0000 g 试样,均匀地铺在经灼烧处理过的瓷舟内,取适量助熔剂覆盖于试样上(助熔剂称取量与试样量有关,一般约为 0.2 g)。将瓷舟放进燃烧管前端,用长钩推至管中最灼热的部位,立刻塞紧橡皮塞,预热 10～60 s(依钢种而定,一般碳素钢可不预热,高合金钢预热 1 min),逐步旋转三通活塞通入氧气(氧气流速为每秒 4～6 泡)。此时试样燃烧后的混合气体经过冷凝管进入量气管中,使量气管内液面均匀地下降。当下降到标尺零点附近时,关闭三通活塞,停止通氧,拔开橡皮塞,取出瓷舟,检查试样熔化情况。然后在量气管上读取燃烧后的混合气体体积(V_1),转动三通活塞,与盛有氢氧化钾溶液的吸收瓶相通,将量气管中的混合气体全部压入吸收瓶中进行吸收,再将气体回复至量气管中,如此反复吸收两次,关闭三通活塞,待液面稍稳后,在量气管上读取第二次读数(V_2)。

按上述方法操作,用钢铁标准样品校对定碳仪。

7. 分析结果计算

以质量分数表示的碳含量由式(13-1)计算:

$$w_C = \frac{A \times V \times f}{m} \tag{13-1}$$

式中,w 为碳的质量分数;A 为温度 16 ℃、气压 101.3 kPa 时,封闭溶液液面上每毫升二氧化碳中含碳质量(g),用硫酸水溶液作封闭液时,A 值为 0.000 500 0 g·mL^{-1};V 为吸收前与吸收后气体的体积差(V_1-V_2),即二氧化碳的体积,mL;f 为温度、气压校正系数,用硫酸水溶液作封闭液时,其值可查阅相关文献;m 为试样称取质量,g。

在实际测定中,当测量气体的温度、压力和量气管刻度规定的温度、压力不同时,必须加以校正。通常将温度 16 ℃、气压 101.3 kPa 的体积 V_{16} 与测定条件下的体积 V_t 之比作为碳的校正系数,用 f 表示。

$$f = \frac{V_{16}}{V_t} = \frac{p-p_t}{101.3-p_{16}} \times \frac{16+273.2}{t+273.2} = \frac{289.2}{101.3-1.813} \times \frac{p-p_t}{t+273.2} = 2.905 \times \frac{p-p_t}{t+273.2}$$

式中，p 为测定时的压力；p_t 为测定温度为 t ℃时饱和水蒸气压，kPa。

8. 注意事项

（1）测定前反复做空白实验，直至得到稳定的空白实验值。产生空白的原因很多，如瓷管、瓷舟高温处理不好，可产生正空白；仪器不洁净可能产生负空白；吸收前后气温不一致，可能产生正空白。吸收瓶、水准瓶内的溶液与待测混合气体的温度应基本一致，否则会产生正负空白。在测定试样的过程中需经常做空白实验。

（2）定碳仪应安装在室温比较稳定的地点，并避免阳光直接照射。燃烧炉与量气管、吸收瓶不宜过分接近，最好相距 300 mm 以上。

（3）通氧速度对测定影响很大，速度过快或过慢均能使测定结果偏低，故应严格掌握通氧时间。一般宜先慢后快。

（4）高碳试样与低碳试样不能连续测定，当测过高碳试样后，应通氧数次，再进行低碳试样的测定，否则导致低碳试样结果偏高。

（5）氢氧化钾溶液要注意更换，大约每测定 1000 个试样更换一次。每次更换后，应燃烧标准试样，直至分析结果稳定。

三、燃烧-非水滴定法

该方法适用于碳含量≥0.010％（质量分数）的铁、碳素钢、合金钢、高温合金和精密合金中碳含量的测定。

1. 方法原理

钢铁试样在 1200～1300 ℃的高温管式炉内通氧气燃烧后，试样中的碳生成 CO_2。将其导入乙醇-乙醇胺混合溶液中吸收，然后用 KOH 的乙醇-乙醇胺溶液滴定，以百里酚酞指示剂确定终点。根据该滴定液的消耗计算出碳的含量。

由于采用非水溶剂，将原来属于弱酸的中和反应相对变为强酸强碱的中和反应，使滴定易于判断。主要反应为

$$C_2H_5OH + KOH \!\!=\!\!=\!\! C_2H_5OK + H_2O \tag{1}$$
$$CO_2 + NH_2C_2H_4OH \!\!=\!\!=\!\! HOC_2H_4NHCOOH \tag{2}$$
$$HOC_2H_4NHCOOH + C_2H_5OK \!\!=\!\!=\!\! C_2H_5OCOOK + NH_2C_2H_4OH \tag{3}$$

若把上述反应式（2）、反应式（3）相加，可清楚地看出中和反应的实质为

$$CO_2 + C_2H_5OK \!\!=\!\!=\!\! C_2H_5OCOOK$$

燃烧试样时产生的 SO_2 对非水滴定碳有干扰，必须用除硫管将 SO_2 除掉。

2. 主要试剂

乙醇-乙醇胺氢氧化钾滴定溶液（$c_{KOH} = 0.05\ \text{mol} \cdot \text{L}^{-1}$）：称取 2.8 g 氢氧化钾，溶于 20 mL 水中，然后倾入 1000 mL 乙醇和 30 mL 乙醇胺的混合溶液中，加 0.04 g 百里酚酞指示剂，溶解混匀。

乙醇-乙醇胺吸收液：配方与上述滴定溶液相同，仅不加入氢氧化钾。

3. 仪器

（1）碳吸收器（图 13-2）。也可使用卧式高温炉使样品进行燃烧。

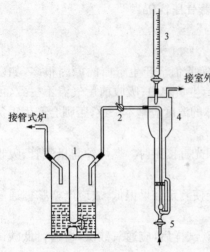

图 13 - 2　非水滴定装置图

1. 除硫瓶；2. 三通活塞；3. 自动滴定管；4. 吸收杯；5. 两通活塞

（2）自动滴定管（规格 15.00 mL）。

（3）氧气净化与试样燃烧及除硫系统与燃烧-气体容量法相同。

4. 分析步骤

1）准备工作

（1）将炉温升至 1250 ℃。

（2）将乙醇-乙醇胺吸收液装至吸收器的玻璃挡板上 2～4 mm 处。

（3）放滴定溶液入自动滴定管中。

（4）燃烧一个废试样，通氧并滴定，至溶液呈浅蓝色。

（5）调整滴定溶液至零点。

（6）放出吸收液，保持体积仍为玻璃挡板上 2～4 mm 处。

2）测定

称取试样（含碳量为 1%～5% 称取 0.2000 g；0.5%～1% 称取 0.5000 g；0.1%～0.5% 称取 1.0000 g）于瓷舟内，加适当助熔剂（加入量与燃烧-气体容量法相同），送入燃烧管内最灼热处。塞进橡皮塞，预热 10 s。通氧燃烧，将生成的 CO_2 和过剩气体导入吸收器内。待吸收液开始褪色时进行滴定，至全部吸收液保持原蓝色为终点，记录滴定溶液消耗的体积。

按相同步骤，测定含碳量近似的标准钢样，用于标定乙醇-乙醇胺氢氧化钾滴定溶液的滴定度。

5. 分析结果计算

以质量分数表示的碳含量由式（13 - 2）计算：

$$w_C = \frac{T \times V}{m} \qquad (13-2)$$

式中，w_C 为碳的质量分数；T 为标准滴定液对碳的滴定度，即每毫升滴定溶液相当于碳的质量，$g \cdot mL^{-1}$；V 为消耗标准溶液的体积，mL；m 为样品的质量，g。

6. 注意事项

（1）通氧速度要保持一致。

（2）吸收液可连续使用，体积要保持一定。

（3）采用乙醇-乙醇胺体系，滴定中可不必保持蓝色。

（4）可通过调节滴定液浓度或变更称样量，使滴定溶液体积最好保持在 3～10 mL。

（5）该方法中二氧化碳并非 100% 转化为碳酸乙醇胺，所以只能用碳含量近似的钢铁标准样品测定乙醇-乙醇胺氢氧化钾滴定液的滴定度。

第四节　硫 的 测 定

硫在钢样中通常是一种有害元素，是在冶炼钢铁时由矿石及焦炭带入的。硫在钢铁中主要以 MnS 状态存在,若锰含量低,则形成硫化亚铁 FeS。硫化亚铁熔点低,当加热时因其融化使钢铁碎裂,产生热脆现象,这是硫的最大害处。此外,硫还能使钢的机械性能降低,特别是疲劳极限、塑性和耐磨性显著下降,可焊性变差。钢中硫的含量是严格控制的,一般不超过0.05%,碳素钢中不超过0.05%,优质结构钢中不超过0.030%,高级优质钢不超过0.025%,但锰钢可达0.15%。

一、硫的测定方法

钢铁中硫的测定方法主要有以下几种:

(1) 经典的硫酸钡重量法(目前只使用于高硫的测定)。以氧化性酸溶解试样,将硫转化为硫酸根以钡盐沉淀,过滤后通过称量的方法测定硫含量。但很多金属离子共沉淀致使测定结果偏高。后经改进,用氧化铝色层柱分离一系列干扰硫酸钡沉淀的阳离子,使重量法的测定准确度得到很大提高。

(2) 燃烧-碘酸钾滴定法。该方法具有简单、快速、适用面广、准确度高的特点。因此,是目前常用的,也是国内外的标准方法,本书将做详细讲解。

(3) 还原蒸馏-次甲基蓝光度法(适用于低硫含量的测定)。以氧化性酸溶解试样,将硫转化为硫酸,再用还原剂还原为硫化氢,在氮气流下加热蒸馏,将硫化氢导入吸收液吸收,最后用二甲基对苯二胺和三氯化铁溶液使硫化物生成次甲基蓝,进行比色测定。该方法是目前测定硫最灵敏的方法之一。

(4) 近年高频红外测定碳硫的联测技术发展迅速,表明了今后钢铁中碳硫测定的主导方向。

国家标准分析方法有《钢铁及合金化学分析方法 氧化铝色层分离-硫酸钡重量法测定硫量》(GB/T 223.72—1991)、《钢铁及合金化学分析方法 管式炉内燃烧后碘酸钾滴定法 测定硫含量》(GB/T 223.68—1997)、《钢铁及合金 硫含量的测定 次甲基蓝分光光度法》(GB/T 223.67—2008)。

在实际中应用最为普遍的分析方法是燃烧-碘酸钾滴定法。

二、燃烧-碘酸钾法

该方法主要参考 GB/T 223.68—1997,适用于铁、钢、高温合金和精密合金中 0.003%～0.20%(质量分数)硫含量的测定。

1. 方法原理

试样与助熔剂在高温(1250～1350 ℃)管式炉中通氧燃烧,其中硫化物被氧化为 SO_2。燃烧后的混合气体经除尘管除去粉尘后,进入含淀粉的水溶液被吸收,生成亚硫酸,用碘酸钾-碘化钾标准溶液在酸性条件下滴定生成的亚硫酸,发生定量反应。以淀粉为指示剂至生成的蓝色不消失为终点。

$$KIO_3 + 5KI + 6HCl = 3I_2 + 6KCl + 3H_2O$$

$$H_2SO_3 + I_2 + H_2O = H_2SO_4 + 2HI$$

2. 试剂

(1) 淀粉吸收液。称取 5 g 淀粉于烧杯中,调成糊状。加入 250 mL 沸水,搅拌,煮沸 5 min 取下。加 250 mL 冷水、一小滴浓盐酸,搅拌均匀后静置过夜,取 25 mL 澄清液。加 15 mL 浓盐酸,稀释至 1 L 备用。

(2) 助熔剂。五氧化二钒、铁粉、二氧化锡。

(3) 碘酸钾标准溶液。

(i) 碘酸钾标准溶液($c_{\frac{1}{6}KIO_3} = 0.01$ mol·L^{-1})。称取 0.3560 g 碘酸钾(基准试剂)溶于水后,加 1 mL 碘化钾溶液(100 g·L^{-1}),移入 1000 mL 容量瓶中,用水稀释至刻度,混匀。

(ii) 碘酸钾标准溶液($c_{\frac{1}{6}KIO_3} = 0.001$ mol·L^{-1})。移取 100 mL 碘酸钾(i)于 1000 mL 容量瓶中,加 1 g 碘化钾并使其溶解,用水稀释至刻度,摇匀。

(ii) 碘酸钾标准溶液($c_{\frac{1}{6}KIO_3} = 0.000\ 25$ mol·L^{-1})。移取 25 mL 碘酸钾(i)于 1000 mL 容量瓶中,加 1 g 碘化钾并使其溶解,用水稀释至刻度,混匀。

(iv) 碘酸钾标准溶液的标定。称取三份与试样钢铁种类相似、含量相近的标准样品,按试样分析步骤操作测定。三份样品所消耗碘酸钾标准溶液毫升数的极差值不超过 0.20 mL,即可取其平均值。按式(13-3)计算碘酸钾标准溶液对硫的滴定度:

$$T = \frac{Sm}{V - V_0} \tag{13-3}$$

式中,T 为碘酸钾标准溶液对硫的滴定度,g·mL^{-1};S 为标准样品中的硫含量;m 为试样量,g;V 为滴定标准样品消耗碘酸钾标准溶液的平均体积,mL;V_0 为滴定空白试样消耗碘酸钾标准溶液的平均体积,mL。

3. 仪器

燃烧法定硫装置与气体容量法定碳装置(图 13-1)比较,氧气净化及高温燃烧炉基本相同,定硫滴定部分由玻璃管(内装棉花或玻璃纤维,用以阻挡燃烧生成的氧化物粉末)、定硫吸收器、棕色滴定管(25.00 mL)、淀粉溶液瓶和碘酸钾标准溶液瓶等组成(图 13-3)。

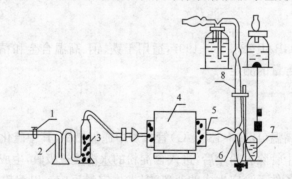

图 13-3　燃烧法定硫装置
1. 接氧气瓶;2. 洗气瓶;3. 干燥塔;4. 管式炉;5. 磁管;
6. 定硫吸收器;7. 比较容器;8. 滴定管

4. 分析步骤

(1) 称样。在分析天平上准确称取 0.2~1 g 试样,放入已处理的瓷舟中,加 0.2~0.8 g

的助熔剂平铺于试样上。

（2）系统调整。在定硫吸收器中注入 25～40 mL 淀粉吸收液,然后用橡皮塞塞紧燃烧管,并通氧和滴加碘酸钾标准溶液,使吸收液呈浅蓝色,停止通氧。

（3）试样测定。取下橡皮塞,用长钩将盛有试样的瓷舟推入 1250～1350 ℃的燃烧管灼热处。塞上橡皮塞,预热 10～30 s,通氧(流速 1.5～2 L·min⁻¹),燃烧后的混合气体导入定硫吸收器中。当吸收器底部溶液蓝色消失较慢时,以较慢的速度滴入碘酸钾标准溶液,使溶液的浅蓝色保持与试样未燃烧前的蓝色深度一致,然后继续通氧 10～30 s,色泽不变即为终点。

5. 分析结果计算

以质量分数表示的硫含量由式(13-4)计算:

$$w_S = \frac{T(V-V_0)}{m} \qquad (13-4)$$

式中,w_S 为硫的质量分数;T 为碘酸钾标准溶液对硫的滴定度,g·mL⁻¹;V 为滴定试样消耗碘酸钾标准溶液的体积,mL;V_0 为空白实验消耗碘酸钾标准溶液的体积,mL;m 为称取的试样量,g。

6. 注意事项

（1）该分析方法中二氧化硫转化为亚硫酸的转化率并非 100%,所以不能用理论值计算结果,而只能用硫含量近似的钢铁标准样品实测求得碘酸钾标准溶液的滴定度。

（2）拉出燃烧瓷舟后,如发现未燃烧完全或熔渣形成气泡时,需重新称样分析。

（3）燃烧管至吸收器之间需经常保持干净,管壁、燃烧管出口或玻璃球内不得积有大量氧化铁。因氧化铁能催化二氧化硫氧化成三氧化硫,而不能与碘酸钾反应,使结果偏低。

7. 红外碳硫分析仪

红外碳硫分析仪是通过检测 CO_2 及 SO_2 气体对红外辐射吸收量来分析物质中的碳硫元素含量。试样经高频炉加热,通氧燃烧,使碳和硫分别转化为 CO_2 和 SO_2,并随氧气流经红外池时产生红外吸收。CO_2 气体分子、SO_2 气体分子对红外辐射有其特有的红外吸收光谱。当选定某波长时,被测物质 CO_2 或 SO_2 气体对红外辐射与其浓度之间遵循朗伯-比尔定律。根据它们对各自特定波长的红外吸收与其浓度的关系,经计算机运算处理,测定出试样中碳、硫的含量。

燃烧法测定钢铁中的碳硫含量,首先使试样完全燃烧;特别是测定硫时,要以 SO_2 形式测定,所以要使燃烧后尽可能生成 SO_2,而减少 SO_3 的生成,这主要取决于加热温度。理论上说,温度低于 1300 ℃时硫氧化成 SO_3 的比例大于 15%;而温度高于 1500 ℃时,SO_3 生成率小于 3%。高频燃烧方法温度可达 1400～1600 ℃。高频红外碳硫分析仪有众多型号,一般仪器主要由高频燃烧系统、气路系统、红外检测系统、计算机处理系统组成。红外碳硫分析具有测量范围宽、抗干扰能力强、功能齐全、操作简单、分析结果快速准确等特点。例如,HW-2004 高频红外碳硫分析仪,其主要技术指标为:测量范围,碳 0.000 01%～10.0000%,硫 0.000 01%～3.5000%;仪器精度,碳 RSD≤0.5%,硫 RSD≤1.0%;分析时间,30 s(可调);分析误差,碳符合 ISO9556 标准,硫符合 ISO4935 标准。

第五节　磷 的 测 定

　　磷在钢铁中主要以固溶体、磷化物及少量磷酸盐夹杂物状态存在,一般属于有害元素。它降低钢铁的塑性、韧性和高温性能,减弱钢对冲击的抵抗能力,有时使钢发生冷脆现象,影响钢的煅结性能。一般钢中磷的含量控制在 0.05% 以下,优质钢材含磷量限于 0.04% 或 0.03% 以下。但在某些特殊用途的钢中,在冶炼时有意添加磷,因为磷在钢中可以提高钢的抗拉强度和耐大气腐蚀作用,改善钢的切削加工性能。易切削钢中磷的含量可达 0.4% 左右,生铁和铸铁可高达 0.5% 左右。

一、磷的测定方法简介

　　钢铁中磷的测定一般都是用氧化性酸(H_2SO_4-HNO_3)分解试样,试样中的磷大部分转化为 H_3PO_4,还有部分生成 H_3PO_3,用 $KMnO_4$ 氧化处理后,H_3PO_3 被氧化为 H_3PO_4。正磷酸的形式是测定磷化学分析方法的基础,即所有测定磷的方法都需要将其他形式的磷转化成为正磷酸。正磷酸与钼酸铵在一定酸度溶液中反应生成黄色的磷钼杂多酸,反应式为

$$H_3PO_4 + 12(NH_4)_2MoO_4 + 24HNO_3 \Longrightarrow H_3[P(Mo_3O_{10})_4] + 24NH_4NO_3 + 12H_2O$$

磷钼杂多酸可用下述不同的方法进行测定。

1. 重量法

　　用二安替比林甲烷作沉淀剂,在 0.2~0.6 mol·L^{-1} 盐酸溶液中使磷钼杂多酸生成二安替比林甲烷磷钼酸沉淀,通过称量的方法测定磷的含量。该方法得到的沉淀相对分子质量大,溶解度小,颗粒较粗,夹带杂质少,易于过滤洗涤且沉淀组成恒定,因此提高了分析的准确度。但若干干扰元素(如铁、铬、硅、镍、锰、铝等)超出限量,在生成二安替比林甲烷磷钼酸沉淀前,需进行沉淀、挥发等分离处理。所以,重量法操作较烦琐,在日常分析中不便利。

2. 滴定法

　　用酸碱滴定法测定磷是较常用的方法。其原理是试样以氧化性酸溶解,在约 2.2 mol·L^{-1} 的酸度下,加钼酸铵生成磷钼杂多酸黄色沉淀,过滤后,用过量的氢氧化钠标准溶液溶解,过剩的氢氧化钠以酚酞为指示剂,用硝酸标准溶液返滴。直到现在,该方法仍列为国内外的标准分析方法。

3. 分光光度法

　　试样溶解后,将磷转化为黄色的磷钼杂多酸,再用还原剂还原为蓝色的磷钼杂多酸(称为磷钼蓝)。所用的还原剂有氯化亚锡、抗坏血酸、氯化亚锡-抗坏血酸、硫酸联胺、亚硫酸盐-亚铁盐等,其中以前两种还原剂较为普遍。磷钼蓝可在水溶液中直接进行比色测定,如氟化钠-氯化亚锡法、硫酸联胺法、铋盐-抗坏血酸法等。也可以先将磷钼杂多酸萃取分离于有机溶剂中,再加还原剂还原成磷钼蓝,进行比色测定,如乙酸丁酯萃取法、正丁醇-三氯甲烷萃取法等。

　　国家规定标准方法有《钢铁及合金化学分析方法　二安替比林甲烷磷钼酸重量法测定磷量》(GB/T 223.3—1988)、《钢铁及合金　磷含量的测定　铋磷钼蓝分光光度法和锑磷钼蓝分

光光度法》(GB/T 223.59—2008)、《钢铁及合金化学分析方法 磷钼酸铵容量法测定磷量》(GB/T 223.61—1988)、《钢铁及合金化学分析方法 乙酸丁酯萃取光度法测定磷量》(GB/T 223.62—1988)。

实际应用以分光光度法较普遍。本书介绍氟化钠-氯化亚锡光度法。

二、氟化钠-氯化亚锡光度法

该方法为磷钼蓝快速分光光度法,主要用于控制分析,最适合于纯铁、普碳钢、中低合金钢中磷含量为 0.005%~0.10% 的分析。

1. 方法原理

试样用王水溶解,大部分磷转化为正磷酸,少部分转化为亚磷酸,用高氯酸冒烟将亚磷酸氧化成正磷酸。在 $0.8\sim1.1\ mol\cdot L^{-1}$ 硝酸介质中,正磷酸与钼酸铵作用生成黄色磷钼杂多酸,用氟化钠掩蔽铁离子,以氯化亚锡还原磷钼黄为磷钼蓝,最大吸收波长为 660 nm,分光光度法测定。

生成磷钼蓝的反应为

$$H_3[P(Mo_3O_{10})_4]+4Sn^{2+}+8H^+ = (2MoO_2\cdot4MoO_3)_2\cdot H_3PO_4+4Sn^{4+}+4H_2O$$

酸度对磷钼蓝的形成十分重要。据资料介绍,酸度低于 $0.7\ mol\cdot L^{-1}$ 硝酸介质时,过量的钼酸铵也将被还原;酸度为 $1.1\sim1.4\ mol\cdot L^{-1}$,只有部分磷钼黄被还原;酸度高于 $1.4\ mol\cdot L^{-1}$ 时磷钼蓝分解,无蓝色产生;较合适的酸度为 $0.8\sim1.1\ mol\cdot L^{-1}$ 硝酸介质。

硅也能形成硅钼蓝干扰测定,但在较高酸度下($0.8\ mol\cdot L^{-1}$),生成硅钼杂多酸的速率很慢。如果较快加入还原剂和酒石酸,立即与剩余的钼酸铵生成极稳定的配合物,可抑制硅钼杂多酸的生成。

Fe^{3+} 作为基体,会消耗大量的 $SnCl_2$,如加入 NaF 使之形成 FeF_6^{3-} 可消除其干扰,加酒石酸也起类似作用。

砷含量大于 0.1% 也能造成干扰,用盐酸-氢溴酸混合酸处理,可与三价砷和五价砷生成卤化砷,受热易挥发,可消除砷的干扰。

2. 主要试剂

(1) 王水(盐酸∶硝酸=3∶1,体积比)。

(2) 亚硝酸钠溶液(5%)。

(3) 钼酸铵溶液(5%)。

(4) 氟化钠-氯化亚锡溶液。称取 24.0 g 氟化钠溶于 1 L 水中,加入 2.0 g 氯化亚锡,必要时过滤,用时现配,经常使用时,可将氟化钠溶液大量配制,使用时取部分溶液加入氯化亚锡。

(5) 磷酸标准溶液(每 1 mL 含磷 2 μg)。

(i) 称取 0.4393 g 基准磷酸二氢钾(KH_2PO_4)(预先经 105 ℃ 烘干至恒量),用适量水溶解,加入 10 mL 硝酸($\rho=1.42\ g\cdot mL^{-1}$),移入 1000 mL 容量瓶中,用水稀释至刻度,摇匀。此溶液 1 mL 含 100 μg 磷。

(ii) 移取 20.00 mL 上述磷标准溶液(100 μg·mL^{-1}),置于 1000 mL 容量瓶中,加 5 mL 浓硝酸,用水稀释至刻度,摇匀,此溶液 1 mL 含 2 μg 磷。

3. 分析步骤

称取 0.5000 g 试样于 150 mL 烧杯中,加 10 mL 王水,加热溶解,加 5 mL 高氯酸加热蒸发至近干(如试样含砷>0.1%,可在冒高氯酸烟后加 5 mL 体积比为 2∶1 的盐酸-氢溴酸混合酸加热挥发砷),冷却,用少量水溶解盐类,移至 50 mL 容量瓶中,用水稀释至刻度,摇匀。

吸取 5 mL 试液于 150 mL 烧杯中,用刻度吸管准确加入 1 mL 硝酸、2 mL 亚硫酸钠溶液,煮沸 30 s 驱除氧化物,立即加入 5 mL 钼酸铵溶液,摇匀,迅速加入 20 mL 氟化钠-二氯化锡溶液,流水冷却,移至 50 mL 容量瓶中,定容,摇匀。在波长 660 nm 处,以 2 cm 比色皿,用水作空白测定吸光度。根据工作曲线计算出试样中磷的含量。

4. 标准曲线的绘制

(1) 称取 0.5000 g 纯铁粉一份,按分析步骤溶解蒸干,用少量水溶解盐类,移至 50 mL 容量瓶中,以水定容。吸取 5 mL 该溶液 6 份于 6 个 150 mL 烧杯中分别移入 0 mL、1.00 mL、2.00 mL、3.00 mL、4.00 mL、5.00 mL 磷标准溶液(2 μg·mL^{-1}),按上述分析步骤显色,测其吸光度,绘制相应的标准曲线。

(2) 称取相同或相近牌号,不同含磷量的标准样品 4~6 个,同试样操作,绘制吸光度与磷含量标准曲线。

5. 注意事项

(1) 测定磷所用的烧杯必须专用且不接触磷酸,因为磷酸在高温时(100~150 ℃)能侵蚀玻璃,用水及清洁剂不易洗净,使测定磷的结果偏高。

(2) 铁、钛、锆的干扰可通过加入氟化钠掩蔽,氟化钠用量以掩蔽试液中 Fe^{3+} 后稍有过量为宜,若用量过多会破坏磷钼杂多酸。因此,一般控制在 17~20 g·L^{-1};有高价铬、钒存在时,加入亚硫酸钠将锰、铬、钒还原为低价以消除影响;铬含量高时,宜用高氯酸将其氧化成六价铬,再用浓盐酸加热,使铬生成氯化铬酰挥发除去。

(3) 大于 1% 的硅可加入酒石酸钾钠掩蔽,或者延长高氯酸冒烟时间,使硅脱水沉淀;钨的干扰可在试样冒完高氯酸烟,并用水溶解盐类后过滤除去。

(4) 显色时将温度控制在 20~30 ℃为宜。若温度低于 15 ℃,则不显色,低于 20 ℃时需要延长显色时间,高于 30 ℃时颜色不稳定。

第六节　硅的测定

硅是钢中的有益元素之一,能增强钢的抗张力、弹性、耐酸性、耐热性和耐腐蚀性,增大钢的电阻系数,同时它又是炼钢过程中常用的脱氧剂。硅在钢中的主要存在形态为 Fe$_2$Si、FeSi、FeMnSi,高碳硅钢中也有部分生成 SiC,另外有少部分生成硅酸盐状态的夹杂物。普通钢中硅的含量为 0.1%~0.4%,耐酸、耐热合金钢中硅的含量较高,为 0.5%~2.0%,硅钢片中硅的含量可达 4%,生铁中硅的含量一般在 0.3%~1.5%,铸铁中硅的含量为 3%左右。

一、硅的测定方法简介

测定钢铁中的硅,最常用的方法是重量法和分光光度法。

重量法是将试样用盐酸、硝酸溶解后生成硅酸胶体溶液,用高氯酸蒸发冒烟使硅酸脱水形成二氧化硅凝胶沉淀,经过滤、洗涤、灰化、灼烧,以二氧化硅的形式称量,再加硫酸-氢氟酸处理,使硅生成 SiF_4 挥发除去,根据氢氟酸除硅处理前后称量差值计算硅的含量。此方法准确可靠,但操作烦琐、费时,适于一些特殊要求试样和标准样品的分析。重量法适合于 1.00%～6.00%硅含量较高试样的测定。

分光光度法是用稀酸溶解试样,使硅转化为硅酸。加入 $KMnO_4$ 氧化碳化物,再用 $NaNO_2$ 还原过量的 $KMnO_4$,调节到弱酸性,硅酸与钼酸铵生成氧化型黄色硅钼杂多酸(硅钼黄)。在乙二酸存在下,用硫酸亚铁铵将硅钼黄还原成硅钼蓝,在波长约 810 nm 处测量其吸光度。硅钼蓝分光光度法的灵敏度和选择性较好,是测量硅含量为 0.03%～1.00%的最常见方法,它不仅十分迅速,而且有很好的准确度。

国家现行的标准分析方法有《钢铁　酸溶硅和全硅含量的测定　还原型硅钼酸盐分光光度法》(GB/T 223.5—2008)和《钢铁及合金化学分析方法　高氯酸脱水重量法测定硅含量》(GB/T 223.60—1997)。

二、乙二酸-抗坏血酸光度法

该方法主要参考 GB/T 223.5—2008,适用于钢铁中质量分数为 0.010%～1.000%的硅含量的测定。

1. 方法原理

试样用稀硫酸-硝酸溶解,用碳酸钠和硼酸混合熔剂熔融酸不溶残渣,在弱酸性溶液中,硅酸与钼酸铵生成氧化型的硅钼杂多酸盐(硅钼黄),增加 H_2SO_4 浓度,加入乙二酸消除磷、砷、钒的干扰,用抗坏血酸选择性地将硅钼杂多酸还原成蓝色的还原型硅钼杂多酸(硅钼蓝),于波长约 810 nm 处测量其吸光度。

硅酸的获得和显色条件的控制是该法的关键。

1) 硅酸的获得

硅酸在酸性环境中能逐渐地聚合,形成双分子聚合物、三分子聚合物等多分子聚合状态。高聚合状态的硅酸不能与钼酸形成黄色硅钼杂多酸,只有单分子状态的正硅酸能与钼酸盐生成硅钼杂多酸。因此,正硅酸的获得是用光度法测定钢铁中硅含量的关键。

硅酸的聚合程度与硅酸的浓度、溶液的酸度、温度及煮沸和放置的时间有关。硅酸的浓度越高、溶液酸度越大、加热煮沸的时间越长,则硅酸的聚合现象越严重。如果控制二氧化硅的浓度在 $0.7 \text{ mg} \cdot \text{mL}^{-1}$ 以下,则放置 8 天也无硅酸聚合现象。

2) 控制显色条件

酸度对反应影响很大,生成黄色硅钼杂多酸的最适宜浓度为 0.1～$0.25 \text{ mol} \cdot \text{L}^{-1}$,酸度过低则反应不完全,酸度过高则磷和砷也形成相应磷钼杂多酸和砷钼杂多酸,产生干扰。

温度和时间对硅钼杂多酸的形成是互相关联的。温度升高,反应时间缩短。60～70 ℃只需 30 s,30 ℃需 4～5 min,15 ℃时则需要 30 min 以上。

3) 干扰的消除

使用配位掩蔽剂。于硅钼杂多酸形成完全之后加入乙二酸、酒石酸等有机配位剂,磷、砷的钼杂多酸迅速分解,而硅钼杂多酸分解速度则较慢。严格控制加入配位剂和还原剂之间的时间间隔,则可消除磷、砷的干扰。硅钼杂多酸被还原后不被配位及分解,因而不妨碍测定。

2. 主要试剂

(1) 纯铁。硅的含量小于 0.004%(质量分数),并已知其准确含量。

(2) 硫酸(1:3,1:9,体积比)。以 $H_2SO_4(\rho=1.84\ g\cdot mL^{-1})$ 稀释。

(3) 钼酸铵溶液(50 g·mL^{-1})。储于聚丙烯瓶中。

(4) 乙二酸溶液(50 g·mL^{-1})。将 5 g 二水合乙二酸($H_2C_2O_4\cdot2H_2O$)溶于少量水中,稀释至 100 mL 并混匀。

(5) 抗坏血酸溶液(20 g·L^{-1})。称取 6 g 六水合硫酸亚铁铵[$(NH_4)_2Fe(SO_4)_2\cdot6H_2O$],置于 250 mL 烧杯中,用 1 mL 硫酸(1:1,体积比)润湿,加约 60 mL 水溶解,用水稀释至 100 mL,混匀。

(6) 高锰酸钾溶液(22.5 g·L^{-1})。

(7) 亚硝酸钠溶液(100 g·L^{-1})。

(8) 硫酸-硝酸混合酸。500 mL 水中,边搅拌边小心地加入 35 mL $H_2SO_4(\rho=1.84\ g\cdot mL^{-1})$ 和 45 mL $HNO_3(\rho=1.42\ g\cdot mL^{-1})$,冷却后,用水稀释至 1000 mL,混匀。

(9) 硅标准溶液。称取 0.4279 g 二氧化硅(含量大于 99.9%,使用前于 1000 ℃灼烧 1 h 后,置于干燥器中,冷却至室温),置于加有 3 g 无水碳酸钠的铂坩埚中,上面再覆盖 1~2 g 无水碳酸钠。先将铂坩埚于低温处加热,再置于 950 ℃高温处加热熔融至透明,继续加热熔融 3 min,取出,冷却。置于盛有冷水的聚四氟乙烯烧杯中至熔块完全溶解。取出坩埚,仔细洗净,冷却至室温,将溶液移入 1000 mL 容量瓶中,用水稀释至刻度,混匀储于聚四氟乙烯瓶中。此溶液 1 mL 含 200 μg 硅。

3. 分析步骤

1) 试样量

称取试样 0.1~0.4 g,精确至 0.1 mg,控制其含硅量为 100~1000 μg。

2) 测定

(1) 溶解试样。将所称试样置于 250 mL 锥形瓶中,加入硫酸-硝酸混合酸,缓慢温热至试样完全溶解,不断补充蒸发失去的水,以免溶液体积显著减少。煮沸,滴加高锰酸钾溶液(22.5 g·L^{-1})至析出二氧化锰水合物沉淀。再煮沸约 1 min,滴加亚硝酸钠溶液(100 g·L^{-1})至试液清亮,继续煮沸 1~2 min(如有沉淀或不溶残渣,趁热用中速滤纸过滤,用水洗涤)。冷却至室温,将试液移入 100 mL 容量瓶中,用水稀释至刻度,混匀。

(2) 显色。移取 10.00 mL 试液两份,分别置于 50 mL 容量瓶中(一份作为显色溶液,一份作为参比溶液),按下述方法处理:

显色溶液:准确加入 5.0 mL 钼酸铵溶液(50 g·L^{-1}),混匀。于沸水浴中加热 30 s,加入 10.0 mL 乙二酸溶液(50 g·L^{-1}),混匀。待沉淀溶解后 30 s 内,加 5.0 mL 抗坏血酸溶液(20 g·L^{-1}),用水稀释至刻度,混匀。

参比溶液:加入 5.0 mL 钼酸铵溶液(50 g·L^{-1})、10.0 mL 乙二酸溶液(50 g·L^{-1})、5.0 mL 抗坏血酸溶液(20 g·L^{-1}),用水稀释至刻度,混匀。

显色时,如果不在沸水浴中加热,也可在室温放置 15 min 后再加乙二酸溶液(50 g·L^{-1})。

(3) 比色。将部分显色溶液移入 1~3 cm 比色皿中,以参比溶液为参比,于分光光度计波长 810 nm 处测量各溶液的吸光度值。从工作曲线上查出相应的硅含量。

3) 绘制工作曲线

称取数份与试样质量相同且已知其硅含量的纯铁,置于数个 150 mL 锥形瓶中,移取 0.50 mL、1.00 mL、2.00 mL、3.00 mL、4.00 mL、5.00 mL 硅标准溶液 200 μg•mL^{-1},分别置于前述数个锥形瓶中,以下按上述测定过程步骤进行。用硅标准溶液和纯铁中硅含量之和为横坐标、测得吸光度值为纵坐标,绘制工作曲线。

4) 分析结果及计算

以质量分数表示的硅含量按式(13-5)计算:

$$w_{Si} = \frac{m_1 \times V}{m_0 \times V_1} \quad\quad (13-5)$$

式中,w_{Si} 为硅的质量分数;V_1 为分取试液体积,mL;V 为试液总体积,mL;m_1 为从工作曲线上查得的硅量,g;m_0 为试样量,g。

4. 注意事项

(1) 溶样时,不宜煮沸,并需适当加入水,以防止温度过高,酸度过大,使部分硅酸聚合析出,从而使结果偏低。

(2) 乙二酸能迅速破坏磷(砷)钼酸等,也能逐渐分解硅钼酸,故加入乙二酸后,应于 1 min 内加抗坏血酸,否则结果偏低。快速分析时,也可将乙二酸、抗坏血酸在临用前等体积混合,一次加入。

(3) 低含量硅的分析尽量使用二次蒸馏水。

三、高氯酸脱水重量法

1. 方法原理

试样经酸溶解,用高氯酸蒸发冒烟使硅酸脱水,过滤洗净后,灼烧成二氧化硅。用硫酸-氢氟酸处理,使之生成四氟化硅挥发除去。由除硅前后的质量差计算硅的质量分数。

该方法适用于生铁、铁粉、碳钢、合金钢、高温合金和精密合金中质量分数为 0.10%～6.0% 的硅含量的测定。

2. 分析步骤

称取试样[①]置于 400 mL 烧杯中(随同试样做试剂空白),加 30～60 mL 盐酸($\rho = 1.19$ g•mL^{-1})-硝酸($\rho = 1.42$ g•mL^{-1})混合酸[②],盖上表面皿,缓慢加热至试样完全溶解[③]。

取下稍冷,用少量水冲洗表面皿和杯壁,加 20～55 mL 高氯酸($\rho = 1.67$ g•mL^{-1}),加热蒸发至冒烟,盖上表面皿,继续加热使高氯酸回流 15～25 min。

---

① 按表 13-3 称取试样。

② 盐酸($\rho = 1.19$ g•mL^{-1})-硝酸($\rho = 1.42$ g•mL^{-1})混合酸的比例视试样而定。含铬高、混酸难溶的试样,先用盐酸溶解后,用硝酸氧化。

③ 含硼钢中硼含量小于 1%,但大于 0.01%,而硅含量大于 1% 时,均需要除硼。方法如下:试样用 40 mL 盐酸($\rho = 1.19$ g•mL^{-1})溶解后,用硝酸($\rho = 1.42$ g•mL^{-1})氧化至激烈反应停止,并浓缩至体积约为 10 mL,加 40 mL 甲醇,将表面皿移开稍留缝隙,低温缓慢挥发至体积为 10 mL 以下,加 5 mL 硝酸($\rho = 1.42$ g•mL^{-1}),再加高氯酸($\rho = 1.67$ g•mL^{-1}),以下按分析步骤进行。

表 13-3 样品的称取

含量范围/%	称样量/g	高氯酸($\rho=1.67$ g·mL^{-1})用量/mL
0.10~0.50	4.000	55
0.51~1.00	3.000	45
1.01~2.00	2.000	35
2.01~4.00	1.000	25
4.01~6.00	0.5000	20

取下稍冷,用 5 mL 盐酸($\rho=1.19$ g·mL^{-1})润湿盐类,并使六价铬还原,加 100 mL 热水,搅拌,再加热(但不要煮沸)使可溶性盐类溶解,加少量纸浆,立即用定量中性滤纸过滤,用带橡皮头的玻璃棒将黏附在杯壁上的沉淀仔细擦下,用 5％的盐酸洗净烧杯并洗涤沉淀至无铁离子(用 5％硫氰酸铵溶液检查),再用热水洗涤三次。

将滤液及洗涤液移入原溶样烧杯中,加热浓缩至高氯酸冒烟,并回流 15~25 min。以下按上述步骤过滤和洗涤。

将两次所得沉淀连同滤纸置于铂坩埚中,烘干、灰化,用铂坩埚盖盖上部分坩埚,在 1000~1050 ℃高温炉中灼烧 30~40 min(时间视硅含量而定,硅含量高,时间长)。取出,稍冷,置于干燥器中,冷却至室温,称量,反复灼烧至恒量[1,2]。

沿坩埚内壁加 4~5 滴 50％的硫酸、5 mL 氢氟酸($\rho=1.15$ g·mL^{-1}),低温加热至冒尽硫酸烟,再将铂坩埚置于 1000~1050 ℃高温炉中灼烧 20 min,取出,稍冷,置于干燥器中,冷却至室温,称量,并反复灼烧至恒量[2]。

硅的质量分数按式(13-6)计算:

$$w_{Si} = \frac{[(W_1-W_2)-(W_3-W_4)]\times 0.4674}{W}\times 100\% \qquad (13-6)$$

式中,W_1 为氢氟酸处理前铂坩埚与沉淀质量,g;W_2 为氢氟酸处理后铂坩埚与残渣质量,g;W_3 为氢氟酸处理前铂坩埚与试剂空白沉淀质量,g;W_4 为氢氟酸处理后铂坩埚与试剂空白残渣质量,g;W 为称样质量,g;0.4674 为二氧化硅换算为硅的系数。

第七节 锰的测定

锰是钢铁材料的重要合金元素,是钢铁的常见组分之一。因为锰和氧、硫元素有较强的化合能力,故在钢铁冶炼中锰作为良好的脱氧剂、脱硫剂而特意加入。锰在钢铁中主要以固溶体及 MnS、Mn$_3$C、MnSi、FeMnSi 等化合形态存在。锰对钢铁的性能具有多方面的影响,它和硫作用后能消除硫导致的热脆现象,改善钢的热加工性能,提高钢的可锻性和机械强度;锰含量超过 0.8％,即炼成锰合金钢,而大大提高钢的强度和硬度;锰含量超过 10％时,炼成的高锰合金钢特别耐磨。

普通钢中锰含量为 0.25％~0.8％,低合金锰钢中锰的含量为 0.8％~1.5％,耐磨的高锰钢中锰量可达 14％。

---

① 含铌、钽、钛、锆的试样,在 1000~1050 ℃灼烧后,取出,冷却,加 1~1.5 mL 50％硫酸,低温加热至冒尽硫酸烟,在 800 ℃灼烧 10 min。取出,置于干燥器中,冷却至室温,称量,并反复灼烧至恒量。沿坩埚壁加约 1 mL 50％的硫酸及 5 mL 氢氟酸($\rho=1.15$ g·mL^{-1}),低温加热至冒尽硫酸烟,再在 800 ℃灼烧至恒量。

② 含钨、钼较高的试样,在灼烧沉淀过程中,需取出铂坩埚用铂丝搅碎沉淀,以加速钨、钼挥发。氢氟酸挥发硅后于 800 ℃灼烧至恒量。

一、锰的测定方法简介

钢铁中锰的测定方法有容量法、分光光度法和原子吸收光谱法等。

火焰原子吸收光谱法测定锰含量，测定范围为 0.10％～2.0％。可于 1％～4％盐酸介质中用空气-乙炔焰进行测定。试样中的大量其他组分不干扰测定。用锰空心阴极灯，于 279.5 nm 波长处测定，其灵敏度为 0.033 $\mu g(MnO) \cdot mL^{-1}$。

分光光度法测定锰的具体方法很多，实际工作中被长期广泛使用的方法，是基于酸性介质中高碘酸钾或过硫酸铵等强氧化剂能将二价锰氧化为七价锰，借助于 MnO_4^- 的红色，进行光度测定。该方法为锰的灵敏、特效分光光度法。

锰含量在较宽的范围内(0.10％～2.50％)都可采用氧化-还原容量法测定。用高碘酸钾或过硫酸铵等强氧化剂将锰(Ⅱ)氧化为锰(Ⅶ)，再用还原剂的标准溶液滴定锰(Ⅶ)。

现行国家标准分析方法有《钢铁及合金化学分析方法　硝酸铵氧化容量法测定锰量》(GB/T 223.4—1988)、《钢铁及合金化学分析方法　亚砷酸钠-亚硝酸钠滴定法测定锰量》(GB/T 223.58—87)、《钢铁及合金化学分析方法　高碘酸钠(钾)光度法测定锰量》(GB/T 223.63—1988)、《钢铁及合金化学分析方法　火焰原子吸收光谱法测定锰量》(GB/T 223.64—1988)。

工厂实用的分析方法是过硫酸铵氧化容量法、过硫酸铵氧化分光光度法和火焰原子吸收光谱法。下面分别给予详细的介绍。

二、过硫酸铵氧化容量法

该方法又称为过硫酸铵与银盐氧化-亚砷酸钠滴定法，主要参考国际标准 GB/T 223.58—87，适用于生铁、碳钢、合金钢和铁粉中质量分数为 0.10％～2.50％的锰含量的测定。

1. 方法原理

试样经硝酸-硫酸混合酸溶解，锰转化为 Mn^{2+}，在硫酸、磷酸介质中，以硝酸银为催化剂，用过硫酸铵将 Mn^{2+} 氧化为 Mn(Ⅶ)，用亚砷酸钠-亚硝酸钠标准滴定溶液还原滴定，以 Mn(Ⅶ)的红色消失指示终点。主要反应有以下几种：

(1) 溶解反应。

$$3MnS + 14HNO_3 = 3Mn(NO_3)_2 + 3H_2SO_4 + 8NO\uparrow + 4H_2O$$

$$MnS + H_2SO_4 = MnSO_4 + H_2S\uparrow$$

$$3Mn_3C + 28HNO_3 = 9Mn(NO_3)_2 + 10NO\uparrow + 3CO_2\uparrow + 14H_2O$$

(2) 在银盐存在下过硫酸铵氧化锰的反应。

$$2Mn^{2+} + 5S_2O_8^{2-} + 8H_2O = 2MnO_4^- + 10SO_4^{2-} + 16H^+$$

(3) 用亚砷酸钠-亚硝酸钠标准溶液滴定高锰酸还原反应。

$$2MnO_4^- + 5AsO_3^{3-} + 6H^+ = 2Mn^{2+} + 5AsO_4^{3-} + 3H_2O$$

$$2MnO_4^- + 5NO_2^- + 6H^+ = 2Mn^{2+} + 5NO_3^- + 3H_2O$$

过硫酸铵容量法的优点是简便、快速、准确。过量的过硫酸铵可加热分解。

亚砷酸钠还原高锰酸的反应具有优良的选择性，铬(Ⅵ)、铈(Ⅳ)、钒(Ⅴ)、钴(Ⅲ)均不被还原。但亚砷酸钠不能将七价锰完全还原成二价锰，部分七价锰可能被还原为三价锰或四价锰，故反应不能按化学反应式定量完成。亚硝酸钠作还原剂，可以将七价锰定量还原为二价锰，但反应速率缓慢，而且亚硝酸钠本身不稳定，无单独应用价值。以亚砷酸钠-亚硝酸钠混合溶液作还原剂，可扬长避短，互为补充，亚砷酸钠选择性好而且滴定反应速率快，亚硝酸钠使锰（Ⅶ）几乎完全被还原为锰（Ⅱ）。

该方法不能用理论值计算结果，最好用已知锰含量的同类型的标准钢样品来确定亚砷酸钠-亚硝酸钠标准溶液对锰的滴定度。

2. 主要试剂

(1) 硝酸银溶液（0.5%）。称取 0.5 g 硝酸银溶于水中，滴加数滴浓硝酸，用水稀释至 100 mL，储于棕色瓶中。

(2) 过硫酸铵溶液（20%）。用时配制。

(3) 锰标准溶液。称取 0.5000 g 电解锰[99.99%；将电解锰放入 5%（体积分数）硫酸中清洗，待表面氧化锰洗净后，取出，立即用蒸馏水反复洗净，再放在无水乙醇中洗 4~5 次，取出放在干燥器中干燥后方可使用]，置于 250 mL 烧杯中，加 20 mL 25%（体积分数）硝酸，加热溶解，煮沸驱尽氮氧化物，取下冷却至室温，移入 1000 mL 容量瓶中，用水稀释至刻度，混匀。此溶液 1 mL 含 500 μg 锰。

(4) 亚砷酸钠-亚硝酸钠标准溶液。称取 1.63 g 亚砷酸钠和 0.86 g 亚硝酸钠，置于 1000 mL 烧杯中，用水溶解并稀释至 1000 mL，混匀。

亚砷酸钠-亚硝酸钠标准溶液的标定：准确称取与试样量相近似的铁（含锰量不大于 0.002%）三份，分别置于三个 250 mL 锥形瓶中，加 30 mL 硫酸-磷酸混合酸，加热溶解后，滴加浓硝酸破坏碳化物，煮沸驱尽氮氧化物，取下冷却，分别加入锰标准溶液（锰含量与试样中锰含量相似），用水稀释至体积约 80 mL，以下按分析步骤进行。三份溶液所消耗亚砷酸钠-亚硝酸钠标准溶液的毫升数的极差值不超过 0.05 mL，取其平均值。

亚砷酸钠-亚硝酸钠标准溶液对锰的滴定度按式(13-7)计算：

$$T_{Mn} = \frac{0.5000V_1}{V} \tag{13-7}$$

式中，T_{Mn} 为亚砷酸钠-亚硝酸钠标准溶液对锰的滴定度，mg·mL^{-1}；V_1 为锰标准溶液的体积，mL；V 为消耗亚砷酸钠-亚硝酸钠标准溶液的体积，mL。

3. 分析步骤

称取适量试样（含锰 0.1%~1% 时称取 0.5 g，1%~2.5% 时称取 0.25 g，精确至 0.0001 g）置于 250 mL 锥形瓶中，加 30 mL 硫酸-磷酸混合液，低温加热溶解（如试样难溶，可加 1 mL 浓硝酸助溶，如溶液蒸发太多，可添加少量水），滴加浓硝酸氧化，煮沸驱尽氮氧化物，用快速滤纸过滤于另一个 250 mL 锥形瓶中，用 2% 的硝酸洗涤锥形瓶和滤纸数次，加水稀释至体积约 80 mL。加 10 mL 硝酸银溶液（0.5%）、10 mL 过硫酸铵溶液（20%），低温加热煮沸 45 s，取下，放置 2 min，再用流水冷却至室温，加 10 mL 氯化钠溶液（0.4%），摇匀，立即用亚砷酸钠-亚硝酸钠标准溶液以均匀的速度进行滴定（每分钟不超过 6 mL），当溶液呈微红色时，减慢速度滴定到粉红色刚消失为终点（为检验滴定是否过量，可在滴定后的试液中加 1 滴高锰酸钾溶液，如溶液呈微红色说明滴定正常）。

4. 分析结果的计算

锰的质量分数按式(13-8)计算：

$$w_{Mn} = \frac{T_{Mn} \times V}{1000 \times m} \tag{13-8}$$

式中，w_{Mn} 为锰的质量分数；T_{Mn} 为亚砷酸钠-亚硝酸钠标准溶液对锰的滴定度，$mg \cdot mL^{-1}$；V 为消耗亚砷酸钠-亚硝酸钠标准溶液的体积，mL；m 为试样量，g。

5. 注意事项

(1) 低温加热煮沸除去过量的过硫酸铵时，煮沸时间不能太长，否则分析结果偏低。

(2) 标准样品和试样溶液的滴定速度要求一致。

(3) 加入硝酸银及氯化钠的量要严格控制，二者的量应根据化学反应计量加入，否则对锰的测定有影响。例如，硝酸银过量，在滴定时加入的氯化钠不足以全部沉淀硝酸银，氯化银很快结团沉淀，使终点不够明显；如果氯化钠过量或硝酸银加入过少，氯离子的存在会导致高锰酸的还原，产生误差。

(4) 滴定速度不能太快，特别是接近终点时，因为亚硝酸钠与高锰酸反应不能立即完成，若滴定太快，亚硝酸钠过量，导致结果偏高。

(5) 硫磷混合酸中的磷酸不仅可以提高 $HMnO_4$ 的稳定性，防止 Mn^{4+} 的生成，而且可以与 Fe^{3+} 生成无色的 $Fe(PO_4)_2^{3-}$，有利于对终点的判断。

三、过硫酸铵氧化分光光度法

该方法为钢铁中锰的快速分析方法，适用于碳钢，低、中合金钢，合金工具钢中锰的质量分数为 0.070%～3.00% 的锰含量的测定。

1. 方法原理

试样用酸溶解，在一定的酸度条件下，硝酸银作催化剂，过硫酸铵将锰氧化为红色的高锰酸，借此测定其吸光度。铬、钼、钒、镍等有色离子的干扰，可另取一份试样显色溶液，加 EDTA 使高锰酸还原成二价锰，制成空白溶液以消除有色离子的干扰。

2. 主要试剂

(1) 硝酸银溶液(2%)。储存于棕色瓶中，并加浓硝酸数滴。

(2) 过硫酸铵溶液(30%)。用时配制。

(3) EDTA 溶液(5%)。称取乙二胺四乙酸二钠盐 5 g 溶于 100 mL 热水中。

3. 分析步骤

称取试样 0.2～0.5 g 置于 250 mL 小烧杯中，加 20 mL 硫酸-磷酸混合酸溶液，低温加热溶解；加 5 mL 硝酸溶液(3∶5，体积比)，煮沸驱除氮氧化物；稍冷，加水 40 mL、硝酸银溶液 10 mL 及过硫酸铵溶液 10 mL，加热煮沸 30～40 s；流水冷却，移入 100 mL 容量瓶中，用水稀释至刻度，摇匀。

将上述试样溶液注入两个 2 cm 或 3 cm 比色皿中，其中一个加 2 滴 EDTA 溶液，待红色褪去后作为空白溶液,在波长 530 nm 处测定吸光度。从工作曲线上查得锰的质量分数。

工作曲线的绘制:称取锰含量不同的标准钢样 6 份,按上述分析步骤操作,测定吸光度并绘制工作曲线。

4. 注意事项

(1) 试样若难溶于硫酸-磷酸混合酸,可改用王水溶解,然后以硫酸-磷酸混合酸冒烟。

(2) 红色高锰酸生成后,应避免长时间煮沸,以防止其分解而使分析结果偏低。

(3) 加入 EDTA 溶液后,应在 5 min 内比色完毕,若放置时间过长则导致分析结果偏高。

四、火焰原子吸收光谱法

该方法适用于生铁、碳素钢及低合金钢中锰含量的测定。

1. 分析步骤

(1) 试样的处理。称取 0.5000 g 试样,置于 300 mL 烧杯中,加入 20 mL 盐酸置于电热板上加热使之完全溶解,加入 2~3 mL 过氧化氢使铁氧化(试样未完全溶解时,不要加过氧化氢)。加热煮沸片刻,分解过剩的过氧化氢,取下冷却,过滤(如果试液中碳化物、硅酸等沉淀物很少,不妨碍喷雾器的正常工作,可免去过滤),用 2% 的盐酸洗涤,滤液和洗液移入 100 mL 容量瓶中,用水稀释至刻度,混匀。

(2) 吸光度的测定。将试样溶液在原子吸收光谱仪上,于波长 279.5 nm 处,以空气-乙炔火焰,用水调零,测量吸光度。根据工作曲线计算出锰的浓度($\mu g \cdot mL^{-1}$)。

(3) 工作曲线绘制。配制锰标准溶液,称取 1.0000 g 金属锰(含量在 99.9% 以上),置于 400 mL 烧杯中,加入 30 mL 盐酸(1:2,体积比),加热分解,冷却后移入 1000 mL 容量瓶中,用水稀释至刻度,混匀。1 mL 此溶液含 1.00 mg 锰。

称取纯铁数份,每份 0.5000 g,分别置于 300 mL 烧杯中,加入 0~10.00 mL 锰标准溶液,然后按照上述步骤测量每份溶液的吸光度。以锰浓度为横坐标、吸光度为纵坐标,绘制工作曲线。

2. 注意事项

(1) 对于用盐酸分解有困难的试样可按下面的方法处理:将试样置于 300 mL 烧杯中,盖上表面皿,加入 30 mL 王水,加热分解蒸发至干。冷却,加入 20 mL 盐酸(1:2,体积比)溶解可溶性盐类,过滤,用盐酸洗涤滤纸。将滤液和洗液移入 100 mL 容量瓶中,用水稀释至刻度,混匀。

(2) 对于生铁试样,将试样置于 300 mL 烧杯中,盖上表面皿,加入 10 mL 硝酸(1:1,体积比),加热分解,然后加入 7 mL 高氯酸,加热至冒白烟,冷却后加少量水溶解盐类,移入 100 mL 容量瓶中,用水稀释至刻度,混匀,过滤。

第八节　碳素钢和中低合金钢的光电发射光谱分析

光电直读发射光谱分析法同时测定钢铁中的多元素,具有试样制备简单、分析速度快、精度高的显著优点。这里介绍光电直读发射光谱分析法测定碳素钢和低合金钢中碳、硅、锰、磷、硫、铌、镍、铜、铝等 22 种元素的测定方法。各元素的测定范围如表 13-4 所示。

表 13-4 光电直读发射光谱分析法测定各元素的测定范围(单位:%)

元素	含量	元素	含量	元素	含量	元素	含量	元素	含量
C	0.005~1.400	Si	0.005~3.500	Mn	0.003~2.000	P	0.003~0.150	S	0.002~0.100
Al	0.004~1.50	Ni	0.001~5.000	Cr	0.001~2.500	Cu	0.005~1.000	Mo	0.005~1.60
Ti	0.001~0.900	V	0.005~1.00	Al	0.004~0.050	Nb	0.005~0.500	W	0.005~2.00
Co	0.005~0.400	B	0.0005~0.010	Zr	0.002~0.016	A	0.002~0.300	Sn	0.002~0.300
Pb	0.001~0.030	Sb	0.001~0.030	Bi	0.001~0.030				

一、方法简介

将加工好的试样作为一个电极,用光源激发,光束引入真空分光计,通过凹面衍射成光谱后,对选用的分析线和内标线的强度进行光电测量,根据用标准样品制作的工作曲线计算出样品中分析元素的含量。

二、分析仪器

光电直读发射光谱仪如图 13-4 所示。真空型直读光谱仪应放置在防震、洁净的实验室内,室内温度保持在 20~30 ℃,在同一再校准周期内室内温度变化不超过 5 ℃,相对湿度小于80%。

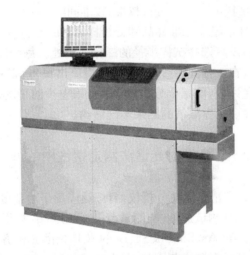

图 13-4 ARL-2460/4460 型真空型直读光谱仪

三、试样的验收、制备和分析

该方法适用于分析试样直径为 25~50 mm、高度为 12~50 mm 的块状试样。适用于炉前急冷试样和成品缓冷试样。

试样的验收和制备:检查试样是否符合标准,圆饼小样和铸态锥形试样要求无飞边、无污物无明显裂纹和夹杂。试样用手抓牢,小心用氧化铝砂带或砂轮磨制平整,网纹一致,注意研磨时间不能过长,试样温度不能过高,可用流水冷却后再研磨。圆饼形小样,表面必须去掉1~1.5 mm厚度,保证研磨面平整,无气孔、裂纹和夹杂。

四、标准样品和再校准样品

1. 标准样品

标准样品是为日常分析绘制校准曲线所需的有证参比物质。所选用标准样品中各分析元素含量必须有适当的梯度。

2. 再校准样品

由于仪器状态的变化,测定结果发生偏离,为直接利用原始校准曲线,求出准确结果,用两个样品对仪器进行标准化,这种样品称为再校准样品。该样品必须是非常均匀的,且被校准元素含量分别取每个元素校准曲线上限和下限附近的含量。它可以从标准样品中选出,也可以专门冶炼。

五、试样分析

(1)分析工作前,先激发一块样品 2～5 次,确保仪器稳定,使仪器处于最佳工作状态。

(2)校准曲线的制作:在选定的工作条件下,激发一系列标准样品,每个样品至少激发 3 次,以每个待测元素相对强度平均值和标准样品中该元素的浓度值绘制校准曲线。

(3)每天应再用再校准样品对仪器进行校准,校准间隔取决于仪器的稳定性。

(4)在选定的工作条件下激发标准样品和分析样品,在"分析含量"程序分析试样,正确输入分析组代码和试样号,激发点选择试样半径的二分之一处。每个试样至少分析两点,检查两点是否在 1 倍允许差之内,在 1 倍允许差内,打印平均值出报告,否则分析第三点。三个结果比较,极差不超过 1.2 倍允许差,取三个分析值中两点误差少的平均值报出结果。数字修约按 GB 8170—2008 执行,钢种规格界限值的结果不准修约。

第九节　ICP 发射光谱法测定钢铁中的五害元素

ICP 光谱仪作为一种大型精密无机分析仪器,广泛应用于冶金分析中,用于从超微量到常量的定性或定量分析。它具有测试速度快、测量范围宽、分析结果准确可靠等特点。这里介绍低合金钢及碳素钢中五害元素 As、Sn、Pb、Sb、Bi 的 ICP 光谱分析方法。该方法适用于钢样,要求样品能溶于混合酸。各元素测定范围如下:As 0.0005%～0.05%,Sn 0.002%～0.10%,Pb 0.002%～0.10%,Sb 0.0005%～0.05%,Bi 0.0005%～0.05%

一、方法简介

试样经盐酸、硝酸溶解定容后进入雾化器雾化,被氩气带入等离子体后,经过等离子体干燥、原子化,进行原子或离子发射,发射其特征光谱。ARL-3410 型仪器采用每毫米 2400 条刻度线的平面全息光栅,焦距为 1 m,狭缝、透镜、光栅布局采用切尼尔-纳特结构,采用步进带动光栅转动,达到对波长的扫描。

二、分析仪器及试剂

1. FWS-1000 等离子体发射光谱仪

FWS-1000 等离子体发射光谱仪(图 13 - 5)采用新型高灵敏度、宽光谱范围的光电倍增管、光电转换器件,信号采集为 V/F 转换,测量样品含量范围宽、灵敏度高、稳定性好。

图 13-5 FWS-1000 等离子体发射光谱仪

2. 试剂

硝酸(分析纯);盐酸($\rho = 1.19$ mg · mL^{-1})(优级纯);高纯铁(>99.98%);KBH$_4$ 溶液(称取 1.0 g KOH 溶于 50 mL 水中,将 0.50 g 硫脲、0.50 g 抗坏血酸、0.20 g 碘化钾、1.0 g KBH$_4$ 分别溶于 KOH 溶液中,用水稀释至 100 mL)。

3. 标准溶液

1) 标准储备液

配制 As、Sn、Pb、Sb、Bi 的标准储备液,其浓度均为 1.00 mg · mL^{-1}。

2) 混合标准溶液

用标准储备液配制 As 等五种元素的混合标准溶液(表 13-5),其浓度均为 10 μg · mL^{-1}。

表 13-5 混合标准溶液的配制

标准储备液(1.0 mg · mL^{-1})	加入体积/mL	混合定容体积/mL	混合标液各元素浓度/(μg · mL^{-1})
As			
Sn			
Pb	10.0	1000	10
Bi			
Sb			

三、分析步骤

称取 0.5000 g 试样。随同试样做试剂空白。按以下方法测定。

1. 分析条件

冷却气流量:0.19 MPa (28 psi) 6.8 L · min^{-1}。
载气流量:0.30 MPa (44 psi) 0.77 L · min^{-1}。
辅助气流量:0.15 MPa (22 psi) 0.75 L · min^{-1}。
矩管观测高度:10 cm。

试液提升量:1.8 mL·min^{-1}。

蠕动泵转动显示数:25。

蠕动泵流量:2.5 mL·min^{-1}。

分析线波长:As 189.013 nm;Sn 189.961 nm;Pb 220.352 nm;Sb 206.819 nm;Bi 223.062 nm。

2. 零位操作

点火状态下,在屏幕主菜单 Setup 项中选择 Zero Order Calibration 回车,按 F4(Zero)键开始做零位操作,屏幕上自动显示三次零位校正峰值,如果三值极差小于 0.0010,可储存,按 Y 键,否则重新做零位校正。室内恒温,零位操作 1 次/4 h;室内温度±2 ℃,零位操作 1 次/2 h。

3. 波长定位

在分析某元素之前必须做此元素的波长定位,在工作画面 Explore 项下选择 Wavelength Refinement 项回车。将光标亮块置于所选工作元素上,毛细管插入含该元素的标液,在点火状态下,按"Refine F4"键开始定位,输出积分时间 0.5 s 后回车,仪器自动定位完成后按"Save F8"储存,返回工作画面。

4. 波长扫描

用高、低标液进行波长扫描以比较此元素是否有干扰及其灵敏度的好坏,用以背景的扣除。在工作画面 Explore 项下按 F3 键选择 Scan 项回车,再按 F1 Single Line 将毛细管插入该元素标液中,在点火状态下,按 F1(Run Scan)回车,按 F1 输入该元素符号,按 F4 Scan,开始扫描。扫描后按 F8(Save)存储。

5. 工作曲线的建立

取 7 个 250 mL 烧杯,分别加入高纯铁 0.0500 g 及体积比为 1∶2∶2 的盐酸-硝酸-水混合酸 50 mL,加热溶解后取下冷却至室温,转移至 7 个 100 mL 容量瓶中分别移取混合标准溶液(10 μg·mL^{-1})0.00 mL、1.00 mL、5.00 mL、10.00 mL、20.00 mL、30.00 mL、50.00 mL 于 100 mL 容量瓶中,用水稀释至刻度,混匀,其浓度分别为 0.00 μg·mL^{-1}、0.10 μg·mL^{-1}、0.50 μg·mL^{-1}、1.00 μg·mL^{-1}、2.00 μg·mL^{-1}、3.00 μg·mL^{-1}、5.00 μg·mL^{-1},按分析条件分别测定 As 等五种元素的强度,以元素含量为横坐标,以强度计数为纵坐标,分别绘制标准曲线,其他元素方法类似。

建立工作任务:在主菜单 Setup 项选 Task Definition 回车,按 F2(ADD)键输入任务名称后返回主菜单(按 Esc 键)。

选择分析谱线:在主菜单 Setup 项选 Analytical Lines 项回车,按 F1 键(Select Lines),将光标置于所需元素上,屏幕上显示该元素的不同波长,根据所需,光标置于某一波长后按 F4 (Select),条件设定好后返回。

输入曲线的含量:在主菜单 Setup 项选 F4(Calibrate Lines)回车,再选 F2(Sequence Standards)回车,在 Add Sequence File 项回车,输入任务名称后出现一画面,按 F3(Add Soln)输入试样样号或名称,按 F4(Add Line)输入该标样的含量,依次将系列标样的样号和含量输入后按 F8 储存。

在主菜单 Setup 项选 Calibrate Lines 回车，Run Standards 回车，选 Manual 方式按 F1 (Run Standards)进行分析（注：此时棕-棕管插入标液中，棕-白管插入 KBH_4 混合液中），分析完后在 F4(Fit Curve)项观察曲线。

6. 仪器标准化操作

取 2 个 250 mL 烧杯，分别加入高纯铁 0.0500 g 及体积比为 1:2:2 的盐酸-硝酸-水混合酸 50 mL，加热溶解后取下冷却至室温，转移至 100 mL 容量瓶中，分别加混合工作标液 0.00 mL、30.00 mL，用水稀释至刻度并混匀，得到两个标准样品，其中一个是标准曲线的原点标准样，另一个含混合工作标液(10 $\mu g \cdot mL^{-1}$)30.00 mL。

工作画面 Setup 项中选 F3(Reference Solutions)回车，分别输入空白、低标、高标样的含量与名称。

返回工作画面在 Analyze 项中选 F1 Manual 回车后再选择 Run Unknows 回车按 F2(完成漂移校正)进行漂移分析（此时棕-棕管应插入校准液中，棕-白管应插入 $NaBH_4$ 液中）按 F8 (Save)分析完成后，仪器自动将 α 增溢值与斜率值 β 输入计算机，如果 α、β 值超出范围，需重新进行仪器标准化操作，若漂移现象太严重，需重新绘制标准曲线。

用一控制样标液在主菜单 Analyze 项下选择 Manual 回车，在 F2 Unknowns 项按 F1(Analyse)进行分析，其数值应在管理值范围之内。

7. 试样分析

称取样品 0.5000 g 于 250 mL 烧杯中，加体积比为 1:2:2 的盐酸-硝酸-水混合酸 50 mL，加热溶解，取下，冷却至室温。转移至 100 mL 容量瓶中，用水稀释至刻度混匀，上机喷测。在工作画面 Analyze 项中选 Manual 回车，再按 F2 Run Unknowns 回车，将棕-棕毛细管插入试液中，棕-白毛细管插入 KBH_4 溶液中，按 F1(Analyse)键开始分析，得出结果并打印报告。

第十节 铁矿石中全铁量的测定

铁矿是钢铁工业的基础原料。铁矿石的种类很多，用来炼铁的常见矿物有磁铁矿、赤铁矿、褐铁矿、菱铁矿、黄铁矿等。铁矿石中的铁大都以铁的氧化物形式存在，少量以硅酸盐形式存在。除含铁外，还含有二氧化硅、硫、磷及其他金属和非金属元素。铁矿石分析一般要测定二氧化硅、全铁、硫、磷等，有时为了冶炼工艺的需要，还要测定酸溶铁、氧化亚铁、氧化钙、氧化镁、氧化锰、氧化钛等。这里介绍铁矿石、烧结矿、球团矿中全铁的测定，方法为三氯化钛-重铬酸钾容量法。

一、测定原理

矿石用盐酸溶解后，在热的浓盐酸溶液中 $SnCl_2$ 作还原剂，将试样中大部分的 Fe^{3+} 还原为 Fe^{2+}，再用 $TiCl_3$ 还原剩余的 Fe^{3+}，当全部的 Fe^{3+} 被还原为 Fe^{2+} 后，稍过量的 $TiCl_3$ 可用 Na_2WO_4 氧化去除，而 Na_2WO_4 被还原为钨蓝，由无色变为蓝色，然后用少量的稀 $K_2Cr_2O_7$ 溶液将过量钨蓝氧化，使蓝色刚好消失。在硫酸-磷酸混酸介质中，以二苯胺磺酸钠为指示剂，用 $K_2Cr_2O_7$ 标准溶液滴定至溶液呈紫色为终点。主要反应方程式为

$$2Fe^{3+} + SnCl_4^{2-} + 2Cl^- \Longrightarrow 2Fe^{2+} + SnCl_6^{2-}$$

$$Fe^{3+} + Ti^{3+} + H_2O \Longrightarrow Fe^{2+} + TiO^{2+} + 2H^+$$

$$Cr_2O_7^{2-} + 14H^+ + 6Fe^{2+} \Longrightarrow 2Cr^{3+} + 6Fe^{3+} + 7H_2O$$

二、试剂

(1) 硫-磷混酸。将 150 mL 硫酸($\rho = 1.84$ g·mL^{-1})在搅拌下缓慢注入 500 mL 水中,冷却后再加入 150 mL 磷酸($\rho = 1.70$ g·mL^{-1}),用水稀释至 1000 mL,混匀。

(2) 二氯化锡溶液(6%)。称取 6 g 二氯化锡溶于 20 mL 盐酸中,溶解后用水稀释至 100 mL,混匀(用时现配)。

(3) 三氯化钛(1:19,体积比)。取三氯化钛溶液(15%～20%)1 份,加 10% 的盐酸 19 份混匀(用时现配)。

(4) 钨酸钠(25%)。称取 25 g 钨酸钠溶于适量水中(若浑浊需过滤),加 5 mL 磷酸($\rho = 1.70$ g·mL^{-1}),用水稀释至 100 mL,混匀。

(5) 重铬酸钾标准溶液(0.008 333 mol·L^{-1})。称取 2.4515 g 预先在 150 ℃烘干 1 h 的重铬酸钾(基准试剂)溶于水,移入 1000 mL 容量瓶中,用水稀释至刻度,混匀。

(6) 硫酸亚铁铵溶液(约 0.05 mol·L^{-1})。称取 19.7 g 硫酸亚铁铵溶于 5% 的硫酸中,移入 1000 mL 容量瓶中,用 5% 的硫酸稀释至刻度,混匀。

三、测定步骤

准确称取 0.2000 g 铁矿石试样,于 250 mL 锥形瓶中,用少量水润湿,加 25 mL 硫-磷混酸,轻轻摇动锥形瓶,使试样分散。于电炉上加热溶解,加热过程中不断摇动,煮沸后加 1 mL 浓硝酸,溶解加热至冒硫酸烟,取下自然冷却。用少量水冲洗瓶壁,加 12 mL 盐酸。加热至沸,趁热滴加 SnCl$_2$,还原至浅黄色,加水约 100 mL(此时,控制温度在 50～60 ℃,温度高时,可用流水冷却)。然后加钨酸钠指示剂 10 滴,用三氯化钛溶液还原至溶液呈蓝色,再滴加重铬酸钾溶液氧化过量的三氯化钛至蓝色刚好消失。冷却至室温,以水稀释至溶液体积为 150 mL 左右。加二苯胺磺酸钠指示剂 4 滴,用重铬酸钾标准溶液滴定至稳定的紫红色为终点。

由于水质、试剂纯度等的影响,存在的杂质可能会使结果偏高,因此需测定空白(V_0),空白试液滴定时,先加入 6.00 mL 硫酸亚铁铵溶液,加入指示剂,再滴定,记下消耗的重铬酸钾标准溶液的体积(A)。再向溶液中加入 6.00 mL 硫酸亚铁铵,然后以重铬酸钾溶液滴定至呈稳定的紫红色,记录消耗的体积(B),则空白 $V_0 = A - B$。

四、结果计算

全铁的含量按式(13-9)计算:

$$w_{Fe} = \frac{6 \times c_{K_2Cr_2O_7} \times (V - V_0) \times 55.85}{1000 \times m} = \frac{(V - V_0) \times 0.002\ 792\ 4}{m} \quad (13-9)$$

式中,w_{Fe} 为铁的质量分数;$c_{K_2Cr_2O_7}$ 为 K$_2$Cr$_2$O$_7$ 标准溶液的浓度,mol·L^{-1};V 为消耗 K$_2$Cr$_2$O$_7$ 标准溶液的体积,mL;V_0 为空白溶液消耗 K$_2$Cr$_2$O$_7$ 标准溶液的体积,mL;m 为试样的质量,g;55.85 为铁的摩尔质量,g·mol^{-1};0.002 792 4 为 1 mL 重铬酸钾标准溶液(0.008 333 mol·L^{-1})相当于铁量,g。

五、讨论

（1）加入磷酸能与 Fe^{3+} 生成无色配离子，可防止 Fe^{3+} 对指示剂的氧化作用，并可消除三氯化铁的黄色影响，使终点明显。同时由于 $Fe(HPO_4)_2^-$ 的生成，降低了 Fe^{3+}/Fe^{2+} 电对的电位，使化学计量点附近的电位突跃增大，提高了结果的准确度。但实验发现一些难溶的样品可能溶解不完全，考虑到浓硝酸氧化能力强且易挥发分解，故加入 1 mL 浓硝酸辅助分解样品，如试样含硅量较高时，可加入 1～2 滴氢氟酸溶解残渣。

（2）温度太低，溶样时间长，易形成焦磷酸盐沉淀，使分析结果偏低；温度太高时，冒白烟快，$FeCl_3$ 挥发，造成损失。

（3）定量还原 Fe^{3+} 时，不能单独用 $SnCl_2$。因为 $SnCl_2$ 不能将 $W(VI)$ 还原为 $W(V)$，无法指示预还原的终点，所以无法准确控制其用量。也不能单独使用 $TiCl_3$ 还原 Fe^{3+}，因为在溶液中如果引入太多的钛盐，当用水稀释时，大量的 Ti^{4+} 易水解而生成沉淀，影响测定，所以用 $SnCl_2$-$TiCl_3$ 联合预还原法。

思　考　题

1. 钢铁试样应如何选用合适的分解方法？
2. 气体容量法测定钢中碳的原理是什么？应注意哪些关键性问题？
3. 简述燃烧气体容量法定碳装置的主要组成部分。校正系数如何计算？
4. 非水滴定法测定钢铁中的碳时应如何消除硫的干扰？
5. 乙醇-乙醇胺非水溶液滴定法测定钢中碳的原理是什么？在操作中应注意哪些问题？
6. 试述燃烧-碘酸钾容量法测定硫的原理。结果为什么不能按标准溶液的理论浓度进行计算？
7. 测定硫的装置如何？各部件分别起什么作用？
8. 影响磷钼杂多酸还原的因素有哪些？
9. 如何消除钢中硅、砷对杂多酸光度法测定磷的干扰？
10. 试述硅钼蓝光度法测定钢中硅的原理。
11. 简述硅钼杂多酸的生成条件。
12. 磷、砷对硅钼蓝法测定硅是如何干扰的？应如何消除？
13. 试述过硫酸铵与银盐氧化-亚砷酸钠滴定法测定锰的基本原理。
14. 以亚砷酸钠-亚硝酸钠混合溶液作高锰酸的还原剂的优点是什么？
15. 光电直读发射光谱分析钢铁中多元素有什么优点？简述分析过程。
16. 试述三氯化钛-重铬酸钾容量法测定铁矿石中全铁含量的原理。写出定量反应式。加入磷酸的作用是什么？为什么要用 $SnCl_2$-$TiCl_3$ 联合预还原法？

第十四章 煤 的 分 析

煤的工业分析又称为煤的技术分析或实用分析,是评价煤质的基本依据。在国家标准中,煤的工业分析包括煤的水分、灰分、挥发分和固定碳等指标的测定。由于煤粉炉炉膛火焰中心温度多在 1500 ℃以上,在这样的高温下,煤灰大多呈软化或流体状态,有时还要测定煤的灰熔点,灰熔点是衡量煤灰熔融性的一个指标。通常煤的水分、灰分、挥发分是直接测量出来的,而固定碳是用差减法计算出来的。广义上说,煤的工业分析还包括煤的全硫分和发热量的测定,又称为煤的全工业分析。

第一节 概 述

一、组成

煤包含很多种元素,由可燃物和不可燃物两部分组成。可燃物主要包括有机质和少量的矿物质。不可燃物包括水和大部分矿物质,如碱金属、碱土金属、铁、铝等的盐类。煤的元素组分主要是碳、氢、氧、氮、硫五种元素。煤中可燃物、不可燃物、有害杂质的含量及发热量的高低是评价煤质量的重要指标。

二、分析方法

对于煤的分析检验,因为目的不同,一般分为两类。

1. 工业分析

工业分析(技术分析或实用分析)包括煤中水分、灰分、挥发分产率、固定碳硫分等的含量和发热量的测定,根据分析结果可以大致了解煤中有机质的含量及发热量的高低,从而初步判断煤的种类、加工利用价值及工业用途。煤的工业分析主要用于煤的生产部门或使用部门。

2. 元素分析

元素分析主要测定煤中的碳、氢、氧、氮、硫等元素的含量,从而了解煤的元素组成。元素分析是对煤进行科学分类的主要依据之一,在工业上是计算发热量、干馏产物的产率、热量平衡的依据。

三、煤的分类

煤的分类标准很多,一般按工业分析的组成,大致分为四类(表 14-1)。

(1) 泥煤。泥煤又称草炭、泥炭,它是几千年形成的天然沼泽地产物,是煤化程度最低的煤,是煤最原始的状态。不同地区的泥煤组成不同,如东北属高寒地区,泥炭的氮和灰分元素含量较低,略显酸性或强酸性,pH=5.0~5.9,含水量很高。其固相物质主要是由未完全分解的植物残体和完全腐殖化的腐殖质以及矿物质组成的,前两者有机物质一般占固相物质的半数以上。

（2）褐煤。多为块状，呈黑褐色，光泽暗，质地疏松，含挥发分 50％左右，燃点低，容易着火，燃烧时上火快，火焰大，冒黑烟，含碳量与发热量较低（因产地煤级不同，发热量差异很大），燃烧时间短，需经常加煤。

（3）烟煤。一般为粒状、小块状，也有粉状的，多呈黑色而有光泽，质地细致，含挥发分 10％以上，燃点不太高，较易点燃，含碳量与发热量较高，燃烧时上火快，火焰长，有大量黑烟，燃烧时间较长，大多数烟煤有黏性，燃烧时易结渣。

（4）无烟煤。有粉状和小块状两种，呈黑色，有金属光泽而发亮，杂质少，质地紧密，固定碳含量高，可达 90％以上，挥发分含量低，在 10％以下，燃点高，不易着火，但发热量高，刚燃烧时上火慢，火上来后比较大，火力强，火焰短，冒烟少，燃烧时间长，黏结性弱，燃烧时不易结渣，应掺入适量煤土烧用，以减轻火力强度。

表 14-1　煤的工业分析组成

种　类	挥发分产率 V^f	固定碳 C_{GD}^f	发热量/(Cal[①] $\cdot$ g^{-1})
泥煤	60 以上	30	5000～5400
褐煤	40～60	47	6000～7000
烟煤	10～40	60～70	7000～8500
无烟煤	6～10	90～94	8500 以上

① 1 Cal=4186.8 J，下同。

煤的工业用途非常广泛，归纳起来主要是冶金、化工和动力三个方面。同时，在炼油、医药、精密铸造和航空航天工业等领域也有广阔的利用前景。各工业部门对所用的煤都有特定的质量要求和技术标准。炼焦用煤的质量要求以能得到机械强度高、块度均匀、灰分和硫分低的优质冶金焦为目的；气化用煤的质量要求是化学反应性大于 60％，不黏结或弱黏结，灰分小于 25％，硫分小于 2％，水分小于 10％，灰熔点大于 1200 ℃，粒度小于 10 mm；炼油用煤的要求取决于炼油方法；燃料用煤，任何一种煤都可以作为工业和民用的燃料，不同工业部门对燃料用煤的质量要求不一样，蒸汽机车用煤要求较高，国家规定挥发分≥20％，灰分≤24％，灰熔点≥1200 ℃；发电厂一般应尽量用灰分大于 30％的劣质煤，少数大型锅炉可用灰分 20％左右的煤。为了将优质煤用于发展冶金和化学工业，近年来，我国在开展低热值煤的应用方面取得了较快的进展，不少发热量仅有 8372.5 J·kg^{-1}左右的劣质煤和煤矸石也能用于一般工厂，有的发电厂已掺烧煤矸石达 30％。

第二节　煤的工业分析

在煤质分析化验中，不同的煤样其化验结果是不同的。同一煤样在不同的状态下其测试结果也是不同的。如一个煤样的水分，经过空气干燥后的测试值比空气干燥前的测试值要小。所以，任何一个分析化验结果必须标明其进行分析化验时煤样所处的状态。

应用状态（收到基，应用基，ar）：收到该批煤样时的状态，含全水分，此时煤样称为应用煤。

分析状态（分析基，f）：由实验室煤样制成粒度在 0.2 mm 以下，空气干燥后的状态，含分析水分，此时煤样称为分析煤样。

干燥状态（干燥基，ad）：煤样所处的状态为干燥状态，不含水分，此时煤样称为干燥煤。

可燃状态(可燃基,daf):不含水分和灰分,煤样的这种状态在实际中是不存在的,是在煤质分析化验中,根据需要换算出的无水、无灰状态。

一、水分的测定

煤的水分是煤炭计价中的一个辅助指标,直接影响煤的使用、运输和储存。煤的水分增加,煤中有用成分相对减少,且水分在燃烧时变成蒸汽吸收热量,因而降低了煤的发热量;煤的水分增加还增加了无效运输,并给卸车带来困难,特别是冬季寒冷地区,经常发生冻车,影响卸车及生产;煤的水分的存在也容易引起煤炭黏仓而减小煤仓容量,甚至发生堵仓事故。

煤中水分按存在形态的不同分为两类,即游离水和化合水。游离水是以物理状态吸附在煤颗粒内部毛细管中和附着在煤颗粒表面的水分;化合水也称为结晶水,是以化合的方式同煤中矿物质结合的水。游离水在 105~110 ℃下经过 1~2 h 可蒸发掉,而结晶水通常要在 200 ℃以上才能分解析出。煤的工业分析中只测游离水,不测结晶水。

煤的游离水分又分为外在水分和内在水分。外在水分是附着在煤颗粒表面的水分。外在水分很容易在常温下的干燥空气中蒸发,蒸发到煤颗粒表面的水蒸气压与空气的湿度平衡时就不再蒸发。内在水分是吸附在煤颗粒内部毛细孔中的水分,需在 100 ℃以上经过一定时间才能蒸发。当煤颗粒内部毛细孔内吸附的水分达到饱和状态时,煤的内在水分达到最高值,称为最高内在水分。最高内在水分与煤的孔隙度有关,而煤的孔隙度又与煤的煤化程度有关。所以,最高内在水分含量在相当程度上能反映煤的煤化程度,尤其能更好地区分低煤化度煤。例如,年轻褐煤的最高内在水分多在 25%以上,少数的煤(如云南弥勒褐煤)最高内在水分达 31%。最高内在水分小于 2%的烟煤几乎都是强黏性和高发热量的肥煤和主焦煤。无烟煤的最高内在水分比烟煤有所下降,因为无烟煤的孔隙度比烟煤有所增加。

煤中全水分是指煤中全部的游离水分,即煤中外在水分和内在水分之和。必须指出的是,化验室测试煤的全水分时所测的煤的外在水分和内在水分,与前文所述的煤中不同结构状态下的外在水分和内在水分是完全不同的。化验室所测的外在水分是指煤样在空气中并同空气湿度达到平衡时失去的水分(这时吸附在煤毛细孔中的内在水分也会相应失去一部分,其数量随当时空气湿度的降低和温度的升高而增大),这时残留在煤中的水分为内在水分。显然,化验室测试的外在水分和内在水分,除与煤中不同结构状态下的外在水分和内在水分有关外,还与测试时空气的湿度和温度有关。煤的全水分测试方法要点参考国家标准 GB/T 211—2007。

1. 两步法

取一定量的粒度小于 13 mm 的煤样在不高于 40 ℃的环境下干燥到质量恒定,再将煤样破碎到粒度小于 3 mm,于 105~110 ℃下空气流中干燥到质量恒定。根据煤样两步干燥后的质量损失计算出全水分。

1) 外在水分

在预先干燥和已称量过的浅盘内迅速称取小于 13 mm 的煤样,平摊在浅盘中,在不高于 40 ℃的环境下干燥到质量恒定,记录恒定后的质量。按式(14-1)计算外在水分:

$$M_f = \frac{m_1}{m} \tag{14-1}$$

式中,M_f 为煤样的外在水分,用质量分数表示,下同;m 为称取的 $\phi<13$ mm 煤样质量,g;m_1 为煤样干燥后的质量损失,g。

2) 内在水分

立即将测定外在水分后的煤样破碎到粒度小于 3 mm,在预先干燥和已称量过的称量瓶内迅速称取一定量的煤样,平摊在称量瓶中,打开称量瓶盖,于 105~110 ℃空气流中干燥到质量恒定。记录恒定后的质量。按式(14-2)计算内在水分:

$$M_{inh} = \frac{m_3}{m_2} \qquad (14-2)$$

式中,M_{inh} 为煤样的内在水分;M_2 为称取的煤样质量,g;M_3 为煤样干燥后的质量损失,g。

根据煤样两步干燥后的质量损失按式(14-3)计算全水分:

$$M_t = M_f + (1-M_f) \times M_{inh} \qquad (14-3)$$

式中,M_t 为煤样的全水分;M_{inh} 为煤样的内在水分;M_f 为煤样的外在水分。

2. 一步法

称取一定量的粒度小于 13 mm(或 $\phi<6$ mm)的煤样,于 105~110 ℃空气流中干燥到质量恒定。根据煤样干燥后的质量损失计算出全水分。

二、煤灰分的测定

煤的灰分是指煤完全燃烧后剩下的残渣。因为这个残渣是煤中可燃物完全燃烧,煤中矿物质(除水分外所有的无机质)在煤完全燃烧过程中经过一系列分解、化合反应后的产物,所以确切地说,灰分应称为灰分产率。

煤中灰分是煤炭计价指标之一。灰分是煤中的有害物质,同样影响煤的使用、运输和储存。煤用作动力燃料时,灰分增加,煤中可燃物质含量相对减少。矿物质燃烧灰化时要吸收热量,大量排渣要带走热量,因而降低了煤的发热量,影响了锅炉操作(如易结渣、熄火),加剧了设备磨损,增加了排渣量。煤用于炼焦时,灰分增加,焦炭灰分也随之增加,从而降低了高炉的利用系数。因为煤中灰分是有害物质,所以各种用途的煤灰分越低越好。虽然煤灰是煤中有害物,但进行综合利用后,也会变废为宝,创造财富。

煤中灰分的测定方法主要有两种,即缓慢灰化法和快速灰化法。缓慢灰化法为仲裁法;快速灰化法可作为常规例行分析方法。

1. 缓慢灰化法

称取一定量的空气干燥煤样,放入马弗炉中,以一定的速度加热到(815±10)℃,灰化并灼烧到质量恒定。以残留物的质量占煤样质量的百分数作为灰分产率。

用预选灼烧至质量恒定的灰皿(图 14-1),称取粒度为 0.2 mm 以下的空气干燥煤样(1±0.1)g,精确至 0.0002 g,均匀地平摊在灰皿中,使其每平方厘米的质量不超过 0.15 g。将灰皿送入温度不超过 100 ℃的马弗炉中,关上炉门并使炉门留有 15 mm 左右的缝隙。在不少于30 min 的时间内将炉温缓慢升至约 500 ℃,并在此温度下保持 30 min。继续升到(815±10)℃,并在此温度下灼烧 1 h。从炉中取出灰皿,放在耐热瓷板或石棉板上,在空气中冷却5 min 左右,移入干燥器中冷却至室温后,称量。

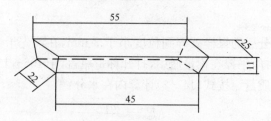

图 14-1　灰皿示意图

单位为 mm

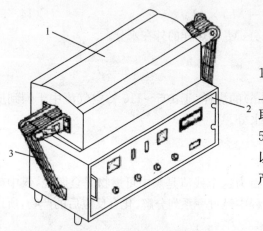

图 14-2　灰分快速测定仪

1. 管式电炉；2. 传递带；3. 控制仪

2. 快速灰化法

将装有煤样的灰皿放在预先加热至(815±10)℃的灰分快速测定仪(图 14-2)的传送带上,煤样自动送入仪器内完全灰化,然后送出。取下,放在耐热瓷板或石棉板上,在空气中冷却 5 min 左右,移入干燥器中冷却至室温后,称量。以残留物的质量占煤样质量的百分数作为灰分产率。

3. 灰分的计算

空气干燥煤样的灰分按式(14-4)计算:

$$A_{ad} = \frac{m_1}{m} \times 100\% \qquad (14-4)$$

式中,A_{ad} 为空气干燥煤样的灰分产率;m_1 为残留物的质量,g;m 为煤样的质量,g。

三、煤的挥发分产率

煤的挥发分是指煤在一定温度下隔绝空气加热,逸出物质(气体或液体)中减掉水分后的量。剩下的残渣称为焦渣。由于煤中可燃性挥发分不是煤的固有物质,而是在特定条件下,煤受热的分解产物,并且其测定值受温度、时间和所用坩埚大小、形状等因素的影响,测定方法为规范性实验方法,因此,所测的结果应称为挥发分产率,用符号 V 表示。

煤的挥发分不仅是炼焦、气化要考虑的一个指标,也是动力用煤的一个重要指标,是动力煤按发热量计价的一个辅助指标。挥发分也是煤分类的重要指标。煤的挥发分反映了煤的变质程度,挥发分由大到小,煤的变质程度由小到大。例如,泥炭的挥发分高达 70%,褐煤一般为 40%～60%,烟煤一般为 10%～40%,高品质的无烟煤则小于 10%。世界各国和我国都以煤的挥发分作为煤分类的最重要的指标之一。

1. 测定过程

称取分析煤样(1±0.01)g 置于已在(900±10)℃灼烧恒量的专用坩埚(图 14-3)内,轻敲坩埚使试样摊平,然后盖上坩埚盖,置于坩埚架上,迅速将坩埚架推至已预先加热至(900±10)℃的高温炉的稳定温度区内,并立即开动秒表,关闭炉门。准确灼烧 7 min,迅速取出坩埚架,在空气中放置 5～6 min,再将坩埚置于干燥器中冷却至室温,称量。计算挥发分产率。

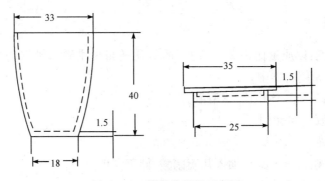

图 14 - 3 挥发分坩埚示意图

单位为 mm

2. 计算

空气干燥煤样的挥发分按式(14-5)计算:

$$V_{ad} = \frac{m_1}{m} - M_{ad} \qquad (14-5)$$

式中,V_{ad} 为空气干燥煤样的挥发分产率;m 为试料的质量,g;m_1 为样品加热后减少的质量,g;M_{ad} 为空气干燥煤样的水分含量。

3. 注意事项

(1) 当打开炉门,推入坩埚架时,炉温可能下降,但是在 3 min 内必须使炉温达到(900±10)℃,否则实验作废。

(2) 从加热至称量都不能揭开坩埚盖,以防焦渣被氧化,造成测定误差。

(3) 每次测定后,坩埚内常附着一层黑色碳烟,应灼烧除去后再使用。

四、固定碳

测定煤的挥发分时,剩下的不挥发物称为焦渣。焦渣减去灰分称为固定碳。它是煤中不挥发的固体可燃物,可以用计算方法算出。

固定碳按式(14-6)计算:

$$FC_{ad} = 100 - (M_{ad} + A_{ad} + V_{ad}) \qquad (14-6)$$

式中,FC_{ad} 为空气干燥煤样的固定碳含量;M_{ad} 为空气干燥煤样的水分含量;A_{ad} 为空气干燥煤样的灰分产率;V_{ad} 为空气干燥煤样的挥发分产率。

五、煤中全硫分的测定

测定煤中全硫分的方法较多,主要有艾士卡法、库仑法、高温燃烧中和法等,在仲裁分析时应采用艾士卡法。

1. 艾士卡法测定硫的原理

将煤样与艾士卡试剂混合灼烧,煤中的硫生成硫酸盐,然后使硫酸根离子生成硫酸钡沉淀,根据硫酸钡的质量计算煤中硫的含量。

2. 试剂和材料

(1) 艾士卡试剂:以质量比为 2∶1 的轻质氧化镁与无水碳酸钠混匀并研细至粒度小于 0.2 mm 后,保存在密闭容器中。

(2) 盐酸溶液:(1∶1,体积比)水溶液。

(3) 氯化钡溶液:100 g·L^{-1}。

(4) 甲基橙溶液:20 g·L^{-1}。

(5) 硝酸银溶液:10 g·L^{-1},加入几滴硝酸,储于深色瓶中。

(6) 瓷坩埚:容量为 30 mL 和 10~20 mL 两种。

3. 仪器设备

(1) 分析天平:感量 0.0001 g。

(2) 马弗炉:附测温和控温仪表,能升温到 900 ℃,温度可调并可通风。

4. 实验步骤

(1) 于 30 mL 坩埚内称取粒度小于 0.2 mm 的空气干燥煤样 1 g(精确至 0.0002 g)和艾士卡试剂 2 g(称准至 0.1 g),仔细混合均匀,再用 1 g(称准至 0.1 g)艾士卡试剂覆盖。

(2) 将装有煤样的坩埚移入通风良好的马弗炉中,在 1~2 h 内从室温逐渐加热到 800~850 ℃,并在该温度下保持 1~2 h。

(3) 将坩埚从炉中取出,冷却到室温。用玻璃棒将坩埚中的灼烧物仔细搅松捣碎(如发现有未烧尽的煤粒,应在 800~850 ℃下继续灼烧 0.5 h),然后转移到 400 mL 烧杯中。用热水冲洗内壁,将洗液收入烧杯,再加入 100~150 mL 刚煮沸的水,充分搅拌。如果此时尚有黑色煤粒漂浮在液面上,则本次测定作废。

(4) 用中速定性滤纸以倾泻法过滤,用热水冲洗 3 次,然后将残渣移入滤纸中,用热水仔细清洗至少 10 次,洗液总体积为 250~300 mL。

(5) 向滤液中滴入 2~3 滴甲基橙指示剂,加盐酸中和后再加入 2 滴,使溶液呈微酸性。将溶液加热到沸腾,在不断搅拌下滴加氯化钡溶液 10 mL,在近沸状况下保持约 2 h,最后溶液体积为 200 mL 左右。

(6) 溶液冷却或静置过夜后用致密无灰定量滤纸过滤,并用热水洗至无氯离子为止。

(7) 将带沉淀的滤纸移入已知质量的瓷坩埚中,先在低温下灰化滤纸,然后在温度为 800~850 ℃的马弗炉内灼烧 20~40 min,取出坩埚,在空气中稍加冷却后放入干燥器中冷却到室温,称量。

发生的化学反应如下:

$$2SO_2 + 2Na_2CO_3 + O_2 =\!=\!= 2Na_2SO_4 + 2CO_2$$
$$SO_3 + Na_2CO_3 =\!=\!= Na_2SO_4 + CO_2$$
$$SO_3 + MgO =\!=\!= MgSO_4$$
$$2SO_2 + 2MgO + O_2 =\!=\!= 2MgSO_4$$
$$CaSO_4 + Na_2CO_3 =\!=\!= Na_2SO_4 + CaCO_3 \downarrow$$
$$SO_4^{2-} + Ba^{2+} =\!=\!= BaSO_4 \downarrow$$

5. 结果计算

测定结果按式(14-7)计算：

$$S_{tad} = \frac{(m_1 - m_2) \times 0.1374}{m} \times 100\%$$ (14-7)

式中，S_{tad} 为空气中干燥煤样中全硫含量；m_1 为硫酸钡的质量，g；m_2 为空白实验的硫酸钡质量，g；m 为煤样质量，g；0.1374 为由硫酸钡换算为硫的换算因数。

六、不同基准换算

工业分析的结果大都是用含水样品测定的，但是水分含量因温度、大气湿度或其他条件的改变而改变，一旦水分发生变化，其他组分含量相应发生变化，从而使分析结果失去实际使用价值，而用干燥物质为基准表示组分含量则不受水分变化的影响，所以在工业分析标准中规定使用干燥物质为基准(通常称为"干燥基")表示组分含量。由含水样品的分析结果换算为干燥基含量，可以按式(14-8)计算：

$$X_干 = X_湿 \times \frac{100}{100 - W}$$ (14-8)

式中，$X_干$ 为干燥基样品组分含量，%；$X_湿$ 为含水样品组分含量，%；W 为含水样品的水分含量，%。

至于煤的分析结果则由于使用数据的目的不同，基准较多，其各组分的关系可表示如下：

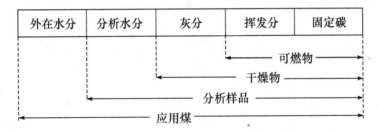

根据图解各种状态之间存在下列数学关系：
$$干燥基 = 分析基 - 分析水分$$
$$= 应用基 - 全水分$$
$$可燃基 = 干燥基 - 灰分$$

即干燥基样品组分含量等于分析基样品该组分的含量减去分析水分含量，也等于应用基样品组分含量减去全水分含量；可燃基组分含量等于干燥基组分含量减去灰分含量。

思　考　题

1. 煤主要由哪些组分构成？各组分的作用如何？

2. 煤有哪几类分析方法？煤的工业分析一般测定哪些项目？

3. 煤中的水分以什么形态存在？应如何测定？

4. 称取空气干燥基煤试祥 1.2000 g，测定挥发分时失去质量 0.1420 g，测定灰分时残渣的质量为 0.1125 g，如已知空气干燥基煤水分为 4%，求煤样的挥发分、灰分和固定碳的质量分数。

5. 称取空气干燥基煤试样 1.000 g，测定挥发分时，失去质量为 0.2824 g，已知此空气干燥基煤试样中的水分为 2.50%,灰分为 9.00%,收到基水分为 8.10%,分别求收到基、空气干燥基、干基和干燥无灰基的挥发分及固定碳含量。

6. 称取空气干燥基煤试样 1.2000 g,灼烧后残余物的质量是 0.1000 g,已知收到基水分为 5.40%,空气干燥基水分为 1.50%,求收到基、空气干燥基、干基和干燥无灰基的灰分。

7. 什么是艾士卡试剂?

8. 煤的分析结果各种基准之间的换算关系是什么?

第十五章 石油产品的检验

石油是黑色、黏稠、油状、可燃性液体矿物质,是多种烃类化合物的复杂混合物。石油的元素组成为含碳84%~85%、氢12%~14%。此外,还含有少量的氧、氮、硫及极少量金属元素。

石油产品是指石油经过炼制加工后所获得的各种产品。因为用途不同,大致可以分为以下几类。

(1) 石油燃料类:汽油、喷气燃料油、煤油、柴油、重油等。

(2) 溶剂油类:石油醚、抽提溶剂油、橡胶溶剂油等。

(3) 润滑油类:航空润滑油、汽轮机润滑油、冷冻机油、机械油、仪表油等。

(4) 电器用油类:变压器油、电缆油、电容器油等。

(5) 液压油类:航空液压油、锭子油等。

(6) 润滑脂类:钙(或铝)基润滑脂、精密仪表脂等。

此外,还有真空油脂、防锈油脂、石油沥青及石油焦和石油化学品等。

由于石油及石油产品都是多种有机化合物的复杂混合物,因此,在石油及石油产品的分析检验中,一般不做成分分析,而是根据其物理性质衡量产品质量。主要测定项目有馏程、密度、黏度、闪点、燃点、水分、酸含量、机械杂质、硫含量等。

第一节 馏 程 测 定

沸点不同的有机化合物的混合物不可能有固定的沸点。在受热过程中,一般是沸点低的部分先挥发,沸点高的部分后挥发(在此不讨论某些有机化合物可能形成的"恒沸点化合物")。因此,在蒸馏有机混合物时,由开始沸腾的气相温度到蒸馏结束时的最高气相温度必然有一段温度间隔,这个间隔称为某有机混合物的馏程,也称沸程或沸点范围。各种石油产品大都属于有机混合物,有不同的馏程。测定馏程主要用来判定油品轻重馏分组成的多少,控制产品质量和使用性能等。

初馏点:蒸馏时,冷凝器末端流出口滴出第一滴馏出物时烧瓶内的气相温度。它代表某一馏分油的一系列烃类中最轻烃的沸点。

终馏点(干点):蒸馏到终点时的最高气相温度称为油品的终馏点,又称为干点。

馏分:某一温度范围内的馏出物为该温度范围内的馏分。

残留量:干点时未馏出的部分。

发动机燃料油、溶剂油、轻柴油和轻质石油产品等干点温度低于350 ℃,要求测定馏程,其他则不要求测定馏程。

测定馏程的方法参考 GB 255—77,装置如图 15-1 所示。

100 mL 试样在规定的仪器及实验条件下,按产品性质的要求进行蒸馏,观察温度读数和冷凝液体积,然后从这些数据算出测定结果。

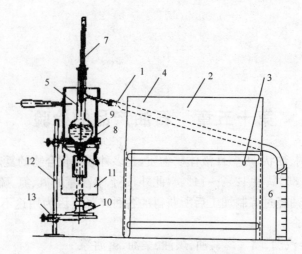

图 15-1　石油产品馏程测定装置图
1. 冷凝管；2. 冷凝器；3. 进水支管；4. 排水支管；5. 蒸馏烧瓶；6. 量筒；
7. 温度计；8. 石棉垫；9. 上罩；10. 喷灯；11. 下罩；12. 支架；13. 托架

一、实验准备

（1）试样中有水时应先脱水。

（2）冷浴调至要求的温度，然后用无绒软布擦洗冷凝器内残液。蒸馏汽油时冷浴温度为 0～5 ℃；蒸馏溶剂油、喷气燃料、煤油及其他石油产品时，流出水温度不高于 30 ℃；蒸馏含蜡液体燃料时，控制水温为 50～70 ℃。

（3）用清洁、干燥的 100 mL 量筒量取试样 100 mL 注入蒸馏烧瓶中，用插好温度计的软木塞紧密地塞在盛有试样的蒸馏烧瓶口内，使温度计和蒸馏瓶的轴心线重合，并使水银球的上边缘与支管连接处的下边缘在同一平面。将装有试样的蒸馏烧瓶置于支板上，穿过支架的软木塞与冷凝管紧密连接，把蒸馏烧瓶调整垂直，并使支管伸入冷凝管内 25～50 mm。安装好仪器。

二、实验步骤

（1）记录大气压，开始对蒸馏烧瓶均匀加热。从开始加热到初馏点的时间：汽油或溶剂油，5～10 min；航空煤油，7～8 min；喷气燃料、煤油、轻柴油，10～15 min；重柴油或其他重质油，10～20 min。

（2）观察到初馏点时，立即移动量筒，使冷凝器尖端与量筒内壁相接触，使冷凝液均匀滴入量筒，此后蒸馏速度要均匀，每分钟馏出 4～5 mL，相当于每 10 s 馏出 20～25 滴。在收集到 5 mL、10 mL、20 mL、30 mL、40 mL、50 mL、60 mL、70 mL、80 mL、90 mL、95 mL 馏出液时，要记录蒸馏温度计上的读数。

（3）在蒸馏汽油或溶剂油的过程中，当量筒馏出液达 90 mL 时，可调整加热强度，要求在 3～5 min 内达到干点。

（4）观察和记录终馏点时同时停止加热。

（5）大气压力高于 102.7 kPa 或低于 100.0 kPa 时，馏出温度受大气压力影响，可按式 (15-1a)或式 (15-1b)计算修正系数 C：

$$C = 0.0009(101.3 - p)(273 + t) \tag{15-1a}$$
$$C = 0.00012(760 - p)(273 + t) \tag{15-1b}$$

式中，C 为修正系数；p 为实验时大气压力，kPa；t 为温度计读数，℃。

馏出温度在大气压力 p 时的数值 t 和在 101.3 kPa(760 mmHg[①])时的数值 t_0，存在以下换算关系：$t_0 = t + C$。

第二节　密度的测定

密度是指单位体积的某物质的质量，用 ρ 表示，单位为 g・mL^{-1}。密度的大小与温度有关，通常用来测定密度的方法有两种。

一、密度计法

1. 仪器

(1) 密度计量筒：由透明玻璃、塑料或金属制成，其内径至少比密度计外径大 25 mm，其高度应使密度计在试样中漂浮时，密度计底部与量筒底部的间距至少有 25 mm。塑料密度计量筒应不变色并抗侵蚀，不影响被测物质的特性，此外长期暴露在日光下，不应变得不透明。

(2) 密度计：玻璃制，应符合表 15-1 中给出的技术要求。

表 15-1　密度计技术要求

型号	密度范围/(g・mL^{-1})(20 ℃)	最大刻度误差	弯月面修正值
SY—02	0.600~1.100	±0.0002	+0.0003
SY—05	0.600~1.100	±0.0003	+0.0007
SY—10	0.600~1.100	±0.0006	+0.0014

(3) 恒温浴：其尺寸大小应能容纳密度计量筒，使试样完全浸没在恒温浴液体表面以下，在实验期间，能保持实验温度为 ±25 ℃ 以内。

(4) 温度计：范围、刻度间隔和最大刻度误差见表 15-2。

表 15-2　温度计技术要求

范围/℃	最大误差范围
−1~38	±0.1
−20~102	±0.15

(5) 玻璃或塑料搅拌棒：长约 450 mm。

2. 测定方法

在实验温度下把试样转移到温度稳定、清洁的密度计量筒中，避免试样飞溅和生成空气泡，并要减少轻组分的挥发。用一片清洁的滤纸除去试样表面上形成的所有气泡。把装有试

① 1 mmHg=1.333 22×10^2 Pa，下同。

样的量筒垂直地放在没有空气流动的地方。在整个实验期间,环境温度变化应不大于 2 ℃。当环境温度变化大于 2 ℃时,应使用恒温浴,以免温度变化太大。用合适的温度计(技术要求见表 15-2)或搅拌棒做垂直旋转运动搅拌试样,如果使用电阻温度计,要用搅拌棒使整个量筒中试样的密度和温度达到均匀,记录温度。从密度计量筒中取出温度计或搅拌棒。把合适的密度计放入液体中,达到平衡位置时放开,让密度计自由地漂浮,要注意避免弄湿液面以上的干管。把密度计压到平衡点以下 1 mm 或 2 mm,并让它回到平衡位置,观察弯月面形状,如果弯月面形状改变,应清洗密度计干管,重复此项操作直到弯月面形状保持不变。对于不透明的黏稠液体,要等待密度计慢慢地沉入液体中。对透明的低黏度液体,将密度计压入液体中约两个刻度,再放开。由于干管上多余的液体会影响读数,在密度计干管液面以上部分应尽量减少残留液。在放开时,要轻轻地转动一下密度计,使它能在离开量筒壁的地方静止下来自由漂浮。要有充分的时间让密度计静止,并让所有气泡升到表面,读数前要除去所有气泡。当使用塑料量筒时,要用湿布擦拭量筒外壁,以除去所有静电。当密度计离开量筒壁自由漂浮并静止时,读取密度计刻度值。测定透明液体,先使眼睛稍低于液面的位置,慢慢地升到表面,先看到一个不正的椭圆,然后变成一条与密度计刻度相切的直线(图 15-2);测定不透明液体,使眼睛稍高于液面的位置观察(图 15-3)。

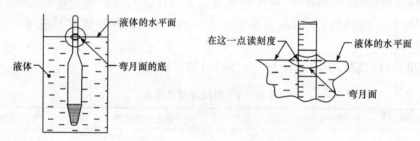

图 15-2　透明液体的密度计刻度读数

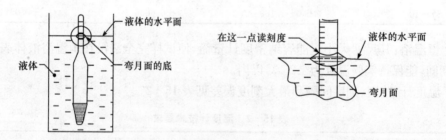

图 15-3　不透明液体的密度计刻度读数

3. 计算

对观察到的温度计读数作有关修正后,记录到接近 0.1 ℃,由于密度计读数是按液体下弯月面检定的,对不透明液体,应按表 15-1 中给出的弯月面修正值对观察到的密度计读数作弯月面修正,对观察到的密度计读数作有关修正后,记录到 0.0001 g·mL^{-1},按不同的实验油品,把修正后的密度计读数按式(15-2)换算到 20 ℃的标准密度:

$$\rho_{20} = \rho_t + \gamma(t-20) \tag{15-2}$$

式中,ρ_{20} 为 20 ℃时的密度,g·mL^{-1};ρ_t 为 t ℃时的密度,g·mL^{-1};t 为测定时的温度,℃;γ 为平均密度温度系数,g·mL^{-1}·℃$^{-1}$(表 15-3)。

表 15 – 3　平均密度温度系数

密度/(g·mL^{-1})	平均密度温度系数/(g·mL^{-1}·℃$^{-1}$)	密度/(g·mL^{-1})	平均密度温度系数/(g·mL^{-1}·℃$^{-1}$)
0.6500~0.6599	0.000 97	0.7100~0.7199	0.000 86
0.6600~0.6699	0.000 95	0.7200~0.7299	0.000 85
0.6700~0.6799	0.000 93	0.7300~0.7399	0.000 83
0.6800~0.6899	0.000 91	0.7400~0.7499	0.000 81
0.6900~0.6999	0.000 90	0.7500~0.7599	0.000 80
0.7000~0.7099	0.000 88	0.7600~0.7699	0.000 78

二、比重瓶法

采用比重瓶,在规定的温度下分别测定同体积石油沥青和水的质量,根据公式计算出石油沥青的相对密度和密度。

比重瓶为玻璃材质,瓶口和瓶塞经仔细研磨,配合严密。比重瓶示意图见图 15 – 4。

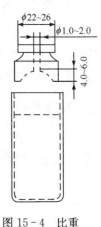

图 15 – 4　比重瓶示意图
单位为 mm

1. 比重瓶的标定

以铬酸洗涤液、水及蒸馏水顺序洗涤比重瓶,干燥后称量,得空比重瓶质量 m_1。用橡皮头吸管小心注入 18~20 ℃蒸馏水至满,塞上瓶塞。然后,置于 20 ℃恒温水浴中,比重瓶在水中保持 30 min 以上,取出比重瓶,立即用干软布或滤纸擦一次瓶塞顶部,然后迅速擦干比重瓶外周,立即称量。得装有水的比重瓶质量 m_2。比重瓶的 20 ℃水值 m_{20} 按式(15 – 3)计算:

$$m_{20} = m_2 - m_1 \qquad (15 – 3)$$

式中,m_{20} 为比重瓶 20 ℃的水值,g;m_2 为装有 20 ℃的水的比重瓶质量,g;m_1 为空比重瓶质量,g。

2. 样品的测定

根据试样选择适当型号的比重瓶,将恒温浴调到所需的温度。

将试样用注射器小心地装入已确定水值的比重瓶中,加上塞子,比重瓶浸入恒温浴直到顶部,注意不要浸没比重瓶塞或毛细管上端,在浴中恒温时间不得少于 20 min,待温度达到平衡,没有气泡,试样表面不再变动时,将毛细管顶部(或毛细管中)过剩的试样用滤纸吸去,对磨口盖型比重瓶盖上磨口盖,取出比重瓶,仔细擦干其外部并称量,得装有试样的比重瓶质量 m_3。液体试样 20 ℃的密度按式(15 – 4)计算:

$$\rho_{20} = \frac{(m_3 - m_1)(0.998\ 20 - 0.0012)}{m_{20}} + 0.0012 \qquad (15 – 4)$$

式中,ρ_{20} 为液体试样 20 ℃的密度,g·mL^{-1};m_3 为 20 ℃时装有试样的比重瓶质量,g;m_1 为空比重瓶质量,g;m_{20} 为比重瓶 20 ℃的水值,g;0.998 20 为水在 20 ℃时的密度,g·mL^{-1};0.0012 为 20 ℃、大气压为 760 mmHg 时空气的密度,g·mL^{-1}。

第三节　黏度的测定

一、黏度的分类

黏度是液体做相对运动的内摩擦力,是一层液体对另一层液体做相对运动时的阻力。黏度一般可用四种方法表示。

1. 动力黏度

动力黏度(又称绝对黏度)以符号"η"表示,是指使单位距离的单位面积液层产生单位流速所需的力。相距 1 cm、面积 A 为 1 cm^2 的两层液体以 1 cm·s^{-1} 的速度相对运动,应克服的阻力 $F=1$ dyn(达因)时,则该液体的黏度为 1 P(泊,D·s·cm^{-2} 或 g·cm^{-1}·s^{-1})。常用其百分之一的量度,即 cP(厘泊),1 P=100 cP。

2. 运动黏度

运动黏度(又称动黏度)以符号"ν"表示,是指液体在重力作用下流动时内摩擦力的量度,其值为相同温度下的动力黏度与其密度之比,$\nu=\eta/\rho$。在国际单位制中以 m^2·s^{-1} 表示,习惯用厘斯(cst)为单位。1 cst=10^{-6} m^2·s^{-1}=1 mm^2·s^{-1}。

3. 条件黏度

在特定的仪器(恩格勒黏度计)中,一定的温度下,一定量的液体流出时间与一标准液体(通常是水)流出时间的比称为条件黏度。

4. 相对黏度

相对黏度是指某液体的绝对黏度与另一标准液体绝对黏度之比,一般是以 0 ℃时水的绝对黏度 1.792 为基准。

二、运动黏度的测定

在某一恒定的温度下,测定一定体积的液体在重力下流过一个标定好的玻璃毛细管黏度计(图 15 - 5)的时间,黏度计的毛细管常数与流动时间的乘积即为该温度下测定液体的运动黏度。该温度下的运动黏度同温度下液体的密度之积为该温度下液体的动力黏度。

在测定试样的黏度之前,必须将黏度计用溶剂油或石油醚洗涤,如果黏度计沾有污垢,就用铬酸洗液、水、蒸馏水或 95％乙醇依次洗涤,然后放入烘箱中烘干或用棉花滤过的热空气吹干。测定时,在毛细管黏度计内装入试样。在装试样之前,将橡皮管套在支管 6 上,并用手指堵住管身 7 的管口,同时倒置黏度计,然后将管身 4 插入装着试样的容器中,这时利用橡皮球、水流泵或其他真空泵将液体吸到标线 b,同时注意不要使管身 4、扩张部分 2 和 3 中的液体产生气泡和裂隙。当液面达到标线 b 时,就从容器中提起黏度计,并迅速恢复其正常状态,同时将管身 4 的管端外壁所沾着的多余试样擦去,并从支管取下橡皮

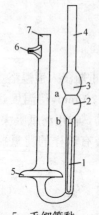

图 15 - 5　毛细管黏度计示意图

1. 毛细管;2、3、5. 扩张部分;4、7. 管身;6. 支管;a、b. 标线

管套在管身 4 上。将装有试样的黏度计浸入事先准备好的恒温浴中,并用夹子将黏度计固定在支架上,在固定位置时,必须把毛细管黏度计的扩张部分 2 浸入一半。温度计要利用另一只夹子来固定,务必使水银球的位置接近毛细管中央点的水平面,并使温度计上要测温的刻度位于恒温浴的液面上 10 mm 处。使用全浸式温度计时,如果它的测温刻度露出恒温浴的液面,依照式(15-5)计算温度计液柱露出部分的补正数 Δt,才能准确地量出液体的温度。

$$\Delta t = k \times h(t_1 - t_2) \tag{15-5}$$

式中,k 为常数,水银温度计 $k=0.000\ 16$,酒精温度计 $k=0.001$;h 为露出浴面的水银柱或酒精柱高度,用温度计度数表示;t_1 为测定黏度时的规定温度,℃;t_2 为接近温度计液柱露出部分的空气温度,℃。

实验时取 t_1 减去 Δt 作为温度计上的温度读数。

将黏度计调整成为垂直状态,要利用铅垂线从两个相互垂直的方向去检查毛细管的垂直情况。将恒温浴调整到规定的温度,把装好试样的黏度计浸在恒温浴内,实验的温度必须保持恒定到±0.1 ℃。利用毛细管黏度计管身 4 所套着的橡皮管将试样吸入扩张部分 3,使试样液面稍高于标线 a,并且注意不要让毛细管和扩张部分 3 的液体产生气泡或裂隙。此时观察试样在管身中的流动情况,液面正好到达标线 口时,开动秒表;液面正好流到标线 b 时,停止秒表。试样的液面在扩张部分 3 中流动时,注意恒温浴中正在搅拌的液体要保持恒定温度,而且扩张部分中不应出现气泡。

在温度 t 时,试样的运动黏度 ν_t 按式(15-6)计算:

$$\nu_t = c \times \tau_t \tag{15-6}$$

式中,c 为黏度计常数,$mm^2 \cdot s^{-2}$;τ_t 为试样的平均流动时间,s。

温度为 t 时,试样的动力黏度 η_t 按式(15-7)计算:

$$\eta_t = \nu_t \times \rho_t \tag{15-7}$$

式中,ν_t 为温度 t 时试样的运动黏度,$mm^2 \cdot s^{-1}$;ρ_t 为温度 t 时试样的密度,$g \cdot mL^{-1}$。

可以采用如图 15-6 所示 SYD-265H 石油产品运动黏度测定器测定液体石油产品(指

图 15-6　SYD-265H 石油产品运动黏度测定器

牛顿液体)在某一恒定温度条件下的运动黏度。仪器的主要技术规格及参数如下:①工作电源,AC 220 V±10%,50 Hz;②水浴加热功率,1700 W;③水浴使用温度,室温至100.0 ℃;④水浴控温精度,±0.01 ℃;⑤水浴容量,20 L;⑥计时范围,0.0~9999.9 s;⑦计时精度,60 min,误差不大于±0.05%;⑧试样数量,同时插入毛细管4根;⑨搅拌电机,功率6 W,转速1200 r·min⁻¹;⑩使用环境,环境温度−10~+35 ℃,相对湿度小于85%;⑪温度传感器,工业铂电阻,其分度号为Pt100;⑫整机功耗,不大于1800 W;⑬毛细管黏度计,一组共13支,内径分别为0.4 mm、0.6 mm、0.8 mm、1.0 mm、1.2 mm、1.5 mm、2.0 mm、2.5 mm、3.0 mm、3.5 mm、4.0 mm、5.0 mm、6.0 mm,其中5.0 mm、6.0 mm两种毛细管黏度计不附系数,需自行校测。

第四节　闪点和燃点的测定

在规定的条件下,石油产品受热后,所产生的蒸气与周围空气形成的混合气体,接近火焰发生闪火时的最低温度为闪点,能持续5 s以上的燃烧现象的最低温度为燃点或燃烧点。

一、闭口杯法

闭口杯法主要用于低闪点石油产品的测定。

将试样装满实验杯至规定的液面刻线,最初使试样温度较快地升高,然后缓慢地以稳定的速度升温至接近于闪点,并不时地在规定的温度下以实验小火焰横扫过杯内液体表面上空,当由于火焰而引起液体表面上蒸气闪火时的最低温度为闪点。

闭口闪点测定器如图15-7所示,应符合《闭口闪点测定器技术条件》(SY 3205—82)的要求。测定时用煤气灯或带变压器的电热装置加热,试样温度到达预期闪点前10 ℃时,对于闪点低于104 ℃的试样,每经1 ℃进行点火实验;对于闪点高于104 ℃的试样,每经2 ℃进行点火实验。试样在实验期间都要转动搅拌器进行搅拌,只有在点火时才停止搅拌。点火时,使火焰在0.5 s内降到杯上含蒸气的空间中,留在这一位置1 s立即迅速回到原位。如果看不到闪火,就继续搅拌试样,并按要求重复进行点火实验。在试样液面上方最初出现蓝色火焰时,立

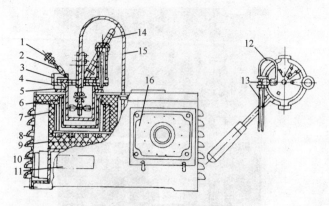

图15-7　闭口闪点测定器

1. 点火器调节螺丝;2. 点火器;3. 滑板;4. 油杯盖;5. 油杯;6. 浴套;7. 搅拌桨;
8. 壳体;9. 电炉盘;10. 电动机;11. 铭牌;12. 点火管;13. 油杯手柄;14. 温度
计;15. 传动软轴;16. 开关箱

即从温度计读出温度作为闪点的测定结果。得到最初闪火之后,如果再进行点火却看不到闪火,应更换试样重新实验,只有得到重复实验,才能认为测定有效。

二、开口杯法

开口杯法主要用于高闪点石油产品的测定。

把试样装入内坩埚中到规定的刻线。首先应迅速升高试样的温度,然后缓慢升温,当接近闪点时,恒速升温。在规定的温度间隔内,用一个小的点火器火焰按规定通过试样表面,以点火器火焰使试样表面上的蒸气发生闪火的最低温度作为开口杯法闪点。继续进行实验,直到用点火器火焰使试样发生点燃并至少燃烧 5 s 时的最低温度作为开口杯法燃点。

第五节 水分的测定

石油产品中如含有水分,往往造成严重生产事故,因此水是石油产品的有害杂质。国家标准规定,使用的石油产品中应不含或只含极少量的水分。

石油产品中水分的定性分析方法主要有响声法、透明法、反应纸法,其中响声法是工厂实用分析方法。将试料在规定温度下加热,其中若有水即形成水蒸气,而水蒸气突破油膜便发出响声,通过判断响声存在与否可确定石油产品内有无水分存在。

石油产品中水分的定量分析方法为有机溶剂蒸馏法。将一定的试料与无水溶剂混合进行蒸馏测定其水分含量并以质量分数表示。有机溶剂蒸馏法一般所用溶剂为苯、甲苯、二甲苯等可与水形成共沸物的有机溶剂,且溶剂和水不互溶,不和被检验物质间发生任何化学反应,密度小于 $1 \ g \cdot mL^{-1}$。常用溶剂的密度及沸点见表 15-4。

表 15-4 常用溶剂的密度及沸点

溶 剂	苯	甲苯	二甲苯
密度/(g·mL^{-1})	0.879	0.866	0.86
沸点/℃	80.1	110.6	138.4~144.4

称取一定量的石油产品于圆底烧瓶中[图 15-8(a)],加入甲苯共同煮沸。在冷凝管中通入冷却水。加热蒸馏瓶至内容物达到沸腾状态。控制加热温度使在冷凝管口滴下的液滴数为每秒 2~4 滴。连续加热,直到馏出液澄清并在 5 min 内不再有细小水泡出现时为止。取下水分测定管[图 15-8(b)],冷却至室温,读数并记下水的体积(mL),按校正后的体积由回收曲线查出石油产品中水的实际体积(V)。

有机溶剂蒸馏法测定水分的优点是热交换充分,受热后发生化学反应比重量法少,设备简单,准确度较高。但有时水与有机溶剂可能会发生乳化现象,水分有时附在冷凝管壁上,造成读数误差,应设法予以避免。

部分石油产品的国家标准见表 15-5。

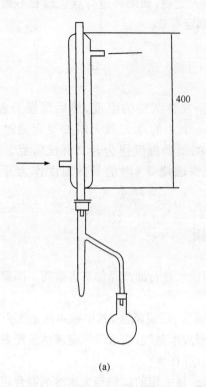

(a)

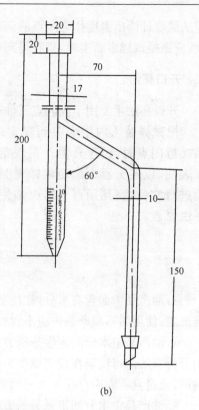

(b)

图 15 - 8　蒸馏装置示意图(a)和水分测定管(b)

单位为 mm

表 15 - 5　部分石油产品的国家标准

标准号	标准名称
GB 252—2000	轻柴油
GB/T 255—77(88)	石油产品馏程测定法
GB/T 257—64(90)	发动机燃料饱和蒸气压测定法(雷德法)
GB/T 259—88	石油产品水溶性酸及碱测定法
GB/T 260—77(88)	石油产品水分测定法
GB/T 261—83(91)	石油产品闪点测定法(闭口杯法)
GB/T 267—88	石油产品闪点与燃点测定法(开口杯法)
GB/T 377—64(90)	汽油四乙基铅含量测定法(铬酸盐法)
GB/T 382—83(91)	煤油烟点测定法
GB/T 2432—81(88)	汽油中四乙基铅含量测定法(络合滴定法)
GB/T 2540—81(88)	石油产品密度测定法(比重瓶法)
GB/T 3536—83(91)	石油产品闪点和燃点测定法(克利夫兰开口杯法)

思　考　题

1. 什么是石油的馏程?
2. 什么是石油产品的闪点和燃点? 应如何测定?
3. 如何测定石油产品的密度?
4. 如何测定石油产品的黏度?
5. 石油的水分如何测定?
6. 有机溶剂蒸馏法测定水时选用的溶剂应符合哪些条件?

第十六章　工业污染监测

第一节　概　述

工业污染是指工业生产过程中产生的废气、废水、废渣以及噪声和辐射等使周围环境质量下降，导致人类及其他生物难以正常生存和发展的现象。这些排放的工业污染物通过呼吸、饮水、进食、皮肤吸收等途径进入人及动物体内，并在器官内积聚、刺激皮肤和呼吸道甚至产生致癌、致变、致畸作用。工业生产的各个环节，如原料生产、加工过程、燃烧过程、加热和冷却过程、成品整理过程等，都会不同程度地产生各种污染物质和污染因素。由于行业不同，使用的原料、燃料和工艺过程差别很大，所产生的污染物质也就大不相同，因此，对工业污染物的分析、监测非常重要。

由于固体废渣分析时一般处理成溶液状态，其测定方法与水质成分测定方法一致，因此本章重点介绍工业废气及废水的分析监测。

一、分析监测内容

1. 工业废气

工业废气是指工业生产过程中向外排放的各种废弃气体，它是造成大气污染的主要污染源。

大气污染是指大气中污染物或由其转化的二次污染物的浓度达到了有害程度的现象。大气污染物的种类很多，其物理和化学性质非常复杂，毒性也各不相同，主要来自矿物燃料燃烧和工业生产。前者主要产生二氧化硫、氮氧化物、碳氧化物、碳氢化合物和烟尘等；后者因所用原料和工艺不同，排放的有害气体也不相同。

根据我国《大气环境质量标准》的规定，现阶段的常规分析指标为二氧化硫、总悬浮颗粒物、氮氧化物和一氧化碳。

2. 工业废水

工业废水包括生产废水和生产污水，是指工业生产过程中产生的废水和废液，其中含有随水流失的工业生产用料、中间产物、副产品以及生产过程中产生的污染物。主要包括工艺过程用水、机器设备冷却水、烟气洗涤水、设备和场地清洗水等。工业废水造成的污染物主要有有机需氧物质污染、化学毒物污染、无机固体悬浮物污染、重金属污染、酸或碱污染、植物营养物质污染、热污染和病原体污染等。根据工业废水所含污染物的性质，通常将工业废水分为有机废水、无机废水、兼含有机物和无机物的混合废水、重金属废水、含放射性物质的废水和仅受热污染的冷却水等。

工业废水由于污染源不同，有害物质的种类和浓度也有很大差别。例如，冶金废水其主要有害物质为重金属；印染厂排放的废水主要有害物质为有机物；电镀废水主要含 CN^-、Zn^{2+}、Cu^{2+}、$Cr(Ⅵ)$ 等；造纸厂排放的废水中主要含有有机物和碱等；农药厂废水中主要含有机氯、有机磷等。同时由于生产工艺和生产方式的不同，工业废水的水质、水量差别很大，一种工业可以排出几种不同性质的废水,同种性质的废水又会含有不同的污染物,具有不同的污染效应。不同工业对废水的监测项目各不相同,应结合生产工艺和国家有关规定确定。

目前,国家对各类污水及工业废气均有排放标准,对"三废"排放的监测是维护生产正常进行和保护环境的重要依据。

二、工业污染的危害及相互作用

工业污染的主要特征是危害范围大、作用时间长、污染物浓度低,污染物对人体或生物体的影响是一个复杂的综合反应,很难通过一个简单的指标描述。简单地说,工业污染的危害主要有以下几个方面的作用。

1. 单独作用

机体中某些器官只是由于混合污染物中某一组分对其发生危害,没有因为污染物共同作用而加深危害的,称为污染物的单独作用。

2. 相加作用

混合污染物中各组分对机体的同一器官的毒害作用彼此相似,且偏向同一方向,混合污染物对有机体的毒害相当于各种污染物毒害的总和,称为污染物的相加作用。例如,SO_2 和硫酸气溶胶、Cl_2 和 HCl 在低浓度时,其联合作用为相加作用。

3. 相乘作用

混合污染物各组分对机体的毒害作用超过个别毒害作用的总和,称为相乘作用。例如,锌和镉能和氰产生协同作用,使氰的毒性增强;大气中共同存在二氧化硫与颗粒物、氮氧化物(N_xO)与一氧化碳存在毒性增强的相乘作用。

4. 拮抗作用

混合污染物中有两种或两种以上物质对机体的毒害作用彼此相互抵消大部分或一部分时,称为拮抗作用。例如,铜和镍对氰产生拮抗作用,使氰的毒性减弱;动物实验表明,食物中含 30 ppm[①] 甲基汞时,如同时存在 12.5 ppm 硒,就有可能抑制甲基汞的毒性,表明硒对甲基汞产生拮抗作用。

由于污染物种类多,污染效应不同,因此应结合生产工艺及国家有关规定确定分析监测指标。

第二节　工业废气的监测

一、工业废气的分类

工业生产过程中排放的粉尘、二氧化硫、氮氧化物、硫化氢、一氧化碳、氨及碳氢化合物等不仅本身对人体有一定的危害,而且在太阳光线的照射下,和其他气体发生反应,产生有害气体。这些有害物质中,有的以气体或蒸气状态存在,有的则以液体或固体颗粒呈气溶胶状态分散于大气中。工业废气依据不同的标准有不同的分类方法。

---

① 1 ppm＝10^{-6},下同。

1. 按存在的物理状态分类

（1）以颗粒状存在的污染物。该类污染物是指分散在大气中的液体和固体微粒，粒径为 $0.01 \sim 100\ \mu m$，是一个复杂的非均匀体系。其中能悬浮在空气中的颗粒称为总悬浮颗粒物（TSP）；一般将空气动力学当量直径小于 $10\ \mu m$ 的颗粒物称为可吸入颗粒物（PM_{10}）。颗粒物的直径越小，进入呼吸道的部位越深。直径 $10\ \mu m$ 的颗粒物通常沉积在上呼吸道，直径 $5\ \mu m$ 的可进入呼吸道的深部，$2\ \mu m$ 以下的可 100% 深入细支气管和肺泡。由于可吸入颗粒物能够长时间飘浮于大气中，又称为飘尘。飘尘类似溶胶形式分散于空气中，按存在形式可分为烟、雾、尘。降尘是指大气中自然降落于地面上的颗粒物，其粒径在 $10\ \mu m$ 以上，是大气污染的参考性指标，通过其测定结果，可观察大气污染的范围和污染程度。

（2）以气态存在的污染物。该类污染物是指在常温常压下以气体或蒸气形式（如苯、苯酚）分散在大气中的污染物质。根据化学形态，可将其分为五类：①含硫化合物，如 SO_2、H_2S、SO_3 等；②含氮化合物，如 NO、NO_2、NH_3 等；③碳氢化合物，如 $C_1 \sim C_5$ 化合物、醛、酮等；④碳氧化合物，如 CO、CO_2 等；⑤卤素化合物，如 HF、HCl 等。

2. 按形成过程分类

（1）一次污染物。是指直接从污染源排放到大气中的有害物质，如 SO_2、CO、N_xO 及颗粒物等。

（2）二次污染物。是指进入大气中的一次污染物间相互作用或它们与大气中正常组分发生反应所生成的新的污染物，如臭氧、醛类、酸雾、过氧乙酰硝酸酯等。

二、采样方法及原理

空气中有害物质的存在形式随工艺、气象条件等因素的变化而变化，为了正确反映生产场所空气污染的程度、范围及污染的动态变化，除了选择合适的分析方法外，还要掌握采样的基本原理与各种采样方法。正确采集空气中的样品是测定空气中有害物质的关键，它直接影响测定结果的可靠性和正确性。

1. 采样方法的依据

在采集空气样品时主要依据以下原则进行：①污染物在大气中的存在状态；②污染物浓度的高低；③污染物的物理化学性质；④分析方法的灵敏度。

2. 采样方法

采集空气中样品的主要方法是直接采样法和浓缩采样法两类。

1）直接采样

直接采样适用于空气中污染物浓度较高、测定方法灵敏高、不易被液体吸收或固体吸附的污染气体。采样时使用玻璃瓶、塑料袋、橡皮球胆、注射器等容器直接采集含有污染物的空气样品，用这类采样法测得的结果为污染物的瞬时浓度或短时间平均浓度。

2）浓缩采样

使大量空气通过吸收液或固体吸附剂，浓缩或富集空气中的污染物，以利于分析测定，适用于污染物浓度较低、分析方法不能直接测定的样品。用这类采样法测得的结果为采样时间内空气中污染物的平均浓度。

　　浓缩采样法主要包括溶液吸收法及固体阻留法,另外还有低温浓缩法和电沉降法等。

　　(1)溶液吸收法。该方法主要用于气态及蒸气态污染物,如空气中的 HF、HCl、SO_2 等。常用的吸收剂有水、水溶液和有机溶剂等。要求吸收剂必须能与污染物发生快速反应或能把污染物迅速地溶解,并便于进行分析操作,吸收液毒性小,价格低,易于购买,并尽可能回收利用。

　　(2)固体阻留法。该方法主要通过固体吸附剂的吸附或阻留作用达到浓缩有害物质的目的。常用的颗粒吸附剂,如硅胶、素陶瓷等,用于气态、蒸气态和颗粒物的采样;纤维吸附剂,如滤纸、滤膜、玻璃棉等,用于采集颗粒物。在某些情况下,可先用化学试剂浸渍处理吸附剂,使其与污染物发生化学作用而被吸附,增强吸附剂对气态或蒸气态污染物的吸附。根据填充剂阻留作用的原理,可分为吸附型、分配型和反应型三种类型。

　　与溶液吸收法相比,固体阻留法具有以下优点:①用固体采样管可以长时间采样,测得大气中日平均或一段时间内的平均浓度值,溶液吸收法则由于液体在采样过程中会蒸发,采样时间不宜过长;②只要选择合适的固体填充剂,对气态、蒸气态和气溶胶态物质都有较高的富集效率,而溶液吸收法一般对气溶胶吸收效率较差;③浓缩在固体填充柱上的待测物质比在吸收液中的稳定时间长,有时可放置几天甚至几周也不发生变化。所以,固体阻留法是大气污染监测中具有广阔发展前景的富集方法。

三、采样仪器

　　用于大气污染物的采样仪器一般由收集器、流量计和抽气动力三部分组成,它们按图16-1的方式组成气体采样系统。

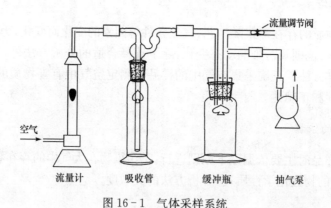

图 16-1　气体采样系统

1. 收集器

　　收集器是捕集待测物质的装置,常用的收集器主要有液体吸收管、填充柱采样管和滤料采样夹等。

　　(1)液体吸收管。主要用于采集气态或蒸气态污染物,常用气泡吸收管或多孔玻璃吸收管,管内一般装有一定的吸收剂,当气体通过吸收液时,待测污染物与吸收剂发生物理和化学反应,使污染物保留于吸收液中。

　　(2)填充柱采样管。适用于采集蒸气态和气溶胶污染物,管内可装预先处理过的颗粒状或纤维状的固体吸附剂,通过固体物料对污染物的吸附和阻留,污染物保留于采样管中。

(3) 滤料采样夹。适用于采集粉尘、烟尘等,通过预先装在采样夹上的滤膜,污染物被阻留。

2. 流量计

流量计是测量空气流量的装置,流量计种类很多,现场采样常用孔口流量计或转子流量计,气体的流量一般由流量计上直接读取。使用转子流量计时,若空气湿度过大,则需在流量计进气口前加一个干燥管,以避免空气中的水分使转子质量增加而影响流量的测量。

3. 抽气动力

常用的抽气动力为真空泵和薄膜泵。真空泵抽气量大,抽气速度快,多用于采气量大、收集阻力大的场合;薄膜泵轻便、易于携带、噪声小、抽气量小,适合作气泡吸收管的采样动力。

四、工业废气中二氧化硫的测定

二氧化硫是主要大气污染物之一,大气中二氧化硫的主要来源是自然界中火山爆发,生活中燃烧含硫燃料(煤、石油)及含硫矿石(硫酸工业)排放的废气。用二氧化硫作为漂白剂、防腐剂及萃取剂的工厂厂房中都含有二氧化硫。二氧化硫是一种无色、易溶于水、具有刺激性气味的气体,能通过人的呼吸进入呼吸道而引起呼吸道疾病。二氧化硫不仅危害植物正常生长,甚至可以导致植物死亡,它在大气中和水蒸气作用生成亚硫酸,进而被氧化生成硫酸,严重腐蚀金属及建筑物。二氧化硫的测定方法主要有酸碱滴定法、碘量法、光度法、库仑法、电导法等。其中最通用的是盐酸副玫瑰苯胺比色法。

以四氯汞钾为吸收剂,富集大气中的二氧化硫,生成二氯亚硫酸汞盐。然后,向采样后的溶液中加入甲醛和盐酸副玫瑰苯胺,甲醛与二氯亚硫酸汞盐作用生成羟甲基磺酸,生成物再与盐酸副玫瑰苯胺反应,生成三苯甲烷类染料,在 pH=1.2 时为紫色,其颜色深浅与气样中 SO_2 的浓度成正比,可用分光光度法在 $\lambda_{max}=577$ nm 时定量测定,检出限为 $0.03\ \mu g\cdot mL^{-1}$。

$$[HgCl_4]^{2-}+SO_2+H_2O=\!=\![HgSO_3Cl_2]^{2-}+2H^++2Cl^-$$
$$[HgSO_3Cl_2]^{2-}+HCHO+2H^+=\!=\!HgCl_2+HOCH_2SO_3H$$

由于四氯汞钾对环境有害,1994 年国家环境保护局发布二氧化硫测定新标准(GB/T 15262—94),采用甲醛吸收,盐酸副玫瑰苯胺比色法测定二氧化硫的含量,但仅采用甲醛吸收对实验条件要求苛刻,2009 年 9 月 27 日国家环境保护部发布新标准对原有标准又进行重新修订,依然采用四氯汞钾和甲醛吸收二氧化硫,但新标准 HJ 482—2009 增加了警告的内容、质量保证和质量控制条款,同时增加了废物处理条款。新标准自 2009 年 11 月 1 日起实施,原有标准(GB/T 15262—94)被废止。

五、工业废气中氮氧化物的测定

　　氮的氧化物有一氧化氮、二氧化氮、氧化二氮、三氧化二氮、四氧化二氮和五氧化二氮等多种形式。大气中的氮氧化物主要以一氧化氮(NO)和二氧化氮(NO_2)的形式存在。它们主要来源于石化燃料高温燃烧和硝酸、化肥等生产企业排放的废气以及汽车尾气等。

　　一氧化氮为无色、无臭、微溶于水的气体,在大气中易被氧化为 NO_2。NO_2 为棕红色气体,具有强刺激性臭味,是引起支气管炎等呼吸道疾病的有害物质。大气中的 NO 和 NO_2 可以分别测定,也可以测定二者的总量。

　　由于空气中氮氧化物的浓度不同,所处的状态也不同,测定方法也不同,空气中氮氧化物的测定常用盐酸萘乙二胺比色法。该方法采样和显色同时进行,操作简便,灵敏度高。方法的实质是"格里斯"反应。利用冰醋酸、对氨基苯磺酸和盐酸萘乙二胺配成吸收液。采样时大气中的氮氧化物经氧化管氧化后以 NO_2 的形式被吸收,生成亚硝酸和硝酸,再与吸收液中的对氨基苯磺酸发生重氮化反应,最后与盐酸萘乙二胺偶合,生成玫瑰红色的偶氮化合物,其反应为

$$2NO_2 + H_2O \Longrightarrow HNO_2 + HNO_3$$

最终产物颜色的深浅与空气样品中 NO_2 的浓度成正比,可用分光光度法定量测定。

　　用此法最后测定的是溶液亚硝酸盐的量,在吸收液中并不能将气样中的 NO_2 气体全部转化为亚硝酸盐,因此存在一个转换系数 K。不少学者研究认为 K 应为 $0.72 \sim 0.76$,世界卫生组织全球监测系统推荐值为 0.74,计算时需除以该系数。

六、氟化氢的测定

　　大气中的气态氟化物主要是 HF,也可能有少量的 SiF_4 和 CF_4,含氟的粉尘主要是冰晶石(Na_3AlF_6)、萤石(CaF_2)、氟化铝(AlF_3)、氟化钠(NaF)及磷灰石等。氟化物属高毒类物质,由呼吸道进入人体,会引起黏膜刺激、中毒等症状,并能影响各组织和器官的正常生理功能,对植物的生长、发育也会产生危害。

　　测定大气中氟化物的方法有分光光度法、氟离子选择电极法等,目前广泛采用氟离子选择电极法。

1. 石灰滤纸-氟离子选择电极法

采用浸渍过 $Ca(OH)_2$ 溶液的滤纸采样,大气中的氟化物与 $Ca(OH)_2$ 反应,生成氟化钙或氟硅酸钙被固定在滤纸上。用总离子强度缓冲液浸取后,采用氟离子选择电极法测定。

2. 滤膜采样-氟离子选择电极法

用磷酸氢二钾溶液浸渍的玻璃纤维滤膜或碳酸氢钠-甘油溶液浸渍的玻璃纤维滤膜采样,则大气中的气态氟化物被吸收固定,尘态氟化物同时被阻留在滤膜上,采样后的滤膜用水或酸浸取后,用氟离子选择电极法测定。

七、一氧化碳的测定

一氧化碳是大气中主要污染物之一,它主要来自于石油、煤炭燃烧不完全的产物和汽车尾气;一些自然灾害(如火山爆发、森林火灾等)也是其来源之一。

CO 是一种无色、无味的有毒气体,对人体有强烈的窒息作用,容易与人体血液中的血红蛋白结合,形成碳氧血红蛋白,使血液输送氧的能力降低,造成缺氧症,会出现头痛、恶心、心悸亢进,甚至出现虚脱、昏睡,严重时会致人死亡。所以,CO 是大气污染监测的指标之一。CO 的测定常采用非色散红外吸收法,此方法测定简便、快速,不破坏被测物质,能连续自动监测。

测定的基本原理是当 CO、CO_2 等气态分子受到红外辐射($1 \sim 25$ μm)照射时,将吸收各自特征波长的红外光,引起分子振动能级和转动能级的跃迁,产生振动-转动吸收光谱,在一定浓度范围内,吸光度与气态物质的浓度成比例关系。测量时,先通入纯氮气进行零点校正,再用标准 CO 气体校正,最后通入气样,便可直接显示、记录气样中 CO 的浓度,以 ppm 计,然后换算成标准状态下的质量浓度($mg \cdot m^{-3}$)。

八、总悬浮颗粒物的测定

能悬浮在空气中的颗粒称为总悬浮颗粒物(TSP),其测定一般是抽取一定体积的空气通过已称量的滤膜,悬浮颗粒物被阻留,根据滤膜增加的质量和采样体积,按式(16-1)计算总悬浮颗粒物的浓度:

$$\rho_{TSP} = \frac{m}{Q_n \times t} \qquad (16-1)$$

式中,m 为阻留在滤膜上的 TSP 质量,mg;Q_n 为标准状态下的采样流量,$m^3 \cdot min^{-1}$;t 为采样时间,min。

第三节　工业废水的监测

水是人类维系生命的基本物质,是工农业生产和城市发展不可缺少的重要资源,是人类环境的重要组成部分。当进入水体中的污染物含量超过了水体的自净能力时,会导致水体的物理、化学及生物特性的改变和水质的恶化,从而影响水的有效利用,危害人类健康,这种现象称为水体污染。对于这种污染,就必须进行调查、检验,并加以防止和排除。

一、水样的采取和保存

为了了解水质是否受到污染、污染的程度及工业废水的污染情况和处理效果,必须采取一定的水样进行分析检验。对于工业废水及严重污染的水,由于其污染源的性质不同,废水组成变化较大,为了取得具有充分代表性的水样,就必须根据废水的性质、排放情况及分析要求,用不同的方式采样。

1. 采样点的分布

采样点的分布首先要调查生产工艺、用水特点和排污去向等,务必使采取的样品具有代表性。

一般工业废水采样点布设分以下几种情况:

(1) 对于一类污染物,应在车间或车间设备出口布点采样。一类污染物主要包括 Hg、Cd、As、Pd、Cr(Ⅵ)及其无机化合物,有机氯和强致癌物质等。

(2) 对于二类污染物,应在工厂总排污口处布点采样。二类污染物有悬浮物、硫化物、挥发酚、氰化物、有机磷、石油类、Cu、Zn、F、苯胺等。

(3) 有处理设施的工厂,在处理设施的进水口和出水口同时布点,以了解对废水的处理效果。

2. 采样的方法

1) 瞬时水样

在某一时间和地点从水体中随机采集的分散水样称为瞬时水样。当水体水质稳定,或其组分在相当长的时间或相当大的空间范围内变化不大时,瞬时水样具有很好的代表性,当水体组分及含量随时间和空间变化时,就应隔时、多点采集瞬时样,分别进行分析,摸清水质的变化规律。

2) 混合水样

混合水样是指在同一采样点、不同时间所采集的瞬时水样混合后得到的水样,有时称"时间混合水样",以与其他混合水样相区别。这种水样在观察平均浓度时非常有用,但不适用于被测组分在保存过程中发生明显变化的水样。

3) 综合水样

综合水样是把不同采样点同时采集的各个瞬时水样混合后所得到的样品。这种水样在某些情况下更具有实际意义。例如,当为几条废水河、渠建立综合处理厂时,以综合水样取得的水质参数作为设计的依据更为合理。

对于一些特定指标(如悬浮物、油类等)的分析最好是单独采样分析,对某些重点监测的指定指标可随时取样。

3. 水样保存的方法

水样采集后常需送至实验室进行测定,这就涉及样品的运输和保存,对于痕量物质,容易在保存过程中发生物理、化学和生物化学变化而使水样发生变化,失去代表性。所以,样品取好后保存的时间越短,分析结果越可靠。因此,采样后要及时测定。水样的保存期限取决于水样的性质、保存条件及检测要求等。

常用的保存方法如下。

1) 冷藏法

采样后将水样立即放入冰箱或冰水浴中并置于暗处,冷藏温度一般为 2~4 ℃,该方法不能长期保存水样,而且不适用于所有样品。冷藏法(4 ℃以下)能减缓生化反应速率,抑制细菌繁殖。对以后的分析测定无妨碍。例如,生化需氧量、色度、有机氯、有机磷等的测定常采用4 ℃冷藏法保存样品。

2) 冷冻法

冷冻温度为-20 ℃,冷冻时不能将水样充满整个容器。冷冻法能抑制细菌繁殖,减慢化学反应速率。

3) 加入保存剂

根据待测项目,向水样中加入某种试剂以避免待测组分在运输和存放过程中发生变化。

(1) 加入生物抑制剂,抑制细菌繁殖。

(2) 调节 pH,根据不同的测定项目控制适当的 pH。例如,测定重金属离子,为了防止沉淀和容器壁吸附,常储存于玻璃或聚乙烯容器中,加 HNO_3 或 HCl 使 pH=1;在测定含 CN^- 的电镀废水、化肥厂废水、木材防腐废水时,通常加入 NaOH 使 pH=13,在 24 h 内测定。

(3) 加入氧化剂或还原剂。例如,测定水中溶解氧(DO)时,由于随温度、大气压的变化,DO 的量较易变化。因此,通常要在取样现场加入还原性保护剂将 O_2 固定,然后 4~8 h 内测定。一般是在碱性介质中加入 $MnSO_4$ 将 O_2 固定,测定前将试样酸化后用碘量法测定。

二、水样的预处理

由于工业废水有色、有味、有悬浮物等,成分较复杂,有时含量较低,取好的水样在分析之前要进行适当的处理,消除干扰或富集后才能测定。

处理的方法根据测试样品的情况及测试指标而定,这里介绍几种常用的处理方法。

1. 水样的消化

1) 湿法消化法

湿法消化法又称为消解法。利用 H_2SO_4、$HClO_4$、HNO_3 或其混合物与试样共同加热,其目的是破坏有机物、溶解悬浮物,将各种价态的离子氧化成单一的高价态,便于测定。消化好的试样应是清澈、透明、无颜色、无沉淀。例如,含有大量有机物废水的金属离子的测定,由于金属离子易吸附,包藏在有机悬浮物中,需消化后才能测定。

2) 干法灰化法

干法灰化法又称为燃烧法或高温分解法。根据待测组分的性质,选用适当坩埚,如铂、石英、银、镍或瓷坩埚。将样品放入坩埚中,在马弗炉中加热至 450~550 ℃,使其灰化完全,将残渣溶解后供分析测定。

2. 蒸馏

把欲分离的组分转化为易挥发的物质,然后通过蒸馏与干扰物质分离。例如,水中氨氮的测定,在其样品处理时利用在碱性条件下蒸馏,以酸标液吸收。又如,挥发酚的测定,可以在酸性条件下将酚蒸馏出来,然后用光度法测定。

3. 溶剂萃取

此方法适用于痕量金属离子与干扰组分的分离,有机油类的分离,农药废水中有机氯、有机膦的分离等。例如,石油化工厂含油废水中油含量的测定,用石油醚萃取后直接用紫外光谱法测定;含有机氯、有机膦农药用 CCl_4 萃取后直接用气相色谱法测定。

4. 活性炭吸附

利用活性炭的强吸附性对痕量元素进行富集。活性炭比表面积大,有较大吸附能力,可用于富集金属离子。例如,水中铬的测定可先用活性炭吸附,然后用少量酸将吸附的铬淋洗下来,定容后测定。

三、水样的测定

1. 化学耗氧量的测定

化学耗氧量(COD)是指在一定条件下,用强氧化剂处理水样时所消耗的氧化剂的量,以 $O_2(mg \cdot L^{-1})$ 表示。COD 大小表明水体受还原性物质污染的程度,由于有机物污染较普遍,因此通常 COD 值表明水体受有机污染物污染的程度。

COD 的测定方法主要有重铬酸钾法(COD_{Cr})、高锰酸钾法(COD_{Mn})及库仑滴定法等。

1) 重铬酸钾法

重铬酸钾法适用于所有水体,所测结果表示为 COD_{Cr}。在强酸性溶液中,用重铬酸钾将水中的还原性物质(主要是有机物)氧化,过量的重铬酸钾以试亚铁灵作指示剂,用硫酸亚铁铵溶液返滴,溶液由黄色到蓝绿色最后变为红褐色指示终点。根据所消耗的重铬酸钾量,按式(16-2)计算水样中的化学耗氧量,以 $O_2(mg \cdot L^{-1})$ 表示。反应过程如下:

$$6Fe^{2+} + Cr_2O_7^{2-} + 14H^+ \Longrightarrow 6Fe^{3+} + 2Cr^{3+} + 7H_2O$$

$$COD_{Cr}/[O_2(mg \cdot L^{-1})] = \frac{(V_0 - V_1)c \times 8 \times 1000}{V} \tag{16-2}$$

式中,c 为硫酸亚铁铵标准溶液的浓度,$mol \cdot L^{-1}$;V_0 为滴定空白时消耗硫酸亚铁铵标准溶液的体积,mL;V_1 为滴定水样时消耗硫酸亚铁铵标准溶液的体积,mL;V 为水样的体积,mL;8 为氧$\left(\frac{1}{2}O\right)$的摩尔质量,$g \cdot mol^{-1}$。

2) 高锰酸钾法

以高锰酸钾溶液为氧化剂测得的化学耗氧量,所测结果表示为 COD_{Mn}。我国新的环境水质标准中已把该指标改称为高锰酸盐指数,而仅将酸性重铬酸钾法测得的值称为化学耗氧量。国际标准化组织(ISO)建议高锰酸钾法仅限于地表水、饮用水和生活污水中 COD 的测定。

高锰酸钾法按测定溶液介质的不同,分为酸性高锰酸钾法和碱性高锰酸钾法。当 Cl^- 含量高于 300 $mg \cdot L^{-1}$ 时,应采用碱性高锰酸钾法,即在碱性溶液中,加过量高锰酸钾溶液加热 30 min,以氧化水样中的有机物和某些还原性无机物,然后用过量酸化的乙二酸钠溶液还原,再以高锰酸钾标准溶液氧化过量的乙二酸钠,滴定至微红色为终点。对于较清洁的地面水和被污染的水体中氯化物含量不高(Cl^- 含量 < 300 $mg \cdot L^{-1}$)的水样,常用酸性高锰酸钾法,即在酸性条件下的水样中加入过量高锰酸钾溶液,在沸水浴上加热 30 min,利用高锰酸钾将水样中某些有机物及还原性物质氧化,反应后剩余的高锰酸钾用过量的乙二酸钠还原,再以高锰酸钾标准溶液返滴过量的乙二酸钠,根据所消耗的高锰酸钾的量求出水样中的化学耗氧量。

3）库仑滴定法

采用 $K_2Cr_2O_7$ 为氧化剂，在 H_2SO_4 介质中回流消化水样，消化后，剩余的 $K_2Cr_2O_7$ 用电解产生的 Fe^{2+} 作为滴定剂进行滴定。根据电解产生亚铁离子所消耗的电量，按照式（16 - 3）计算水样中的 COD_{Cr}：

$$COD_{Cr}/[O_2(mg \cdot L^{-1})] = \frac{(Q_s - Q_m) \times 8 \times 1000}{96\ 487 \times V} \qquad (16 - 3)$$

式中，Q_s 为空白滴定 $K_2Cr_2O_7$ 所消耗的电量，C；Q_m 为测定水样滴定 $K_2Cr_2O_7$ 所消耗的电量，C；V 为水样体积，mL；96 487 为法拉第常量。

库仑滴定法应用范围比较广泛，可用于地表水和污水的测定。

2. 生化需氧量的测定

生化需氧量（BOD）是指在有溶解氧的条件下，好氧微生物在分解水中有机物的生物化学氧化过程中所消耗的溶解氧量，同时也包括硫化物、亚铁等还原性无机物质氧化所消耗的氧量，但这部分通常只占很小的比例。

BOD 是反映水体被有机物污染程度的综合指标，也是研究废水的可生化降解性和生化处理效果，以及生化处理废水工艺设计和动力学研究中的重要参数。

有机物在微生物作用下的好氧分解大体上分为两个阶段：含碳物质氧化阶段和硝化阶段。含碳物质氧化阶段主要是含碳有机物氧化为二氧化碳和水；硝化阶段主要是含氮有机化合物在硝化菌的作用下分解为亚硝酸盐和硝酸盐，在 5～7 天后才显著进行。所以目前常用的 20 ℃ 5 天培养法（BOD_5 法）测定的 BOD 值一般不包括硝化阶段。

水样经稀释后，在（20±1）℃条件下培养 5 天，求出培养前后水样中溶解氧含量，二者的差值为 BOD_5。若水样 5 天生化需氧量未超过 7 mg·L^{-1}，则不必进行稀释，可直接测定。测定结果按式（16 - 4）及式（16 - 5）计算。

对不经稀释直接培养的水样：

$$BOD_5/(mg \cdot L^{-1}) = D_1 - D_2 \qquad (16 - 4)$$

对稀释后培养的水样：

$$BOD_5/(mg \cdot L^{-1}) = [(D_1 - D_2) - (B_1 - B_2)f_1]/f_2 \qquad (16 - 5)$$

式中，D_1 为水样在培养前的溶解氧浓度，mg·L^{-1}；D_2 为水样经 5 天培养后，剩余的溶解氧浓度，mg·L^{-1}；B_1 为稀释水在培养前的溶解氧浓度，mg·L^{-1}；B_2 为稀释水经 5 天培养后，剩余的溶解氧浓度，mg·L^{-1}；f_1 为稀释水在培养液中所占比例；f_2 为原水样在培养液中所占比例。

测定时，应注意以下几点：

（1）稀释水一般用蒸馏水配制，先通入经活性炭吸附及水洗处理的空气，曝气 2～8 h，使水中的溶解氧接近饱和，然后在 20 ℃ 下放置数小时。使用前加入少量氯化钙、氯化铁、硫酸镁等营养溶液及磷酸盐缓冲溶液，混匀备用。稀释水的 pH＝7.2，BOD_5＜0.2 mg·L^{-1}。

（2）水样的稀释倍数可根据有机碳（地面水）或化学耗氧量（工业废水）值估计。

3. 氰化物的测定

氰化物属于剧毒物，它在水中有多种存在形态，包括碱金属盐类和其他金属盐类以及有机氰。其主要污染源有电镀、有机、化工、选矿、造渣、造气、化肥等工业废水。简单氰化物易溶于水、毒性大；配合氰化物在水体中受 pH、水温和光照影响解离为毒性强的简单氰化物。氰化物进入人体后，主要与高铁细胞色素氧化酶结合，生成氰化高铁细胞色素氧化酶而失去传递氧的作用，引起组织缺氧窒息。

在实际测定中，一般测定总氰量。采集水样后，必须立即加 NaOH 固定，一般每升水中加 0.5 g 固体 NaOH，当水样酸度较高时，则增加 NaOH 量，以使 pH>12，并将样品储于聚乙烯瓶中。采来的样品需立即测定，否则需放在冷暗处，24 h 以内测定。测定之前，通常先将水样在酸性介质中进行蒸馏，把能形成氰化氢的氰化物（全部简单氰化物和部分配合氰化物）蒸出，使之与干扰组分分离。一般在磷酸和 EDTA 存在下，调节溶液 pH<2，加热蒸馏，因为 EDTA 配位能力一般大于 CN$^-$ 的配位能力，所以 CN$^-$ 以 HCN 形式被蒸馏出来，蒸出的 HCN 用 NaOH 溶液吸收，这种方法能蒸馏出游离氰和绝大部分配合氰。

水中氰化物的测定方法通常有硝酸银滴定法、异烟酸-吡唑啉酮光度法、吡啶-巴比妥酸光度法和电位法。滴定法用于高浓度氰化物的测定，光度法用于低浓度氰化物的测定，电位法具有较大的测定范围。

1）异烟酸-吡唑啉酮光度法

取蒸馏吸收液调 pH 至中性，加入氯胺 T，水中的 CN$^-$ 与氯胺 T 作用生成氯化氰，氯化氰与异烟酸作用经水解生成戊烯二醛酸，戊烯二醛酸与吡唑啉酮缩合成蓝色染料（$\lambda_{max} = 638$ nm），其颜色深浅与水样中氰化物浓度成正比，可用分光光度法定量测定。在 $\lambda_{max} = 638$ nm测定，测定线性范围为 $0.004\sim0.25$ mg·L^{-1}。

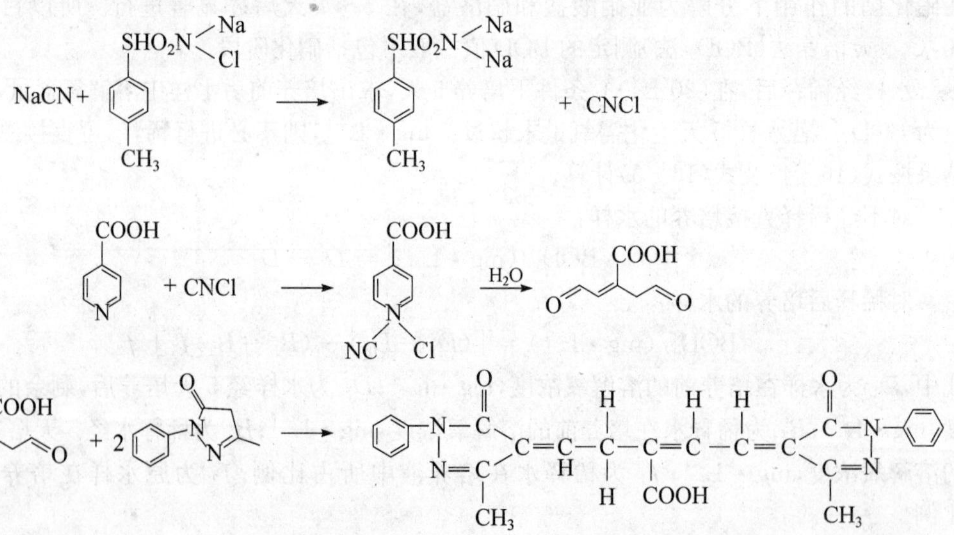

蓝色化合物，$\lambda_{max} = 638$ nm

2）硝酸银滴定法

取一定量蒸馏吸收溶液，调 pH>11，以试银灵作指示剂，用硝酸银（AgNO$_3$）标准溶液滴定，则氰离子与银离子作用生成二氰合银配合物，稍过量的银离子与试银灵反应，溶液由黄色变为橙红色，即为终点。根据消耗硝酸银的量可计算出水中氰化物的浓度。

4. 酚类化合物的测定

根据酚类能否与水蒸气一起蒸出，分为挥发酚（沸点在 230 ℃以下）与不挥发酚（沸点在

230 ℃以上）。

酚类为原生质毒物，可使蛋白质凝固，对神经系统损害性大，属高毒类物质。在人体内富集时出现头痛、贫血、瘙痒及各种神经系统症状，当水中酚浓度达 5 g·L^{-1}时，会造成水生生物中毒。酚类污染物主要来自炼油厂、洗煤厂和炼焦厂等。其中以挥发酚毒性最大。

酚类的测定方法有容量法、分光光度法、色谱法等。尤其以 4-氨基安替比林分光光度法应用最广，对高浓度含酚废水的测定可采用溴化容量法。无论哪种方法，当水样中存在氧化剂、还原剂、油类及某些金属离子时，均干扰测定，应设法消除。可以通过预蒸馏分离出挥发酚，消除颜色、浑浊和金属离子等的干扰。

1）4-氨基安替比林分光光度法

酚类与 4-氨基安替比林反应，在 pH＝10 的介质中铁氰化钾的作用下，生成红色的吲哚酚安替比林染料，在 510 nm 处有最大吸收。溶液颜色的深浅与水样中酚的浓度成正比，可用分光光度法定量测定。为了提高测定的灵敏度，显色后可以用氯仿萃取，在波长 460 nm 处测定，测定线性范围为 0.002～0.12 mg·L^{-1}。

酚类与 4-氨基安替比林反应的方程式如下：

2）溴化容量法

在含过量溴（由 KBrO$_3$ 和 KBr 产生）的溶液中，酚与溴反应生成三溴酚，进一步生成溴代三溴酚。剩余的溴与 KI 作用生成游离碘，与此同时，溴代三溴酚也与 KI 反应生成游离碘，用硫代硫酸钠标准溶液滴定释放出的游离碘，并根据其消耗量，按照式（16－6）计算以苯酚计的挥发酚含量：

$$挥发酚（以苯酚计）/(mg \cdot L^{-1}) = \frac{(V_0 - V_2) \times c \times 15.68 \times 1000}{V} \qquad (16-6)$$

式中，c 为 Na$_2$S$_2$O$_3$ 溶液的浓度，mol·L^{-1}；V_0 为空白实验消耗 Na$_2$S$_2$O$_3$ 溶液的体积，mL；V_2 为水样消耗 Na$_2$S$_2$O$_3$ 溶液的体积，mL；V 为水样体积，mL；15.68 为苯酚（1/6C$_6$H$_5$OH）的摩尔质量，g·mol^{-1}。

5. 总有机碳的测定

总有机碳（TOC）是以碳的含量表示水体中有机物质总量的综合指标。由于 TOC 的测定采用燃烧法，因此能将有机物全部氧化，它比 BOD$_5$、COD 能更好地反映有机物的总量。

测定 TOC 的主要方法有燃烧氧化-非色散红外吸收法、电导法、气相色谱法及湿法氧化-非色散红外吸收法等，其中燃烧氧化-非色散红外吸收法只需一次性转化、流程简单、重现性好、灵敏度高，被国内外广泛应用。

燃烧氧化-非色散红外吸收法是将一定量水样注入高温炉内的石英管，在 900～950 ℃下，以铂和三氧化钴或三氧化二铬为催化剂，使有机物燃烧裂解转化为二氧化碳，然后用红外线气体分析仪测定 CO$_2$ 含量，从而确定水样中碳的含量（此时测定的为水样中的总碳量，TC）。为了获得 TOC 量，可采用差减法测定，测定时把等量水样分别注入高温炉（900 ℃）和低温炉（150 ℃），则高温炉水样中有机碳和无机碳均转化为 CO$_2$，而低温炉的石英管中装有磷酸浸渍的玻璃棉,能使无机碳酸盐在 150 ℃分解为 CO_2,有机物不能分解,将高、低温炉中生成的 CO_2 依次导入非色散红外气体分析仪,分别测得总碳和无机碳(IC),二者之差即为总有机碳(TOC)。其测定流程如图 16-2 所示。

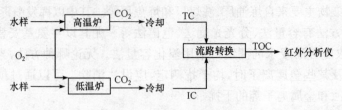

图 16-2　TOC 测定流程

6. 含氮化合物的测定

水体中含氮化合物的主要存在形态是氨氮、亚硝酸盐氮、硝酸盐氮、有机氮。含氮有机物最初进入水体时,具有很复杂的组成,由于水体中微生物的作用,含氮有机物逐渐分解,变成简单的化合物。硝酸盐是含氮有机物分解的最终产物。

1) 氨氮的测定

水中的氨氮是指以游离氨(也称非离子氨)和离子氨形式存在的氮。对地面水,常要求测定非离子氨。水中氨氮主要来源于生活污水中含氮有机物受微生物作用的分解产物、焦化、合成氨等工业废水以及农田排水等。氨氮含量较高时,对鱼类呈现毒害作用,对人体也有不同程度的危害。

测定水中氨氮的方法主要有奈氏试剂分光光度法、水杨酸-次氯酸盐分光光度法、电极法和容量法。水样有色或浑浊或含其他干扰物质时影响测定,需进行预处理。对较清洁的水,可采用絮凝沉淀法消除干扰,对污染严重的水或废水应采用蒸馏法。

奈氏试剂分光光度法测定水体中的氨氮含量时,首先在水样中加入碘化汞和碘化钾的强碱性溶液(奈氏试剂),其与氨反应生成黄棕色胶状化合物,此化合物在较宽的波长范围内对光具有强烈吸收,通常使用波长为 410~425 nm 的光比色法测定。显色反应如下:

$$2K_2[HgI_4]+3KOH+NH_3 \Longrightarrow 7KI+2H_2O+NH_2Hg_2IO(棕黄色)$$

该方法的最低检出浓度为 $0.025\ mg \cdot L^{-1}$,测定上限为 $2\ mg \cdot L^{-1}$。

2) 亚硝酸盐氮的测定

亚硝酸盐是含氮化合物分解过程中的中间产物,极不稳定,可被氧化成硝酸盐,也易被还原成氨,所以采样后应立即测定。可采用盐酸萘乙二胺分光光度法和离子色谱法测定。盐酸萘乙二胺分光光度法的最低检出浓度为 $0.003\ mg \cdot L^{-1}$,测定上限为 $0.20\ mg \cdot L^{-1}$。

3) 硝酸盐氮的测定

硝酸盐是在有氧环境中最稳定的含氮化合物,也是含氮有机化合物经无机化作用最终阶段的分解产物。清洁的地面水中硝酸盐氮含量较低,受污染水体和一些深层地下水中硝酸盐含量较高。

水中硝酸盐的测定方法有酚二磺酸分光光度法、镉柱还原法、戴氏合金还原法、离子色谱法、紫外分光光度法和离子选择电极法等。这里主要介绍酚二磺酸分光光度法。

硝酸盐在无水情况下与酚二磺酸反应,生成硝基酚二磺酸,在碱性溶液中转化成黄色的化合物硝基酚二磺酸三钾(铵)盐,在 410 nm 处测定其吸光度,可用标准曲线法定量。最低检出

浓度为 $0.02\ mg \cdot L^{-1}$，测定上限为 $2.0\ mg \cdot L^{-1}$。

测定时取水样于蒸发皿中，用 pH 试纸检查，必要时加 $0.5\ mol \cdot L^{-1}$ 硫酸或 $0.1\ mol \cdot L^{-1}$ 氢氧化钠调节至微碱性（pH＝8），置水浴上蒸发至干。加入酚二磺酸溶液，玻璃棒研磨，使试剂与蒸发皿内残渣充分接触，放置，再研磨一次，放置约 10 min，加入 10 mL 水。搅拌下加入氨水，至溶液颜色不再变深，如有沉淀，可加入 EDTA 溶液，搅拌至沉淀溶解，移入比色管，加水稀释至刻度，于 410 nm 处测定其吸光度，标准曲线法定量。

此方法测量范围广，显色稳定，适用于测定饮用水、地下水、清洁地面水中的硝酸盐氮。

4）凯氏氮的测定

凯氏氮的测定是指以凯达尔（Kjeldahl）法测得含氮量。它包括氨氮和在此条件下能转化为铵盐而被测定的有机氮化合物，如蛋白质、氨基酸、肽、核酸、尿素等。取适量水样于凯氏烧瓶中，加入浓硫酸和催化剂（硫酸钾）加热消解，将有机氮转变为氨氮，然后在碱性介质中蒸馏出氨，用硼酸溶液吸收，以分光光度法或滴定法测定氨氮含量。

5）总氮的测定

总氮包括有机氮和无机氮化合物（氨氮、亚硝酸盐氮和硝酸盐氮）。水体中总氮含量是衡量水质的重要指标之一。测定方法主要有加和法和过硫酸钾氧化-紫外分光光度法。加和法是分别测定有机氮、氨氮、亚硝酸盐氮和硝酸盐氮的量，然后加和求出总氮含量。过硫酸钾氧化-紫外分光光度法是在水样中加入碱性过硫酸钾溶液，在过热水蒸气中将大部分有机氮化合物及氨氮、亚硝酸盐氮氧化成硝酸盐，再用紫外分光光度法测定硝酸盐氮含量，即为总氮含量。

7. 铬的测定

水体中的铬通常以三价（Cr^{3+}）和六价（$Cr_2O_7^{2-}$ 或 CrO_4^{2-}）形式存在，三价铬能参与正常的糖代谢过程，而六价铬有较强的毒性，为致癌物质，并易被人体吸收而在体内蓄积。通常认为六价铬比三价铬毒性大，但是对于鱼类而言三价铬比六价铬毒性高。水中不同价态的铬在一定条件下可以互相转化，所以在排放标准中，既要求测定六价铬，也要求测定总铬。

铬的工业污染源主要来自铬矿石的加工、金属表面处理、皮革加工、印染、照相材料、皮革鞣制等行业。铬是水质污染控制的一项重要指标。

1）二苯碳酰二肼分光光度法（适用于铬含量较低时）

在酸性介质中，六价铬与二苯碳酰二肼（DPC）反应，生成紫红色配合物，于 540 nm 处进行比色分析，可测出水体中六价铬的含量。欲测定水体中的总铬含量时，可在酸性溶液中，先用高锰酸钾将水样中的三价铬全部氧化成六价铬，过量的高锰酸钾用亚硝酸钠分解，过量的亚硝酸钠用尿素分解，然后加入二苯碳酰二肼显色，于 540 nm 处比色测定，计算出水体中的总铬含量。显色反应如下：

该方法测定的线性范围为 $0.004 \sim 1.0$ mg · L^{-1}。

2）硫酸亚铁铵滴定法

硫酸亚铁铵滴定法适用于总铬浓度大于 1 mg · L^{-1} 的废水。

在酸性介质中，以银盐作催化剂，用过硫酸铵将三价铬氧化成六价铬，加少量氯化钠并煮沸，除去过量的过硫酸铵和反应中生成的氯气，用硫酸亚铁铵标准溶液滴定至溶液由红色突变为亮绿色为终点。滴定反应式为

$$K_2Cr_2O_7 + 6(NH_4)_2Fe(SO_4)_2 + 7H_2SO_4 =\!=\!=$$
$$Cr_2(SO_4)_3 + 6(NH_4)_2SO_4 + 3Fe_2(SO_4)_3 + 7H_2O + K_2SO_4$$

根据式(16-7)，计算水样中总铬的含量：

$$\rho_{Cr}/(mg \cdot L^{-1}) = \frac{(V_1 - V_0) \times c \times 17.322 \times 1000}{V} \tag{16-7}$$

式中，c 为硫酸亚铁铵溶液的浓度，mol · L^{-1}；V_1 为滴定水样时硫酸亚铁铵溶液的体积，mL；V_0 为滴定空白时硫酸亚铁铵溶液的体积，mL；V 为水样体积，mL；17.322 为铬 $\left(\frac{1}{3}Cr\right)$ 的摩尔质量，g · mol^{-1}。

如果要求测定三价铬的含量，则测定出六价铬的含量及总铬含量，两者之差即为三价铬的含量。

8. 铅的测定

铅是可在人体和动植物组织中蓄积的有毒金属，其主要毒性效应是导致贫血、神经机能失调和肾损伤等。铅对水生生物的安全浓度为 0.16 mg · L^{-1}。水体中，铅的浓度大于 0.1 ppm 时，即可抑制水体的自净作用。铅的主要污染源是蓄电池、冶炼、五金、机械、涂料和电镀工业部门排放的废水。测定水体中铅的方法主要有原子吸收分光光度法、双硫腙分光光度法、阳极溶出伏安法和示波极谱法等。此处主要介绍双硫腙分光光度法。

在弱碱性溶液中，铅与双硫腙形成可被 $CHCl_3$ 或 CCl_4 萃取的淡红色螯合物。

在波长为 510 nm 处测定，由工作曲线法可求出水样中铅的浓度。该方法适用于地面水和废水中痕量铅的测定，检测线性范围为 $0.01 \sim 0.3$ mg · L^{-1}。

思 考 题

1. 气体采样方法选择的主要依据是什么？采样方法主要有哪几种？各适用于哪些情况？

2. 工业污水如何布置采样点？

3. 水样保存方法有哪几种？

4. 水样的分离富集方法主要有哪些？

5. 什么是化学耗氧量？测定化学耗氧量的方法有哪些？适用的条件是什么？

6. 简述工业废气的分类方法。

7. 试举几例说明水样预处理方法。

8. 简述工业废气中二氧化硫的测定方法。

9. 简述盐酸萘乙二胺分光光度法测定工业废气中氮氧化物的测定原理。

10. 简述 BOD_5 的测定方法。

11. 水体中含氮化合物的主要存在形态有哪些？各采用什么方法测定？

12. 怎样用分光光度法测定废水中的总铬？

13. 下列数据为某水样 BOD_5 测定结果，试计算下列水样的 BOD_5 值。

编号	稀释倍数	水样体积/mL	$Na_2S_2O_3$ 标准溶液浓度/(mol·L^{-1})	$Na_2S_2O_3$ 标准溶液用量/mL	
				当天	5 天
A	50	100	0.0125	9.16	4.33
B	40	100	0.0125	9.12	3.10
空白	0	100	0.0125	9.25	8.76

第十七章　工业分析标准

分析标准包括分析方法标准、分析仪器标准和标准物质,通常所说的"分析标准"狭义上指分析方法标准,也称标准分析方法。

第一节　分析工作的标准化和标准的编制

在工业分析中,对同一项目往往有多种分析方法可供选择,各种方法原理不同,操作程序不同,干扰因素不同,其测定结果的灵敏度、检测限也不同,故各种分析方法之间存在一定的系统误差。为使不同时间、不同实验室及不同分析人员之间的检测结果具有可比性,有必要对分析方法进行标准化。

标准化工作不仅是在分析化学领域,也是各行各业的技术管理工作。标准化工作对产品或项目的规格、质量、检验、包装、储藏、运输等各个方面制定技术文件,它考虑生产者、消费者的利益及产品的使用要求与条件以及安全要求,以达到最佳的全面经济效益。因此,标准化工作是在有关各方面的协作下,有序地制定和实施各种规定的活动。

一、分析方法标准

分析方法标准又称标准分析方法,是由权威机构发布的对某项分析测试作出统一规定的技术准则文件,是相关各方共同遵守的技术依据,以保证分析结果的准确性、重复性和再现性,是技术标准的一种。分析方法标准需满足以下要求:①在政府标准化管理机构领导和组织下进行,按规定的程序编制;②按规定格式编写;③方法的成熟性得到公认,方法的准确度和精密度可通过协作实验确定;④由政府权威机构审批、发布施行。

二、标准的组织管理系统和编制程序

1. 组织管理系统

我国由国家质量监督检验检疫总局作为政府标准化管理机构,下属部、委、总局的标准化机构及其领导下的归口单位;省、自治区、直辖市的标准化机构及其领导下的归口单位;各专业技术标准委员会,由技术专家组成。部、委级标准化机构组织部级标准、国家标准的编制;省、自治区、直辖市级的标准化机构编制地方标准并代表政府监督标准的实施。图 17-1 为我国标准化工作的组织管理系统。

2. 编制程序

标准化工作的一般程序如下:

(1) 技术委员会的专家根据需要确定任务,选定方法及准确度、精密度、测定限等指标,并确定国外相关标准及文献资料等参考资料。

(2) 技术委员会指定一个任务组,负责设计实验方案,编写实验步骤细节,制备与分发标准物质及样品。通常选择对该项分析有较多实际经验的某实验室或某几个实验室为任务组。

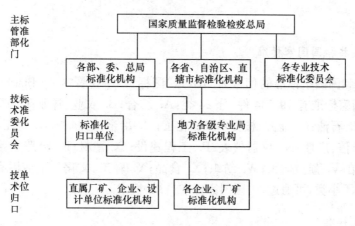

图 17-1　我国标准化工作的组织管理系统

（3）选定 6~10 个参与实验室,要求参与实验室按编写的实验步骤,对指定样品进行分析测定,写出报告,上报任务组汇总,同时征询对所编步骤的修改意见。

（4）若实验结果达到规定要求,则任务组写出分析方法标准的文件稿,上报主管机关审批、出版、公布施行。

若实验结果达不到规定要求,则任务组修订实验方案与步骤,重新对规定样品进行分析测定,直至达到预定要求。经多次修订方案仍未能达到要求的,暂停编制任务。

3. 分析实验室的协作实验

制定分析标准中,通过代表性实验室之间的协作实验取得实验结果是该方法标准制定的依据。为确定方法的准确度、误差的允许范围、精密度,必须请 8 个甚至更多实验室参加协作实验,这些实验室在技术上具有代表性,但不一定是具有最好水平的实验室。协作实验的样品应均匀、稳定。制定标准的指定试样必须包括含量高、中、低的样品各 2 个,以确定不同含量水平时的误差范围和精度。参与协作实验的分析人员应熟悉所规定的实验方法,并具有中等以上的实验技术水平。协作实验的进度和每个试样的测定次数按协作协议规定进行。每个试样每次测定应至少有 2 个平行样,测定次数不少于 6 次,以取得有统计意义的结果。

实验室的协作实验也用于对标准物质含量的定值及对有争议的分析结果进行仲裁等。在这种情况下,也可以选择有声望、通过计量认证的、技术可靠的几个实验室进行。

第二节　标准的等级

一、国际标准

国际标准是由国际组织制定的标准,其中与分析化学有关的标准有:ISO 标准,ISO 是国际标准化组织(International Organization for Standardization)的缩写;IUPAC 标准,IUPAC 是国际纯粹与应用化学联合会(International Union of Pure and Applied Chemistry)的缩写;AOAC 标准,AOAC 是美国官方分析化学师协会(Association of Analytical Communities)的缩写;OIML 标准,OIML 是国际法定度量衡组织(International Organization for Legal Metrology)的法文简称;WHO 标准,世界卫生组织(World Health Organization)制定的标准。

二、国家标准

1. 中华人民共和国国家标准

中华人民共和国国家标准的代号为 GB,是"国标"两字拼音"Guó Biāo"的字首缩写。至 1994 年已公布国家标准有 19 584 件,分 24 类:A. 综合;B. 农业、林业;C. 医学、卫生及劳动保护;D. 矿业;E. 石油;F. 能源、核技术;G. 化工;H. 冶金;J. 机械;K. 电工;L. 电子元件与信息技术;M. 通信、广播;N. 仪器仪表;P. 工程建设;Q. 建材;R. 公路水路运输;S. 铁路;T. 车辆;U. 船舶;V. 航空航天;W. 纺织;X. 食品;Y. 轻工、文化与生活用品;Z. 环境保护。每个类别又分若干小类,可通过《中国国家标准目录》检索。

2. 美国国家标准

美国国家标准的代号为 ANSI,是美国国家标准学会(American National Standards Institute)的缩写。美国标准中大部分取自美国材料与试验协会(American Society for Testing and Materials,ASTM)制定的标准,经 ANSI 认可后同时作为美国国家标准。

3. 英国国家标准

英国国家标准的代号为 BS,是"British Standard"的缩写。英国标准由四方面来源组成:由分析专业人员或研究组研究的,并已在工业中实际使用的方法;由英国国家标准院技术委员会推荐的,在某些企业或用户中已使用的方法;由技术委员会通过协作实验确定或修改过的方法;ISO 已颁布施行的方法。

4. 其他国家标准

其他国家标准包括德国国家标准 DIN,是"Deutsche Industry Norm"(德国工业标准)的缩写;日本工业标准 JIS,是 Japanese Industry Standards 的缩写;法国国家标准 NF;欧盟标准 EN(European Norm)及原苏联标准 OCT。

三、协会级、部级、专业级标准

1. 部级、专业级标准

我国部颁标准以颁布部门的汉语拼音字头作标记。部颁标准有冶金(YB),化工(HG,HGB),石油(SY,SYB),轻工(QB),煤炭(MT),农业(NY),医药(YY),商检(SN),环境保护(HJ)等。

专业级标准也称行业标准,以 ZB(专业标准)为标记。

我国药典及各国药典也属于部级或专业级标准。

2. 美国的协会级标准

美国有两个协会级标准非常重要,在国际上享有较高声誉。

1) ASTM 标准

ASTM 拥有 2000 多个专业委员会,它制定的标准大部分被认可为美国国家标准,在国际上享有很高声誉。ASTM 标准以 Annual Book of ASTM Standards 形式出版,共 60 多卷。

例如,03.05 卷为金属、矿石及相关材料的化学分析法;03.06 卷为分子光谱学及表面分析;08.04 卷为塑料管材及建筑产品标准;14.01 卷为保健信息学等。

2) EPA 标准

EPA 是美国环境保护署(Environmental Protection Agency)的缩写。它制定的环境分析方法在国际上也享有很高的声誉。

四、企业标准

当企业生产的产品或分析方法没有国家标准或行业标准可用时,企业应制定企业标准。国家也鼓励企业制定比国家标准更严格的企业标准,企业也可根据国家标准或行业标准制定企业的执行标准,或用部分改编的方法作为企业内部执行的标准。

五、地方标准

省、自治区、直辖市可根据地方实际情况制定并公布施行地方性标准,如"三废"排放标准等。

在工业分析中,一方面要强调采用标准分析方法的重要性;另一方面又要强调指出标准分析方法所覆盖的范围十分有限,更多的分析问题是没有标准分析方法可依的。再者,标准方法为了考虑到各方面都能够执行,通常不一定是最好的分析方法。在这些情况下,分析化学家的专业知识、专业技能、专业智慧和专业经验通常是解决问题的基础。

第三节　标准物质

一、标准物质的定义

按照国际标准化组织 ISO 的定义,标准物质或标准参考物质是一个或多个特征量值已被准确确定的物质,用于校准(calibration,不是校正 correction)测量用的仪器、评价测量方法、测量试样的量值。特征量值是指化学组分或物质性质(如凝固点、电阻率、折射率等),或某些工程参数(如粒度、色度、表面光洁度等)。

我国过去称标准物质为标准样品、标样、鉴定过的标准物质、参考物质等,现在按照 JJF 1001—1998《通用计量术语及定义》的规定,称为标准物质(reference material)或有证标准物质(certified reference material,CRM)。我国的标准物质以 BW("标物"的汉语拼音缩写)为代号。

二、标准物质的特性

标准物质应具备以下特性:

(1) 高度的均匀性。这是标准物质成为测量标准的基本条件,也是传递准确度的必要条件。气态和液态的均匀性容易保证,固态的均匀性则需经采样、干燥、研磨、筛分、混匀等一系列加工程序保证。

(2) 性能稳定。在标准物质证书上附有的保存条件及有效期内性能稳定。注意保存期限和使用期限。开启包装后可能因化学、物理、生物等因素而影响它的稳定性。

(3) 量值的准确性。

(4) 必须附有证书,内容包括标准物质的名称、编号、简介、定值方法、标准值与不确定度、制备日期、有效期、储存条件、确保均匀性的最小取样量、有关注意事项等。

（5）有足够产量，可成批生产，可按规定精度重新制备以满足分析测试工作的需要。

（6）标准物质的生产必须由国家主管单位授权。

三、标准物质的分类

目前，国际上常用的标准物质分类方法主要有以下几种：

（1）国际纯粹与应用化学联合会的分类法。将标准物质分为相对原子质量标准的参比物质、基准物质、一级标准物质、工作标准物质、二级标准物质及标准参考物质等。

（2）按审批者的权限水平分类法。将标准物质分为国际标准物质（由各国专家共同审定并在国际上通用的标准物质）、国家一级标准物质（由各国政府中权威机构审定的标准物质）和地方标准物质（由某一地区、某一学会或某一科学团体制定的标准物质）。

我国的标准物质等级划分为两级。国家一级标准物质（primary reference material）由中国计量测试学会标准物质专业委员会审查，经国家技术监督局批准而颁布的，附有证书。一级标准物质采用绝对测量法或其他准确可靠的方法确定物质特征量值，准确度达到国内最高水平并相当于国际水平。二级标准物质（secondary reference material）为部颁标准物质，其特征量值通过与一级标准物质直接对比或用其他准确可靠的分析方法测试获得，由科研院所、企业中经国家级计量认证的实验室研制的标准物质，报经主管部门审查批准、国家技术监督局备案，其中性能良好、准确度高、具备批量制备条件的二级标准物质，经国家计量部门审批后也可以上升为一级标准物质。

国家一级标准物质和二级标准物质定值的不准确度分别为 0.3%～1% 和 1%～3%。

四、标准物质的使用

1. 标准物质的用途

（1）校准分析仪器量值。例如，用标准砝码校准天平的称量误差。

（2）评价新建分析方法的准确度。

（3）建立校准曲线（工作曲线，也称标准曲线，但不可称为校正曲线）。

（4）在分析测试质量保证体系中作为考核样，评价分析人员和实验室的工作质量或用来建立质量控制图，进行实验室内日常分析测试工作的质量管理。

（5）用作控制标样监控工作曲线的稳定性，控制漂移。

（6）技术仲裁时作为平行样验证测定过程的可靠性。

2. 标准物质的用法

选用标准物质应考虑以下原则：

（1）选用标样的基体组成尽可能与被测样一致或接近，按接近程度可分为四种情况：①基体标准物质：基体组成完全相同，如电弧火花光源分析时用于建立工作曲线的标准样品；②模拟标准物质：基体与被测样相近，但并不完全匹配，如模拟天然水镉溶液成分分析标准物质，模拟酸雨系列标准物质等；③合成标准物质：使用前按被测样组成人工配制的标准物质；④代用标准物质：当没有合适的标准物质可用时，选用与被测物含量相近的其他基体的标准物质作为代用品。

（2）标准物质中被测组分的浓度应当与被测试样中被测组分的浓度相近，或一套标准物質所建立的被測組分的工作曲線濃度範圍能覆蓋試樣中被測組分的濃度。

(3) 標準物質在物理形態與結構、化學形態或生物形態上與被測樣接近。

(4) 按標準物質的質保書要求使用。

五、我国现有国家标准物质

由国家质量监督检验检疫总局批准的国家标准物质 GBW 有钢铁，非铁合金，生物物质，水中离子，化工产品，岩石土壤，煤炭，气体，电子探针，标准白板、色板、渗透管及燃烧热标准物质等多种标准物质。表 17-1 为部分国家标准物质的编号、名称及定值内容。

表 17-1 部分国家标准物质的编号、名称及定值内容

国家标准物质编号	名称	定值内容
1. 钢铁标准物质		
GBW 01101~01110	铸铁	C,S,P,Si,Mn,Cu,Ti,V
GBW 01111~01118	铸铁	C,S
GBW 01119	球墨铸铁	C,Mn,Si,P,S,Cu,Cr,Ni,Mo,Co,Mg,V,Ti,总稀土
GBW 01201~01205	碳素钢	C,S,P,Mn,Si,Cr,Ni,Cu,Al,V,Ti
GBW 01206~01208	碳素钢	C,Si,Mn,S,P
GBW 01301~01312	低合金钢	C,Si,Mn,S,P,Ni,Cu,Al,V,Ti,Mo,B,Cr
GBW 01313~01316	工具钢	C,Si,Mn,S,P,Cr,Ni,W,V,Mo,Co
GBW 01317	轴承钢	C,Si,Mn,S,P,Cr,Ni,Cu,Mo,Sn,As,Sb,Ti,Al
GBW 01318~01319	工具钢	C,Si,Mn,S,P,Cr,Ni,W,Cu
2. 非铁合金标准物质		
GBW 02101	铜合金	Cu,Fe,Mn,Al,Sn,Pb,Bi,P
GBW 02102	铜合金	Al,Fe,Zn,Ni,Mo,Sn,Si,Pb,P,As,Sb
GBW 02103	铜合金	Al,Cu,Fe,Mn,Sn,Pb,Sb,P
GBW 02104~02109	镍银	Mn,Fe,Mg,Pb,Si,As,Sb,Bi,Ni,Zn,P
GBW 02110	铜合金	Cu,Al,P,Pb,Ni,Sn,Sb,As,Fe,Bi
GBW 02111~02115	纯铜	Bi,Sb,Fe,As,Pb,Sn,Zn
GBW 02132~02136	磷青铜	Cu,Pb,Sn,P,Sb,Fe,Si
GBW 02137~02140	锡青铜	Cu,Pb,Sn,Zn,Ni
GBW 02201~02204	铝合金	Cu,Mg,Mn,Fe,Si,Zn,Ti,Ni,Be,Pb,Cr,Sn,V,Zr,Cd,B
GBW 02205~02209	精炼铝	Fe,Si,Cu
GBW 02210~02214	精制铝	Fe,Si,Cu
GBW 02301~02302	锡基合金	Sn,Sb,Cu,Pb,Bi,As
GBW 02401~02402	铅基合金	Sn,Sb,Cu,Pb,Bi,As
GBW 02501~02502	钛合金	C,Si,Cr,Mo,Al,Er,Fe,N
GBW 02551	高温合金	C,Mn,Si,P,S,Cr,Zr,Al,Ti,Cu,Nb,B,Fe,Ce
GBW 02701~02703	锌	Pb,Cd,Fe,Cu,As,Sb,Sn
3. 生物物质标准物质		
GBW 08501	桃木叶	As,Ba,Cd,Cr,Cu,Fe,Hg,K,Mg,Mn,Pb,Zn,B,Co,Se
GBW 08502	米粉	K,Mg,Ca,Mn,Fe,Zn,Na,Cu,As,Sc,Cd,Pb
GBW 08503	面粉	K,As,Ca,Cd,Cu,Fe,Mg,Mn,Pb,Zn,N,P,Se
GBW 08504	圆白菜	K,Na,Ca,Mg,Cu,Zn,Mn,Fe,Cd,Sr,As,Se,N,P,Pb,Rb
GBW 08551	猪肝	K,Na,Ca,Mg,Cu,Zn,Mn,Fe,Pb,As,Se,Mo,N,P,Co,Cr
4. 水中离子标准物质		
GBW 08601	水中铅	Pb,1.00 $\mu g \cdot g^{-1}$
GBW 08602	水中镉	Cd,0.100 $\mu g \cdot g^{-1}$
GBW 08603	水中汞	Hg,0.0100 $\mu g \cdot g^{-1}$
GBW 08604	水中氟	F,1.00 $\mu g \cdot g^{-1}$

续表

国家标准物质编号	名称	定值内容
GBW 08605	水中砷	As,0.500 $\mu g \cdot g^{-1}$
GBW 08606	水中阴离子	Cl^-,22.0 $\mu g \cdot g^{-1}$;NO_3^-,4.50 $\mu g \cdot g^{-1}$;SO_4^{2-},38.0 $\mu g \cdot g^{-1}$
GBW 08607	水中金属元素	Cd,0.100 $\mu g \cdot g^{-1}$;Pb,1.00 $\mu g \cdot g^{-1}$;Cu,1.00 $\mu g \cdot g^{-1}$;Cr,0.500 $\mu g \cdot g^{-1}$;Zn,5.00 $\mu g \cdot g^{-1}$;Ni,0.500 $\mu g \cdot g^{-1}$
GBW 08608	水中金属元素	Cd,10.0 $\mu g \cdot g^{-1}$;Pb,50.0 $\mu g \cdot g^{-1}$;Cu,30.0 $\mu g \cdot g^{-1}$;Cr,50.0 $\mu g \cdot g^{-1}$;Zn,90.0 $\mu g \cdot g^{-1}$;Ni,60.0 $\mu g \cdot g^{-1}$
GBW 08609	水中汞	Hg,1.00 $\mu g \cdot g^{-1}$
5. 化工产品标准物质		
GBW 06101	碳酸钠	纯度 99.995%
GBW 06102	EDTA 二钠盐	纯度 99.979%
GBW 06103	氯化钠	纯度 99.995%
GBW 06201	乙酰苯胺	质量分数:C,71.09%;H,6.71%;N,10.36%
6. 岩石土壤标准物质		
GBW 04101~04105	铀矿	U,SiO_2,Al_2O_3,Fe,CaO,MgO,K_2O,Na_2O,TiO_2,Mo,MnO_2,S,P_2O_5,CO_2
GBW 04106	铀矿	U,Th
GBW 04107~04109	铀矿	U
GBW 04110~04116	铀矿	U,Th,Ra
GBW 07101~07102	超碱盐	Cr_2O_3,SiO_2,Al_2O_3,Fe_2O_3,FeO,MgO,CaO,TiO_2,P_2O_5,MnO,Na_2O,K_2O,H_2O,CO_2,S,NiO,CoO,V_2O_5,Cl,Pt,Pd,Rh,Ir,Os,Rn,Ag,As,Au,B,Ba,Cu,F,Ga,Ge,Hg,Li,Pb,Se,Sr,Zn,Br,Cd,Sb,Ce,Dy,Eu,Gd,Ho,La,Lu,Nd,Sm,Tb,Tm,Yb,Er,Pr,Y
GBW 07203~07209	矿石中金和银	Au,Ag
GBW 08301	河流沉积物	As,Ba,Cd,Co,Cr,Cu,Hg,Mn,Pb,Se,Zn,Fe,Be,Ni,V
GBW 07221	磁铁精矿	Fe,Si,Al,Ca,Mg,Mn,Ti,P,S,Cu,Co,K,Na
GBW 07222~07223	菱铁矿,赤铁矿	Fe,Si,Al,Ca,Mg,Mn,Ti,P,S,Cu,Co,K,Na
GBW 07401~07408	土壤	Ag,As,Au,B,Ba,Be,Bi,Br,Cd,Ce,Cl,Co,Cr,Cs,Cu,Dy,Er,Eu,F,Ga,Gd,Ge,Hf,Hg,Ho,I,In,La,Li,Lu,Mn,Mo,Nd,Nb,Ni,P,Pb,Pr,Rb,S,Sb,Se,Sc,Sm,Sn,Sr,Ta,Tb,Te,Th,Ti,Tl,Tm,U,V,W,Y,Yb,Zn,Zr,SiO_2,Al_2O_3,Fe_2O_3,FeO,MgO,CaO,Na_2O,K_2O,H_2O,CO_2,有机碳,灼烧减量
GBW 08302	西藏土壤	Al,As,Be,Ca,Cd,Co,Cr,Cu,Eu,Fe,F,La,Mg,Mn,Na,Nd,Ni,P,Pb,Rb,Sc,Si,Sm,Sr,Th,Ti,U,V,Zn,Yb,Ba,Br,Cs,Dy,Hf,Hg,Lu,Sb,Ta,Th,N
GBW 08303	污染农田土壤	Al,As,Ca,Cd,Co,Cr,Cu,Fe,Hg,K,Mg,Mn,Na,Ni,P,Pb,Th,Ti,Sr,Zn,Ba,Be,La,Mo,Se,Sc,U,Rb,Si
7. 煤炭标准物质		
GBW 11100~11105	煤	灰分,热值,密度,挥发物,C,H,N,S
GBW 08403	煤飞灰	As,Be,Cd,Co,Cu,Mn,Pb,Se,V,Zn,Fe,Cr,Ba,Hg
GBW 11106	焦炭	S,灰分,热值,挥发物,P
8. 气体标准物质		
GBW 02601	钛中氮	氮
GBW 02602	合金中氮	氮
GBW 02603	合金中氧	氧
GBW 02604~02605	铁中氧	氧
GBW 02606~02608	不锈钢中氢	氢
GBW 02609	轴承中的氧和氮	氧、氮
GBW 08106~08110	氮中一氧化碳	CO

续表

国家标准物质编号	名称	定值内容
GBW 08111~08115	氮中二氧化碳	CO_2
GBW 08116	氮中一氧化氮	NO
GBW 08117	氮中氧	O_2
GBW 08118	氮中二氧化碳	CO_2
GBW 08119	空气中甲烷	CH_4
GBW 08120	空气中一氧化碳	CO
9. 电子探针标准物质		
GBW 07501	方铅矿	Pb,86.35%
GBW 07502	闪锌矿	S,32.75%;Zn,66.33%
GBW 07503	汞矿	S,13.63%;Hg,86.00%
GBW 07504	重精矿	BaO,65.56%;SO_2,34.28%
GBW 07505	白铅矿	PbO,83.36%;CO_2,16.82%
GBW 07506	白钨矿	WO_4,80.45%;CaO,19.39%
GBW 07507	钽铌铁矿	Nb_2O_5,53.74%;Ta_2O_5,25.92%;FeO,6.65%;MnO,12.47%
GBW 07508	碲化镉	Cd,46.87%;Te,53.39%
GBW 07509	硒化镉	Cd,58.40%;Se,40.88%
GBW 07510	砷化镓	Ga,48.07%;As,51.95%
GBW 07511	硒化锌	Se,54.44%;Zn,45.38%
GBW 07512	锑化铟	In,48.59%;Sb,51.45%
GBW 07513	磷化铟	In,78.51%;P,21.12%
10. 标准白板、色板、渗透管标准物质		
GBW 13301	乳白玻璃	波长区间 400~700 nm,总反射率87%
GBW 13302	比色用陶瓷板	波长区域 400~700 nm
GBW 08201	SO_2 渗透管	渗透率(25 ℃)0.37~1.4 $\mu g \cdot min^{-1}$
GBW 08202	NO_2 渗透管	渗透率(25 ℃)0.6~2.0 $\mu g \cdot min^{-1}$
GBW 08203	H_2S 渗透管	渗透率(25 ℃)0.1~1.0 $\mu g \cdot min^{-1}$
GBW 08205	Cl_2 渗透管	渗透率(25 ℃)0.2~2 $\mu g \cdot min^{-1}$
GBW 08204	NH_3 渗透管	渗透率(25 ℃)0.1~1.0 $\mu g \cdot min^{-1}$
GBW 13501	水渗透管	渗透率(25 ℃)3~12 $\mu g \cdot min^{-1}$
11. 燃烧热标准物质		
GBW(E) 130035	苯甲酸	燃烧热 26 484.0 $J \cdot g^{-1}$
GBW(E) 130073	甲烷	燃烧热 39 839.0 $kJ \cdot m^{-3}$
12. 高纯物质及滴定溶液		
BW 3545	食品防腐剂尼泊金丙酯纯度标准物质	尼泊金丙酯 99.2 $mg \cdot mL^{-1}$
BW 3542	甲醇纯度标准物质	甲醇 99.9%

六、标准物质定值方法符号缩写

标准物质中各元素定值的分析方法以英文缩写注明如下:

AAS,原子吸收光谱法。

AFS,原子荧光光谱法。

EAI,元素分析法。

HAAS,氢化物发生原子吸收光谱法。

HPLC,高效液相色谱法。

ICP/AES,电感耦合等离子体原子发射光谱法。

ICP/AFS,电感耦合等离子体原子荧光光谱法。

ICP/MS,电感耦合等离子体质谱法。

IDSS/MS,同位素稀释火花质谱法。

INAA,仪器中子活化分析法。

IR,红外光谱法。

Kj,凯氏定氮法。

POL,极谱法。

SF,荧光光谱分析法。

SP,分光光度法。

VOL,容量分析法。

XRF,X射线荧光光谱法。

思　考　题

1. 标准分析方法的要求是什么?
2. 什么是标准物质? 其特性是什么?
3. 我国标准物质分为哪几类?
4. 简述标准物质的用途。
5. 简述标准化工作的意义。

参 考 文 献

蔡宏伟,王志花,王勤华,等.2007.微波消解-氟硅酸钾滴定法测定硅酸盐中硅的含量.冶金分析,27(10): 77-79

丁明玉,田松柏.2001.离子色谱原理与应用.北京:清华大学出版社

费多罗维奇,沃尔弗科维奇.1958.气体分析.北京:高等教育出版社

弗雷泽纽斯.1991.水质分析:水的物理化学、化学及微生物检验和质量控制实用指南.张曼平译.北京:北京 大学出版社

关英.1990.硅酸盐岩石和矿物分析.北京:地质出版社

华中师范大学,东北师范大学,陕西师范大学,等.2001.分析化学.3版.北京:高等教育出版社

黄俊辉,曾庆孝.2001.超临界CO_2萃取法提取海带多不饱和脂肪酸的研究.食品工业科技,22(4):18-21

康云月.1995.工业分析.北京:北京理工大学出版社

李广超.2007.工业分析.北京:化学工业出版社

梁红.2006.工业分析.北京:中国环境科学出版社

刘克本.1990.溶剂萃取在分析化学中的应用.2版.北京:高等教育出版社

弥宏,刘志强,邢俊鹏,等.2005.从蛇床子中提取总香豆素及单体成分的工艺及其药物制剂.CN [200410010743]

聂麦茜,吴蔓莉.2003.水分析化学.2版.北京:冶金工业出版社

邱德仁.2003.工业分析化学.上海:复旦大学出版社

邵令娴.1984.分离及复杂物质分析.北京:高等教育出版社

邵伟,唐明,熊泽.2005.超临界CO_2萃取红曲色素的研究.中国酿造,7:22-24

司辉清,沈强,庞晓莉.2010.腊梅花精油超临界CO_2萃取及GC-MS分析.食品科学,2:134-137

谈国强,刘新年,宁青菊.2004.硅酸盐工业产品性能及测试分析.北京:化学工业出版社

王建梅,王桂芝.2007.工业分析.北京:高等教育出版社

吴雪,张太平,吴汉炯.2008.煤的工业分析方法及其测定仪器的发展.煤质技术,5:19-22

徐伏秋,杨刚宾.2009.硅酸盐工业分析.北京:化学工业出版社

杨铁金.2007.分析样品的预处理及分离技术.北京:化学工业出版社

冶金工业部情报标准研究总所钢铁标准室.1990.钢铁产品标准化工作手册.北京:中国标准出版社

张家驹.1982.工业分析.北京:化学工业出版社

张锦柱.1997.工业分析.重庆:重庆大学出版社

张铁垣.2003.化验工作实用手册.北京:化学工业出版社

中国科学技术情报研究所.1978.钢铁及原材料的原子吸收光谱分析.北京:科学技术文献出版社

附录 实验

实验一 水样中化学耗氧量的测定

水中化学耗氧量的大小是水质污染程度的主要指标之一。因水中除含有无机还原性物质(如 NO_2^-、S^{2-}、Fe^{2+} 等)外,还可能含有少量有机物质。有机物腐烂促使水中微生物繁殖,则污染水质,影响人体健康。如果工业用此水也非常不利,因为 COD 量高的水常呈现黄色,并有明显的酸性,对蒸汽锅炉有侵蚀作用,所以水中 COD 量的测定是很重要的。

化学耗氧量的测定目前多采用 $KMnO_4$ 法和 $K_2Cr_2O_7$ 法两种方法。$KMnO_4$ 法适合测定地面水、河水等污染不十分严重的水质,此方法简便、快速。$K_2Cr_2O_7$ 法适合测定污染较严重的水。$K_2Cr_2O_7$ 法氧化率高,重现性好。

酸性高锰酸钾法

一、原理

在酸性溶液中加入过量的 $KMnO_4$ 溶液,加热使水中有机物充分与之作用后,加入过量的 $Na_2C_2O_4$ 与 $KMnO_4$ 充分作用。剩余的 $C_2O_4^{2-}$ 再用 $KMnO_4$ 溶液返滴定,反应式如下:

$$4KMnO_4 + 6H_2SO_4 + 5C \Longrightarrow 2K_2SO_4 + 4MnSO_4 + 5CO_2 \uparrow + 6H_2O$$
$$2MnO_4^- + 5C_2O_4^{2-} + 16H^+ \Longrightarrow 2Mn^{2+} + 8H_2O + 10CO_2 \uparrow$$

水样中若 Cl^- 含量大于 $300\ mg \cdot L^{-1}$,将使测定结果偏高,可加纯水适当稀释,消除干扰。或加入 Ag_2SO_4,使 Cl^- 生成沉淀。通常加入 Ag_2SO_4 $1.0\ g$,可消除 $200\ mg\ Cl^-$ 的干扰。

水样中如有 Fe^{2+}、H_2S、NO_2^- 等还原性物质干扰测定,但它们在室温条件下就能被 $KMnO_4$ 氧化,因此水样在室温条件下先用 $KMnO_4$ 溶液滴定。除去干扰离子,此时 MnO_4^- 的量不应计数。水中耗氧量主要指有机物质所消耗的 MnO_4^- 的量。

取水样后应立即进行分析,如有特殊情况要放置时,可加入少量硫酸铜以抑制生物对有机物的分解。

必要时,应取与水样同量的蒸馏水,测定空白值,加以校正。

水中耗氧量的计算如下:

$$COD/[O_2(mg \cdot L^{-1})] = \frac{8 \times 1000}{V_样}(5MV_{KMnO_4} - 2MV_{Na_2C_2O_4})$$

二、试剂

(1) $0.002\ mol \cdot L^{-1}$ $KMnO_4$ 溶液。

(2) $0.005\ 000\ mol \cdot L^{-1}$ $Na_2C_2O_4$ 溶液。

(3) Ag_2SO_4 固体。

(4) $CuSO_4$ 固体。

(5) 1:3(体积比)硫酸。

三、分析步骤

取 $100\ mL$ 水样于 $250\ mL$ 锥形瓶中,加 $5\ mL\ H_2SO_4$(1:3体积比),并准确加入 $10\ mL\ 0.002\ mol \cdot L^{-1}$ $KMnO_4$ 溶液,立即加热至沸。煮沸 $5\ min$ 溶液应为浅红色。趁热立即用吸管加入 $0.005\ 000\ mol \cdot L^{-1}$ $Na_2C_2O_4$ 标准溶液

10 mL。溶液应为无色。用 0.002 mol・L^{-1} KMnO$_4$ 标准溶液滴定由无色变为淡红色为终点。

另取蒸馏水 100 mL，同上述操作，求空白实验值。

重铬酸钾法

一、原理

在酸性溶液中加入一定量的 $K_2Cr_2O_7$，煮沸并回流。水样中的还原性物质被氧化，消耗一定量的氧化剂。剩余的氧化剂用硫酸亚铁铵标准溶液滴定，根据加入的 $K_2Cr_2O_7$ 及消耗硫酸亚铁铵的量，可求出水样中的耗氧量，反应式如下：

$$6Fe^{2+} + Cr_2O_7^{2-} + 14H^+ = 6Fe^{3+} + 2Cr^{3+} + 7H_2O$$

如水样中存在大量的 Cl^-，则干扰测定，可加入 $HgSO_4$ 与 Cl^- 生成 $HgCl_2$ 配合物，从而抑制 Cl^- 的干扰。氧化率与加热的时间有关，加热 1.0～1.5 h，氧化率几乎是一致的。如果污染严重，可加入 Ag_2SO_4 促进氧化，时间也可长一点。如果污染不十分严重，加热时间缩短至半小时。

二、仪器和试剂

（1）磨口回流冷凝器的圆底烧瓶或三角瓶。

（2）H_2SO_4。

（3）邻菲咯啉-亚铁溶液：称取邻菲咯啉 $C_{12}H_3N \cdot H_2O$ 1.48 g 和硫酸亚铁 $FeSO_4 \cdot 7H_2O$ 0.70 g 溶于 100 mL 水中。

（4）重铬酸钾标准溶液：$1/6 \times 0.025\,00$ mol・L^{-1}。准确称取 $K_2Cr_2O_7$ 1.2210 g 溶于水中，定量转入 1000 mL 容量瓶中，加水稀释至刻度，摇匀。

（5）硫酸亚铁铵溶液：0.025 mol・L^{-1}。称取 $FeSO_4(NH_4)_2SO_4 \cdot 6H_2O$ 9.8 g 溶于 500 mL 水中，加浓 H_2SO_4 4 mL，加水稀释至 1 L，摇匀。按下述方法标定：用移液管准确移取 $\frac{1}{6} \times 0.025\,00$ mol・L^{-1} $K_2Cr_2O_7$ 溶液 25.00 mL 于 500 mL 锥形瓶中，加水稀释至 250 mL。待冷却后，滴加邻菲咯啉-亚铁溶液指示剂 2～3 滴，用待标定的硫酸亚铁铵溶液滴定，当溶液由深绿色变为深红色即为终点。

（6）硫酸汞 $HgSO_4$。

（7）硫酸银 Ag_2SO_4。

三、分析步骤

（1）移取适量水样于 300 mL 圆底烧瓶或三角瓶中，加水使其总量为 50 mL。

（2）加 $HgSO_4$ 0.4 g，加入浓 H_2SO_4 5 mL，充分摇匀。

（3）用移液管准确加入 $1/6 \times 0.025\,00$ mol・L^{-1} $K_2Cr_2O_7$ 标准溶液 25 mL，再加 H_2SO_4 7.0 mL，摇匀。

（4）加入 Ag_2SO_4 1 g，充分摇动后，加入几颗沸石防止暴沸。

（5）将带有磨口的回流冷凝器装于烧瓶之上，加热煮沸 1.5 h。

（6）待烧瓶冷却后，用约 25 mL 水洗涤冷凝器，然后取下冷凝器，将烧瓶中溶液转移于 500 mL 三角瓶中，用水洗涤烧瓶几次。

（7）加水稀释至约 350 mL，加邻菲咯啉-亚铁指示剂 2～3 滴，过剩的 $Cr_2O_7^{2-}$ 用硫酸亚铁铵标准溶液返滴定。溶液由深绿色变为深红色即为终点。

（8）用 50 mL 蒸馏水代替水样，同上操作，求空白实验的返滴定值。

实验二　水中溶解氧的测定——碘量法

一、原理

碘量法测定溶解氧的依据是利用氧的氧化性，在碱性环境中将低价锰氧化成高价锰，生成四价锰的氢氧化物沉淀。加酸后,氢氧化物沉淀溶解并与碘离子反应释出游离碘,以淀粉作指示剂,用硫代硫酸钠标准溶液滴定释出的碘,可计算溶解氧的含量。

反应按下列各式进行:

$$MnSO_4 + 2NaOH \Longrightarrow Mn(OH)_2\downarrow + Na_2SO_4$$
$$2Mn(OH)_2 + O_2 \Longrightarrow 2MnO(OH)_2$$
$$MnO(OH)_2 + Mn(OH)_2 \Longrightarrow MnMnO_3 + 2H_2O$$
$$MnMnO_3 + 3H_2SO_4 + 2KI \Longrightarrow 2MnSO_4 + I_2 + 3H_2O + K_2SO_4$$
$$I_2 + 2Na_2S_2O_3 \Longrightarrow 2NaI + Na_2S_4O_6$$

二、试剂

(1) 硫酸锰溶液:550 g 硫酸锰($MnSO_4 \cdot 5H_2O$)溶解后,稀释为 1 L,此溶液加至酸化过的碘化钾溶液中,遇淀粉不得产生蓝色。

(2) 碱性碘化钾溶液:500 g 氢氧化钠溶解于 400 mL 水中,150.0 g 碘化钾溶解于 200 mL 水中,待氢氧化钠溶液冷却后,将两溶液合并,混匀,用水稀释至 1000 mL,静置,取澄清液注于橡皮塞有色瓶中,此溶液酸化后,与淀粉不呈蓝色。

(3) 1:5(体积比)硫酸溶液。

(4) 0.5%(质量分数)淀粉溶液:称取 0.5 g 可溶性淀粉,用少量水调成糊状,再用刚煮沸的水稀释至 100 mL。

(5) 0.01 mol·L^{-1}硫代硫酸钠标准溶液(以重铬酸钾标定)。

(6) 高锰酸钾溶液:3.2 g 高锰酸钾溶解于 500 mL 水中。

(7) 乙二酸钾溶液:2 g 乙二酸钾溶解于 100 mL 水中。

(8) 浓硫酸。

(9) 重铬酸钾。

(10) 盐酸。

(11) 碘化钾。

三、分析步骤

(1) 取样:洗净取样瓶、取样桶,将取样瓶置桶内。将两根水样胶管插入两个取样瓶内至瓶底,调节水流速度约 700 mL·min^{-1},使水样从两瓶内溢出并超过瓶口 150 mm 后,轻轻抽出胶管。

(2) 立即用移液管在水面下往第一瓶内加 $MnSO_4$ 溶液 1 mL,往第二瓶内加 1:1(体积比)H_2SO_4 溶液 5 mL。

(3) 用滴定管往两瓶中各加 3 mL 碱性碘化钾混合溶液(仍在水面下加)。盖紧瓶塞后从桶内取出摇匀,再放入桶内水中。

以上工作为现场采样,下面的测定过程最好在现场进行。如需回化验室测定,必须将水样以水封的形式尽快送往化验室。

(4) 待沉淀物下沉以后,用移液管往第一瓶中加 5 mL 1:1(体积比)H_2SO_4,往第一瓶中加 1 mL $MnSO_4$(均在水面下进行)盖好瓶塞,取出摇匀。

(5) 保持水温低于 15 ℃分别取水样 200~250 mL 记为 V_0,注入两个 500 mL 锥形瓶中,并立即用硫代硫酸钠标液滴至浅黄色。加 1 mL 淀粉后,继续滴至蓝色消失为终点。记下第一瓶水样消耗的 $Na_2S_2O_3$ 标准体积 V_1 和第二瓶水样消耗的体积 $Na_2S_2O_3$ 标液体积 V_2。

用下式计算水样中溶解氧含量:

$$DO/(mg \cdot L^{-1}) = \frac{\frac{1}{4}(V_1-V_2)c\times32.00}{V_0}\times1000$$

式中，V_1 和 V_2 分别为第一瓶和第二瓶水样所消耗 $Na_2S_2O_3$ 标准溶液的体积，mL；c 为 $Na_2S_2O_3$ 标准溶液的浓度，$mol \cdot L^{-1}$；V_0 为所取水样体积，mL（注意，两瓶水样所取体积应相同）；32.00 为氧气的摩尔质量，$g \cdot mol^{-1}$；1/4 为 O_2 与 $Na_2S_2O_3$ 的化学计量系数比。

实验三　水中微量挥发酚的测定

一、原理

酚类是单环和稠环芳烃的一元、二元或多元的羟基衍生物。其中，一元酚类毒性比多元酚高，且能随水蒸气一起挥发而和其他酚类化合物分离。因此，通常称之为挥发酚，本实验采用比色法测定。

4-氨基安替比林法简称 4-AAP 法。酚类化合物与 4-AAP 在碱性溶液中，用铁氰化钾作氧化剂，产生红色的安替比林染料。

其色度在水中能稳定 30 min，若用氯仿萃取，可使颜色稳定 4 h，并能提高测定的灵敏度。对位有取代基的酚类不能和 4-APP 起显色反应，邻位或间位有取代基的酚类和 4-APP 的显色反应也不完全。

该方法的一般测定浓度为 $0.05 \sim 2$ $mg \cdot L^{-1}$。如果分析的水样体积为 500 mL 时，经氯仿萃取后，最低浓度可达 $0.001 \sim 0.002$ $mg \cdot L^{-1}$。

二、仪器和试剂

(1) 挥发酚蒸馏装置。

(2) 721 型分光光度计。

(3) 无酚蒸馏水：将一般蒸馏水通过活性炭柱，以除去蒸馏水中痕量的酚类及其他有机化合物。

(4) 10% 硫酸铜溶液。

(5) 1∶3（体积比）硫酸。

(6) 甲基橙指示剂溶液。

(7) 氨性氯化铵缓冲溶液：pH＝9.8，称取 20 g 氯化铵（NH_4Cl）溶于 100 mL 浓氨水中，储存于橡皮塞瓶中，并保存在冰箱中。

(8) 8% 铁氰化钾溶液：称取分析纯铁氰化钾 $[K_3Fe(CN)_6]$ 溶于无酚蒸馏水中，最后稀释至 100 mL，储存于棕色瓶中，一周内有效。

(9) 2% 4-氨基安替比林溶液：称取 2 g 分析纯 4-氨基安替比林（$C_{11}H_{13}ON_2$）溶于无酚蒸馏水中，稀释至 100 mL，浑浊时用滤纸过滤使用，溶液必须用时配制。

(10) 氯仿（分析纯）。

(11) 标准酚的储备液。

苯酚的精制：将苯酚于温水中溶化，小心地倒入蒸馏瓶中，在蒸馏瓶口塞以包有锡纸的橡皮塞，塞中插有一支 250 ℃ 水银温度计，分馏支管连接一根空气冷凝器，用干燥的 25 mL 锥形烧瓶作为接受器，用冷水冷却接受器。

在通风橱中加热蒸馏。将开始蒸出的带色馏出液弃去，收集 182～184 ℃ 的馏出液。密塞、暗处储存。

称取 1.00 g 精制苯酚，用无酚蒸馏水溶解，转移至 1 L 褐色容量瓶中，用无酚蒸馏水稀释至刻度，此溶液 1 mL 相当于 1 mg 苯酚。

(12) 标准酚的工作溶液：可以将酚储备液适当稀释配制而成。

三、分析步骤

1. 水样的预处理

(1) 取 500 mL(或 250 mL)水样,置于 1000 mL(或 500 mL)凯氏烧瓶中,以甲基橙为指示剂。用 1∶3(体积比)硫酸调节 pH 约为 4.0,加入 5 mL 硫酸铜溶液,在电炉上加热蒸馏。

(2) 待蒸出约 450 mL(或 200 mL)馏出液后,停止加热至不再沸腾后再加入 50 mL 无酚蒸馏水,继续蒸馏,直至馏出液总体积接近 500 mL(或 250 mL 为止)。

(3) 将全部馏出液转移至 1000 mL(或 500～250 mL)容量瓶中,用无酚蒸馏水稀释至刻度,摇匀。

2. 直接比色测定法

1) 标准曲线的制作

(1) 在 100 mL 容量瓶中,分别移入标准酚的工作溶液(1.0 mL 相当于 0.01 mg 酚)0.0 mL、2.0 mL、4.0 mL、6.0 mL、8.0 mL、10.0 mL、12.0 mL、15.0 mL。

(2) 补加无酚蒸馏水至总体积约为 90 mL,然后依次加入 0.5 mL 氨性缓冲溶液、1 mL 2% 4-APP 溶液和 1 mL 8% 铁氰化钾溶液,最后补加蒸馏水至刻度,迅速振摇以均匀混合,静置 15 min 发色。

(3) 用 3 cm 比色皿在 510 nm 测定光密度,绘出标准曲线。

2) 水样的测定

(1) 按水样预处理的步骤,得到蒸馏液,从中取出适量水样,置于 100 mL 容量瓶中,补加蒸馏水至总体积 90 mL 左右。

(2) 依次加入 0.5 mL 氨性缓冲溶液、1 mL 2% 4-AAP 溶液、1 mL 8% 铁氰化钾溶液,补加蒸馏水至刻度,迅速混合摇匀放置 15 min 发色。

(3) 用 3 cm 比色皿在 510 nm 处比色测出其光密度。

3) 计算

$$酚含量 /(mg \cdot L^{-1}) = \frac{aV_2 \times 1000}{V \times V_1}$$

式中,a 为相当于水样光密度的酚含量,mg;V 为取水样体积,mL;V_1 为比色时所取溶液的体积,mL;V_2 为接受馏出溶液容量瓶的体积,mL。

实验四　合成氨原料气全分析——吸收容量法

一、原理

利用气体的化学特性,使总体混合物和特定试剂接触,则混合总体中的待测组分和试剂由于发生化学反应而被定量吸收,其他组分则不发生反应。在吸收前、后条件一致的情况下,根据吸收前、后的体积之差,计算某组分的含量。对于性质比较稳定、与一般化学试剂较难发生化学反应但可燃烧的气体,则可根据燃烧前后的体积缩减和定量的反应关系求出其含量。

二、仪器和试剂

(1) QF-190 型奥氏气体分析仪。

(2) 33% KOH 溶液:1 份质量的 KOH 溶解于 2 份质量水中。

(3) 焦性没食子酸溶液:5 g 焦性没食子酸溶解于 15 mL 水中。40 g KOH 溶解于 32 mL 水中。用时将两种溶液混合,装入吸收瓶中。

(4) 氯化亚铜氨性溶液:250 g 氯化铵溶解于 750 mL 水中,加 200 g 氯化亚铜,溶解后,迅速转移于预先装有铜丝的试剂瓶中至几乎充满。用橡皮塞塞紧(溶液应无色)。临用时,用溶液体积 2 倍的、相对密度为 0.9 的氨水稀释。

(5) 硫酸银的硫酸溶液:4 g 硫酸银溶解于 65 mL 水中,在不断搅拌下,缓缓加入浓硫酸 400 mL。

(6) 封闭液:5% H_2SO_4 中加入 Na_2SO_4 或 NaCl 配成饱和溶液,加甲基橙指示剂数滴至微红色。

三、分析步骤

1. 准备工作

(1) 将洗涤清洁干燥的气体分析仪部件按附图 4-1 安装好。旋塞涂好凡士林油。将吸收液及封闭液分别注入吸收瓶、量气管及燃烧瓶中。对于煤气或半水煤气的分析,吸收瓶 I 中注入 KOH 溶液,瓶 II 注入硫酸溶液,瓶 III 注入焦性没食子酸钾的碱性溶液,瓶 IV 及瓶 V 中注入氯化亚铜的氨性溶液。吸收液的注入量应稍大于吸收瓶总容积的 1/2。向吸收瓶的承受部分中注入 5～8 mL 石蜡油,以隔绝空气,量气管的水套中注入水,同时罩好爆炸球外的金属网安全罩,以防发生意外。

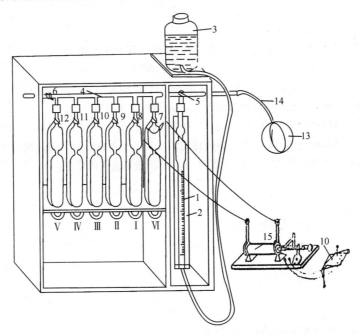

附图 4-1   QF-190 型奥氏气体分析仪

1. 量气管;2. 恒温水套管;3. 水准瓶;4. 梳形管;5. 三通旋塞;6～12. 旋塞;
13. 取样器;14. 气体导入管;15. 感应圈;16. 蓄电池;I～V. 吸收管;VI. 爆炸瓶

(2) 检查气密性:旋转旋塞 5 及 6,使量气管通大气,提高水准瓶,排除量气管内的空气,直至管内封闭液的液面升至顶端标线,关闭旋塞 6,旋开旋塞 7,降低水准瓶。吸出爆炸管 6 内的空气,直至爆炸管内封闭液面升至顶端标线。再旋开旋塞 6,关闭旋塞 7,提高水准瓶,排除量气管内的空气,关闭旋塞 6。用同样方法排除吸收管 I～V 中的空气,最后使封闭液升至量气管顶端标线,关闭旋塞 6,置水准瓶于仪器底板上,如果这时量气管内的液面只是稍微下降后即保持稳定,表明仪器不漏气。反之,如果液面下降,表明仪器漏气,应检查排除。在仪器完好的情况下,一般漏气事故往往是旋塞橡皮管连接处不严密所致。

2. 取样

调整量气管、爆炸管、吸收瓶内的液面恰好在顶端标线处。将气体导入管接取样器(球胆)。转动旋塞 5,使量气管接取样器,降低水准瓶,让气体(样品气)进入量气管约 20 mL。转动旋塞 6,使量气管接梳形管,旋开旋塞 6,提高水准瓶,排气体入大气,用同样的方法吸入样品气,再排入大气 2～3 次,则可以完成气体置换。

关闭旋塞 6,转动旋塞 5,再使量气管接取样器,降低水准瓶,将样品气吸入量气管中至封闭液面降至"100"刻度以下约 5 mL 处。

转动旋塞 5,使量气管通梳形管,旋开旋塞 6,移水准瓶和量气管并列,并使水准瓶内液面和量气管内液面在同一水平面,小心缓缓提高水准瓶,排除多余气体。使量气管内液面恰好在"100"刻度处,即为样品气的体积。关闭旋塞 6,测定恒温水套及大气压力。

3. 吸收

旋开吸收瓶I的旋塞 8,提高水准瓶,排样品气入 KOH 溶液吸收 CO_2,将量气管内的封闭液升至标线。再降低水准瓶,将气体抽回量气管,如此反复 3~4 次,最后一次,当吸收瓶内的吸收液面升至标线时,关闭旋塞 8。

移水准瓶和量气管并列,上下移动 2~3 次后,使液面在同一水平,等 1 min,读取量气管刻度。

按上述操作,依次吸收不饱和烃和 CO,吸收完 CO,将气体送入硫酸银的硫酸溶液吸收瓶 II 中,反复 2~3 次除去氨气后,再读取量气管读数。

4. 爆炸

旋开旋塞 9,缓升水准瓶,排气体入吸收瓶 II 储存,至量气管中准确残留气体恰为 25.0 mL 时关闭旋塞 9,转动旋塞 5,使量气管旋塞 5 背面的硅胶、碱石灰干燥管(附图 4-1 中未绘出)通大气。缓缓降低水准瓶,吸入干燥并除去 CO_2 的空气 75.0 mL(总体积恰好 100 mL),转动旋塞 5,使量气管接梳形管,旋开旋塞 7,提升水准瓶,排混合气体入爆炸瓶,至量气管内液面升至顶端标线,关闭旋塞 7。

掀动点火器开火,则铂丝间隙产生火花,混合气体爆炸燃烧,待瓶内水面停止振荡,旋开旋塞 7,降低水准瓶,将引爆燃烧后的气体抽回量气管,至爆炸瓶内封闭液面升至顶端标线。关闭旋塞 7,测量剩余气体体积,然后把爆炸后气体再送入吸收瓶 I 中,吸收生成的 CO_2,再测量残余气体体积。

5. 计算

设取样 100 mL,则各组分的体积分数如下:

$$\varphi_{CO_2} = \frac{100 - V_1}{100} \times 100\%$$

式中,V_1 为用 KOH 溶液吸收后的读数,mL。

$$\varphi_{C_nH_m} = \frac{V_1 - V_2}{100} \times 100\%$$

式中,V_2 为用硫酸银硫酸溶液吸收后的读数,mL。

$$\varphi_{O_2} = \frac{V_2 - V_3}{100} \times 100\%$$

式中,V_3 为用焦性没食子酸钾吸收后的读数,mL。

$$\varphi_{CO} = \frac{V_3 - V_4}{100} \times 100\%$$

式中,V_4 为用氯化亚铜氨性溶液吸收后的读数,mL。

CH_4 含量:应考虑是由吸收余气中 25.0 mL。加空气燃烧后生成的 CO_2 的体积计算:

$$\varphi_{CH_4} = \frac{V_{CO_2}^0 \times \frac{V_4}{V_5}}{100} \times 100\%$$

式中,V_5 为爆炸时所取残余气体体积,25.0 mL;$V_{CO_2}^0$ 为爆炸后用 KOH 吸收得出的 CO_2 体积,mL。

H_2 含量:首先考虑体积缩减,即

$$\varphi_{H_2} = \frac{(V_缩 - 2V_{CO_2}^0) \times 2/3 \times V_4/V_5}{100} \times 100\%$$

式中,$V_缩$ 为爆炸后缩减体积,mL。

四、注意事项

(1) 升降水准瓶时,要注视上升液面,绝对防止吸收液或封闭液进入梳形管中。

(2) 转动旋塞不得用力过猛,以防扭断玻璃管。

(3) 爆炸前应根据气体中 H_2 及 CH_4 的大致含量确定送去爆炸残气体积和添加的空气量。

(4) 爆炸燃烧时,如果不产生火花,可能是由于铂丝上沾有油污,应清洗。也可能是由于铂丝间隙不合要求或电路不通,应检查调整。

(5) 仪器暂停使用,应经常转动碱性吸收液的吸收管旋塞,以免被碱腐蚀而粘连。

实验五　硅酸盐水泥中硅、铁、铝、钙、镁的测定

一、原理

水泥主要由硅酸盐组成,按我国规定,分成硅酸盐水泥(纯熟料水泥)、矿渣硅酸盐水泥(矿渣水泥)、火山灰质硅酸盐水泥(火山灰水泥),粉煤灰硅酸盐水泥(煤灰水泥)五种。水泥熟料是由水泥生料经 1400 ℃以上高温煅烧而成。硅酸盐水泥由熟料加入适量石膏,其成分均与水泥熟料相似,可按水泥熟料化学分析法进行。

水泥熟料、未掺混合材料的硅酸水泥、碱性矿渣水泥可采用酸分解法。不溶性含量较高的水泥熟料、酸性矿渣水泥,火山灰质水泥等酸性氧化物较高的物质,可采用碱熔融法。本实验采用硅酸盐水泥,一般较易被酸分解。

SiO_2 的测定可分成容量法和重量法。重量法又因使硅酸盐凝聚所用的物质的不同分为盐酸干涸法、动物胶法、NH_4Cl 法等。本实验用 NH_4Cl 法,将试样与 7～8 倍固体 NH_4Cl 混匀后,再加入 HCl 分解试样。经沉淀分离、过滤、洗涤后的 SiO_2 在瓷坩埚中 950 ℃灼烧至恒量。经 HF 处理后,测定结果与标准法结果误差小于 0.1%;生产上 SiO_2 的快速分析常采用氟硅酸钾容量法。

如不需测定 SiO_2,则试样用 HCl 分解后,用氨水沉淀法使 $Fe(OH)_3$、$Al(OH)_3$ 和 Ca^{2+}、Mg^{2+} 分离。沉淀用 HCl 溶解。调节溶液的 pH=2～2.5,以磺基水杨酸作指示剂。用 EDTA 滴定 Fe^{3+};然后加入一定量过量的 EDTA,煮沸,待 Al^{3+} 与 EDTA 完全配位后,再调节溶液的 pH≈4.2,以 PAN 作指示剂,$CuSO_4$ 标准溶液滴定过量的 EDTA,从而分别测得 Fe_2O_3 和 Al_2O_3 的含量。但在样品中如果含有 Ti,$CuSO_4$ 返滴法所测实际上是 Al、Ti 含量。若要测定 TiO_2 含量,可加入苦杏仁酸解蔽剂,从 TiY 中夺出 Ti^{4+},再用标准 $CuSO_4$ 滴定释放的 EDTA。

滤液中 Ca^{2+}、Mg^{2+} 按常规法在 pH=10 时用 EDTA 滴定,测得 Ca^{2+}、Mg^{2+} 含量;再在 pH=12 时,用 EDTA滴定,测得 CaO 的含量,用差减法计算 MgO 的含量。生产上通常未经上述沉淀分离,加入三乙醇胺、氟化钾等作掩蔽剂,直接用 EDTA 进行滴定。

二、试剂

(1) 0.2%甲基红:60%的乙醇溶液或其钠盐的水溶液。

(2) 10%磺基水杨酸钠指示剂:10 g 磺基水杨酸钠溶于 100 mL 水中。

(3) 0.3%PAN 指示剂:0.3 g PAN 溶于 100 mL 乙醇中。

(4) HAc-NaAc 缓冲溶液(pH≈4.2):把 32 g 无水 NaAc 溶于水中,加入 50 mL 冰醋酸,用水稀释至 1 L。

(5) EDTA 标准溶液(0.025 mol·L^{-1})。

配制:称取 10 g EDTA 溶于温水中,用水稀释至 1 L。

标定:准确称取 0.35～0.40 g $CaCO_3$ 放入 250 mL 烧杯中,用少量水润湿,盖上表面皿,慢慢加入 1:1 (体积比)HCl 溶液 10～20 mL,加热溶解,将溶液转入 250 mL 容量瓶中,用水稀释至刻度,摇匀。移取 25.00 mL 于锥形瓶中,加入 20 mL pH≈10 的氨性缓冲溶液,2～3 滴 K-B 指示剂,用 0.025 mol·L^{-1} EDTA 溶液滴定至溶液由紫红色变为蓝绿色即为终点。

(6) $CuSO_4$ 标准溶液($0.025\ mol \cdot L^{-1}$)。

配制:称取 $6.24\ g\ CuSO_4 \cdot 5H_2O$ 溶于水中,加 $4\sim5$ 滴 $1:1$(体积比)H_2SO_4,用水稀释至 $1\ L$。

体积比的测定:准确移取 $10.00\ mL\ 0.025\ mol \cdot L^{-1}$ EDTA,加水稀释至 $150\ mL$ 左右,加 $10\ mL\ pH \approx 4.2$ 的 HAc-NaAc 缓冲溶液,加热至 $80\sim90\ ℃$,加入 PAN 指示剂 $4\sim6$ 滴,用 $CuSO_4$ 溶液滴定至红色不变即为终点。计算 $1\ mL\ CuSO_4$ 溶液相当于 $0.025\ mol \cdot L^{-1}$ EDTA 标准溶液的体积(mL)。

(7) K-B 指示剂:称取 $0.2\ g$ 酸性铬蓝 K、$0.4\ g$ 萘酚绿 B 于烧杯中,加水溶解后,稀释至 $100\ mL$。也可采用以下方法配制,将 $1\ g$ 酸性铬蓝 K,$2\ g$ 萘酚绿 B 和 $40\ g$ KCl 研细混匀,装入小广口瓶中,置于干燥器中备用。注意试剂质量常有变化,故应根据具体情况确定最适宜的指示剂比例。

(8) $1:2$(体积比)三乙醇胺。

(9) $1:1$(体积比)HCl 溶液。

(10) 20%NaOH 溶液。

(11) $CaCO_3$:将基准 $CaCO_3$ 置于 $120\ ℃$ 烘箱中,干燥 $2\ h$,稍冷后,置于干燥器中冷却至室温,备用。

三、分析步骤

1. SiO_2 的测定

准确称取 $0.4\ g$ 试样,置于干燥的 $50\ mL$ 烧杯中,加入 $2.5\sim3\ g$ 固体 NH_4Cl,用玻璃棒混匀,滴加浓 HCl 至试样全部润湿(一般约 $2\ mL$),并滴定浓 HNO_3 $2\sim3$ 滴,搅匀。小心压碎块状物,盖上表面皿,置于沸水浴上,加热 $10\ min$,加热水约 $40\ mL$,搅动,以溶解可溶性盐类,过滤。用热水洗涤烧杯和滤纸,直到滤液中无 Cl^- 为止(以 $AgNO_3$ 检查)弃去滤液。

将沉淀连同滤纸放入已恒量的瓷坩埚中,低温炭化并灰化后,于 $950\ ℃$ 约烧 $30\ min$。取下,置于干燥器中冷却至室温,称量。再灼烧冷至室温,再称量,直至恒温。计算试样中 SiO_2 的含量。

2. Fe_2O_3、Al_2O_3、CaO、MgO 的测定

准确称取 $0.25\ g$ 试样置于 $250\ mL$ 烧杯中,加少许水润湿,加 $15\ mL$ $1:1$(体积比)HCl 和 $3\sim5$ 滴浓 HNO_3,加热煮沸。待试样分解完全后,用水稀释至 $150\ mL$ 左右。加热至沸,取下。加 2 滴甲基红指示剂,在搅拌下慢慢滴加 $1:1$(体积比)氨水至溶液呈黄色,并略有氨味后,再加热煮沸,取下。待溶液澄清后,趁热用快速滤纸过滤,沉淀用 1% NH_4NO_3 热溶液充分洗涤,至流出液中无 Cl^- 为止。滤液盛于 $250\ mL$ 容量瓶中,冷至室温,用水稀释至刻度,供测定 Ca^{2+}、Mg^{2+} 用。

(1) Fe_2O_3 的测定:滴加 $1:1$(体积比)HCl 于滤纸上,使氢氧化物沉淀溶解于原烧杯中,滤纸用热水洗涤数次后弃去。将溶液煮沸以溶解可能存在的氢氧化物沉淀。冷却、滴加 $1:1$(体积比)氨水至溶液的 pH 为 $2\sim2.5$(用 pH 试纸检验),加热至 $50\sim60\ ℃$,加 10 滴磺基水杨酸指示剂,用 EDTA 标准溶液滴定至溶液由紫红色变为淡黄色为终点。记下 EDTA 用量,计算试样中 Fe_2O_3 的含量,测 Fe 后的溶液供测 Al 用。

(2) Al_2O_3 的测定:在滴定 Fe^{3+} 后的溶液中,准确加入 $20.00\ mL$ EDTA 标准溶液,滴加 $1:1$(体积比)氨水至溶液 pH 约为 4,加入 $10\ mL$ HAc-NaAc 缓冲溶液,煮沸 $1\ min$,取下稍冷。加 $6\sim8$ 滴 PAN 指示剂,用 $CuSO_4$ 标准溶液滴定至溶液显红色即为终点。记下 $CuSO_4$ 溶液的用量,计算试样中 Al_2O_3 的含量。

(3) CaO、MgO 含量的测定:移取 $25\ mL$ 或 $50\ mL$ 分离氢氧化物沉淀后的滤液,中和后,加 $20\ mL\ pH \approx 10$ 的 NH_3-NH_4Cl 缓冲溶液,$2\sim3$ 滴 K-B 指示剂,用 EDTA 标准溶液滴定至由紫红色转变为纯蓝色即为终点。记下 EDTA 滴定 Ca^{2+}、Mg^{2+} 含量的用量。

(4) 移取 $25\ mL$ 或 $50\ mL$ 分离氢氧化物沉淀后的滤液。用 20% NaOH 溶液调节至溶液的 pH 为 $12\sim12.5$(用 pH 试纸检验),加 $2\sim3$ 滴 K-B 指示剂,用 EDTA 标准溶液滴定至溶液由紫红色变为纯蓝色即为终点。记下 EDTA 的用量,计算 CaO 的量。

用差减法计算 MgO 的含量。

备注:

(1) 可以用尿素代替 NH_3 分离 Fe_2O_3，使用尿素作沉淀剂可形成均匀沉淀 $Al(OH)_3$、$Fe(OH)_3$，减少对 Ca^{2+}、Mg^{2+} 的吸附。

(2) EDTA 滴定 Fe^{3+} 时，溶液最高许可酸度为 pH＝1.5。pH＜1.5 配位不完全，结果偏低；pH＞3，Al^{3+} 有干扰，使结果偏高。若试样为矾土水泥，含 Al_2O_3 量高，则滴定 Fe^{3+} 时的 pH 应控制在 1.5～2.0，以减少大量 Al^{3+} 干扰。

(3) 若试样 Fe_2O_3、Al_2O_3 含量不高，可不经分离直接用 EDTA 滴定 Ca^{2+}、Mg^{2+}，即将过滤 SiO_2 后溶液稀释至 250 mL，取出 100 mL 连续滴定 Fe^{3+}、Al^{3+}，取出 50 mL 滴定 Ca^{2+}、Mg^{2+} 含量，另取出 25 mL 滴定 Ca^{2+}。但滴定 Ca^{2+}、Mg^{2+} 含量时，需用酒石酸钾和三乙醇胺(或氟化钾＋三乙醇胺)联合掩蔽 Fe^{3+}、Al^{3+}，滴定 Ca^{2+} 时，需用三乙醇胺掩蔽 Fe^{3+}、Al^{3+}。

(4) 在滴定 Fe^{3+} 时，近终点应放慢滴定速度，注意操作，仔细观察。滴定终点随铁的含量不同而不同，特别是含铁量低的样品，终点更难观察。当滴定至淡紫色时，每加入一滴，应摇动片刻，必要时再加热(滴完溶液温度约 60 ℃)，小心滴定至亮黄色。因为此处滴定不佳，不但影响 Fe 的测定，还影响 Al 的测定结果。

(5) 以 PAN 为指示剂，用 $CuSO_4$ 滴定 EDTA 时，终点往往不清晰，应该注意操作条件。滴定温度控制在 80～85 ℃为宜，温度过低，PAN 指示剂和 Cu-PAN 在水中溶解度降低；温度太高，终点不稳定。为了改善终点，还可以加入适量乙醇。PAN 指示剂加入的量也要适当。

实验六　氮肥分析——氨态氮的测定

一、原理

氨态氮的测定可选用甲醛法或蒸馏法测定。氨水及碳酸氢铵则可用酸碱滴定法直接测定。甲醛法操作简单、迅速，但必须严格控制操作条件，否则结果易偏低。蒸馏法操作简单，但该方法准确可靠，是经典方法。

蒸馏法的基本原理：在有过量 NaOH 存在时，所用铵盐都能被分解而放出游离氨。经蒸馏，使生成的游离氨全部吸收在定量的标准酸溶液中，然后用标准碱返滴过量的酸，从而计算试样中氨态氮含量。以硫酸铵为例，整个测定过程包括下列化学反应：

$$(NH_4)_2SO_4 + 2NaOH \Longrightarrow 2NH_3 + Na_2SO_4 + 2H_2O$$
$$2NH_3 + H_2SO_4 \Longrightarrow (NH_4)_2SO_4$$
$$H_2SO_4 + 2NaOH \Longrightarrow Na_2SO_4 + 2H_2O$$

二、试剂

(1) 0.25 mol・L^{-1} 硫酸标准溶液。

(2) 0.5 mol・L^{-1} 氢氧化钠标准溶液。

(3) 40% NaOH 溶液。

(4) 甲基红指示剂(0.1% 乙醇溶液)。

(5) 酚酞指示剂(1% 乙醇溶液)。

三、分析步骤

精确称取试样 1 g(精确至 0.001 g)溶解后移入 500 mL 定氮瓶中，将瓶与安全球及冷凝管连接妥当，冷凝管的另一端通过一承接管浸入锥形瓶内的液面以下，瓶内盛有 50.00 mL H_2SO_4 标准溶液及甲基红指示剂 2 滴。将定氮瓶打开，用长颈漏斗加入 5 mL 40% NaOH 溶液，立即将瓶塞塞紧，慢慢加热蒸馏使瓶内溶液约有 2/3 被蒸出为止。用蒸馏水冲洗冷凝管及承接管，洗液并入馏出液。蒸馏液用 NaOH 标准溶液滴定过量的酸至呈现黄色，同时做空白实验，计算含氮量。

注：吸收酸液也可采用 4% 硼酸溶液代替硫酸溶液，在此情况下，蒸馏完毕，应用硫酸标准溶液直接滴定吸收液即可计算含氮量。

实验七　磷肥分析——有效磷含量的测定

一、原理

磷肥试样用水萃取,此时游离磷酸和 $Ca(H_2PO_4)_2$ 进入溶液,过滤后,残渣用柠檬酸铵溶液萃取,此时较难溶的 $CaHPO_4$ 也进入溶液,过滤后,加喹钼柠酮试剂,与 PO_4^{3-} 形成磷钼酸喹啉沉淀。

$$PO_4^{3-}+3C_9H_7N+12M_0O_4^{2-}+27H^+\Longrightarrow(C_9H_7N)_3 \cdot H_3PO_4 \cdot 12M_0O_2\downarrow+12H_2O$$

将沉淀过滤、洗涤($pH\approx9$),然后用已知过量的 NaOH 标准溶液溶解,过量的 NaOH 用 HCl 标准溶液滴定。根据 NaOH 的实际作用量,即可得出试样中 P_2O_5 的含量。

$$(C_9H_7N)_3 \cdot H_3PO_4 \cdot 12M_0O_3+26NaOH\Longrightarrow Na_2HPO_4+12Na_2M_0O_4+3C_9H_7N+14H_2O$$

为统一萃取液柠檬酸铵溶液的浓度,国家标准规定,在 1 L 柠檬酸铵溶液中,应含有 173 g 未风化的天然柠檬酸(相当于 $0.9\ mol \cdot L^{-1}$)和 42 g 氨态氮(或 51 g 氨,相当于 $3\ mol \cdot L^{-1}$)。配制溶液时先将 NH_3 水溶液标定,准确配制,才能保证分析结果的重新性。

沉淀剂喹钼柠酮试剂,内含喹啉、钼酸钠、柠檬酸、丙酮。其中柠檬酸的作用是在溶液中与钼酸配位,以降低钼酸浓度,避免析出硅钼酸啉喹沉淀,干扰测定;同时还防止钼酸钠水解析出 MoO_3,丙酮的作用是使沉淀颗粒增大,疏松,便于洗涤溶解。

二、试剂

(1) $1:1$(体积比)HNO_3。

(2) $2:3$(体积比)$NH_3 \cdot H_2O$。

(3) 0.2% 甲基红指示剂。

(4) 喹钼柠酮试剂。按下列顺序配制:①溶解 70 g 钼酸钠于 150 mL 水中;②溶解 60 g 柠檬酸于 85 mL 浓 HNO_3 与 150 mL 水的混合溶液中;③在不断搅拌下,将溶液①缓缓加②中;④量取 5 mL 喹啉,溶于 35 mL 浓 HNO_3 和 100 mL 水的混合溶液中,后缓缓加入③中,混匀,放置 24 h,过滤,滤液中加入 280 mL 丙酮,用水稀释至 1000 mL,储存于聚乙烯瓶中。

(5) 碱性柠檬酸铵溶液的配制。

(i) 先配制一瓶 $2:3$(体积比)氨水,按下法标定:取 500 mL 容量瓶,加水约 450 mL,用移液管吸取 $2:3$(体积比)氨水 10 mL 于容量瓶中,以水稀释至刻度,摇匀。

吸取 25.00 mL,加水 25 mL,甲基红指示剂 2 滴,然后用 $0.05\ mol \cdot L^{-1}\ H_2SO_4$ 标准溶液(设浓度为 c_1)滴定至红色(消耗体积为 V_1),则

$$氨水浓度(c_2)=\frac{Zc_1V_1}{10\times\dfrac{25}{500}}=4c_1V_1$$

为配制含 NH_3 浓度 $3\ mol \cdot L^{-1}$ 的溶液 1 L,需 $2:3$(体积比)$NH_3 \cdot H_2O$ 体积(V_2)为

$$3\times1000=c_2V_2$$

$$V_2=\frac{3000}{c_2}$$

(ii) 称取 173 g 未风化的无水柠檬酸,溶于 200 mL 水中。如果柠檬酸已风化,应测其风化程度,根据风化程度,计算所需柠檬酸的量。

风化的测定方法:称取 200 g 柠檬酸试样,研细。称取 2 g 平均试样,用水溶解并移入 250 mL 容量瓶中,定容、混匀。

用移液管移取 2 份各 25.00 mL,分别放入 250 mL 锥形瓶中,加热至 $60\sim70\ ℃$。加酚酞指示剂 2 滴,用 $0.1\ mol \cdot L^{-1}$ NaOH 标准溶液滴定至粉红色。按下式分别计算两份的风化程度(质量分数),并计算平均含量。

$$w_{柠檬酸} = \frac{M_{NaOH}V_{NaOH}E_柠}{G \times \frac{25}{250} \times 1000} \times 100\% = \frac{M_{NaOH}V_{NaOH}E_柠}{G}$$

无水柠檬酸$(CH_2 \cdot CO_2H)_2 \cdot COH \cdot CO_2$ 相对分子质量为192.126。若要称取173 g柠檬酸,由于风化而实际应称取量(W)为

$$100 : \frac{M_{NaOH}V_{NaOH}E_柠}{G} = W : 173$$

所以

$$W = \frac{173 \times 100}{\frac{MV \times E_柠}{G}} = \frac{G \times 173 \times 100}{MV \times E_柠} = \frac{G \times 270.1}{MV}$$

(iii) 在1000 mL容量瓶中,加入V_2计算量的2:3(体积比)$NH_3 \cdot H_2O$;再将柠檬酸溶液慢慢注入,以水定容,摇匀,静置2昼夜后使用。

(iv) 混合指示剂:3份0.1%百里酚蓝溶液和2份0.1%酚酞溶液混合。

三、分析步骤

(1) 有效磷的萃取:准确称取磷肥试样2.5 g于75 mL蒸皿中,加水25 mL。用玻璃棒将块状物研碎,将清液倾注过滤于预先加有5 mL 1:1(体积比)HNO_3的250 mL容量瓶中,如此水溶重复3次以上,再用水转移和洗涤残渣到滤纸上,滤液用水稀释至刻度,摇匀,此为试液甲。

仔细将残渣和滤纸转入另一个250 mL的容量瓶中,加入柠檬酸铵溶液100 mL,加塞振摇,至滤纸碎成纸浆。将容量瓶放入(60 ± 1)℃水浴中保温1 h,时刻摇荡,然后冷至室温,水稀释至刻度,摇匀,用干燥容器和滤器过滤,弃去最初的浑浊溶液,将清液保留,即为试液乙。

(2) 测定:用移液管分别移取试液甲、乙各20.00 mL于同一个400 mL烧杯中,加入10 mL 1:1(体积比)HNO_3,用水稀释至约100 mL,加热近沸,加入35 mL喹钼柠酮试剂煮沸1 min,摇动,冷至室温,然后静置澄清。

将沉淀用G_4砂芯坩埚抽滤,用水洗涤3~4次,并将沉淀完全转移到砂芯坩埚内,继续用水洗涤沉淀到pH=9左右(检查:取20 mL滤液,加1滴混合指示剂和1滴0.25 mol·L^{-1} NaOH标准溶液,呈现紫色)。将沉淀仔细用水(必要时用热水)洗涤到原烧杯中(溶液体积约为100 mL),加入过量8~10 mL的0.5 mol·L^{-1} NaOH标准溶液(具体加入量要实验确定,以全部沉淀溶解,再过量8~10 mL为宜)。待沉淀完全溶解后,加1 mL混合指示剂,用0.25 mol·L^{-1} HCl标准溶液滴定至溶液从紫色经蓝灰色,转为黄色即为终点。

(3) 空白实验:按照上述手续,平行做空白实验。

(4) 结果计算:

$$w_{P_2O_5} = \frac{[M_{NaOH}(V_{NaOH} - V_空^1) - M_{HCl}(V_{HCl} - V_空^1)] \times \frac{1}{2 \times 26} \times M}{G \times \frac{20.0 + 20.0}{250.0 + 250.0} \times 1000} \times 100\%$$

式中,G为试样质量,g;M为P_2O_5的摩尔质量,141.9 g·mol^{-1}。

实验八　深色石油产品硫含量测定法——管式炉法

一、原理

本方法适用于测定润滑油、原油、焦炭和残渣油等石油产品中的硫含量。该方法是将试样在空气流中燃烧,用过氧化氢和硫酸的溶液将所生成的亚硫酸酐和硫酸酐吸收起来,进行测定。

二、仪器和试剂

(1) 水平型的管式电炉:能保证加热到900~950 ℃。

(2) 高温毫伏计、带热电偶。

(3) 燃烧用瓷舟、瓷管等。

(4) 0.01 mol·L⁻¹ 硫酸水溶液。

(5) 40% NaOH 水溶液和 0.02 mol·L⁻¹ NaOH 水溶液。

(6) 混合指示剂:0.2% 甲基红乙醇溶液和 0.1% 次甲基蓝乙醇的混合物体积比 1:1。

(7) 30% H₂O₂。

(8) 0.1 mol·L⁻¹ 高锰酸钾水溶液。

(9) 细砂、煅烧脱硫后经 100~160 目筛过;或耐火黏土,经 900~950 ℃ 煅烧脱硫,并在瓷钵中磨细。

三、准备工作

(1) 在实验前将接收器、洗气瓶、瓷管等用蒸馏水洗净并干燥。

(2) 在空气净化装置前,将 0.1 mol·L⁻¹ KMnO₄ 溶液注入洗气瓶 1 中,达其容量一半,将 40% NaOH 溶液注入洗气瓶 2 中,后连接干燥塔,然后用橡皮管将它们连接。

在接受器中注入 150 mL 蒸馏水,5 mL 30% 过氧化氢和 7 mL 0.01 mol·L⁻¹ 硫酸溶液,然后连接好。实验前,先检查设备的密闭性。

四、分析步骤

(1) 在瓷舟中称取试样 0.05~0.2 g,精确至 0.0002 g,该试样应均匀地分布在瓷舟的底部。

测定石油焦中硫含量时须从分析样品中称量 0.2~0.5 g,并在玻璃或瓷钵中研细。

(2) 瓷舟中的试样须用细砂覆盖,将瓷舟放进瓷管高温处,然后,很快塞好塞子,送入空气,空气流量用流量计测定,500 mL·min⁻¹。试样的燃烧必须在 900~950 ℃ 下进行,时间为 30~40 min。

(3) 当燃烧完毕时,取下接收器,并用蒸馏水冲洗玻璃弯管,加入 8 滴指示剂,用 0.02 mol·L⁻¹ 氢氧化钠标准溶液进行滴定,直到紫红色变为暗绿色为止。

实验前需做空白实验。

试样硫含量按下式计算:

$$w_{S_1} = \frac{M(V-V_1) \times 0.01603}{G} \times 100\%$$

式中,V 为燃烧试样时滴定接受器中溶液所消耗的 NaOH 的体积,mL;V₁ 为空白消耗 NaOH 的体积,mL;M 为 NaOH 的物质的量浓度。

平行测定两个结果间的差数,不应超过最小结果的 5%,但试样中硫含量小 0.5% 时,平行测定两个结果间的差数,允许不超过较小结果 10%,取平行测定结果的算术平均值作为实验结果。

实验九　硫酸产品中氮氧化合物的测定

一、原理

硫酸中的氮的氧化物主要以 HNO₂ 状态存在,在含乙酸约 0.1% 的乙酸溶液中,亚硝酸和对氨基苯磺酸发生重氮化反应生成重氮盐,然后和 1-萘胺偶合,生成红色偶氮染料,红色的深度和亚硝酸含量成正比。用标准色阶比色或在 550 nm 测量吸光度。

二、试剂

(1) NaOH 溶液。

(2) 1% 酚酞指示剂。

(3) 氮的氧化物标准溶液:准确称取亚硝酸钠 0.1816 g,溶解并稀释至 1000 mL,然后,准确移取所得溶液 10.00 mL 于 1000 mL 容量瓶中,稀释至刻度。此溶液每 1 mL 中含 N_2O_3 0.001 mg。

(4) 格里斯试剂:称取 0.1 g 1-萘胺溶解于 100 mL 热水中,冷却后,加 80%乙酸 6 mL,储存于有色试剂瓶中,置阴暗处,另取 1 g 对氨基苯磺酸溶解于 100 mL 水中,于临使用时,取两种溶液等体积混合。

(5) 0.5 mol·L^{-1}乙酸溶液。

三、分析步骤

取 50 mL 比色管 14 支,各加水 25 mL,以刻度吸管顺次加入氮的氧化物标准溶液 0.025 mL、0.50 mL、0.75 mL、1.00 mL、1.50 mL、2.00 mL、…、6.00 mL。

取 50 mL 水于 100 mL 容量瓶中,精确加入样品 1.00 mL,冷却至室温,稀释至刻度,混合均匀。精确移取所得溶液 10.00 mL 于 50 mL 比色管中,加入 1%酚酞指示剂 2 滴,缓缓加入 1 mol·L^{-1}氢氧化钠溶液至稳定的红色,再缓缓滴入 0.5 mol·L^{-1}乙酸溶液至红色又恰好消失。

向所有的比色管中,精确加入 5.00 mL 新制备的格里斯试剂,稀释至刻度,充分搅拌混合均匀,15 min 后比色。按下式计算氮氧化物含量:

$$w_{氮的氧化物(以N_2O_3计)} = \frac{V \times 0.001}{0.1 \times D \times 1000} \times 100\%$$

式中,V 为和样品溶液呈色相同的标准色管中氮的氧化物标准溶液的体积,mL;D 为样品的相对密度。

实验十　铁矿石中全铁量的测定

一、原理

试样以盐酸氟化钠溶解,氯化亚锡还原大部分铁后,三氯化钛还原剩余铁为低价,过量三氯化钛用重铬酸钾回滴,以二苯胺磺酸钠作指示剂,用标准重铬酸钾溶液滴定铁,求得试样铁含量。

二、试剂

(1) 浓盐酸。

(2) 氟化钠(固体)。

(3) 6%氯化亚锡:6 g 氯化亚锡溶于 20 mL 盐酸中,用水稀释至 100 mL。

(4) 硫酸-磷酸混酸:硫酸:磷酸:水=2:3:5(体积比)。

(5) 25%钨酸钠:1:20 磷酸溶液。

(6) 1:19(体积比)三氯化钛:取 15%～20%三氯化钛用 1:9(体积比)盐酸稀释后加一层石蜡油保护(或现用现配)。

(7) 重铬酸钾标准溶液:(1/6)0.05 mol·L^{-1}。

三、分析步骤

称取试样 0.2 g 两份于 300 mL 三角瓶中,加少许水使其散开,加氟化钠 0.3 g,盐酸 20 mL,低温加热溶解,滴加二氯化锡至溶液呈现浅黄色,继续加热 10～20 min(体积约 10 mL)取下,加水 150～200 mL,加钨酸钠 15 滴,用三氯化钛还原蓝色出现,用重铬酸钾标准溶液滴至蓝色消失(不计读数),立即加硫磷混液 10 mL,二苯胺磺酸钠 5 滴,用重铬酸钾标准溶液滴定至紫色为终点,记下消耗重铬酸钾溶液的体积(mL)V,则

$$w_{Fe} = \frac{6cV \times 55.85}{G \times 1000} \times 100\%$$

式中,c 为重铬酸钾溶液浓度,mL;V 为滴定消耗重铬酸钾溶液体积,mL。

科学出版社 高等教育出版中心

教学支持说明

科学出版社高等教育出版中心为了对教师的教学提供支持，特对教师免费提供本教材的电子课件，以方便教师教学。

获取电子课件的教师需要填写如下情况的调查表，以确保本电子课件仅为任课教师获得，并保证只能用于教学，不得复制传播用于商业用途。否则，科学出版社保留诉诸法律的权利。

地址：北京市东黄城根北街 16 号，100717

科学出版社 高等教育出版中心 化学与资源环境分社 丁 里（收）

电话：010-64002239

传真：010-64011132

（登录科学出版社网站：www. sciencep. com"教材天地"栏目可下载本表。）

请将本证明签字盖章后，传真或者邮寄到我社，我们确认销售记录后立即赠送。

如果您对本书有任何意见和建议，也欢迎您告诉我们。意见经采纳，我们将赠送书目，教师可以免费赠书一本。

证 明

兹证明_____大学_____学院/_____系第_____学年 □ 上/□ 下 学 期 开 设 的 课 程，采 用 科 学 出 版 社 出 版 的 _____./_____（书名/作者）作为上课教材。任课老师为_____共_____人，学生_____个班共_____人。

任课教师需要与本教材配套的电子课件。

电 话：_____

传 真：_____

E-mail：_____

地 址：_____

邮 编：_____

院长/系主任：_____（签字）

（盖章）

____年____月____日